西洋の敗北

日本と世界に何が起きるのか

La Défaite de
l'Occident
Emmanuel TODD

エマニュエル・トッド

大野舞［訳］

文藝春秋

日本の読者へ――日本と「西洋」

本書は、日本の保護がなければ書けなかっただろう。二〇二二年二月のロシアによるウクライナ侵攻後、西ヨーロッパが受けた精神的ショックはあまりにも大きく、そこでは長い間、独立した思考は不可能になってしまった。ロシアとアメリカの間で始まったこの紛争について、たとえばフランスのような国にいながら歴史学者、そして人類学者として客観的に考えることは知的な意味で危険なことになった。こうして私は、自国でおよそ八カ月間、沈黙を保たなければならなかった。

しかし私は日本において、まずは雑誌『文藝春秋』〔二〇二二年五月号〕のインタビューで、そして、大きな成功を収めた〔発行部数約一〇万部〕書籍『第三次世界大戦はもう始まっている』〔文春新書、二〇二二年六月刊〕を通して発言することができた。こうした成功があったからこそ、日本という偉大な国〔西洋陣営の民主主義国の一つ〕の威信に守られながら、私はその後、フランスでもメディアの記事やインタビューを通して議論の場に戻ることができた。そこからこの戦争に関する私の考えはさらに進展し、洗練され、二〇二三年夏には本書『西洋の敗北』を執筆することができたというわけである。

この日本語版を通し、本書はその真の誕生の地、日本に戻ってくることになった。だからこそ、私の最初の義務はこのまえがきを通して日本の読者の皆さんにお礼を申し上げることなのだ。

日本における私の立場は幸運の巡り合わせのようなところがありながら、ある意味で理に適ったものでもある。私の家族構造に関する研究は、日本では『新ヨーロッパ大全Ⅰ・Ⅱ』〔邦訳、藤原書店、一九九二年〜一九九三年刊〕を通して広く知られることとなった。

この本は、ヨーロッパの農村における家族構造の多様性を示したものだった。最近亡くなってしまったが、訳者で友人でもあった石崎晴己氏によると、この本の日本における大きな意義は、日本人が西洋に対して自らの位置づけができる点にあったという。特にドイツと日本の家族構造の類似性こそが、歴史における二国の不思議な、しかし危険な親近性を理解する手助けになったのだ。

「相続者は一人のみ」という慣習を持つ直系家族構造がこの二国の共通点だ。日本とドイツの類似性とは、いずれの社会も秩序化され、階層化されている点、また、同等のテクノロジーの力と工業力を保持している点、そして自民族中心主義（自分たちは世界のどの民族とも似ていないという感覚）を共有している点にある。

もちろん、家族構造がすべてを説明するわけではない。ドイツ文化特有の粗暴な露骨さは、日本文化の礼儀正しい繊細さとは似ても似つかないものだ。家族構造以外では、日本は島国という地理的条件や、仏教や儒教の土台にも負うところが大きい。

しかし、速水融《あきら》教授がすでに正しく感じ取っていたように、遅くとも一五世紀以降の日本では、一部の西洋との発展の類似性（人口学的、経済学的、社会学的）がその歴史の道筋を特徴づけてきたのである。明治に入り日本が西洋に追いつこうとしたのは、遠いイトコと再会を果たすような自然な流れであった。日本と西洋の政治世界との結びつきは、一九四五年のアメリカによる占領の結果というだけではないのだ。

日本とヨーロッパは、ロシアから中国にまたがる「ユーラシアの中央の塊」に対する「対称的な立場」にいるところに根本的な共通点がある。兄弟間が不平等な日本の「直系家族構造」（ドイツと非常に類似している）は、中国やロシアのように兄弟間が平等な「共同体家族構造」とは明確に区別される。また「直系家族構造」は権威主義的な側面を持つため、イギリス、アメリカ、フランスなどの平等主義で個人主義的な「核家族構造」とも一線を画している。

本書第4章では二つの「西洋」があることを示している。まずはドイツ、日本、アメリカ、イギリス、フランスを含む「経済的近代の西洋」だ。もう一つの「政治的近代の西洋」とは、最も西に位置する三大自由民主主義国〔イギリス、フランス、アメリカ〕のみを含む。ドイツと日本の政治的伝統はより権威主義的で、この点は、一九四五年以前のそれぞれの歴史が示している。

「西洋の敗北」という問題に取り組むには、「日本の本質とは何か」というこの問題を念頭に置かなければならない。西洋の敗北は今や確実なものとなっている。このまえがきと同時に二〇二四年七月初めに書いた「日本語版へのあとがき」でも、それがどれほど確実なことなのかを示した。しかし、一つの疑問が残る。日本は「敗北する西洋」の一部なのだろうか。この問いに数行で答えることはできないが、簡単に私の見解を述べよう。

西洋の危機の核心は、アメリカ、イギリス、フランスにある。そもそもこれらの国においては、政治的危機がすでに如実に現れている。ウクライナ戦争の当事国としてはあまり重要ではなかったフランスだったが（兵器の生産が少なすぎる）、この最終段階に来て重要な当事国になってきた。というのも、フランスは西洋同盟諸国の中でも、対ロシア制裁の影響で、経済と政治体制が最初に崩壊しそうになっている国だからだ。対ロシア制裁は、ヨーロッパ経済をストレス状態に陥れた。マクロン大統領の非合理的な行動、国民議会（下院）の解散、そして解散に伴って生じるカオス状態の原因の一部は、この戦争が引き起こした大衆層の生活水準の低下に見出すことができる。

イギリスの保守党の転落や、アメリカのトランプと老いぼれたバイデンの常軌を逸した対立もまた、自由民主主義国家の解体によって引き起こされた内部の負のダイナミズムから生じたものである。フランスのメディアの取材では何度も述べてきたが、西洋の敗北は、ロシアの勝利を意味するわけではない。それは、宗教面、教育面、産業面、道徳面における西洋自身の崩壊プロセスの帰結なのだ。

日本は、ドイツ以上に二つ目の「西洋」、つまり「自由主義の伝統は持たないが近代的な西洋」に属している。しかし日本もまた危機に直面している。この点に関しては同様のことがロシアにも中国にも言えるが、非常に低い出生率がそれを示している。日本はドイツと同じく、ＮＡＴＯが崩壊することでアメリカの支配下から解放されるだろう。しかし日本はそれによって、韓国とともに、中国と独力で向き合わなければならなくなる。

ユーラシアの西側におけるＮＡＴＯの崩壊が引き起こす日本の状況については、今後私もコメントを求められる機会が訪れるだろう。しかし今すぐに言えるのは、アメリカとの関係にはかなり慎重になるべきだということだ。アメリカが同盟国として信頼性がかなり低いことに今日のウクライナは気づいているわけだが、日本にとっては、中国との地理的な近さがアメリカとの同盟を必要不可欠にしている。ロシアは（ＮＡＴＯの馬鹿げた言説とは逆に）ヨーロッパにとって脅威ではない。それは日本にとって中国が東アジアの脅威であるのとは異なる。

最後に、これから脱西洋化が進むと思われる世界の中での日本の立ち位置について、短い見解を述べておこう。

西洋は、ロシアに制裁を科すことで、世界の大半から拒絶されていること、非効率的で残忍な「新自由主義的（ネオリベラリズム）資本主義」や、進歩的というよりも非現実的な「社会的価値観」によって、自らがもはや「その他の世界」を夢見させる存在ではなくなったことに気がついた。中国だけではなく、インド、イラン、サウジアラビア、アフリカも、結局はロシアの「保守主義」、そして「国民国家の主権」というロシア的な考え方（もちろんそれは、ロシアの歴史の一部と考えられているウクライナに適用されるわけではない）をより好むようになったのだ。

この戦争において、「多極的な世界」というロシアのビジョンは、西洋が中心となる「均一な世界」というビジョンと対立している。西洋モデルの政治的観点からすると、均質的であるべき世界――リベラル、資本主義、ＬＧＢＴなど――の覇権的中心地はアメリカだ。

私は、日本の地政学的文化の深い部分では「諸国家はみな同じ」というビジョンは受け入れられないのではないかと考えている。「均一な世界」というアメリカのビジョンは、日本的観点からすると、敢えて言えば「馬鹿げたもの」だからだ。日本には、「それぞれの民族は特殊だ」という考え方があり、むしろ「それぞれの国家の主権」というロシアの考え方の方が日本の気質にも適合している。

実際はドイツでも、「すべての民族は同じ」という考え方は馬鹿げたものと見られるだろう。ドイツでは「すべての民族は同じ」という考え方は表面的に受け入れられているだけなのだ。受け入れることで、第二次世界大戦における自らの人種差別的な残虐行為を忘れることができるからである。日本では私が考えるに、「独自の歴史」という感覚は「本能的」なもので、しかも「リアル」なものだ。
西洋の敗北は、日本が「独自の存在」としての自らについて再び考え始める機会になるはずである。さらに、日本が西洋の一部としてではなく、ネオリベラルの極西洋（アメリカ、イギリス、フランス）と「その他の世界」の仲介役として自らを捉える機会にもなるはずだ。

二〇二四年七月七日

エマニュエル・トッド

西洋の敗北◎目次

凡例

一、本書は、Emmanuel TODD, *La Défaite de l'Occident*, ©Editions Gallimard, Paris, 2024 の全訳である。

一、原文でのイタリック強調は、訳文では傍点で示した。

一、〈 〉は他の文献からの引用を示す。

一、〔 〕は訳者による補足を示す。

西洋の敗北

ジョージに捧ぐ

〔歴史に想像上の時点を設定する〕彼らは、終わることのない歴史の冒険の秘密をあらかじめ把握していると信じこみ、他人の争いを見下して独断的な公平さでほめたりけなしたりする裁判官の尊大さで、日々の錯雑した出来事を観察する。相容れ難い利害や思想をお互いに守るべく、個人、集団、国家を紛争にまき込む歴史なるものを、誰もが経験で知っている。同時代人であれ歴史家であれ、一方が正しく他方が誤りだと、無条件で決定する資格はない。それは、われわれに善悪を見分ける能力がないからではなく、われわれには将来は未知なるものであるとともに、いかなる歴史的動因でも、それなりに不正を含みもっているからである。

レイモン・アロン『知識人の阿片』第五章「歴史の意味」より

〔邦訳『知識人とマルキシズム』小谷秀二郎訳、荒地出版社、一九七〇年の訳を一部改変〕

我ここに立つ、我こうするより他なし

マルティン・ルター　一五二一年四月のヴォルムス帝国議会にて

序章 戦争に関する10の驚き

二〇二二年二月二四日、ウラジーミル・プーチンが世界中のテレビの画面に映し出された。プーチンはそこで、ロシア軍がウクライナ領内に入ると告げたのだった。演説は本質的にはウクライナについてでもなければ、ドンバス〔ドネツク、ルハンシク両州〕住民の民族自決についてでもなかった。それはNATOへの挑戦状だった。プーチンは、一九四一年のように、待ちすぎたがために避けられない攻撃を受け、驚かされるような事態には陥りたくないと説明した。「NATOが継続的に拡大し、ウクライナの領土で軍事力を強化することは、私たちにとって受け入れがたいことだ」。しかしこの「レッドライン」が越えられてしまった。それに加えて、ウクライナで「反ロシア」勢力が広がることを傍観しているわけにはいかない。つまり、これは自己防衛なのだという点をプーチンは強調した。

自らの決定の歴史的正当性、ひいては法的正当性を主張したこの演説は同時に、ロシアに有利な技術的パワーバランスを残酷なリアリズムで明らかにした。ロシアがこうして行動を起こしたのは、極超音速ミサイルの保有によって戦略的優位に立ったからなのだ。プーチンの演説は非常に落ち着き、よく構成されたものだった。演説中、多少の感情の高ぶりは見られたが、その内容は明快だった。もちろんこれに屈服する必要などないが、議論に値するものではあっただろう。しかし演説後、「プーチンは理解不能だ」という見方と同時に、ロシア人についても「理解不能」、あるいは「体制に隷属している」、あるいは「愚かだ」などとするイメージが幅をきかせるようになっていった。それに続いて西側で起きたのは、「西洋の民主主義」を貶めてしまうような「議論の欠如」だった。議論は、フランスとイギリスでは完全に欠如し、ドイツとアメリカでもほぼ見られなかった。

どの戦争も、また世界大戦の場合は特にそうであるように、この戦争も予想通りには進まなかった。

この戦争は多くの驚きをもたらしたが、私は主に一〇の驚きを見出した。

一つ目の驚きは、ヨーロッパで戦争が起きたという点だ。半永久的な平和が確立したと思われていたヨーロッパ大陸では、二国間のリアルな戦争というのは信じられない出来事だった。

二つ目は、敵対する二国がアメリカとロシアだったという点だ。これまで一〇年以上もの間、中国こそがアメリカによってその主な敵国として示されてきた。中国に対する敵対心は、近年のワシントンでは、政党を超え、共和党と民主党のコンセンサスが取れる唯一のポイントでもあったはずだ。しかし今、ウクライナ人を介したアメリカとロシアの対立に私たちは立ち会っているのである。

三つ目は、ウクライナの軍事的抵抗だ。誰しもがウクライナはすぐに制圧されるだろうと考えていた。悪魔のようなプーチンという、大げさで幼稚なイメージを作り上げてしまった多くの西側諸国民たちは、ロシアが六〇万三七〇〇平方キロメートルの国土を持つウクライナに対し、一〇万人から一二万人の兵士しか送り込まなかった、という事実を見ようとしなかった。比較してみよう。たとえば一九六八年、一二万七九〇〇平方キロメートルのチェコスロバキアへの軍事侵攻のために、ソ連とワルシャワ条約機構の衛星国は、五〇万人もの兵士を送ったのだ。

しかし特に驚いたのはロシア人自身だろう。というのも、ロシア人たちにとっても、情報をしっかりと得ていた西洋の人々にとっても、また実際においてもそうなのだが、ウクライナは、「failed state」、破綻国家なのだ。一九九一年の独立以降、ウクライナは人口流出と出生率の低下により、おそらく一一〇〇万人もの人口を失った。ウクライナはオリガルヒに支配され、汚職のレベルは常軌を逸し、国家も国民も売りに出されているような状態だった。そして戦争前夜、この国は安価な「代理母出産の地」となっていた。

ウクライナはたしかに、NATOによってジャベリン対戦車ミサイルが配備され、開戦当初からアメリカの観測・誘導システムも利用できた。しかし崩壊状態にあったウクライナによる激しい抵抗は、これまでにないような事態を表出させた。誰も予想できていなかったことだが、ウクライナは戦争そのものに自国の生存理由と、存在の正当性を見出してしまったのだ。

四つ目の驚きは、ロシアの経済面での抵抗力だ。ロシアを屈服させるだろうと言われていたのが、経済制裁の中でも特に、国際決済システムSWIFT〔ベルギーに本部がある国際銀行間通信協会〕からのロシア銀行の排除だった。もし私たちの政治家、あるいはジャーナリストたちの中に少しでも好奇心を持った者がいたならば、戦争の数カ月前に刊行されたダヴィド・トゥルトリの『ロシア――強国としての復活（*Russie. Le retour de la puissance*）』を読み、西側金融の全能性に対する馬鹿げた信仰から逃れることができただろう。(1) トゥルトリは、ロシアが二〇一四年に科せられた経済制裁に適応し、それ以降は情報と銀行の分野の自立に向けた準備を進めてきたことを明らかにした。またこの本からは、西側の報道が連日描くような硬直したネオ・スターリン的な官僚制のロシアとはかけ離れた、技術的、経済的、社会的に極めて柔軟性に富む「近代的なロシア」――つまり、侮ってはならない強敵――を見出すことができる。

五つ目の驚きは、「ヨーロッパの主体的な意思」の崩壊だ。「ヨーロッパ」とはまずはフランスとドイツのカップルのことだった。ただし二〇〇七年から二〇〇八年の危機以降は、「家父長的な結婚」を彷彿とさせ、「妻（フランス）」の言うことには耳を貸さない支配的な「夫（ドイツ）」、という様相を呈するようになっていった。しかし、ドイツが主導権を握っている状況下でも、ヨーロッパはある程度の自立性を保っていると考えられてきた。だが、ショルツ首相の躊躇を含め、ドイツ側が当初は難色を示していたにもかかわらず、欧州連合（ＥＵ）はあっという間に自らの利益を守ろうという意思を放棄した。続いて、エネルギーおよび（より一般的な）貿易パートナーでもあるロシアから自らを切り離し、自分たちに対してますます厳しいペナルティを科してしまった。ドイツは自国のエネルギー供給の一部を担っていた天然ガスパイプライン「ノルドストリーム」の破壊を抵抗もせずに受け入れた。この破壊はロシアだけではなくドイツに対するテロ行為であり、（ＥＵの加盟国ですらない）ノルウェーと組んだ「ヨーロッパの保護者」たるアメリカによって遂行された。この信じがたい出来事に関するシーモア・ハーシュの素晴らしい調査（米国の著名な独立調査報道ジャーナリスト。「米国はいかにしてノルドストリーム・パイプラインを破壊したか」と題したブログ記事で、ＣＩＡの作業部会がパイプライン爆破の秘密作戦を作成したと指摘している）は、「国際秩序の不可欠な保証人としての国家（＝アメリカ）」というものに疑問を投げかけたのだが、ドイツはそれすらも無視してしまった。同時に、エマニュエル・マクロン大統領率いるフランスも国際社会ではもはや蒸発して姿を消してしまったようだ。一方、ブレグジットでＥＵから抜け出したイギリスがそれまで担っていた役割、つまり「ＥＵ内におけるワシントンの手先」として台頭してきたのがポーランドだ。ヨーロッパ大陸ではこれまでの「パリ・ベルリン軸」が、ワシントンが操る「ロンドン・ワルシャワ・キエフ（キーウ）軸」に取って代わられた。たった二〇年ほど前、ドイツとフランスがともにイラク戦争に反対し、シュレーダー首相、シラク大統領、プーチン大統領が共同記者会見を開いたことを思い返すと、「地政学上の自立したプレーヤーとしてのヨーロッパ」の衰退にはいささか困惑せざるを得ない。

六つ目の驚きは、イギリスがやかましい反ロシア派として現れ、NATOの側で余計なお世話を焼く国として台頭してきたことだ。英国国防省（MoD）は、この紛争に関して最も興奮したコメンテーターの一員となり、そのコメントは西洋のメディアでも取り上げられた。それはアメリカのネオコンすらも生ぬるい軍国主義者に見せてしまうほどの興奮ぶりだった。また、イギリスは誰よりも先に、ウクライナに長距離ミサイルと重戦車を送り込みたがった。

こうした好戦主義は、これもまた不思議な形でスカンジナビアにも現れた。スカンジナビアは長い間、平和主義を守り、戦いよりも中立に近い立場を取ってきた。こうして、イギリスの熱狂に同調し、同じくプロテスタントの北欧という場所に、七つ目の驚きが現れたというわけだ。ノルウェーとデンマークは、アメリカにとって重要な軍事中継地だ。一方、フィンランドとスウェーデンは、NATOに加盟することで戦争への新たな関心を明らかにした。しかしこれは、実はロシアのウクライナ侵攻以前から起きていたという点については後ほど述べる。

八つ目こそが最大の驚きだ。それは圧倒的な軍事大国のアメリカに関する驚きだ。二〇二三年六月、アメリカ国防総省を情報源とした多くの報告書や記事により、それまで少しずつ高まっていた「アメリカの軍事産業には欠陥がある」という懸念がここで公然のものとなった。超大国アメリカは、自らの保護国ウクライナに対し、砲弾をはじめ、何も確実に供給できなくなっている。戦争前夜、ロシアとベラルーシのGDPを合計すると、西洋諸国（アメリカ、カナダ、ヨーロッパ、日本、韓国）のたった三・三％だったことを鑑みると、驚くべき現象だ。三・三％という数字の方が実は西洋諸国よりも兵器を生産する力があったという現実は、二つの問題を生じさせる。まずは、物資不足でウクライナ軍が戦争に負けるという問題が生じる。次に、西洋のメジャーな学問分野として君臨する政治経済学にも問題が生じる。敢えて言おう、この学問のインチキさが世界中に明らかになってしまったのだ。「国内総生産（GDP）」という概念はもはや時代遅れだ。これからは「新自由主義的政治経済」と「現実」との関係を検討し直さなければならない。

九つ目の驚き、それは西洋の思想的孤独と、自らの孤立に対する無知だ。世界中が従うべき価値観を定めることに慣れてしまった西洋諸国は、心から、そして愚かにも、ロシアに対する憤りを地球全体と共有できると期待していた。しかし彼らは幻滅を味わうことになる。戦争による最初の衝撃が落ち着くと、次第にロシアへの支持があちこちで見られ始めたのだ。次の敵国としてアメリカから名指しされていた中国がNATOを支持しないことは当然、予想できただろう。にもかかわらず、大西洋の西側でも東側でも、思想的ナルシシズムに陥っていた多くのコメンテーターたちは、「中国がロシアを支持しない可能性もある」などと一年以上も真剣に考えていた。さらに西洋を落胆させたのは、インドが関与を拒否したことだ。というのも、実のところ、インドは世界最大の民主主義国であり、そんな国の賛同も得られないのは「自由民主主義国」の陣営には少しそぐわない事態だからだ。そこで私たち西洋人は、インドの軍備の大部分がソ連製だからだろうと自らに言い聞かせた。ロシアにすぐさまドローンを供給したイランについては、最新ニュースのコメンテーターたちは、この二国の接近が何を意味するのか、そのことの重大さを理解できていなかった。これらの二国をいつも同類として、つまり「悪の勢力」として片付けることに慣れ切っていたために、メディアなどに使われる素人地政学者たちは、この同盟関係が当たり前ではないことに気づけなかった。歴史的に、イランには二つの敵が存在する。イギリス――大英帝国の崩壊後はアメリカに代わった――と……ロシアだ。したがってこの急転回は、今起きている地政学的転換の重大さに注意を喚起するはずのものだった。トルコはNATO加盟国だが、プーチン率いるロシアと密接な関係を築こうとしているようだ。この関係は、黒海をめぐる対立に関する真の理解を浮かび上がらせる。西洋の解釈は、「独裁者同士には明らかに共通の願望があるのだろう」というものでしかなかった。しかし、エルドアンが二〇二三年五月に民主的に再選されて以来、こうした見方も難しくなってしまった。一年半の戦争を経た今、イスラム諸国全体が、ロシアを敵ではなくむしろパートナー国と捉えるようになっているようだ。サウジアラビアとロシアは、石油の生産と価格を管理するために、互いをイデオロギー上の敵国というより経済的な協力国とみなしていることもはっきりしてきた。総合してみると、戦争の経済的ダイナミズムは、経済制裁で苦しむ発展途上国の西洋に対する敵意を日増しに大きくしていると言える。

最後の一〇番目の驚きは、今まさに現実となりつつある「西洋の敗北」だ。戦争がまだ収束していないにもかかわらず、このような断言をすると驚かれるだろう。しかし、この敗北は確実なものだ。西洋はロシアに攻撃されているのではなく、むしろ、自己破壊の道を進んでいるのだ。

視野をさらに広げ、戦争の暴力性が引き起こす、ある種真っ当な「感情」をいったん脇に置いてみよう。私たちは今、グローバリゼーションが完成した時代、つまりそれが最高潮に達し、完了した時代を生きている。ここで地政学的な見方をしてみよう。すると、実際にはロシアが主要な問題ではないことが見えてくる。人口が減少しているにもかかわらず、国土が広大すぎるため、ロシアが地球全体を自分のコントロール下に置くなどということは不可能だ。またそれを望んですらいない。ロシアは通常規模の勢力で、その発展には何の謎もない。ロシアのいかなる危機も世界の均衡を脅かすことなどないのだ。そうではなく、西洋の危機、とりわけアメリカの末期的な危機こそが地球の均衡を危うくしている。その危機の最も外部の波が、古典的で保守的な国民国家ロシアの抵抗の壁に突き当たったというわけだ。

＊

二〇二二年三月三日、戦争が始まってわずか一週間後、シカゴ大学の地政学教授、ジョン・ミアシャイマーは動画を配信し、一連の出来事の分析を行った。この動画は公開後すぐに世界中を駆け巡った。彼の分析の興味深い特徴は、ウラジーミル・プーチンのビジョンと極めて高い整合性があった点と、ロシアの考え方は知的かつ理解可能だという公理を受け入れた点にある。ミアシャイマーは、いわゆる地政学では「リアリスト（現実主義者）」と呼ばれる立場だ。現実主義において国際関係とは、互いに自己中心的な国民国家間の力のぶつかり合いだと考えられている。彼の分析は次のように要約できる。ロシアは何年もの間、ウクライナがＮＡＴＯに加盟することは許容できないと言い続けてきた。その一方でウクライナの軍隊は同盟国、つまりアメリカ、イギリス、ポーランドの軍事顧問たちによって軍備強化が進められ、ＮＡＴＯの「事実上」の加盟国になろうとしていた。だから、ロシアは以前から予告していた通りに戦争を始めた、というわけだ。ミアシャイマーに言わせれば、ウクライナに侵攻したロシアに私たち西洋人が驚いたこと自体がまさに驚きなのだ。

ミアシャイマーは、ロシアが戦争に勝つだろうとも述べている。理由は、ロシアにとって、ウクライナは自国の存亡に関わる死活問題だからだ(同時にミアシャイマーは、アメリカにとってはそうではないことを示唆している)。ワシントンは、八〇〇〇キロも離れた地で、わずかな利益のために戦争をしているにすぎない、と。このことからミアシャイマーは、今後ロシアが軍事的に困難な状況に陥っても、私たちは喜ぶべきではないと述べている。そうなってしまうと、ロシアは必然的にこの戦争に一層力を注ぐことになるからだ。一方にとっては生存に関わるが、他方にとってはそうではない。だからロシアが勝つというわけだ。

ミアシャイマーの知的かつ社会的なその勇気には感嘆するしかない(彼はアメリカ人だ)。彼のこの明快な解釈は、以前の著作や二〇一四年のクリミア併合の際にすでに示していた考えを発展させたものだが、実はそこには一つ重大な欠点がある。ロシア側の振る舞いしか説明してくれないという欠点だ。テレビに出演するコメンテーターたちがプーチンの態度に「殺人的狂気」しか見なかったように、ミアシャイマーはNATO(アメリカ、イギリス、ウクライナ)の行動に「非合理性」と「無責任さ」しか見ていない。もちろんこの点には私も同意するが、それだけでは足りない。さらになぜ西洋がこれほど非合理的な行動をとったのかをも説明する必要がある。しかしもっと深刻な点は、ウクライナの軍事的優位性が逆説的にアメリカをも罠に嵌てしまったことを理解できていないことだ。今やアメリカにとっても生存に関わる問題になっているのだ。もはやわずかな利益の問題ではなく、この戦争に絶えず注力しなければならない危険な状況に陥っている。こうした事態は、ポーカープレイヤーが友人から次々にレイズするように誘導され、最終的に「2」のワンペアでオールイン〔手持ちのチップをすべてベット〕せざるを得なくなってしまう状況を思わせる。そんな彼〔アメリカ〕を前にして、チェスプレイヤー〔ロシア〕が戸惑いながらも勝利してしまうというわけだ。

本書ではウクライナで起きていることを描写し、理解しようと努めるのはもちろんのこと、ヨーロッパだけではなく世界で起こりうる事態について、いくつかの仮説を示すつもりだ。また、二つの主要陣営間の相互理解を不可能にしている根本的な謎を解明することも目的の一つだ。一方には、「プーチンは狂っていて、ロシアもプーチンと同じだ」と考える西側陣営があり、もう一方には、心の底では狂っているのは西側だと考えているロシアやミアシャイマーたちがいる。

プーチンとミアシャイマーは同じ陣営に属しているわけではないし、おそらく双方が共通の価値観を見出すことは難しいだろう。にもかかわらず彼らのビジョンに相通じるものがあるとすれば、「世界は国民国家で構成される」という基本的な見方を共有しているからだ。内部において正当な暴力を独占する国民国家は、国内の市民的平和を保つことができる。これはウェーバー的な国家の見方だ。しかし対外的には、パワーバランスだけが意味をなす環境で生き延びる必要があるため、国民国家はホッブズ的主体として振る舞う(2)。

国民国家のロシア的概念を最もうまく定義するのは「主権」の概念だ。「主権」とは、タティアナ・カストゥエヴァ＝ジャンが説明するように〈国家が外部からの干渉や影響を受けることなく、独立して国内政策と対外政策を決定する能力として理解される(3)〉。この概念は〈継続するウラジーミル・プーチン大統領政権下で特別な価値を持つようになった〉という。それは〈政治体制や政治的志向がどうであれ、国が保持する最も貴重な財産として、数多くの公式文書や演説で言及されている〉。また〈主権はアメリカ、中国、そしてロシア自身を筆頭とする数少ない国家だけが手にしている稀少な財産だ。一方で、最も公式的な文書や演説では、ワシントン、つまりアメリカによるＥＵ諸国の「属国化」は侮蔑的に表現され、ウクライナはアメリカの「保護国」と表現されている〉。

二〇一八年刊の『大いなる妄想（*The Great Delusion*）』でミアシャイマーもまた、国民国家と主権という枠組みで思考していることがわかる。彼にとって「国民国家」とは単なる「国家」あるいは抽象的に描かれる「国民」ではない[4]。それは一つの国家と一つの国民であると同時に、一つの文化に根づき、共通の価値を保持している。世界の人類学的かつ歴史的な厚みを考慮した、要するに伝統的なこの見方は、彼の著作の中で「公理」のように何度も繰り返し示される。

「公理」、あるいは「公準の本質」は、そこから「定理」を演繹はできるが、それ自体、実証はできないという点にある。しかし、「公理」は、人がそれを「既成事実」とみなしてしまうような一定の本当らしさをまとっている。たとえばユークリッドの第五公準は、「一つの点がある時、その点を通る平行線は一本だけである」というものだが、これは証明することができないし、リーマンとロバチェフスキーらによる非ユークリッド幾何学は別の公理から出発している。しかしそれでも、人々の常識的感覚からすると、ユークリッドの第五公準は非常に説得力がある。同じように、「世界には異なる文化に根ざしたさまざまな国民国家が存在する」ということは、一つの公理を形成し、（ミアシャイマーの場合はそれを少しばかり教条主義的に何度も繰り返すわけだが）高いレベルで真実味を示している。結局のところ、二〇世紀後半の脱植民地化の大きな波から生まれた世界は、国民国家になろうとすること以外は考えられなかった国家によって組織化されていった。これは国連の構成を見れば納得できる話だ。

ただし、この公理から一つの問題が生じる。それはロシア人たちの目をくらませるのとまったく同様に、ミアシャイマーの目をもくらませてしまうのだ。こうして、ロシアは西側諸国からすると理解できない国という立場に置かれ、西側諸国もロシアからすると理解できない国という立場に置かれてしまった。二〇二二年二月二四日、開戦の演説の中でプーチンはアメリカと同盟国を「うその帝国」と表現した。この呼称は、戦略的現実主義からはかけ離れ、定義が定かでない精神状態に迷い込んだ敵国を想起させる。一方で、ミアシャイマーの著作は『大いなる妄想（*The Great Delusion*）』だったことを思い出してほしい。幻想（illusion）などよりもさらに強い「妄想」（Delusion）という言葉は、精神病や神経症を指すこともある。副題は「リベラルの夢と国際社会の現実（*Liberal Dreams and International Realities*）」だ。そこでは「リベラル」の拡大というアメリカのプロジェクトは「夢物語」として提示され、ミアシャイマーが代理人となるような「現実」が対置される。ミアシャイマーは、アメリカの地政学的エスタブリッシュメントを支配するようになったネオコンたちを、私たち西洋人がプーチンをそう扱うように、精神分析の対象としたのだ。

国際関係の「実践者」プーチンが「うその帝国」という表現を使うことで感じ取りつつも完全には定義できていないこと、また、その一方で国際関係の「理論家」としてのミアシャイマーが断固として見ようとしないこととは何か。それは、「西側諸国にはもはや国民国家など存在しない」という非常に単純な真実だ。

本書では世界の地政学の、ある意味で「非ユークリッド幾何学」的な解釈を提案する。この解釈では、「国民国家で形成される世界」という公理を当然視しない。そうではなく、西洋における国民国家の消滅という仮説を用いることで、西洋諸国の行動を理解可能にするのだ。

＊

国民国家の概念は、政治体制が民主主義的であれ、寡頭政治的であれ、権威主義的であれ、全体主義的であれ、ある領土内のさまざまな階層の人々が共通の文化に属していることを前提とする。また、国民国家が適用可能な概念となるためには、その対象の領土が最低限の経済的自立を享受できていなければならない。もちろん、この自立は貿易を排除するものではないが、中長期的には多かれ少なかれバランスが取れていなければならない。常態化した赤字は、国民国家という概念を無効にしてしまう。なぜなら、問題の領土主体は外部からの貢ぎ物や収入を見返りなしで徴収することでしか存続できないからだ。ちなみに第4章から第10章までの詳細な分析を通さずとも、この基準をもとに考えると、対外貿易が二度と均衡状態には戻ることがなく、常に赤字状態のフランス、イギリス、アメリカなどは、もはや完全な国民国家とは言えない。

さらに言えば、正しく機能する国民国家は、中流階級を重心とする特殊な階級構造を前提とする。つまりそれは、指導者層のエリートと大衆の良い関係性などという以上のことだ。より具体的に、地理的空間に社会集団を位置付けてみよう。人間社会の歴史の中で、中流階級は他の集団とともに都市ネットワークを形成してきた。教育を受け、他から分化した中流階級が形成する具体的な都市的階層があるからこそ、国民の神経ネットワークとしての国家が現れる。本書では、ウクライナ戦争に至るまでの東ヨーロッパの歴史の中心的な説明要因とは、まさにこの都市中流階級のぎくしゃくして遅れた、悲劇的な発展だったという点に言及する。中流階級の破壊がいかにアメリカの国民国家を崩壊させたのかについても述べる。

国家に注水し、栄養を供給する強力な中流階級があってこそ機能する国民国家という考え方は、アリストテレスの均衡の取れた「ポリス（Cité）」を強く想起させる。アリストテレスは『政治学』の中で、中流階級についてどのように述べていただろうか。

〈しかし、立法者はその憲法の中に、常に中流階級のための場所を設けなければならない。もしその法律が寡頭政治的であれば、中流階級を見失うことはない。もしその法律が民主的であれば、法律を通じて中流階級を融和させなければならない。中流階級に属する人々が、富裕層と貧困層の双方の合計、あるいは富裕層、貧困層のどちらか一方に対して数的に上回っているならば、安定した政治を行える。富裕層と貧困層が協調して中流階級に対抗する恐れなどいっさいないからだ。富裕層と貧困層のどちらのグループも、相手の奴隷になることは受け入れないだろうし、富裕層と貧困層が共通の利益によりよく仕える政府の形態を探るとすれば、この形態以外にないだろう。相互不信から、交代で指揮を執ることに耐えられなくなるからだ。どこでも、最も信頼を集めるのは審判である。ここでの審判は、真ん中にいる者なのだ(5)〉

独創性など求めず月並みなやり方で、国民国家の存在そのものを可能にしている概念の列挙を続けてみよう。国民意識がなければ、定義上、国民国家は存在しない。しかしこれは同語反復に近い。

ＥＵについては、たとえ今の形態がもともと目指していた形態とは異なっているとしても、「国民国家」の超克をそこに見て取るのは難しいことではない。そもそもそれがＥＵプロジェクトの中心にあるからだ。ここで不思議なのは、ヨーロッパのエリートたちが、国民国家の超克と国民国家の存続を両立させていると自負している点だ。アメリカでは、国民国家のいかなる超克も正式には企図されていない。しかし、これから検討していくように、アメリカのシステムはヨーロッパを従属させることには成功したが、結局はヨーロッパと同じ災いに苦しんでいる。つまり、大衆とエリート階級が共有する国民文化の消滅だ。ＷＡＳＰ文化――白人、アングロサクソン、プロテスタント――が、一九六〇年代以降、段階的に内部崩壊していくことで、「中心」も「プロジェクト」も失った「帝国」ができ上がるに至った。その帝国は、パワーと暴力だけを本質的な価値とするような、〔人類学的な意味で〕文化を持たない集団によって率いられ、軍事的でしかない組織となってしまった。この集団こそが、一般的に「ネオコン」と称される集団だ。かなり少数の集団ではあるが、アトム化されたアノミー〔無統制になった状態〕的上流階級の中で蠢《うごめ》き、地政学的、歴史的に大きな損害を与えるだけの力を持っている。

西洋諸国の社会の変化は、エリートの「現実」との関係を困難にした。しかしポスト国民国家的な行為を単に「狂っている」だとか「理解不能だ」として片付けるわけにもいかない。これらの現象にもそれなりのロジックがあるからだ。このようなもう一つの世界、新しい心理的空間を定義し、検討し、そして理解するべきなのだ。

ミアシャイマーが二〇二二年三月三日に配信した例の重要な動画に話を戻そう。ミアシャイマーは、すでに述べたように、ウクライナ問題はロシアにとって死活問題だが、アメリカにとってはそうではない、ということから、ロシアの勝利は確実だと予測した。しかし、「アメリカは国民国家だ」という考えを捨て去り、アメリカのシステムがまったく別のものと化していることを受け入れたらどうなるか。すでにアメリカ人の生活水準は、もはや輸出で埋め合わせられない規模の輸入に依存している。伝統的な意味での国家エリート層も存在しない。さらに、明確に定義された中心的な文化もなく、巨大な国家的かつ軍事的装置が残っているだけだ。そう考えると、ベトナム、イラク、アフガニスタンに続き、今度はウクライナ人を介したウクライナ戦争での敗北を受け入れるような国民国家の単なる撤退とは別の道が見えてくる。

アメリカは「国民国家」ではなく、「帝国的国家」と見るべきなのか。実際、ロシアを含め多くがそう見てきた。ロシアが「集合的西洋」と呼ぶものは、ヨーロッパ人が従属的な存在でしかないような、ある種の多元的帝国システムを指す。しかし、「帝国」という概念を使用するには、一定の基準が必要だ。すなわち、支配的な中心と支配される周縁がなければならない。その中心には共通のエリート文化があり、合理的な知的活動が営まれていなければならない。しかし、これから見ていくように、アメリカでは、もはやそうではなくなっている。

では、「後期帝国的」国家と呼ぶべきか。アメリカと古代ローマというのは、たしかに並列させてみたくなる。実際に私も著作『帝国以後』の中で比較を試みた。ローマが地中海沿岸全域を支配し、一種の最初のグローバリゼーションを即興的に実現することにより、中流階級を一掃してしまったという点を指摘した(6)。イタリアへ小麦、加工品、奴隷が大量に流入したことで、農業と手工業が破壊された。それは、中国製品の流入に屈してしまったアメリカの労働者階級を想起させる。どちらの場合も、その特徴を少しばかり強調すると、「経済的に役に立たない平民《プレブス》」と「略奪的な富裕層」に二極化した社会が出現したと言える。こうして長い凋落への道筋が描かれ、途中に多少の波風はあるにせよ、それはもはや避けられない道となる。

しかし「後期帝国的」という言葉も、現代の多くの諸要素の新しい側面から考えると決して十分とは言えない。たとえばインターネットの存在や（これまでにないほどの）急激な変化、そしてアメリカの周辺にロシアや中国といった巨大国家が存在するといった点だ（ローマ帝国にはこれに匹敵するほどの隣国はなかった。遠く離れたペルシャを除けば、ローマ帝国は事実上、その世界で唯一無二の存在だった）。また、より重要な違いとは、ローマ帝国後期はキリスト教が成立した時代であるのに対し、私たちの時代の本質的な特徴の一つはキリスト教の土台が完全に消滅した点にあることだ。この宗教の消滅こそが、アメリカのエリート層の崩壊を説明する決定的かつ歴史的な現象だ。後ほど詳細に検討するが、プロテスタンティズムは、西洋に経済力をもたらした重要な要素だったが、もはや死に絶えてしまった。これは目には見えないが、よく考えてみれば眩暈さえ覚えるほどとてつもなく重大な現象なのだ。それが現在の世界的混乱を説明する決定的な鍵の一つ、むしろ唯一の鍵であることについては後ほど言及する。

先ほどの分類の検討に戻るとしよう。私はアメリカとその従属国に関しては「ポスト帝国的」国家と呼びたくなる。アメリカは帝国的軍事機構を保持しているが、その中心にはもはや知性を担う文化などない。そのため、実際には産業基盤が大幅に縮小しているにもかかわらず、外交や軍備の拡張を強化するなど、思慮に欠け、矛盾した行動に走っている。「産業なき現代的戦争」などというのは語義矛盾だ。

私は二〇〇二年（『帝国以後』を執筆した年）以降、アメリカの変化をずっと観察してきた。アメリカは、その積極的な帝政期（一九四五年から一九九〇年）、ソ連と対峙する巨大な国民国家だったが、当初はアメリカが再びこうした形態に回帰するだろうという希望を私も持っていた。しかし、今日ここで、プロテスタンティズムの死を宣言すると同時に、そのような再生はもはや不可能であることも認めなければならない。これは一般的な歴史的現象、「ほぼすべての根本的な過程の不可逆性」の確認に他ならない。この原則はいくつもの本質的な分野に適用できる。まず、「国家から帝国、そしてポスト帝国へ」という流れ。また、社会的道徳性と集団的感情の消滅を招いた「宗教の消滅」。そして、遠心力による地理的拡大とそれに伴う「システム本来の中核部の崩壊プロセス」。キエフ（キーウ）に何千億ドルもの資金が流れ込んでいるのと同時に、共和党やトランプ支持者の多いアメリカ内陸部で死亡率が高まっているのは、このプロセスの特徴を示している。

『最後の転落』（一九七六年）と『帝国以後』（二〇〇二年）の中で（この二作はシステムの来るべき崩壊を予測したものだった）、私は人類の歴史と国家の行動を合理的に説明するような表現を使った。[7] たとえば『帝国以後』では、アメリカに見られた外交的かつ軍事的な興奮について「芝居がかった演劇的小規模軍事行動」と解釈した。ソ連崩壊後もアメリカが世界にとって必要不可欠な存在だという印象を最小限のコストで与えるためのポーズだ、ということだ。要するに、勢力としての合理的な目標を想定していたのである。本書において、私はもちろん伝統的な地政学的要素も使用する。たとえば生活水準、ドルの力、搾取のメカニズム、客観的な軍事力バランス、つまり表面的には多かれ少なかれ合理性が通用する世界だ。アメリカの生活水準と、システム崩壊によってそこに生じるリスクの問題についても検討するが、私は、「合理的な理由」を独占的な仮説とみなすのはやめようと思う。そして、地政学と歴史に関してより広い観点を提示し、とりわけ「精神的な欲求」という、人間の絶対的に非合理的な要素をそこにうまく統合することを試みる。

これ以降の章では、社会の宗教的原型とともに、自らに与えられた条件の謎と、その条件の受け入れがたさに直面した人間が見出そうと努めてきた解決策についても検討する。さらに、西洋のキリスト教、特にプロテスタンティズムの宗教的原型の最終的な崩壊と、それに伴う煩悶についても検討する。もちろん、その影響のすべてが必ずしも否定的に示されるわけではないし、本書は極端に悲観的なものではない。ただそこには、これから時間をかけて論じることになる「ニヒリズム」が現れてくる。私が「宗教ゼロ状態」と呼ぶものは、最悪の場合「虚無の神格化」を生み出すことになるだろう。

私が「ニヒリズム」という言葉を使う時、それは最も一般的な使い方とは異なる。どちらかと言うと（これは偶然ではないが）一九世紀ロシアのニヒリズムを彷彿とさせるものだ。また、――具体的にはそれぞれ全く異なるダイナミズムのもとで生じたニヒリズムだとしても――アメリカとウクライナは、ニヒリスト的な基盤によって結びついたのである。私の言うニヒリズムは、二つの本質的な次元を含んでいる。最もわかりやすいのが物理的次元だ。そこには物や人間を破壊しようとする欲動があり、これは戦争を考える際に非常に役に立つ。二つ目は概念的次元だ。これは、特に社会の運命と、その衰退が可逆的か不可逆的かを検討するためには、最初の次元に劣らず本質的なものである。というのも、ニヒリズムは必ずや真理という概念そのものを破壊しようとし、世界を合理的に捉えることをも禁じようとする傾向を持つからだ。この二つ目の次元は、ある意味で最も一般的な「価値観の不在から生じる非道徳主義」という定義にも通じる。科学者気質の私にとって、「善と悪」や「真実と偽り」という二つの二項対立を区別することは難しい。私からすると、この二つの概念的な組み合わせは混合しているように見えるからだ。

＊

こうして二つの対立する精神構造が現れる。一方には国民国家の戦略的リアリズムがあり、もう一方には崩壊しつつある帝国から発現した、ポスト帝国主義的精神構造がある。どちらも一方だけでは現実の全体を捉えることはできない。なぜならば、一つ目の精神構造は、西洋がもはや国民国家によって形成されておらず別物になってしまったことを理解していないからだ。と同時に、二つ目の精神構造は、主権国家という概念を理解できなくなってしまったからだ。ただ、両者の現実認識は同等ではなく、その非対称性は〔一つ目の精神構造の〕ロシアに有利に働いている。

スコットランドの啓蒙学者、アダム・ファーガソンが著作『市民社会史論』（一七六七年）で述べたように、人間の集団はそれ自体としては存在せず、常に他の同等の人間集団に対して存在する。最も小さく、最も遠く離れた島々にも、人が住んでいるかぎり、常に対立する二つの集団を見出せるという。「社会システムの複数性」は「人類」と一体で、これらのシステムは互いに対立しながら存在している。ファーガソンは次のように述べている。〈同国人や同郷という肩書きは外国人や異民族と対立していなければ（…）廃れてしまい、意味をなさなくなる。私たちは個人についてはその個人の資質を愛するものだ。しかし、人類の分断における一つの集団の構成員として、国を愛するのだ(8)〉。

フランスとイギリスの台頭がそれを見事に物語っている。中世時代、セーヌ川流域に生まれた二つの国家は、互いに対して自らを定義していったのだ。それから時が経ち、フランス人にとって、代わりに敵となったのはドイツである。そして忘れられがちだが、一九一四年の戦争前夜のイギリスにとっても主要な敵はドイツだった。

ファーガソンの主要テーゼの一つは、ある社会の内部における道徳性は、外部に対する非道徳性と関連しているというものだ。別の集団に対する敵対心があるからこそ、自身の集団と連帯する。ファーガソン曰く、〈国家の敵対関係と戦争なくしては、市民社会そのものが目的あるいはその形を見出すことは難しかっただろう(9)〉。彼はさらに続ける。〈対立する人々への敵対心を認めずに、多様な人々の間に連帯を見出そうとすることは意味がない。もしも突然にして、外国によって喚起される対抗意識が消滅したならば、国内での社会的な結びつきも断ち切られたり、あるいは弱められたりすることになり、結果として国民的な活動や国民的な道徳の発露の場も閉ざされることになるだろう(10)〉。

今日の西洋のシステムは、世界の全体を代表しようとし、もはや他者の存在を認めないものとなっている。しかし、まさにファーガソンの教訓とは、正当な他者の存在を認めなくなってしまった場合、自分たち自身が存在しなくなってしまうということである。一方でロシアの強みは、主権と国家の対等性という観点から物事を考えているという点にある。ロシアは、敵対する勢力の存在を考慮することで、社会的結束を確保できているのだ。

＊

本書のパラドックスは、ロシアの軍事行動から出発しながらも、最終的には西洋の危機にたどり着いてしまうということにある。一九九〇年から二〇二二年にかけてのロシア社会のダイナミズムの分析から話を始めることになるが、それは単純で簡単な作業だ。また、ウクライナと旧ソ連圏の東ヨーロッパ諸国の軌跡は、それなりに矛盾してはいるが、それほど複雑には見えない。それに対して、ヨーロッパ、そしてイギリス、また特にアメリカの検討というのは、知的な作業として、より困難を伴うだろう。私たちは現実に到達するために、まず幻想、反射像、幻影などに立ち向かわなければならない。そうして、ヨーロッパの下降スパイラルの先にある、イギリスとアメリカのとてつもない規模の内部不均衡こそが世界の安定にとって大きな脅威になりつつあるという、もはやブラックホールのような現実に少しずつ入り込んでいく。

究極的なパラドックスは、暴力と苦しみの経験、愚かさと過ちの王国として立ち現れる戦争が、それでも「現実」を見極める試金石だという点にある。戦争が鏡の向こう側を見せつける。そこはイデオロギー、統計のまやかし、メディアの造反、国家の嘘、そして忘れずに加えるべきだが、陰謀のたわ言が徐々に力を失っていく世界だ。すると、単純な真実が露わになる。西洋の危機こそが、いま私たちが生きている歴史の原動力なのだ。戦争が終わった暁には、もはや誰もそれを否定することはできないだろう。

原注（序章）

（1）David Teurtrie, *Russie. Le retour de la puissance*, Dunod, 2021.

（2）ウェーバーは国家を正当な暴力の独占によって定義する。一方でホッブズは自然状態を万人の万人に対する闘争として提示する。

（3）Tatiana Kastouéva-Jean, « La souveraineté nationale dans la vision russe », *Revue Défense nationale*, n° 848, mars 2022, p. 26-31.

（4）イェール大学出版局によって刊行された。したがって、議論は決してアメリカのシステムの周辺部分のものではないということだ。

（5）Aristote, *Politique*, Les Belles Lettres, 1989, t. II, p. 174.〔アリストテレス『政治学』山本光雄訳、岩波書店、一九六一年〕

（6）Emmanuel Todd, *Après l'empire. Essai sur la décomposition du système américain*, Gallimard, 2002; voir rééd. « Folio actuel », avec une postface inédite de l'auteur, 2004, p. 94-95.〔エマニュエル・トッド『帝国以後――アメリカ・システムの崩壊』石崎晴己訳、藤原書店、二〇〇三年〕

（7）Emmanuel Todd, *La Chute finale. Essai sur la décomposition de la sphère soviétique*, Robert Laffont, 1976; nouvelle édition augmentée, 1990.〔エマニュエル・トッド『最後の転落――ソ連崩壊のシナリオ』石崎晴己監訳、中野茂訳、藤原書店、二〇一三年〕

（8） Adam Ferguson, *An Essay on the History of Civil Society*, Cambridge University Press, 1996, p. 25.〔アダム・ファーガスン『市民社会史論』天羽康夫・青木裕子訳、京都大学学術出版会、二〇一八年〕
（9） 同上。p. 28.
（10） 同上。p. 29.

第1章　ロシアの安定

この戦争の大きな驚きの一つはロシアの強靭さだった。しかしそれが驚きだったこと自体が、本来おかしな話なのだ。予測可能で、実は説明も簡単なことだったからである。ここで真に問われなければならないのは、なぜ西洋諸国は敵国をこれほど過小評価してしまったのかということだ。ロシアの強みは隠されていたわけではなく、それを示すデータも入手可能だった。ロシアは一七〇〇万平方キロメートルの領土を持ち、あらゆる天然資源を有している国だ。さらに、二〇一四年以降は制裁が科された時のために堂々と準備を進めていた。西洋の「インテリジェンス・コミュニティー」はアメリカだけでも一〇万人を抱えているが、そんな彼らがなぜ、SWIFTからの排除と制裁だけでロシアを無に帰すことができると信じてしまったのか。

プーチン政権中ずっと続いてきたこの誤った認識の重大さを示すために、二〇二二年三月二日付の『ル・モンド』紙に掲載された、論説委員シルヴィ・カウフマンによるコラムのタイトルを見てみよう。「ロシアのトップであるプーチン氏の実績とは、自国を地獄への長い転落に導き、侵略国へと変貌させたことだ」。ロシアにとってはむしろ一九九〇年代のソ連崩壊の地獄からの復興期だった時代を、フランスの有力紙はこのように描いてしまったのだ。とはいえ、こう指摘して、告発し、憤り、不誠実さを非難したいわけではない。このように考えていた人々もまた大真面目だったことは確かだから[1]だ。重要なのは、ロシアが回復しつつあったのは簡単に見てとれたのに、「なぜこんな馬鹿げたことが書かれてしまったのか」を理解することである。

安定化に成功――「道徳統計」による証拠

二〇〇〇年から二〇一七年は、プーチン政権時代で最も安定化が進んだ時期だ。アルコール中毒による死亡率は、人口一〇万人当たり二五・六人から八・四人に減少し、自殺率は三九・一人から一三・八人に、殺人率も二八・二人から六・二人に減少している。実際の人数で言えば、アルコール関連死は年間三万七二一四人から一万二二七六人に、自殺は五万六九三四人から二万二七八人に、殺人は四万一〇九〇人から九〇四八人に減少した。これが「地獄への長い転落」に陥ったと断言された国の動向である。

二〇二〇年、殺人率はさらに低下した。一〇万人当たり四・七人にまで減少し、プーチンが政権に就いた時点から六分の一までに減っている。自殺率は、二〇二一年に一〇・七人となり、四分の一近くに減少している。二〇〇〇年の乳幼児死亡率は、「生きて産まれてきた子ども」一〇〇〇人当たり一九人だったが、二〇二〇年には四・四人にまで減少し、アメリカの五・四人（ＵＮＩＣＥＦ）の数字を下回った。乳幼児死亡率は、社会の最も弱い者に関するものだからこそ、社会の一般的な状態を評価する上で特に重要なのである。

一九世紀の社会学者たちが「道徳統計」と呼んだこれらの人口指標は、他の指標以上に、より明白で本質的な現実を示す。ロシアの経済データを追うと、他国にキャッチアップする姿が見えてくる。特に二〇〇〇年から二〇一〇年にかけては生活水準が迅速に向上した。しかし続く二〇一〇年から二〇二〇年にかけては、クリミア併合の結果としての経済制裁が引き起こした困難による減速が見られる。とはいえ、道徳統計が示す傾向は、経済データより安定し、より根源的な傾向なのだ。それは、ロシアの社会的平穏を表すと同時に、一九九〇年代の悪夢を経験したロシア人自身が、自分たちにも安定した生活が可能であると再発見したことも示している。

人口統計という客観的な事実から確認できるこうした安定性は、ロシアにとって本質的なものとなっており、プーチンが演説でこだわる点の一つである。ところが、こうした客観的な事実の存在にもかかわらず、さまざまなNGO（非政府組織）——多くの場合、アメリカ政府が間接的に関与する出先機関でしかなく、「PNGO」すなわち「擬似（pseudo）非政府組織」と呼んだ方がいい——は、各種のランキングでロシアを常に格下げし続けてきた。そして、とうとう馬鹿げたことを発信するまでに至ってしまった。世界各国の汚職率をランキングする機関「トランスペアレンシー・インターナショナル」は、二〇二一年、アメリカを二七位、ロシアを一三六位としたが、この時点で私たちはあり得ないことに直面した。乳幼児死亡率がアメリカよりも低い国が、アメリカよりも汚職が進んでいるはずはないのである。乳幼児死亡率という指標は、社会の本質的な状態を反映するため、あやふやな基準ででっち上げられた指標よりも、おそらく実際の汚職に関するよりよい指標なのだ。そもそも、乳幼児死亡率が最も低い国は、汚職率も最も低い国だということは、スカンジナビア諸国と日本が証明している。ランクの上位では、乳幼児死亡率と汚職の指標は相関関係にあると確認できるのだ。

経済復興

乳幼児死亡率を「動向を測る指標」として使用しなかったことについて、『ル・モンド』紙やCIAを責めても仕方がない。しかし、経済データはよく知られているデータだ。この時期を通して、生活水準の向上に加えて、ロシアでは失業率が非常に低く、戦略的経済分野において復活を遂げていたことがわかる。

最も驚きに値するのは農業だ。二〇二一年刊のダヴィド・トゥルトリの著作によれば、ロシアは数年間で食料の自給自足を達成しただけでなく、世界で最も主要な農産物輸出国の一つになった。〈二〇二〇年、農産物加工品の輸出は過去最高の三〇〇億ドルに達し、これは同年の天然ガス輸出収入（二六〇億ドル）を上回る数字だ。このダイナミズムは、もともとは穀物と採油植物によるものだったが、今は肉の輸出にも支えられている。（…）こうして農業分野で成果を上げ、ロシアは二〇二〇年、近年で初めて農産物の純輸出国になった。二〇一三年から二〇二〇年にかけてロシアの農産物加工品の輸出は三倍に増加し、輸入は半減した(2)〉。これは、誰もが知っているように農業の失敗が顕著だったソビエト時代への見事な皮肉だ。

ロシアが世界二位の武器輸出国であり続けていることは、それほどの驚きではない。しかし、チェルノブイリ原発の事故の後、フランスを大きく引き離し、ロシアが近年新たに世界一位の原発輸出国となったことは、一つの驚きだ。二〇二一年、この分野を担う国営原子力企業ロスアトムは、海外（特に中国、インド、トルコ、ハンガリー）に三五基の原子炉を建設中だった(3)。

ロシアがその柔軟性とダイナミズムを見せつけたもう一つの分野は、インターネットだ。私たち西洋人にとって、インターネットはモダニティの真髄でもあるからこそ、有能な情報機関がロシアでのこの分野の発展状況をしっかりと把握していると期待もできたはずである。しかし、実際はまったく異なっていた。

この点に関してトゥルトリは、ロシアが国家主義的でありながらリベラルで、ナショナリズム的でありながら柔軟な態度をいかに取ってきたかを非常に巧みに説明している。ロシアは市場競争の世界に身を置くことを決意しながらも、同時に自立の維持にも注力し続けたのだ。トゥルトリ曰く、〈実際に、多くの分野でそうであるように、ロシア版のインターネット規制は、ヨーロッパと中国の規制の中間に位置する。ヨーロッパとの共通点は、ロシア独自のルネット（RuNet）において多くの視聴者を獲得しているアメリカの巨大インターネット企業の存在だ（特にYouTube）。（…）しかしヨーロッパとは異なる点がある。ロシアは国の自立を保ち、インターネット・ユーザーに代替ソリューションを提供するために、インターネット関連のあらゆる分野で国内チャンピオン〈その国を代表する企業〉に頼ることができる。これに関してヨーロッパはほとんど無力だ[4]〉。こうして、〈西洋のソリューションにも非常にオープン〉でありつつも、ロシアは〈ローカルレベルでGAFAの真の競争相手が存在する唯一の国であることは間違いない[5]〉。

アンゲラ・メルケルに続いてフランソワ・オランドは、ウクライナに軍備化の猶予を与えるために二〇一四年のミンスク合意を結んだのだと主張した。たしかにウクライナ人たちはそのつもりだっただろう。しかしアンゲラ・メルケルとフランソワ・オランドの真の意図はもう少し不明瞭で、誰も真実を知ることはできない。ただ、誰にも見えていなかった点としてトゥルトリが提示しているのは、これらの合意が実はロシアにも時間稼ぎになっていたことだ[6]。二〇一四年にロシアがクリミア併合以上の行動には及ばず、停戦を受け入れた理由の一つは、その時点ではＳＷＩＦＴからの追放に対する準備が整っておらず、追放されたら大惨事となっていたからである。ミンスク合意は、皆が時間稼ぎをしたかったから結ばれたのだ。つまり、ウクライナは地上戦に備えるために、そしてロシアは最大限の経済制裁にも耐える準備をするために。トゥルトリが述べているように二〇一四年以降、ロシア中央銀行は「金融メッセージ転送システム（SPFS）」を立ち上げている。(7) 二〇一五年四月には「国家決済カードシステム（NSPK）」が設立された。これは、〈西洋からの制裁があった場合でも、ロシアの銀行が発行したカードの国内利用を保証するものだ。同時に、ロシア中央銀行は「ミール（Mir）」と呼ばれるカード決済システムも構築した(8)〉。

経済制裁よ、ありがとう！

共産主義の崩壊以降にロシアが辿った道のりの起伏の激しさには驚くしかない。まず崩壊が急激に訪れた。続いて非常に迅速に立ち直った。しかしそれ以上に驚かされるのは、二〇一四年のクリミア戦争を理由とする経済制裁以降にロシアが見せた適応力だ。それぞれの制裁の枠組みが結果的にロシアに一連の産業の再転換をもたらし、ロシアは西側市場からの自立を獲得していったように見える。

最も目覚ましい変化は小麦生産のケースだろう。二〇一二年、ロシアは三七〇〇万トンの小麦を生産していたが、二〇二二年には八〇〇〇万トンとなり、一〇年間で二倍以上に増加した。このロシアの「柔軟性」は、ネオリベラリズムのアメリカの「ネガティブな柔軟性」と対比させてみると、より際立つ。レーガンが政権を握った一九八〇年、アメリカの小麦生産は六五〇〇万トンだった。しかし二〇二二年には四七〇〇万トンまで落ちた。この点は、第9章で詳述するアメリカ経済の現実を知るための入り口として押さえておこう。

プーチン政権下でも、ロシアは完全な保護主義路線はとらなかった。つまり、一定の国内産業が損なわれることも受け入れたのだ。エアバスを購入したことで、民間航空産業が犠牲になった。自動車産業も苦しんだ。にもかかわらず、ロシアは産業労働人口を比較的高い割合で保ち続け、グローバル経済に完全に統合されることもなく、旧ソ連圏の東ヨーロッパ諸国がそうしたように、西洋に労働力を捧げることもなかった。それは部分的な保護主義とその時代の情勢の恩恵を受けたからだ。

ジャック・サピール〔一九五四年生、フランスの経済学者〕が私にこの点を明らかにしてくれた。〈一九九八年から一九九九年にかけての大幅なルーブル安が、工業と農業の主要な保護主義的措置として機能した。（それぞれのインフレ率と生産性上昇率を比較しながら）実質為替レートで表すと、一九九九年末の減価率は少なくとも三五%にはなっていたはずだ。その後、名目為替レートの下落幅は、インフレ率の上昇幅よりも小さくなったが、二〇〇〇年から二〇〇七年にかけての大幅な生産性向上により、実質為替レートは約マイナス二五%を維持した。このルーブル安は、二〇〇八年から二〇一四年にかけては消滅したが、その後、ロシア中央銀行の政策変更（インフレ目標への変更）に伴い、二〇一四年から二〇二〇年にかけてルーブルは再び実質的に下落した(9)〉。

ルーブル安という保護主義的措置に、さらに関税が加えられた。サピール曰く〈関税措置についてロシアは二〇〇一年から工業製品に二〇%の税率を適用していたが、二〇一二年八月の世界貿易機関（WTO）加盟時に七・五%の税率を受け入れた。もちろん、ウクライナの戦争以降、〔禁輸措置により〕西洋の製品は対象外になっている。二〇〇三年、農産品の税率は約七・五%（野菜と果物）だったが、WTO加盟後には五%になった。しかし、再び禁輸措置がとられたことで、極めて保護主義的な政策が復活することになった〉。

トゥルトリの議論からもわかるように、二〇一四年の西洋による経済制裁は、ロシア経済に多少の困難をもたらしたが、同時にチャンスも与えたのだ。制裁により、ロシアは輸入品の代替品を見つけなければならず、国内での再編成を余儀なくされた。アメリカの経済学者ジェームズ・ガルブレイスは、二〇二三年四月の記事で、二〇二二年の経済制裁も同様の結果をもたらしたと見ている(10)。今日のロシア人が市場経済を非常に強く支持していることを踏まえ、政権が決して国民に強いることのなかったような保護主義的なシステムの導入も、この制裁によって可能になったというわけだ。ガルブレイスは次のように述べている。〈経済制裁なくしては、今日のロシアの企業や起業家たちに与えられているようなチャンスは生じなかっただろう。政治的、行政的、法的、そして思想的な観点からすると、二〇二二年の初めでさえ、関税、輸入割当制度の導入、企業の追放などの措置をロシア政府が取ることは極めて困難だっただろう。というのも、市場経済という考え方が政治的意思決定者を広く支配し、オリガルヒの影響力も強く、「特別軍事作戦」も限定的なものだとされていたからだ。だから、制裁はたしかにロシア経済に打撃を与え、ロシアはその代償を強いられたが、それでも明らかに「贈り物」だったのだ〉。

プーチンはスターリンではない

改めて繰り返すが、これらのデータはすべて入手可能なものだ。いずれもロシア経済の力と適応力を示している。重要なのは、何度も言うように、これらの事実を明らかにすることではなく、なぜ西洋の為政者たちには現実が見えなかったのかである。

「怪物のようなプーチンに支配され、愚かなロシア人たちであふれている」という西洋における今日のロシアのイメージは、スターリン時代へと逆戻りさせるものである。ロシアがいわゆるボリシェヴィキの本質に回帰したとすべてが解釈されてしまった。そんな専門のアナリストやコメンテーターたちは、ダヴィド・トゥルトリの優れた著作だけではなく、ウラジーミル・シュラペントフの著作も読むべきだったのだ。

シュラペントフ（一九二六〜二〇一五）はユダヤ系ソ連人として、キエフ（キーウ）に生まれた。ブレジネフ時代にロシア語圏の経験主義的社会学を創設した一人だ。腐りゆくソビエト主義の中で台頭してきた反ユダヤ主義に直面し、一九七九年にアメリカに移住した。そこでロシアやアメリカに関する問題や社会学全般の課題に取り組み続けた。著作『ロシアにおける自由、抑圧、私有財産（*Freedom, Repression, and Private Property in Russia*）』は、ケンブリッジ大学出版局（周辺的あるいはアウトサイダーとは決して形容できない出版社）から二〇一三年に刊行されている。シュラペントフは、ブレジネフ政権下のロシアを内側から生き抜き、アメリカ市民になってからはプーチンのロシアを研究した。そんな彼による本書は、偏らず、非常に優れた（プーチンに敵対的な）観点を提示している。これを読むと、「受け身で愚かな人々を屈服させる、宇宙人のような怪物の権力行使」としてではなく、特殊な点も含めて、一連のロシア史の連続性の中に組み込まれた「理解可能な現象」としてプーチン政権を定義できるようになる。

もちろん、ロシアでは国家機構が中心にある。この国のエネルギー資源の重要性を踏まえれば、当然のことだろう。ガスプロムのような大企業は、公共権力によってのみ管理可能だ。プーチンの古巣である旧ＫＧＢ、現ＦＳＢは、今も重要な役割を担っている。もちろん、ロシアは自由民主主義国にはなっていない。私はロシアを「権威主義的民主主義」と定義しようと思う。そこでは「権威主義的」と「民主主義」が同等の重要性を持つ。「民主主義」というのは、選挙では多少不正が行われているとしても、世論調査（これについては誰も異議を唱えていない）は、戦時も平時も、プーチン政権への揺るぎない支持があることを示しているからだ。「権威主義的」というのは、「少数派（マイノリティー）の権利の尊重」という自由民主主義に不可欠な条件をこの政権は明らかに満たしていないからだ。報道の自由や市民社会のさまざまな集団の自由に対する制限という点で、この政権の全会一致主義的な側面は明らかである。

しかしプーチン政権が特に際立つのは、いくつかの特徴だけで、ソ連型の権威主義とは完全な断絶を示していることだ。まず、ジェームズ・ガルブレイスが述べているように、国家が中心的役割を担いつつも、市場経済に対する強い執着がある。これは計画経済の大失敗を経験した者にはよく理解できることだ。さらに、プーチンはモスクワとサンクトペテルブルクの上層部のエリート層をたしかに屈服させたが、労働者の要求に対しては細心の注意を払い、大衆の政権支持基盤の強化を常に追求している。一方、今日の西洋には、最終的には「ポピュリズム」しか生み出さないような「大衆」は基本的に軽蔑する、という傾向がある。したがって、こうした大衆重視のプーチンの特徴はあまり良い印象を持たれないことも理解できる。

もう一つ、ある決定的な要素が、彼らが目にしていたはずのロシアの新しさについて、西洋のアナリストたちに注意を促すこともできたはずだった。それは「移動の自由」に対するプーチンの揺るぎない執着だ。プーチン政権下のロシア人たちには、自国を出る自由があり、戦時でもその自由がある。ここに「出国の完全なる自由」という自由民主主義の特徴の一つを見出すことができる。これは、政権が自らにかなりの自信を持っているか、あるいは自信を持とうという賭けに出ているか、どちらかを意味している。

そして、ロシア史において最も画期的なのは「反ユダヤ主義の完全なる不在」だ。ユダヤ人としてソ連を逃げ出さなければならなかったシュラペントフこそ語るにふさわしい人物だろう。「ロシアの政権とロシア社会の好調」を確認できるという意味でも、これは本来、私たちを喜ばせるべきものであるはずだ。ロシアの政治指導者たちは、困難に直面し、自分たちの権威を復活させる必要がある際には、伝統的に、一時しのぎの手段として反ユダヤ主義を利用してきた。スターリン政権下や一九六八年以降のソ連が、いかに反ユダヤ主義的だったかについてシュラペントフは言及している。これこそが、ソ連崩壊後に大量のユダヤ人たちがチャンスさえあればすぐに逃げ出した理由である。

「出国の自由」と「反ユダヤ主義の不在」という、独特かつポジティブなこの二つの特徴を「プーチンの功績」として認めるよう西洋のジャーナリストや政治家に求めるのは無理なことだろう。とはいえ、少なくともこの政権に見られた一種の自信や安定性については報道するべきだった。しかし「中流階級に脅かされているロシア政権の脆弱性」というア・プリオリなドグマが彼らの目をくらませた。それが今も変わらないことが明確になったのは、二〇二三年六月二三日と二四日、西洋のコメンテーターたちが、馬鹿げたことに、ワグネル創設者エフゲニー・プリゴジンの反乱に希望を託した時だった。西洋側の視野狭窄ぶりというのは、ロシアの政権や社会の安定性に負けないほど強固なのだ。

エンジニアは米国よりもロシアの方が多い

安定した社会に機能する経済。さて、ここで分析をやめてしまうべきだろうか。長期化する戦争の中で見せたロシアの「効率の良さ」を理解するのに、ここまでの分析で十分だろうか。繰り返すが、ウクライナ侵攻の前夜、ロシアとベラルーシのＧＤＰは西洋全体のたった三・三％だった。いかにしてこの三・三％の陣営が耐え続け、しかも敵側よりも多くの兵器を生産できたのか。在庫がすぐに切れると思われていたロシアのミサイルは、なぜウクライナの領土と軍にいまだに落とされ続けているのか。戦争が始まった当初から、軍事ドローンは、ロシア軍自身がその不足を認めていたにもかかわらず、いかにしてその後、大量生産できるに至ったのか。

後にアメリカを詳しく取り上げる際に、この国のＧＤＰがかなりの部分でフィクション的な特徴を持っていることを示す。アメリカのＧＤＰは、もはや「役に立たない」のか「非現実的」なのかもわからないような経済活動を計上し続けているのだ。とにかくここでは、ロシアのＧＤＰに関しては、不明瞭な経済活動ではなく、実質的な財の生産を示しているとだけ述べておく。

さらに掘り下げて、労働人口を社会学的な深層から検討してみよう。というのも、経済とは、ＧＤＰが示す以上のもので、さまざまな熟練度や技能を伴う労働人口がその中身を構成しているからだ。ロシアとアメリカの経済の根本的な違いは、高学歴人口において、ロシアの方がエンジニアリングを専攻する学生の比率が高いという点に見出せる。二〇二〇年頃のアメリカでは七・二％だったのに対し、ロシアでは二三・四％だった。

ロシアだけではない。日本は一八・五％で、産業分野の成果には感嘆せざるを得ないドイツでは二四・二％だ。この指標がいかに有効かわかるだろう。フランスは一四・一％だ。しかし、エコール・ポリテクニーク（理工科学校）の卒業生、エコール・デ・ミーヌ（国立高等鉱業学校）のエンジニア、エコール・セントラル（工業中央専門学校）の卒業生の中には最終的に銀行や「金融工学」に就職する学生がいるため、彼らをここから差し引かなければならないことも忘れるべきではない[11]。

ロシアの二三・四％とは、アメリカの七・二％に対して、量的には何を表しているのか。これらの比率を二国の人口と関連づけてみよう。この時点のロシアの人口は一億四六〇〇万人、アメリカは三億三〇〇〇万人だった。少年ダビデと巨人兵士ゴリアテほどの違いである。ロシアの領土の広大さから忘れられがちだが、ロシアとアメリカは人口規模では全く非対称的なのだ。アメリカは同盟国を除いたとしても、自国だけで巨大な国である。一方でロシアは、日本より若干人口が多い程度だ。つまり、ロシアの人口は、それほど苦労なくあの狭い日本列島内に収めることもできる規模なのである。

それぞれの二〇歳から三四歳の人口に着目してみよう。二〇二〇年時点でロシアは二一五〇万人、アメリカは四六八〇万人だ。まずここに全体的な大きな違いが見られる。ロシアとアメリカでは高等教育の定義が完全に同じであるわけではないが、とりあえず、二国のこの年齢層の四〇％が高等教育を受けていると想定してみよう。すると、次のような決定的な数値が示される。アメリカでは、四六八〇万人の四〇％の七・二％なので、エンジニア人口は一三五万人だ。ロシアでは、二一五〇万人の四〇％の二三・四％なので、エンジニア人口は二〇〇万人となる。人口規模の大きな違いにもかかわらず、アメリカよりロシアの方がはるかに多くのエンジニアを養成しているのだ。

もちろんこの計算が不完全なものだということは承知している。たとえば、アメリカはエンジニアを「輸入に頼っている」という事実はここには含まれていない。さらに一般的に言うと、科学者コミュニティの非常に大きな割合を占めているのは、しばしば中国やインドの出身者だという事実も考慮していない。それでも、ロシアというダビデが、産業面と技術面、ひいては軍事面において、いかにしてアメリカというゴリアテに立ち向かえたのかは明らかになっただろう。

中流階級と人類学的現実

一八四〇年から一九八〇年に書かれた社会学や政治学の西洋の文献を検討してみると、労働者階級が関心の中心にあることがわかる。労働者階級の動向こそが、「秩序か無秩序か」、あるいは「安定か革命か」を決定づけると捉えられていたのだ。そして視点の違いによって、この階級に希望を見出したり、あるいはこの階級を恐れたりしてきた。ところがグローバル化した今日の世界では、労働者階級の主要な仕事はアジアに移転され、社会学者や政治家が関心を向けるのは中流階級になった。本書もその例外ではない。中流階級が成長している時はそこに希望を見出し、貧困化している時はそこに不安を覚える。マルクス主義はプロレタリアートによる革命を期待していた。新自由主義（ネオリベラリズム）は、ロシア、中国、イランの中流階級の蜂起によって、西洋的秩序に抵抗する政権が崩壊することを期待している。序章で述べたように、アリストテレスの教訓以降、西洋には、「支配的な中流階級なくして均衡が取れた民主的かつ自由主義的社会は実現しない」というコンセンサスがある。実際、この数十年間を見ると、「教育を受けた中流階級の台頭」と「自由主義的（むしろリバタリアン的）傾向の発展」の間には関係性がある。しかし、経済的かつ教育的側面によって定義される階級構造は、果たして自由民主主義の成功あるいは失敗を左右する唯一の要因なのだろうか。

ロシアの中流階級を観察してみよう。権威主義的なプーチン政権を、中流階級がある日ひっくり返すと当然のように想像することなどできるのか。

いずれにせよ、教育によって形成されたあるタイプの中流階級が成熟に至ったことで、共産主義が崩壊したことはたしかだ。一九七六年、『最後の転落――ソ連崩壊のシナリオ』で私はこのシステムの経済的な失敗を測定し、さらに、乳幼児死亡率の増加を根拠にシステムの崩壊を予測した。しかし今日振り返ると、崩壊を引き起こした要因は「システムの経済的な麻痺」よりも、むしろ「高等教育を受けた中流階級の台頭」だったのではないかと思われるのである。

ソ連の共産主義はいったい何を意味していたのか。大衆識字化の最初の段階を示していたのだ。民主主義気質の第一段階は、「男性識字率が五〇％を超えること」と経験的に関連づけられるが、リベラルか権威主義か、あるいは平等か不平等かなど、それぞれの国の人類学的構造によってさまざまな形態を取る。イギリスとアメリカでは、一七世紀から一八世紀の時点ですでにこの移行が純粋な自由主義を生み出した。フランスでは一八世紀以降に平等主義的自由主義を生み出し、ドイツでは一九世紀から二〇世紀にかけて社会民主主義とナチズムを生み出し、ロシアでは共産主義を生み出した。同様に、「各世代の二〇％から二五％が高等教育を受ける」という次の状況が、大衆識字化の段階に生み出されたこれらの最初の諸思想を衰退させた。新たな社会の階層化が起き、書かれた言葉と思想の関係はより危機的になった。神の言葉やヒトラーの唱える呪文、共産党、あるいは諸政党の指令などは、もはや超越的なものではなくなった。ロシアは、一九八五年から一九九〇年にかけてこの状態に達した（後述するが、アメリカでは一九六五年頃だった）。

こうして、「高等教育を受けた中流階級の出現」と「共産主義の崩壊」は、同時期に起きたことがわかる。しかし、これはすでに三〇年から四〇年も昔の話だ。プーチン政権はこの危機から生まれた政権だ。一九九〇年代に「自由主義」というより「無政府状態」に等しい局面を経験した後、共産主義の後を継いだ政権なのである。

西洋の人々は、共産主義を「崩壊」させた中流階級が次はプーチン政権を崩壊させるという二重の効果を夢見ている。だからこそ彼らは、ロシアの主要都市の先進的な中流階級に繰り返し訴え続けたのだ。もちろんこうした希望は完全に不条理だというわけではない。ウラジーミル・プーチンに敵対する人々が最も多いのは、モスクワやサンクトペテルブルクの教養ある真の上流階級だということもまた事実だからだ。そもそもソ連を崩壊させたボリス・エリツィンを支持したのは、これと同じ階級、同じ都市に住む人々だった。エリツィンは、一九九〇年代初頭にアメリカから来たリベラルなロシア経済の改革者たちの寵児だった。アレクサンドル・ラッツァの優れた選挙の地理的研究によれば、反プーチン政党が最も強いのは、最も教育水準の高い人口が集中する大都市の、最も裕福な地区だという(12)。

階級対立の違いを浮き彫りにすることで、ロシアと西洋諸国を対比する新たな「社会政治モデル」を構築することもできるだろう。一方では、大衆に依存して中流階級を疎外する「ロシアの体制」があり、もう一方には、上層の中流階級が中層の中流階級と連携し、大衆を疎外することに成功した

「西洋の体制」がある。(13) しかし、このような見方は、ロシアの中流階級と西洋の中流階級の違いを見過ごしている。ロシアの中流階級がその他の階級より多少はリベラルだとしても、すべての点で西洋の中流階級とは似ても似つかないからだ。エンジニアを多く輩出している階級であるだけでも、それは明白だろう。この違いは特殊な人類学的基盤に根ざしている。またこれこそが、西洋に対するロシアの強靭さを説明する要素の一つなのだ。

一九八三年、私は「共産主義」と「農村の共同体家族」には関連があるという仮説を立てた。それはロシアだけでなく、中国、セルビア、トスカーナ、ベトナム、ラトビア、エストニア、フィンランドの内陸部でも見られた。(14) この父系制の家族形態は、父親と結婚した息子たちを一つの農地に集め、「(父親の息子に対する) 権威」と「(兄弟間の) 平等」という価値を広めた。ロシアの特徴は、農奴制と同様に、この家族構造が農民層に達したのが一六世紀から一七世紀という、比較的最近の出来事だった点にある。したがって、たとえば中国で見られるほどの女性の地位低下は見られない。父系制の原則は、ロシアでは三つの名前(名前、父称、家族の名字)をつける習慣を通して象徴的な意味で今日まで持続している。ウラジーミル・ウラジーミロヴィチ(ウラジーミルの息子)・プーチン、セルゲイ・ヴィクトロヴィチ(ヴィクトルの息子)・ラブロフといった具合だ。フランスだと、エマニュエル・ジャン=ミシェルの息子・マクロン、あるいはマリーヌ・ジャン=マリーの娘・ル・ペン、となるわけだ。このシステムはどの社会階級でも見られ、ロシア出身ではない人々にまで広がっている。ロシア中央銀行の総裁はタタール人の家庭に生まれたが、彼女の名前はエリヴィラ・サヒプザドヴナ・ナビウリナだ。

共産主義は、後に活動的な少数派たちによって強制されるが、もともとレーニンたった一人の豊饒な頭脳から生まれたものではない。伝統的な農村の家族形態が崩壊したことで生まれたのである。一八六一年の農奴解放令、都市化、識字化は、個人を息苦しい共同体家族から解放した。しかし解放された個人は、完全に方向を見失ってしまった。そして共産党や計画経済、あるいはKGBの中に父権に代わるものを見出そうとしたのだ。人々を個人的に非常に近いところから監視するKGBは、ある意味で伝統的な家族に最も近い機関だったと言えるかもしれない。

ロシア史において共産主義的な社会の性向がもともと見られる以上、共産主義の崩壊後にモスクワからウラジオストクに広がる空間において、西洋的な「政権交代型自由民主主義」が支配的になる可能性などほぼなかったわけだ。家族内だけでなく、ソ連時代には社会生活全体に浸透していた権威と平等の価値が、わずか数年で消滅することなどあり得ない。私の仮説は合理的かつ現実的だ。しかし同時に、月並みであることも付け加えておこう。

世界の多様性を認めない

ロシア特有の共同体家族の気質（もともと政治の外で生まれたものだが、政治に影響を及ぼし得る）は、長い間、西ヨーロッパでも広く認識されていたことを思い出してみたい。アナトール・ルロワ＝ボーリューの素晴らしい著作『ツァーリの帝国とロシア人（*L'Empire des tsars et les Russes*）』を例にとってみよう。一八八一年に初版が刊行され、一八九〇年に増補第三版が出版されたが、次のようなことが書かれている。

〈村と同じく工場でもムジーク〔農民〕はあまり個人主義的とは言えない。個性は共同体の中に埋もれている。孤独を恐れ、仲間とのつながりを必要とし、一体感を求める。父親あるいは長老の権威下にある「家父長制の大家族」や、ミール〔一三世紀から二〇世紀初頭までロシアに存在した農民の自治集会〕の権威下に置かれた「村落共同体」が、あらかじめ個人を共同生活にひいては組合組織に慣れさせたのだ。ムジークは仕事を始めたり、特に村を離れたりするとすぐにアルテリ〔小生産者や労働者が経済目的で営んだ自主的共同組織〕を結成する。これは特に大規模工場で働く農民工の多くに当てはまることだ。組合組織の力をよく知っているため、自分たちのイズバ〔丸太小屋〕や村から遠く離れた場所でも、一時的なアルテリを形成し、それが家族や共同体の代わりとなる。アルテリは彼らの逃げ場であり、工場で働く期間中の支えになる。アルテリのおかげで彼らは孤立を感じることも少なく、見知らぬ土地でも戸惑わなくてすむのだ。その共産主義的傾向と連帯の実践から成るアルテリは、〔ロシア人にとって〕組合組織の自発的で国民的な形態なのだ[15]〉

一八九〇年のテキストの中で、ロシアの人々について「共産主義的（communiste）」という言葉が使われているのである。当時は、つまり第三共和制前期のフランスでは、この事実を認識できていたのに、今ではできなくなっているということでもある。ほぼ同時期の一八九二年、フランスはまさにロシアと同盟を組もうとしていたが、自分たちのパートナーをよく認識できていたのだ。それは、まだ共産主義とは言えないが、共同体的気質を持つツァーリの帝国だった。

さらに驚くべきは、アイゼンハワー率いるアメリカもロシアの特殊性を認識していたことである。アメリカの文化人類学は、ロシア文化の研究にも応用されていた。この学問分野における重要な二つの作品を挙げてみよう。マーガレット・ミードの『権威に対するソ連的態度』[16]（一九五一年）とジェフリー・ゴーラーとジョン・リックマンによる『大ロシアの人々』[17]（一九四九年）だ。ゴーラーはイギリス人だが、ミードの弟子だった人物である。ここに、ディンコ・トマシッチの『ソビエト共産主義におけるロシア文化の影響』[18]（一九五三年）という著作も加えておこう。一九五三年に『アメリカン・アントロポロジスト（*American Anthropologist*）』誌に掲載された優れた論文「文化と世界観――ロシアの農村に適用された分析手法（Culture and World View: A Method or Analysis Applied to Rural Russia）」には、ロシアの共同体家族とウクライナの核家族に関する明快な描写がある。小ロシアと大ロシアの違いに触れる次章で、この著作を取り上げるつもりだ。冷戦の真っ只中、アメリカは敵国に関心を持ち、より一般的に言えば、（イタリアの）後進性[19]や（ドイツや日本の）権威主義的特異性[20]の原因を各国の文化的深層の中に見出すことにも余念がなかったのである。

つまり当時は「世界は均質ではない」という考え方が広がっていたのだ。この思想的傾向は、ルース・ベネディクトの賞賛された（しばしば批判もされる）著作、『菊と刀』において絶頂に達した。本書は一九四四年から一九四五年にかけて、陸軍の要請により、日本兵捕虜へのインタビューをもとに書かれた[21]。敵国を支配するには敵国の心性を知らなければならない、というわけである。この研究によってアメリカは「日本人は自分たちとは異なるのだ」と認めるようになり、天皇制の維持も受け入れるに至った。つまり、この時にはまだ構築過程にあった「アメリカ覇権のシステム」には多元主義的な気質に基づく「多様性への寛容さ」が存在し、その寛容さは、良識ある人類学の学派によって培われていたのだ。

私が個人的に確信していることがある。冷戦が真の戦争に発展しなかった理由の一つは、アメリカの指導者層が意識のレベルでは自らを共産主義「全般」に対する自由主義「全般」の擁護者だと自負していたとしても、ロシアにはロシアの特性があり、共産主義の脅威もそこまで「普遍的」ではないと無意識に感じていたことにある。「封じ込め（containment）」という概念を考案したジョージ・ケナンは、決して偏狭な反共主義者ではなかった。彼はロシア語を話し、ロシア文化を熟知し、愛していた。彼が考案した戦略は、武力衝突を防ぐためのものだったのだ。ケナンは老境に入っても（二〇〇五年に一〇一歳で死去）、この戦略がベトナムで、あるいはレーガンによって歪められたことに憤りを隠さなかった。彼の最後の公的な発言の一つは一九九七年のもので、それはＮＡＴＯの東方への拡大に対する警告だった[22]。

もちろんアメリカは、ケナンが忌み嫌った「普遍主義のパラノイア」であるマッカーシズムも経験している。しかし、その興奮は短期的かつ限定的だった。不寛容が最も勢いを増すのは、マッカーシズムの流れを受け継ぐ独善的な新保守主義者（ネオコン）の登場を待たねばならない。

アメリカのエリート層が共産主義を「絶対的脅威」として普遍化し始めたのはベトナム戦争の時だった、と私は見ている。ケネディ政権、ジョンソン政権で安全保障の顧問を務め、『経済成長の諸段階――一つの非共産主義宣言[23]（*The Stages of Economic Growth: A Non-Communist Manifesto*）』を一九六〇年に刊行したウォルト・ロストウ（一九一六〜二〇〇三）は、アメリカの知的衰退を招いた張本人である。この著作には、非常に正しい見解と非常に誤った見解が含まれている。非常に正しい見解は、どの国も、その発展途上においては政治的危機を引き起こしうるような危険な局面を通過する、というものだ。ロストウはこのことを経済発展と結びつける。私は識字化と結びつけるが、ここでは特に重要なことではない。しかし彼は、そこから次のような非常に誤った見解に至った。政治危機を防ぐには、介入を行い、〔アメリカ軍の〕操作対象となった国を「自由民主主義の段階へと直接移行させれば良い」と。ロストウはベトナム戦争のタカ派の一人であり、彼の著作の根底に明らかにあったのは、「共産主義は遍《あまね》く広がる」という考えだった。

ベトナムは共同体家族の国として、共産主義への親和性をもともと持っていた。だから、アメリカの介入にもかかわらず共産主義が勝利したのだ。カンボジアは原初的な核家族システムが支配的な国だが、ベトナムと隣接していたために戦場となり、クメール・ルージュによる大量虐殺で国は内部崩壊した。ただし、〔貨幣まで廃止した〕本気の、あるいは狂気に陥った共産主義はそれ以上広がらなかった。核家族構造のマレーシアにもタイにも及ぶことはなかったのである。

プーチン政権の説明要因となるはずのロシア文化の存在を考慮せず、この政権を一般的な観点からしか捉えない、現在のロシアに対する西洋の態度とは、一九六〇年代以降の段階的に進んだ態度変化の帰結だと言える。世界の多様性を認識する能力が消滅したことで、ロシアに対するリアリスト的な見方も失われてしまったのだ。

市場経済を採用したとしても、ポスト共産主義のロシアが、共同体的な特徴を維持するのは明らかなことだった。他に比べて「強い国家」が存在することがその一つの特徴で、社会のさまざまな階級と国家の関係性が西洋とは異なることがもう一つの特徴であることも明らかである。さらにもう一つの明らかな特徴は、程度の差こそあれ、社会のあらゆる階級——労働者階級ほどより強く、中流階級ほどより曖昧に——が、ある種の「権威主義」と「社会的均質性への欲求」を受け入れるということだ。

ロシアを強靭にし、グローバル化したシステムの中でも主権の維持を可能にしたのは、「絶対個人主義」の発展を防ぐロシアの自発的な力だったことを私たちは理解しなければならない（この見解に価値判断はなく、私は一九五〇年代のアメリカの人類学者のように話しているだけだ）。ロシアには権威主義的で平等主義的な共同体的価値観がまだ十分に残っている。それによって「密度の高い国家」という理想が生き延び、愛国主義の特殊な形態が再び現れたのだ。

不平等だが、政権に対する全般的な賛同

ロシアには、権力と大衆の直接的な相互作用という特殊性があり、上層中流階級にも共同体主義的な心理的痕跡がある。だが、一九六〇年から二〇〇〇年にかけてすべての先進国に影響を与えた階層化の一般原則がロシアにも及んだことを忘れてはならない。

一つの年齢層の高等教育への進学率が二〇％に達し、それによって共産主義思想が行き詰まった一九八五年から一九九〇年以降に、ロシアでは教育による新しい階層化が広がり始めた。エリツィン時代に計画経済が崩壊し、ノーメンクラトゥーラ〔共産党・政府の特権的幹部〕の最も大胆で強欲な一派が、「民営化」されつつあった国有資産の争奪戦に殺到したことで、不平等の拡大と富と所得の極

端な集中が生じた。富の集中が安定化すると、それは社会の下方へと広がり、西洋諸国の上層中流階級と同レベルの経済的特権をもつ上層中流階級の台頭に有利に働いた。世界不平等データベース（World Inequality Database）によると、ロシアでは、税控除前の所得ピラミッドの上位一％とそれに続く九％が得た所得シェアは、アメリカのそれを上回っているという。二〇二一年には、ロシアでは上位一％が所得全体の二四％を占めていたのに対し、アメリカでは一九％だった。また、それに続く次の九％に関しては、どちらも所得全体の二七％だった。フランスの上流階級と上層中流階級はより控えめで、上位一％が占めるのは所得全体のわずか九％、次の九％は二二％だ。フランスにおける不平等というものは、客観的に見ればスカンジナビア諸国のように最も民主的なヨーロッパ全体の比率に近い。

本質的には共産主義の社会的変化とソ連的な教育能力主義（メリトクラシー）によって形成されたロシアの中流階級は、国内のその他の階層と同様、プーチン時代の「社会的平和」を享受している。この社会的平和は、前述の通り、自殺率の低下、殺人率の低下、アルコール中毒による死亡率の低下によって示されている。乳幼児死亡率の低下は、かつてロシアが経験してこなかった、穏やかな精神的・経済的雰囲気の「結果」そして「象徴」として見るべきだろう。シュラペントフもまた、ロシアの生活環境はその自由度を含めて、プーチン政権下ほど良い時期はなかったと述べている。

こうして、自立した権力を行使することを諦めたオリガルヒたちと同様に、上層中流階級もこの政権を受け入れたのだ。二〇〇三年一〇月のミハイル・ホドルコフスキー〔石油会社ユコスの元社長、ロンドンに事実上の亡命〕の逮捕は、国家とオリガルヒにとって物事をはっきりさせる好機となった。

プーチンは彼らに金を残したが、金のみを残した。権力（アルケー、arkhē）の概念を含んでいる「オリガルヒ」という言葉は、実際には今のロシアの現実を正しく描いてはいない。ウクライナ侵攻の開始から西洋では「ロシアのオリガルヒ狩り」が始まったが、それが同時に「真に寡頭制《オリガルヒ》的なアメリカ」という概念をアメリカで広めたことは興味深い。後述するが、ロシアのオリガルヒとは異なり、アメリカの少数の富裕層《オリガルヒ》権力者たちはアメリカの政治システムに大規模に介入できる人々なのだ。

「プーチン・システム」が安定しているのは、それが一人の人間によるものではなく、ロシアの歴史から生じたものだからだ。プーチンに対する反乱という、ワシントンがしがみつく夢は夢物語でしかない。そんな夢物語は、プーチン政権下でロシアの生活状況が改善したという事実を見ようとせず、ロシアの政治文化の特殊性を認めようとしない西洋人の現実否認から生まれる。だが、ここからは、ロシアの真の脆弱さ、つまり人口問題を検討しよう。

稀少な人口を前提にした戦略

これまでに明らかになった要素だけを見れば、ロシアには、単に「西洋に抵抗する」だけでなく、それ以上のことが可能だと言えるだろう。とすれば、ロシアの新たな覇権的帝国主義の可能性を検討しなければならなくなる。

しかし、他の先進国と共通する特徴だが、ロシアには低出生率という根本的な弱点がある。一九九五年から二〇〇〇年の「暗黒時代」に、女性一人当たりの出生率は一・三五人にまで落ちた。二〇一六年に一・八人まで上昇し、その後は一・五人で安定している。当面の間はウクライナに属していた領土とその人口の併合によって補充できても、この動向は、ロシアでも人口の全体的な減少がすでに始まっていることを示唆している。二〇二一年、ロシアの人口は一億四六〇〇万人だった。国連の予測によると、二〇三〇年には一億四三〇〇万人になり、二〇五〇年には一億二六〇〇万人になるという。二〇二〇年の年齢ピラミッドを見ると、戦争前夜、特に徴兵される可能性のある三五歳から三九歳の男性人口は六〇〇万人、三〇歳から三四歳が六三〇万人、二五歳から二九歳は四六〇万人、そして二〇歳から二四歳は三六〇万人だった。これらは予測などではなく、実際の、そして現在の数字だ。つまりロシアは、動員可能な男性人口の縮小の局面を迎え、対象の年齢層では四〇%も縮小している。つまり、ウクライナを倒した後は、ヨーロッパも侵略できる「征服者」だとロシアを捉えるのは、単なる幻想かプロパガンダ以外の何物でもないわけだ。ロシアの人口は減少し、その領土は一七〇〇万平方キロメートルもある。つまりロシアにとっては、新たな領土の征服などもってのほかなのだ。むしろその最たる関心事は、すでに保有している領土をいかに維持するかにある。

プーチンをはじめ、この政権の政治家たちの演説の中で、人口問題に関する懸念は常に言及される。それこそがロシアの軍事戦略の根底にあるものだが、私たちのメディアはその点をよく理解していない。あるいは理解している場合も読者や視聴者には伏せられている。(24) プーチンとスターリンを同一視する説明が一般化している。しかし、スターリンの時代には人員不足など問題にならなかったのだ。（一九二八年頃に出生率が下がり始めていたとはいえ）ロシアは人口拡大の時期だったため、赤軍は第二次世界大戦中のように数百万人規模を犠牲にすることができたのだ。現在のロシアの「軍事ドクトリン」はそれとは逆で、人材は稀少だという前提から始まっている。これがウクライナ侵攻の際にたった一二万人の兵士しか送らなかった理由の一つだ。ロシアが敵を過小評価していたのも明らかだ(この理由については次章で詳述する)。しかしいずれにせよ、ロシアがウクライナの黒海沿岸のかなりの部分を征服してしまったことは認めなければならない。よく言われていることとは逆に、ロシアは人員を節約するために、緩慢な戦争を選択したのだ。紛争初期にチェチェン連隊と民間軍事会社ワグネルが果たした重要な役割は、この選択の帰結である。戦争動員を控えめに、部分的かつ段階的に実施したのも、こうした選択の結果だ。ロシアの優先事項は、最大限の領土を征服することではなく、犠牲者を最小限に抑えることなのである。大動員の上に実行された二〇二二年秋のウクライナの反転攻勢の際に、ロシアは一対三という数的劣位の状況に陥り、東側では、すでにコントロール下においていたハリコフ(ハルキウ)州の一部を断念し、南側では、戦うことなくドニエプル川の東岸に退却することを選んだ。この決断を下したスロヴィキン将軍は、戦争は無駄な犠牲者を出さずに勝利するものだと説明している。それ以降、戦争は激化し、双方で犠牲者が生じている。現時点では、ウクライナにもロシアにも信頼できるデータがない。紛争の終結によって初めて現実的な評価ができるようになるだろう。多くの歴史家たちが、最終的な双方の死者数と負傷者数に関心を抱いているはずだ。

ソ連とソ連圏が崩壊して以来、ロシアは、二〇二三年の時点で人口が八億八七〇〇万人にものぼるNATO(外交的な位置づけがわからなくなったトルコを除く)には、もはや太刀打ちできないことを知っている。こうした状況を受けて、ロシア軍は段階的に新たな「軍事ドクトリン」を打ち立てたが、それは人員を節約するだけでなく、非常に重大な変化を意味していた。かつて通常兵器において量的優位性にあったソ連の「軍事ドクトリン」では「核の先制攻撃」は除外されていたが、この新たな「軍事ドクトリン」では、人員不足を考慮し、ロシアの国民および国家の安全が脅かされた場合の〔先制的〕戦術核攻撃を認めているのである。

西洋諸国はこの警告を真剣に受け止めるべきだ。ロシアの指導者たちが何よりも恐れたのは、ポーランドによる直接的な軍事介入だと私は考えている。というのも、ポーランドの規模を踏まえれば、ロシアは総動員、ひいては社会の軍事化を余儀なくされ、プーチン政権下で取り戻した市民的平和の恩恵が失われるからだ。（アメリカとは異なり）ロシアの外交・軍事慣行の特性は、その「公約」の信頼性の高さにある。ロシアはバッシャール・アル＝アサドを擁護すると公約していたが、後にこの人物は期待を裏切る虐殺者であることが判明した。それでもロシアは尻込みすることなく、二〇一五年九月からシリアに軍隊を派遣したのだ。したがって、自国の主権が直接脅かされた場合の戦術核攻撃の可能性をロシアがドクトリン化しているのであれば、NATOはそれを現実として受け止めるべきである。ロシアは必ず公約を守るからだ。これが不吉な考察であることは認めるが、私たちの指導者は、この戦争においてあまりに多くの思慮を欠いた決定を下してきた。だから、SWIFTから除外された際のロシアの銀行の対応能力よりも、ロシアの「軍事ドクトリン」を私たちの指導者が熟知できているかどうかを確かめることこそ、市民である私たちの優先事項なのである。

戦争に勝利するための五年間

二〇二二年二月、ロシアがNATOに挑戦状を突きつけたのは、準備が整ったからだった。二〇一八年から二〇一九年以降、すでに述べたように、ロシアは極超音速ミサイルを保有し、これによってアメリカを含め、世界に対して明白な軍事的優位を確保している。すでに証明されたように、ロシアはＳＷＩＦＴから切り離されても問題はなかった。こうして、ロシアにとって物事は予測されていた以上にうまくいったのである。というのも、重要な国を含む多くの国が、ロシアが戦争の最初の衝撃に耐えているのを確認した上で、自分たち自身もアメリカの監視下にあることに耐えられなくなり、ロシアとの貿易を継続し、実際にロシアを支えたからだ（この点については第11章で言及する）。しかし、こうして二〇二二年にロシアに開かれた「チャンスの窓」は再び閉じることになる。

アメリカはプーチンと同じく、ロシアの人口問題について認識している。またその認識が彼らの戦略的誤りの根源にあるとさえ言える。ＮＡＴＯの拡大に反対するロシアの抗議をアメリカが侮蔑的に扱ったのは、ロシアの人口が減少する一方、アメリカの人口は増加し続ける見通しがあったからにほかならない。ワシントンの戦略家たちは、今や中国に対しても同じ間違いを犯しているように見える。私はこれを「人口主義の罠」と呼ぶ。アメリカが見落としていたのは、国民の教育と技術の水準が高い国家は、人口が減少しても、すぐには軍事力を失わないという点である。教育水準と技術水準の上昇は、最初の時点では人口減少を相殺し、むしろそれを凌駕することすらあるのだ。

ロシアの指導者たちは明晰な精神の持ち主だ。自国の主権を守ることが、彼らにとっての道徳的要請である。彼らの立場に立って考えてみよう。人口が減少していることを彼らは知っている。ではそこからいかなる結論を導き出すべきか。それは、アメリカ人が考えていたように「〔人口が減少している中で〕攻撃を仕掛けるのは狂気の沙汰だ」ということではなかった。人口減少は中長期的に初めてリスクとなるがゆえに、今のうちに、つまり「手遅れになる前に行動しなければならない」ということだったのだ。人口縮小のペースからすると、紛争は五年以内に終わらせなければならない、というのがロシアの立場である。それ以降は人口の少ない年齢層が増え、軍民ともに動員は非常に難しくなるだろう。

ここまでロシアは十分に時間をかけてきた。ロシアの戦争の進め方は段階を踏んだものだった。それは人命の損失を抑えるためで、プーチン時代の根本的な成果としての安定を維持し、すべての人にまともな生活を保障するためであった。現段階では、私の戦略的予測は正しかったようだ。月日が経つにつれ、西側の産業的欠陥、つまりは軍事的物資の不足が次々と明らかになっている。今、時はモスクワに味方している。しかし、永遠にというわけではない。だからロシアは五年以内に決定的な勝利を収めなければならない。そのため、ロシアは、交渉、休戦、紛争の凍結など相手に時間的猶予を与えてはならず、限られた時間でウクライナを屈服させ、ＮＡＴＯに勝利する必要があるのだ。ワシントンは、もはや幻想を抱いている場合ではない。モスクワは勝利のみを望んでいる。

しかしながら、西洋人から見ると、私の見方には弱点があることは認めよう。それは、私がウラジーミル・プーチンは頭がいい、と前提していることだ。

原　注（第１章）

（１）「西洋のエリートたちは誠実だった」という仮説を立てる必要があることを気づかせてくれたオリヴィエ・ベルイエに感謝したい。

（2） D. Teurtrie, *Russie*, 前掲書、p. 84.

（3） 同上。p. 121.

（4） 同上。p. 187.

（5） 同上。p. 187–188.

（6） 同上。p. 93.

（7） 同上。p. 95.

（8） 同上。p. 94.

（9） 私の質問に答えてくれたジャック・サピールの個人的なメモ。

（10） James K. Galbraith, « The Gift of Sanctions : An Analysis of Assessments of the Russian Economy, 2022–2023 », *Institute for New Economic Thinking Working Paper*, n° 204, 10 avril 2023.

（11） OECDのデータ。

（12） *Dissonance. Journal d'un Frussien*, https://alexandrelatsa.ru.「選挙」の項目を参照。

（13） これは、二〇二三年四月二〇日付の『マリアンヌ』紙に寄稿したコラム「マクロニズムとプーチニズム、社会学的比較（Macronisme et poutinisme, une comparaison sociologique)」での私の誤り。

（14） 以下の文献を参照のこと。Emmanuel Todd, *La Troisième Planète. Structures familiales et systèmes idéologiques*, Seuil, 1983.〔エマニュエル・トッド「第三惑星——家族構造とイデオロギー・システム」『世界の多様性』荻野文隆訳、藤原書店、二〇〇八年所収〕

（15） Anatole Leroy-Beaulieu, *L'Empire des tsars et les Russes*, Robert Laffont, « Bouquins », 1991, p. 445.

（16） Margaret Mead, *Soviet Attitudes Toward Authority. An Interdisciplinary Approach to Problems of Soviet Character*, Rand Corporation, 1951.

（17） Geoffrey Gorer, John Rickman, *The People of Great Russia. A Psychological Study*, London, The Cresset Press, 1949.

（18） Dinko Tomasic, *The Impact of Russian Culture on Soviet Communism*, Glencoe, The Free Press,

1953.

(19) Edward Banfield, *The Moral Basis of a Backward Society*, Glencoe, The Free Press, 1958.

(20) Bertram Schaffner, *Fatherland. A Study of Authoritarianism in the German Family*, Columbia University Press, 1948; Ruth Benedict, *The Chrysanthemum and the Sword*, Boston, Houghton Mifflin, 1946.〔ルース・ベネディクト『菊と刀』角田安正訳、光文社古典新訳文庫、二〇〇八年〕

(21) Ruth Benedict, *Le Chrysanthème et le Sabre*, Picquier, 1987.

(22) 以下の記事を参照のこと。ケナン家に関する『スミソニアン・マガジン』誌二〇一六年九月三〇日付の記事。« George Kennan's Love of Russia Inspired His Legendary "Containment" Strategy ».

(23) W. W. Rostow, *Les Étapes de la croissance économique*, Seuil, 1962.〔W・W・ロストウ『経済成長の諸段階――一つの非共産主義宣言』木村健康・久保まち子・村上泰亮訳、ダイヤモンド社、一九六一年〕

(24) 『ル・モンド』紙、『エクスプレス』紙、『ル・ポワン』紙、フランス国営ラジオなどの多くのジャーナリストを個人的に知っている私は、これは意識的な隠蔽というよりも、人口問題や軍事問題に対する無知によるという仮説の方が真実らしく思える。私は礼儀からこの可能性に言及している。

第2章　ウクライナの謎

本章の目的は、ウクライナの歴史を振り返ることではない。また、ある時点におけるウクライナを正確に描くことでもない。そうではなく、次の疑問に答えることだ。「崩壊しつつある」と誰もが認識していたウクライナが、いかにしてロシアの軍事攻撃に耐え抜くことができたのか。

まず、出来事の規模を適切に評価することから始めよう。戦争開始にショックを受けたテレビのコメンテーターたちは、繰り返し「この非常に激しい戦争」について語った。すべてが終わった日には、死亡者数はおそらく数十万単位になるだろう。しかしヨーロッパが経験してきたこれまでの戦争と比較すると、この程度の規模は「中程度の激しさ」としか定義できない。第一次あるいは第二次世界大戦では、軍人と民間人の犠牲者数は数百万単位だった。この規模からすると、ウクライナでの犠牲者は真に「激しい」と言われた戦争の一〇分の一なのだ。改めて繰り返すが、ロシアはウクライナ戦争が始まった当初、一二万人の兵士しか送っていないのだ。

ロシアがおそらく予期していたのは、ウクライナの降伏かウクライナ政権の崩壊のいずれかである。最初の衝撃に対するウクライナの抵抗はまったく予期していなかったに違いない。これに続き、ウクライナが失った南部と東部の領土の奪還を望むことなど、まったく想像していなかったはずだ。そこは、単にロシア軍が占領しているだけではなく、ロシア人が多く住んでいる地域（ドンバスやクリミア半島）、あるいは大半がロシア語話者の地域（主にヘルソン州とザポリージャ州）だからである。アメリカもウクライナの抵抗に驚いた。ウクライナ軍の増強と再編成に躍起になっていたアメリカ人たちは、ロシア軍の侵攻が間近に迫っていることを告げると、すぐにウサギのようにウクライナから慌てて逃げ去っていった。彼らはおそらくカブールでの経験によって避難の術を身につけたのだろう。

情報を適切に把握していたロシアと西洋諸国がそこまで驚いた理由は、ウクライナを「failed state」、すなわち破綻国家、あるいはそうなりつつある国家と捉えていたからだと思われる。実際に、ウクライナは破綻国家だった。ウクライナはロシア以上に、ソビエトシステムからの脱却に失敗した国だったのだ。一九九一年から二〇二一年にかけて、人口は五二〇〇万人から四一〇〇万人に減少し、減少率は二〇％に達した。まずはロシア以上に出生率が低下したことが原因として挙げられる。二〇一五年から二〇二〇年にかけてロシアの出生率は一・八人だったが、ウクライナでは一・四人だった。二〇二〇年はロシアでは一・五人だったが、ウクライナでは一・二人だった。しかし、それ以上に深刻なのは出国移民の多さである。ロシアあるいは西ヨーロッパに向けて人口が流出したのは、国家としてシステムが長期的な均衡を見出せなかったことを意味している。

これまでの多くの分析に倣い、汚職とオリガルヒも取り上げてみよう。社会崩壊の指標としてあまり使われないが、さらに「営利目的の代理母出産」も加えてみよう。ちなみに代理母出産はいかなる場合でも、東と西、あるいは北と南を対比する「道徳的価値観の指標」としては使用できない。というのも、二〇一六年頃、アメリカの大部分の州、オーストラリア、イギリス、インド、ロシア、ウクライナでは認可されていた一方で、欧州連合（ＥＵ）のほとんどの国では禁止されていたからだ。いずれにせよ、戦争前夜、ウクライナは代理母出産の楽園のようになっていて[1]、非常に競争力のある価格のおかげで、世界市場の二五％のシェアを占めていた。この比較優位をもつ産業への特化は、ウクライナのグローバル化と西洋への統合を物語っている。この代理母出産は「ウクライナ人の身体を借りて西洋人の子どもを作り出す」ことを意味していたからだ（今でもそうであることは後述する）。代理母出産の需要は金持ちの西洋諸国からもたらされるのだが、一方でこれを受け入れているウクライナの立ち位置とは、個人の身体に対する、ある種ソ連的な「遠慮のなさの名残」とも考えられる（ちなみにロシアでも代理母出産は合法だが、外国の顧客には禁じられている）。中絶についても考えてみよう。ソ連では、中絶がバースコントロールの通常技術として利用されていた。「中絶の自由」に賛同する私から見ると、「中絶の禁止」は、「中絶を最適のバースコントロール技術」として利用することと同等に野蛮なことだと言える。営利目的の代理母出産に私が賛成できない理由は、一般的な道徳上の理由によることは認めるが、このような産業的特化は社会崩壊の兆候だと言える。ウクライナにおける代理母出産は、新自由主義とソビエト主義の統合の産物なのだ。

戦争はこの現象を抑止する方向にはあまり働かなかった。『ガーディアン』紙の二〇二三年七月二六日付の記事によると、〈ウクライナではロシアの侵攻以降、一〇〇〇人以上の子どもが代理母から生まれ、そのうち六〇〇人がヨーロッパ最大規模のキエフ（キーウ）にある生殖医療センター BioTexCom で生まれている〉。戦争時にもかかわらず、西洋諸国からの需要はとどまるところを知らず、まだ完全に満たされていない。明らかに『ガーディアン』紙は、この経済的ダイナミズムをウクライナ社会の活力の証しだとみなしており、多くの代理母の夫やパートナーが前線で戦っている点も指摘している。本記事は、あるイタリア人カップルの子どもの代理母ダーナの声も紹介しているが、彼女はもっぱら「経済的な利益」のためだと語っている。新自由主義時代におけるイギリスとウクライナの道徳体系は適合しており、この経済的やりとりは自然なものに見えるのだが、前線に送られているパートナーたちの存在が、また私たちを軍事問題へと連れ戻す。

ウクライナの抵抗力という謎を明らかにするために、二つ目の問題を解決しなければならない。すなわち、ウクライナ・システムの中に存在していた「自立的政治勢力としてのロシア語圏」が、二〇一四年の「マイダン革命」（ロシアに言わせると「マイダンのクーデター」）以降に消滅した、という問題である。ウクライナは単に破綻国家だっただけでなく、多元国家でもあり、複雑で問題含みの民族言語学的構成を持った国だった。ところが二〇一四年以降、政治舞台からロシア語話者の勢力が突如として消滅し、代わりに「均質なウクライナ」が出現してロシアに抵抗したのだ。ロシア語はキエフ（キーウ）のナショナリスト政権によって追い込まれ、ロシア語圏の地域でも「公用語」としての地位を剝奪されていた。とはいえ、このロシア語こそが、ドイツ語、フランス語、英語と肩を並べる全国的な「文化言語」であり、ウクライナ語が伝える文学的・科学的遺産の水準や規模は、むしろフラマン語〔ベルギー北部で話されているオランダ語方言〕と同程度だっただけに、ウクライナにおけるロシア語圏の消滅には一層驚かされる。

ウクライナはロシアではない

ウクライナ文化（人類学がこの言葉に与える深い意味での文化）は、家族生活や親族関係の組織も含めて明確に存在しているものだ。ウクライナはロシアではない。それを確認する最も確実な方法は、二〇世紀の混乱以前の証言を検討することである。それ以降のデータは、イデオロギー的立場を正当化するために歪められたデータを含むため、信頼性が低いからだ。

ロシアの「共産的」家族に関して前章で引用したルロワ＝ボーリューの著作に立ち戻ってみよう。小ロシアの家族を彼は以下のように描いている。ちなみに彼の言う「小ロシア」は現在のウクライナ中部にほぼ一致するが、黒海に接する「ノヴォロシア（新ロシア）」（一九世紀の用語）と呼ばれる領土は含まない。〈二つの部族の違いは、家族内、自治体内、そして家の中や村落の中で、いまだに明確に見られる。小ロシア人は個人としてより自立し、女性はより自由だ。家族はそれほど密集していない。家々の間隔はより広く、庭や花に囲まれていることが多い[2]〉。

一九世紀末頃、つまりツァーリの時代、ウクライナの家族は、個人主義と女性の地位の高さによってロシアの家族とは明らかに区別できた。家族システムと政治イデオロギーを関連づける私のモデルによれば、この二つの特徴は、ウクライナ文化の方がロシア文化よりも、自由民主主義との親和性が高く、また、議論に対しても、よりオープンであることを示唆している。

最近のより専門的な研究もこの診断を裏付けている。前章で触れた雑誌『アメリカン・アントロポロジスト』の論文は、冷戦時代のものである分、信頼性は低いかもしれない。しかしこの時代のアメリカは、文化的多様性を受け入れ、落ち着いた態度で、国ごとの違いを分析していた。この論文の対象となった三つの共同体のうち、二つはロシアに位置する大ロシアの共同体で、三つ目はウクライナ人の共同体だが、ウクライナの中心部からより東方に位置し、現在のロシアのヴォロネジにほど近い。大ロシアの二つの共同体では、予想通り、父親とその息子たちを結びつける共同家族のヴァリエーションが確認できる。世帯の平均人数は、一方の共同体では六・五人（一八七七年）、もう一方では六・二人（一八六四年〜一八六九年）だ。それに対し、ウクライナ人の共同体では、世帯の平均人数が四・七人（一八七九年）にまで減少する。この違いは著しく、現在の家族構造に関するどの研究者も、二つの異なる家族タイプだと指摘するだろう。

この論文は触れていないが、小ロシア〔ウクライナ〕の家族も〔大ロシアの家族と同じように〕父系制の親族システムに組み込まれていたと思われる。家庭の枠を超えた男性同士の結びつきが重要だったに違いない。それを示すのは、ロシアと同じく父称を用いた、ウクライナでの名前の付け方だ。まず本人の名前（X）を示し、次に（Y）の息子と明示し、あとに名字が続く。すでに見たように、ロシアではたとえば、ウラジーミル・ウラジーミロヴィチ・プーチンとなる。ウクライナでは、イゴール・ヴォロディミロヴィチ・クリメンコ（本書執筆の時点で内務大臣を務めている人物。キエフ（キーウ）生まれ）となる。

現代により近い時代ではどうだろうか。これについては信頼性の高い研究がない。ソ連時代の人類学はこの問題にあまり関心を持っていなかったからだ。さらに共同アパートの慣行が都市部における世帯レベルの分析を困難にした。しかし、ウクライナの核家族システムが、フランスやイギリスの核家族システムのように、親族関係から完全に解放されているのかは知る必要がある。もしそうならば、ウクライナは明らかに西洋に属していることになる。もし、ウクライナの核家族システムが父系制システムに組み込まれたものならば、フン族時代からモンゴル時代にかけて存在したステップ地帯の家族システムに近いことになる。この問題に関して、私は明確な答えをまだ得られていない。父称を入れるという命名法が持続しているため、多少疑わしいが、小ロシアの家族システムが真に核家族システムである可能性もないわけではない。ただし、旧コサック領と重なるウクライナ南部では、モンゴル型のシステムが主流であることは間違いない。ウクライナ国家の最初の起源はコサックだとよく言われる。その「コサック」とは「カザフ」のことで、ステップ地帯の世界なのだ。

私がこの問題に関心を抱いたのは、イギリスのメディアに最近掲載されたルポルタージュがきっかけだった。それは明らかに、ウクライナに対する好意的な感情を喚起することを目的としたものだった。軍隊に入った息子たちに合流する父親たち、あるいはともに戦う兄弟たちを描いていたが、父と息子の絆と兄弟同士の絆は柔軟な父系制システムに典型的なものである。

ウクライナの文化が父系制であることを示唆する別の要素もある。それは極端に「ジェンダー化した」(今日の西洋に特有の言葉使い)人口流出だ。すべての男性は前線に赴き、すべての女性(少なくとも大勢の女性)は海外に出ていく。これほど明確かつ確固として性別による選別が実施されていることは、父系制文化が完全に機能していることを示している。しかし、もう一度繰り返すが、「柔軟な父系制」かつ「核家族」の文化は、「共同体システム」かつ「密度の高い家族構造」のモンゴル型父系制文化を持つロシアに比べると、より自由民主主義に適している。この見解にはいかなる皮肉も含まれていない。今日のモンゴルは、当然モンゴル型の家族システムを受け継ぐと同時に、旧ソ連圏の中では数少ない真正な民主主義国家の一つだ。これは現代の政治学にとっては一つの謎なのだが、家族とイデオロギーを関連づける私のモデルがその謎を解き明かす。

最後に挙げられる父系制文化の特徴は「ホモフォビア(同性愛嫌悪)」である。ウクライナの今日の指導者たちは、LGBT教義にヒントを得た法律の制定によって揉み消そうと躍起になっているが、ウクライナはロシアと同程度にホモフォビアが強い。法律制定の目的はもちろん、ウクライナの西洋への統合を加速するためだ。[3]

古い国民感情

今日の国民の真実を把握するためには、再びソ連以前の時代に戻るのが良いだろう。ウクライナの政治的気質に関しては、幸運なことに一九一七年一一月の憲法制定議会選挙の結果を使うことができる。これは帝国の人々が、共産主義が終わる前に自由に自己表現ができた唯一の機会だった。というのも、一九一八年一月に、少数派になったことに不満を抱いたボリシェヴィキたちがこの議会を解散してしまったからだ。オリバー・ラドキー〔米国のロシア史家、一九〇九～二〇〇〇〕は『ロシア、選挙へ行く（*Russia Goes to the Polls*）』で、選挙結果を州レベルにまで落とし込んで分析している。[4] 地理的分布を見ると、共同体家族の中心地であるロシアの北西部でボリシェヴィキの政党が特に強かったことがわかる。

一九一七年のウクライナには「ウクライナ系政党」が存在していたが、それは必ずしも反革命派政党ではなく、ウクライナの「社会革命党」もロシアの「社会革命党」とは異なるものだった。「完全にウクライナ系」の政党の合計得票率がこの時代の状況をよく物語っている。キエフ（キーウ）地方では七七％、ポジーリャでは七九％、ヴォルィーニでは七〇％、ポルタヴァ地方では六六％、チェルニーヒウ地方では五一％だった。しかし、マイダン革命前夜に大多数がまだロシア語話者だった地方では、ウクライナ系政党の得票率はそこまで高くなかった。エカテリノスラフ（後にこの町はドニエプロペトロフスクと名付けられ、現在はドニエプル（ドニプロ）となっている）では、四六％に低下する。ヘルソン地方では一〇％だ。クリミア半島と北に隣接する内陸部から構成されるタヴリデ地方でも一〇％だ。ハリコフ（ハルキウ）地方では〇・三％まで低下する。これらの数字は、有権者に対して単独で立候補したウクライナ系政党のもので、「ロシア」系政党との共同リストに名を連ねたウクライナ系政党は含まれていない。

こうして、一九一七年の選挙から、ウクライナにはウクライナ的、つまり「小ロシア」的特殊性と、「新ロシア」における副次的な特殊性が同時に存在していたことが確認できる。ウクライナ系政党がウクライナ中央部で七〇％以上の得票率を得ていたことを踏まえると、一九一七年の革命の時点ですでに「ウクライナ・アイデンティティ」が存在していたのは疑いようがないことだ。しかしラドキーによると、この時代に「ウクライナ人」だと感じることは、「反ロシア」であることと同義ではなかった。まさに共同リストの存在が、一世紀前には平和的共存が可能だったことを示している。

殉教国から特権国へ

これらのデータは、ロシア帝国末期のウクライナに関するものだ。ソ連圏を構成していた国々がすべてそうであるように、その後のウクライナは想像を絶する激動を経験することになった。一九一七年から一九六〇年にかけてのウクライナの経済的激動と比較できるものは、産業革命時代の一七八〇年から一八五〇年にかけてイギリス諸島〔現在のイギリスとアイルランド〕が経験した激動しかない。ヨーロッパ近代史の中で最も規模の大きな二つの大飢饉――一八四二年から一八四五年のアイルランド飢饉と一九三二年から一九三三年のウクライナ飢饉——が、イギリスとソ連圏という「急進的な社会実験の場」で起きたことは単なる偶然ではないだろう。

今日、ソ連の大飢饉（カザフスタンにも壊滅的な打撃を与えた）のうちでも、ウクライナで起きた悲劇ホロドモールがよく話題になる。これは、スターリンが農業国家ウクライナを攻撃した（スターリンは富農層とされたクラークを滅ぼしたかった）と解釈することもでき、この出来事で根深い恨みを買ったのは当然だ。それと同様に、アイルランドの大飢饉は、アイルランドがイギリスに対して抱く恨みの大部分を説明してくれる出来事である。

皮肉なことに、これら二つの飢饉は、正反対のイデオロギーによって引き起こされ、激化させられた。ウクライナの場合は「常軌を逸した国家集団主義」によって、アイルランドの場合は「国家の介入を拒否する道徳的自由主義」によってだった。しかし、公平に検討すると、改めて自由主義の優位性を認めねばならないだろう。ウクライナでの集団主義よりも、アイルランドでの自由主義の方が効率的に人を殺したのだから。アイルランドの大飢饉は八五〇万人の人口の一二％にあたる一〇〇万人の犠牲者を出したのに対し、ウクライナの大飢饉は三一〇〇万人の人口の八・五％にあたる二六〇万人の犠牲者を出している。(5)

しかし、ホロドモールまででウクライナの歴史を終えてしまうのは間違いだろう。農業国家としてスターリン政権下ではたしかにひどく苦しめられたが、第二次世界大戦後は、体制から優遇されるようになったからだ。ウクライナはこうしてソ連の中でも産業発展に関して優先的な地域となり、そこには最も先進的な分野（航空産業と軍事産業）が含まれていた。この事実を踏まえると、一九九一年

部市ネットワーク（2001 年）

地図 2-1　ウクライナ

出典：2001年の国勢調査
地図作成：EdiCarto

地図 2-2　2020 年頃のウクライナの人口密度

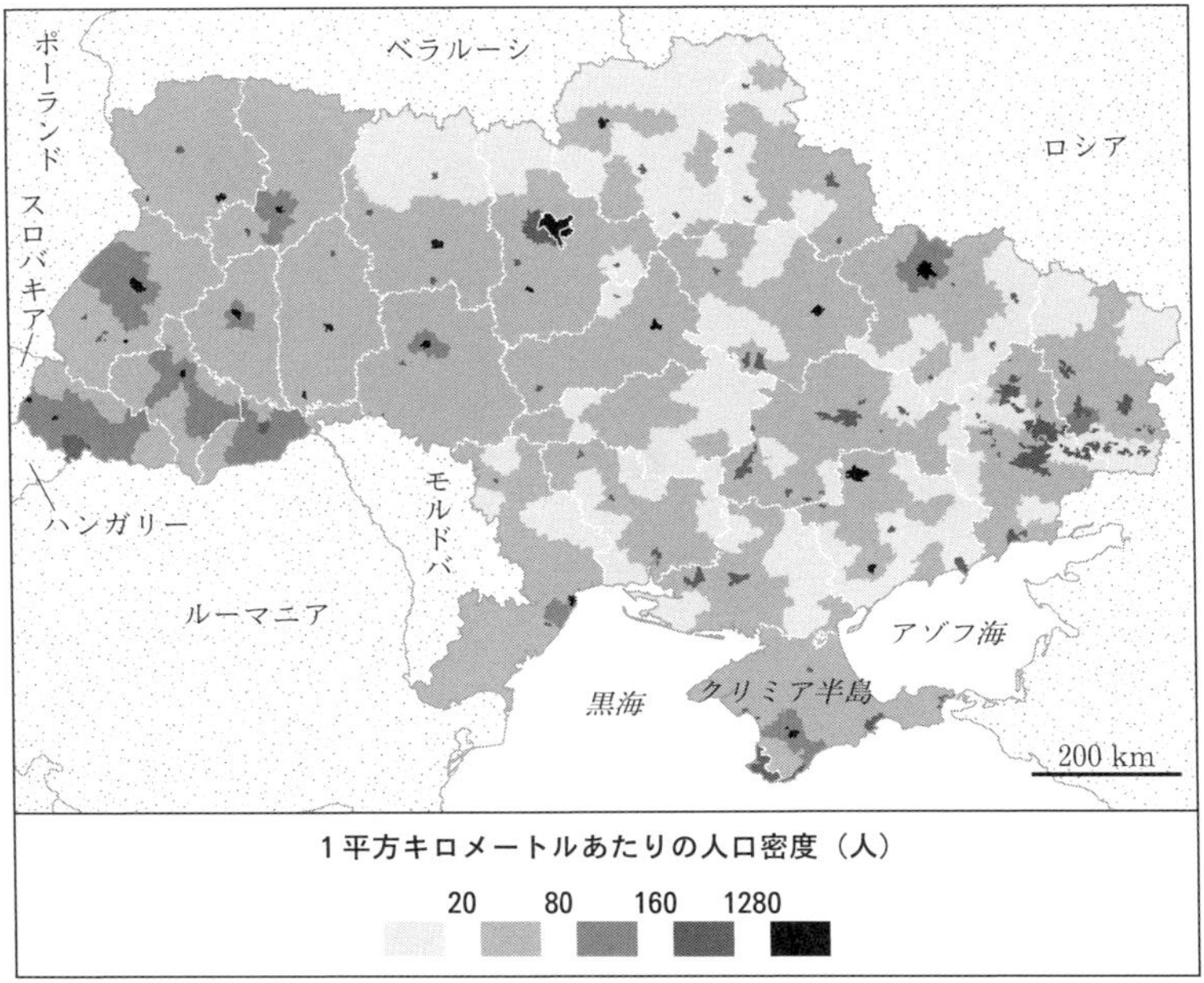

出典：Nerdy Maps, Demographics of Ukraine, Wikipedia
地図作成：EdiCarto

の独立前夜の都市化の地図が理解できるようになる。

人口密度の地図を見ると、西部と東部では人口密度が高く、キエフ（キーウ）都市圏を除くと中央部の人口密度は低い。しかし、東部と西部の人口密度の高さは異なる形を取っている。東部には「真の都市部」が見られる。一方、第二次世界大戦後にソ連に併合され、過去にはオーストリア＝ハンガリー帝国、そしてポーランドの領土だった西部で最も人口密度が高いのは「農村」だ。ある程度の規模を持つ都市としては、リヴィウ（リヴォフ、レンベルク）しかない。キエフ（キーウ）を除けば、独立時のウクライナの大都市は、南部と東部の最もロシア語話者が多かった地域に位置するオデッサ（オデーサ）、ドニエプル（ドニプロ）、ドネツク、ハリコフ（ハルキウ）だった。

一〇万人以上の都市の数は、一九五九年から一九七九年にかけて二五から四六に増えた。最終的には他の地域と同じくソ連システムの硬直化に囚われることになるが、独立前のウクライナはソ連の中では最も発展を遂げた地域だったのだ。またそこではロシア化が進んでいたわけでもなかった。たしかにソ連は一九三五年以降、同じ軍隊に複数の言語があることはあまり好都合ではないと気づき、構成国の自立性に対して抑制をかけた。だからウクライナ語とウクライナ・アイデンティティに直面した共産党政権は多少迷いを覚えた。しかし、結局ソ連全体においては「各国の文化の尊重」というレーニンの理論と、レーニン自身が「大ロシアの排外的愛国心」と呼んだものへの原則的反感の方が優ったのだ。こうして一九九一年の時点でウクライナ文化とウクライナ語は存続し、発展を続けていたわけだが、社会の上層部、すなわち上流文化や行政機関ではロシア語が使われていた。

「国家」なき国民

ソ連末期にはむしろ優遇されていたウクライナだが、それでも独自の「国家」には発展せず、いわゆる「国民国家」にはならなかった。そのような国が、ロシア自身によって引き起こされたソ連崩壊の混乱の中で、国民投票を経て一九九一年に独立を決めたのだ。

繰り返すが、国民国家が生まれるには、「一つの文化」と、そして多くの場合、「一つの共通言語」が必要だ。また、農民階級あるいは労働者階級が存在するだけでは不十分で、都市部に集住する中流階級の存在も必要である。中流階級によって形成される都市ネットワークが、国家の人的骨組み、いわば生体システムを構成する。というのも、国家というのは、単なる概念、観念あるいは機関にとどまるものではないからだ。もちろんそれらも含むが、それぞれ能力を持った個人の集合体によって形成される。その最も組織化された人々は都市に住み、中流階級を形成し、一定の「集団意識」にもとづいて行動する。しかし、ソ連によって産業化されるまでは都市化が十分に進んでいなかったウクライナには、中流階級が存在していなかったのである。

一九九一年から二〇一四年の間に、ウクライナは国としての均衡を見出すことができなかった。ただし平均余命、自殺率、殺人率、アルコール中毒による死亡率の指標が示すように、共産主義からの脱却が引き起こす「精神的危機」はロシアほど深刻ではなかったようだ。たとえば殺人率は、一九九〇年から一九九六年にかけて、一〇万人当たり七人から一五人に増えただけだったが、ロシアでは一九九〇年から一九九五年にかけて、一四人から三四人に増えている。共産主義末期、ウクライナは、どの発展指標を見てもロシアより少しはうまくいっていたのである。

ソ連崩壊時、ウクライナの文化は、中欧諸国の文化よりは明らかに暴力的だったが、ロシアほどではなかった。ただ、この違いの要因を核家族構造に見出すことはできないだろう。というのも、ヨーロッパ圏における共同体家族の絶対的中心地であるベラルーシは、ウクライナよりもさらに暴力的でなかったからだ。共産主義崩壊の危機が始まった時、ウクライナの殺人率はロシアに比べて二・五倍低く、ベラルーシの場合はロシアに比べて三倍も低かった[6]。ロシアの殺人率が地域によって異なっているのは、民族的多様性がある役割を果たしていることを示唆している。旧ロシア帝国の規模で見ると、ベラルーシとウクライナはつまるところ辺境でしかなく、複雑に入り組んだ空間ではなかった。たしかにウクライナにはウクライナ語圏とロシア語圏の違いはあるが、多民族国家である現在のロシア連邦全体と比べれば、文化的により均質だ。今のロシアでは、本来の意味でのロシア人は全人口の八〇%しか占めていない。

ではなぜ、ロシアよりも平和的かつ先進的で、しかも家族構造の伝統からも自由民主主義により適していたウクライナで自由民主主義は発展しなかったのか。ここで家族類型別の国家出現の一般理論は展開しない。しかし、ウクライナやその他の地域で見られるように、多元主義に適している核家族構造でも、それだけで国家を出現させたり、ましてや自由主義的で民主的な国家を出現させたりするわけではないことは指摘しておこう。国家は、長期にわたる複雑なプロセスを経て誕生する。さらに付言すれば、いかなる国家も自由主義的で民主的な状態で誕生することはないと私は考えている。民衆が実権を握る前には、常に君主制や専制政治などの権威主義的段階が存在するからだ。アテネでもイギリスでもフランスでもそうだった。中流階級が脆弱で未成熟で、その上層部はロシア語話者で形成され、国家的伝統もない中で、一九九一年から二〇一四年の間に「ウクライナ」という自由民主主義国家が出現することなど、そもそも論理的にあり得たのか。このような状況では、核家族に由来する個人主義的な気質も無秩序以外の何物も生み出せないはずで、実際にそうなってしまったのである。

一九九〇年から二〇一四年にかけて、ウクライナでは何度か選挙が実施された。隣国ロシアにはない多元主義が見られたが、ウクライナには国家的枠組みが欠如していた。同時期のロシアでは、暴力的な混乱期を経験した後、権威主義的な国家が出現した。そして人々はプーチン体制の下に再結集したのだ。ウクライナにはロシアほどの混乱は生じなかったが、国家秩序の回復も見られなかった。二〇〇三年にプーチンはオリガルヒを屈従させたが、ウクライナではそのようなことは何も起こっていない。ウクライナにおいて西洋の影響力を広めることを公然の目的として活動しているアンダース・アスルンド〔スウェーデンの経済学者〕によると、旧ソ連圏でオリガルヒがウクライナほど社会的かつ政治的な重みを持った国はないという(7)。天然ガス取引（私はここに東部ウクライナの工業も付け加える）の支配が彼らの権力基盤だった。彼らはウクライナ政治システム全般の腐敗に関与しただけでなく、その多元主義の維持にも貢献した。テレビ局を所有するオリガルヒたちが、二〇一四年のマイダン革命で逃亡するに至ったヤヌコーヴィチ大統領の誇大妄想的な振る舞いを〔自らのメディアを駆使して〕いかに告発したのかはアスルンドが伝えている。ヤヌコーヴィチ大統領はたしかに誇大妄想的で、贈賄者であると同時に収賄者でもあった。しかしそれでも四年前に通常の選挙で選出された人物だったのだ。

ウクライナ人の多元主義への適性は、核家族構造に培われた個人主義的な気質にもよるが、いま述べたような統制が及ばないオリガルヒたちの活動にもよる。当然、この国の民族言語学的二元性にも起因している。こうしてウクライナには、「ウクライナ語話者のウクライナ」と、何らかの形でロシアとのつながりを求める「ロシア語話者のウクライナ」が併存しているのだ。

二つのウクライナは、二〇一〇年の選挙地図に驚くほど明確に現れている。この地図は、ウクライナ西部と中央部がユーリヤ・ヴォロディミリヴナ・ティモシェンコに投票し、南部と東部がヴィクトル・ヤヌコーヴィチに投票したことを示している。得票率の地域差は際立っている。ヤヌコーヴィチの得票率は、ドネツク州、ルハンシク州、クリミア州でそれぞれ、九〇・四四％、八八・九六％、七八・二四％だった。しかし、西部のリヴォフ（リヴィウ）州、テルノーピリ州、イヴァーノ＝フランキーウシク州ではそれぞれ、八・六〇％、七・九二％、七・〇二％にとどまった。

西部はウクライナ語圏で東部はロシア語圏であるのは事実である。だが、言語による区分が常にうまく作用するとは限らないことも忘れてはならない。ロシア語話者、ウクライナ語話者、二つの言語を混ぜ合わせた方言の話者の比率データは、今日ではイデオロギーに染まりすぎ、まったく信用できなくなってしまった。だからこの選挙地図の方がずっと有益なのだ。ここでは一目で「ロシア寄りのウクライナ」と「純粋にウクライナ的なウクライナ」を見分けられる。

それではこの国の無秩序状態に話を戻そう。これを説明するために、「核家族構造」と「オリガルヒ」と「民族言語学的二元性」を示したが、いずれもそれだけでは不十分だ。たとえば中心部が核家族構造のフランスは「国民国家のモデル国」にさえなった。ロシアはオリガルヒを屈従させることに成功している。ウクライナ以上に民族言語学的に多様な国民国家もある。さらに次の点も付け加えて

地図 2-3　2010 年ウクライナ大統領選（決戦投票）でのヤヌコーヴィチ州別得票率

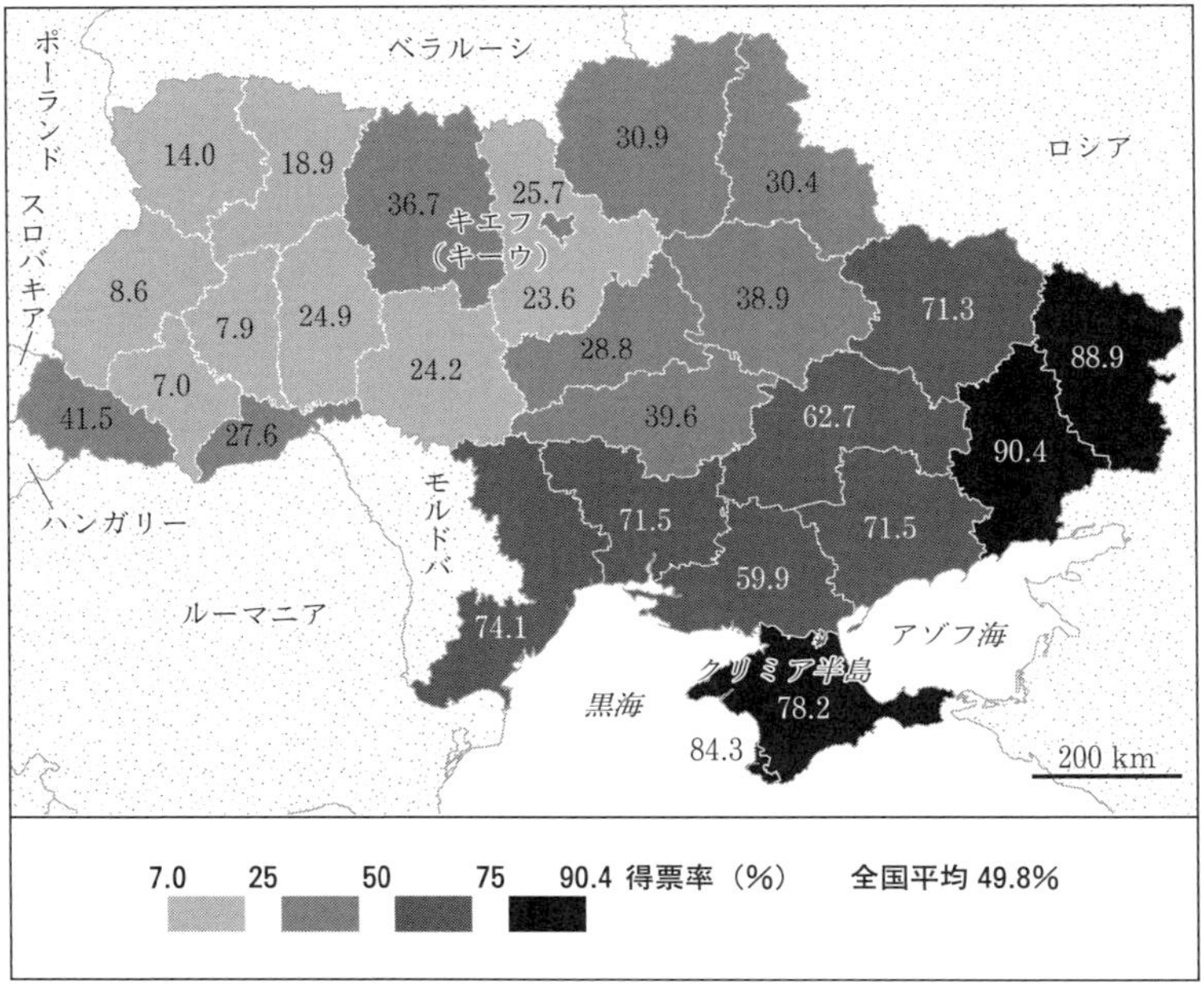

出典：Commission électorale centrale d'Ukraine
地図作成：EdiCarto

おこう。ウクライナは、共産主義崩壊の時点でソ連の周縁部に位置していた国だった。要するに、ウクライナの共産党幹部は、モスクワまで「のし上がること」に失敗した二流の官僚たち、つまりソ連システムの中で失敗した田舎者たちだったのである。この最後の点こそが、ウクライナという地方の「エリート」がなぜモスクワとサンクトペテルブルクから生じた〔ソ連末期の〕リベラルな変革の波に適応するのに苦労したのかを理解させてくれる。しかし、誕生しつつあったウクライナという国家の脆弱性を理解するには、こういった状況論的現象にとどまらない視点も必要だ。国家としての失敗の根本的な理由は、都市中流階級の全般的な脆さにあったように私には思える。

農村地帯であり続けたウクライナ西部には都市中流階級が少なかった。この西部こそが、ウクライナの中でナショナリズムが最も激化した地域となっている。ソ連に統合されたのは一九四五年になってからで、住民の多くが東方典礼カトリック（ユニエイト）教会（この地域の正教徒は一六世紀末にカトリック教会に合流した）の信者である。こうした西部こそ、一見したところ、ウクライナの国民国家プロジェクトの担い手に最も適していたように見えるが、そこにいた中流階級は脆弱だったのだ。

一方、都市化が進んでいたウクライナ東部には中流階級が数の上ではより多くいたが、そこにいた中流階級は、「ウクライナという国民国家」の名のもとに活発に思考し、行動するにはあまりにもロシア寄りだったことが簡単に理解できる。ウクライナ東部に関する最終的な真実とは、意外かつ単純なものだった。中流階級がロシアへ移住してしまったのである。

真の謎――ウクライナのロシア語圏の衰退

ここでいよいよウクライナの謎の核心に迫る。それはウクライナが「国民国家」になれなかったということだけではない。この失敗は結局のところ、「ウクライナ語圏における都市ネットワークの脆弱さ」という理由で簡単に説明がついてしまう。ウクライナの上流文化はロシア語系であるのに対し、ナショナリストのウクライナ語圏はロシア語以外の言葉を望んだことも理由として挙げられる。あまりに農業色の強い国民が「国家」を生み出せなかったことは驚きに値しない。歴史上、そのようなケースはいくらでもある。

最も興味深いのは、二〇一四年のマイダン危機後に、ロシア語話者でロシア寄りの自立した政治主体がウクライナから消えたことなのだ。

ウクライナ軍によって散発的な砲撃を受けているロシアの町ベルゴロドの奇妙な運命は、この点に関してある手がかりを与えてくれる。

二〇一七年、モスクワ駐在のフランス大使パスカル・コシ[8]は、高等教育省発表の統計データをもとに、ロシア連邦の過去五年間の「博士課程研究」に関する地図を作成した。ロシアのすべての大学において、博士課程の学生数は減少、あるいは停滞していたが、チェチェン共和国とベルゴロド州の二つの地域だけは、学生数が顕著に増加していた。チェチェン共和国に関しては、プーチン派のラムザン・アフマドビッチ・カディロフ（現在の戦争にも積極的に関与している共和国首長）の威信をかけた政策の結果と言える。一方、ベルゴロド州に関しては、国境を挟んでこの州に隣接し、経済的にも学術的にも急激に衰退したハリコフ（ハルキウ、ウクライナの大学都市）から学生たちが大量に流れ込んできたことによる。ハリコフ大学は一八〇四年、ロシアで最初に創立された大学の一つで、エンジニア関連の研究水準の高さで有名だった。

「自立した政治主体」としてのウクライナにおけるロシア語圏の消滅は、今となっては誰の目にも明白だが、ロシアの指導者は予測できていなかったと私は考えている。彼らが思い描いていた「あり得るシナリオ」は、完全に異なるものだった。ロシアが安定化する一方、ウクライナは均衡を見出せずにいた。そのため、ウクライナは自ずとロシアとの一体化を求めて近づいてくるはずだ、と。実際、ウクライナの最先端産業、特に航空産業、航空宇宙産業、軍事産業は、ウクライナ東部に位置し、ロシアと結びついていたのである。

ロシアはこのような計算をしていたに違いないと私は確信している。だからこそソ連崩壊時、ロシアは、ウクライナの「独立」を許し、新しい国家に含まれるロシア人やロシア語話者たちをロシア側に取り込むための国境是正も求めなかったのだ。ロシア的要素がウクライナに残り続けることが、ウクライナに対するロシアの支配を永久に保障するはずだったのである。そこでロシア人やロシア語話者たちが「つなぎの役割」を果たすはずだった。

しかしこのビジョンは短絡的すぎたようだ。言語的要因はロシア側が期待したような役割を果たさなかった。全体としてのウクライナのシステムが自らの生存をかけて戦っているなかで、多くの個人や家族もまた自らの生存をかけて戦うことでシステムを弱体化させたからである。ハリコフ（ハルキウ）のロシア語話者の若者たちは、農村に由来する歴史の浅い方言ではなく、自分たちの母語、ヨーロッパの偉大な文化的言語の一つでもあるロシア語を使って知的な成長を続けたいと望んでいたのだ。

より一般的に見れば、中流階級に属するロシア語話者は、衰退するウクライナ社会において、ウクライナ語話者のナショナリストの敵意の対象となるなかで、隣国の繁栄を目の当たりにし、ロシアへ移住してしまったというわけである。ウクライナのナショナリストたちは、ロシア語と戦うなかで、ロシア語話者たちをウクライナ語話者に改宗させようとしただけではなく、むしろウクライナから追い払おうとしたのだろう。

戦争開始以降、西洋ではEU（欧州連合）へのウクライナ移民が盛んに取り上げられた。しかし、専門家たちは、もっと以前から始まり、今も続いているロシアへのウクライナ移民についても伝えるべきだったのではないか。ウクライナの中流階級だけでなく、おそらく産業界の熟練労働者たちにも関わるものだったからである。

中流階級と都市システムのつながりを踏まえれば、ロシアへの移民の流れは社会階級的な特徴をもっていたことを証明できる。ウクライナの都市部の変遷を描く地図を見るだけで一目瞭然なのだ。一九八九年から二〇一〇年にかけて、ウクライナの西部と中央部の西半分においては、都市部の人口動態は安定し、人口増加も見られた。ただし、ウクライナの西半分は、もともと都市化がほとんど進んでいなかった地域で、中流階級が少なかったことを思い出しておく必要がある。しかしより重要な現象は、ウクライナの東部に見出すことができる。東部の多くの町が人口の二〇％以上を失ったのだ。しかもこの現象は、ロシア語圏を越えた範囲で確認できる。これこそがウクライナ社会の真の危機なのである。「ウクライナ語話者の中流階級の脆弱性」だけではなく、「ロシア語話者の中流階級の消滅」から生じた危機だ。「ウクライナ都市部」が「中流階級のウクライナ」というだけでなく、「オリガルヒのウクライナ」でもあることも指摘しておこう。この時期のオリガルヒは、まだ政権によって屈服させられる前だった。オリガルヒを抑える動きは、この戦争が始まってから起きたようだ。

都市人口と農村部も含む人口全体の変遷を示す地図のコントラストが興味深い。この二つは一致しない。西部にはより抵抗力の強いウクライナが存在する。一方、都市人口減少の中心は、ウクライナ中央部、特に北部に見られる。キエフ（キーウ）のすぐ北にあるチェルノブイリ原発の存在が多少なりとも影響しているのは間違いないだろう。しかし、この要因を除外しても、ロシア語圏の都市の崩壊はかなり特殊なものとなっている。

中流階級の脆弱性については、東ヨーロッパを扱う次章で再び取り上げるが、旧ソ連圏の社会主義国にほぼ共通する特徴である。ウクライナでは、ロシア語話者の中流階級の流出はユダヤ人の流出の後に起きた点をここで指摘しておこう。ユダヤ人は事実上、中流階級の重要な一部を構成していた。ウクライナ国民全体と比べてユダヤ系の人々の教育水準が特に高かったのは、ユダヤ教がプロテスタンティズムと同じように（ただし一五〇〇年先駆けて）、教育こそが重要だと考えてきたからだ。ウクライナのユダヤ人は、ロシア語かイディッシュ語を話し、通常、農民の言語は好まなかった。一九七〇年頃、全人口に占めるユダヤ人の比率は、ロシアよりもウクライナの方が高かった。（ウクライナの全人口はロシアの全人口の三分の一だが）実数でいえば、ロシアには八一万七〇〇〇人で、ウクライナには七七万七〇〇〇人。ところが二〇一〇年時点でユダヤ人は、ロシアには一五万八〇〇〇人、ウクライナには七万一〇〇〇人しか残っていなかったのである。つまり、一九七〇年から二〇一〇年にかけて、ロシアではその数が八〇％減少し、ウクライナでは九〇％減少したということだ。一九七〇

地図 2-4　1989 年〜2012 年のウクライナにおける都市人口の減少

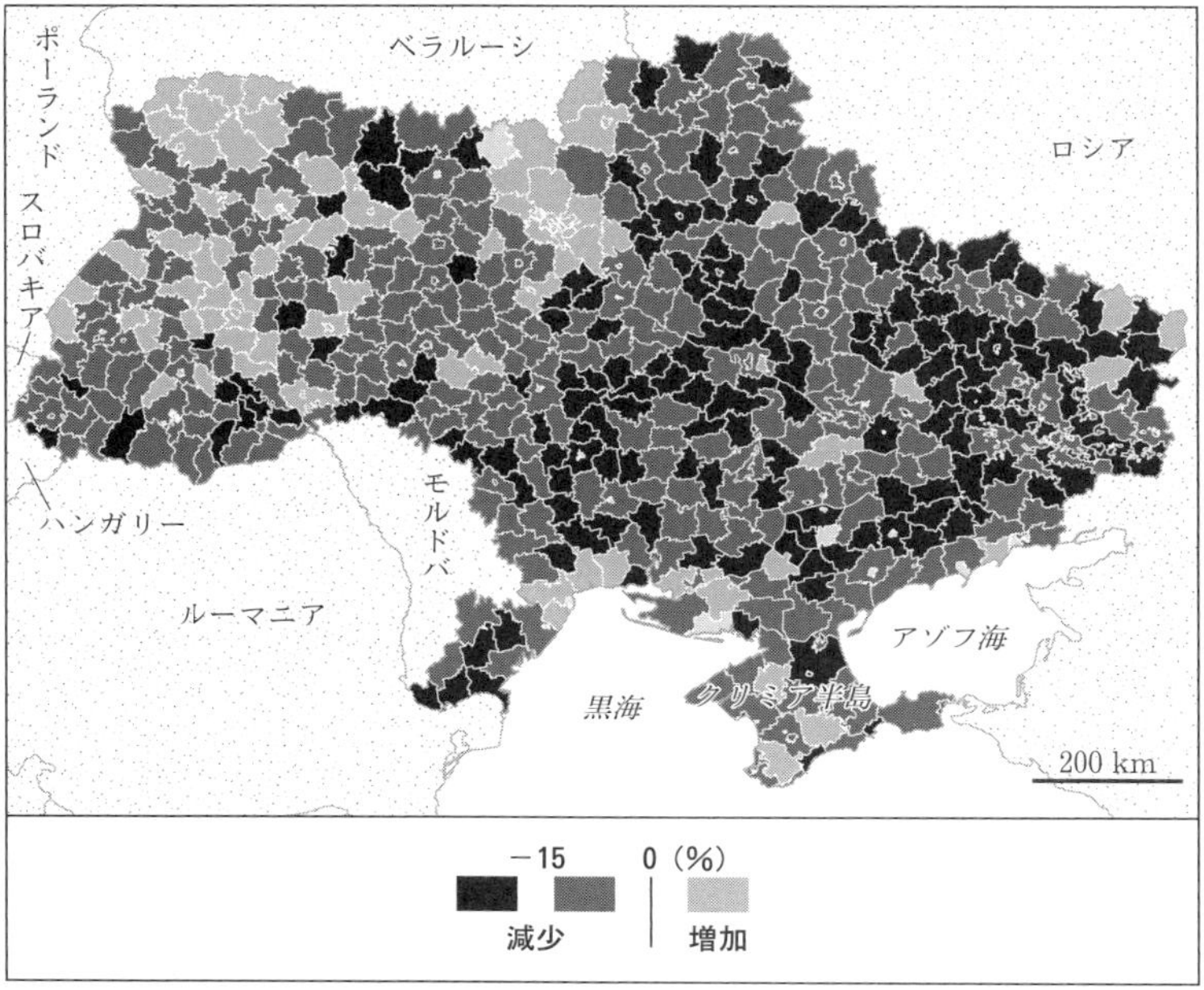

出典：Demographics of Ukraine, Wikipedia
地図作成：EdiCarto

地図 2-5　1989年～2012年のウクライナにおける地域別人口の増減

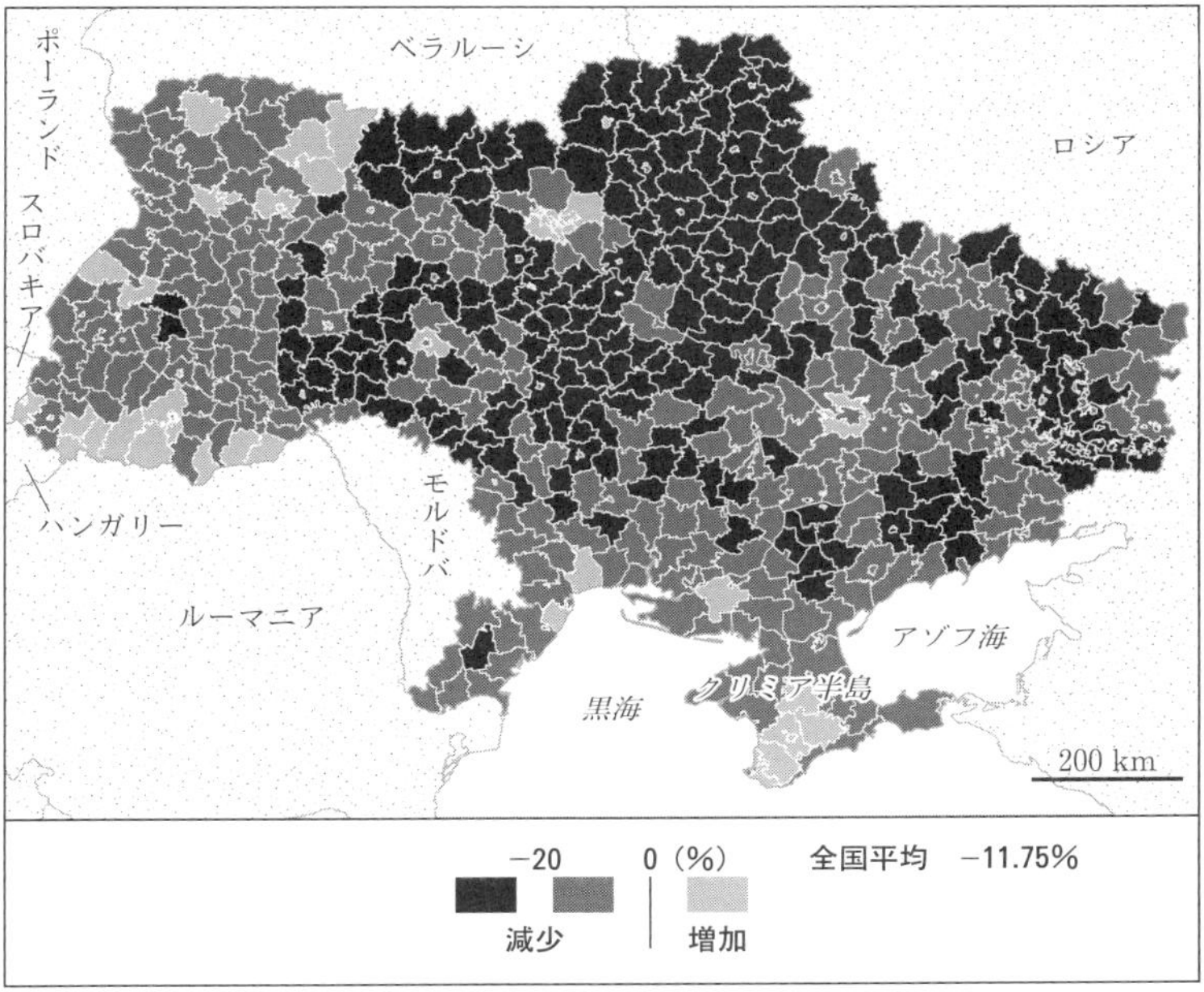

出典：Demographics of Ukraine, Wikipedia
地図作成：EdiCarto

年頃、ロシアではユダヤ人は全人口のわずか〇・六％だったのに対し、ウクライナでは一・七％を占めていた。(9) つまり中流階級のさらなる流出は、ウクライナにおいてより深刻だったのである。

二〇一四年、民主主義的希望の終わり

二〇一四年のマイダン危機は、ある断絶を早めることとなった。二〇一〇年の大統領選挙は公正なものとみなされたが、マイダン危機とヤヌコーヴィチ追放の後に行われた選挙はそうではなかった。しかし、二〇一四年の最も重要な地図は選挙結果の地図ではない。たとえばポロシェンコは、二〇一〇年と同じように二〇一四年においても、ウクライナの南部と東部では過半数を獲得できなかったが、ウクライナ西部と中央部において、最も得票率が高かった。決定的な地図は棄権率を示したものである。二〇一四年、ロシア語地域で投票率が大きく落ち込んだのだ。ロシア語地域がウクライナの政治システムから消滅した瞬間をこの選挙は示している。多くの政党が禁止されたことを詳細に検討しなくとも、この棄権率の高さを見れば、二〇一四年の大統領選挙が、「ウクライナの民主主義の終わり」を示していたと言えるのだ。実を言えば、「ウクライナの民主主義」が機能することは一度もなかったのだが。

こうして、ウクライナ語圏を中心によりコンパクトになったウクライナの誕生を私たちは目にすることとなった。このウクライナには二つの極がある。一つ目は、ガリツィア地方のリヴィウを中心としたナショナリズムが非常に活発な極だ。この地域は、ロシアとは真の文化的つながりがない。独ソ秘密協定から一九四一年六月のバルバロッサ作戦開始までのスターリン軍による短期間の占領を除け

ば、オーストリア帝国時代から一九四一年のポグロム（ユダヤ人大虐殺）まで、その歴史全体がゲルマン圏の歴史と結びついている地域である。二つ目は、キエフ（キーウ）の影響下にある極だ。ウクライナの首都キエフ（キーウ）は、二九〇万の人口を抱え、危機の時代にも人口は減少しなかった。そして、都市化が進んでいないウクライナ中央部の「指導的な極」として機能している。それは、一七八九年から一八四八年にかけてのパリ盆地における中心部のパリにも似たあり方である。

まとめよう。まずウクライナを三つに区別する。一つ目は、ウクライナ西部だ。大部分が農村で、典型的な核家族構造を持ち、ギリシャ正教系カトリック（ユニエイト教会）の宗教的伝統を基盤とし、主要な都市リヴィウの周辺は、ナショナリズムの伝統的な中心地である。ここは「ウルトラ・ナショナリズムのウクライナ」と定義できる。

その隣りに、首都キエフ（キーウ）を含む、輪郭がより曖昧なウクライナ中央部がある。宗教は正教会派で、弱い父系制親族関係を伴った核家族構造を持ち、個人主義的な気質ではあるが、国家を生み出すことはできなかった。首都キエフ（キーウ）は、「国家が建設される場所」というよりも、「中央集権が崩壊する場所」である。まさにこの場所でオレンジ革命が起き、マイダン革命が起きたのだ。戦争が始まるまでは、経済的・政治的な裏工作でオリガルヒたちが暗躍していた場所でもある。ここは「無秩序なウクライナ」と定義できる。

最後に、南部と東部を含むウクライナがある。もともとはロシア寄りの地域だったが、中流階級がこの地を見捨てて離れてしまった。この地域には、核家族構造と父系制の強い人類学的基盤が存在していたにもかかわらず、今日では、ロシア軍に占領されていない場所は、もはや地域として形を成し

地図 2–6　2014 年ウクライナ大統領選（決選投票）におけるポロシェンコの州別得票率

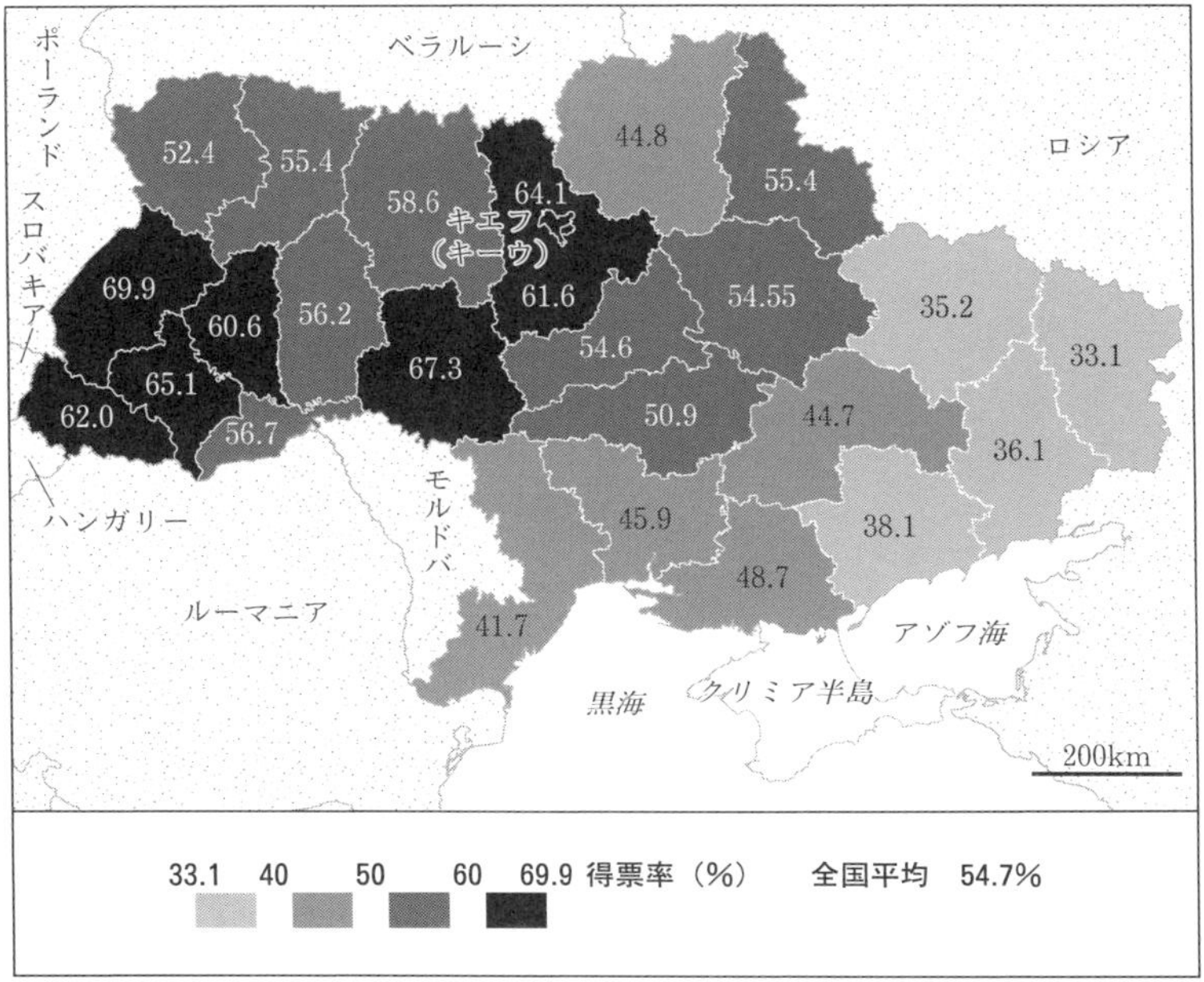

出典：Commission électorale centrale d'Ukraine
地図作成：EdiCarto

地図 2–7　2014 年ウクライナ大統領選（決選投票）における州別棄権率

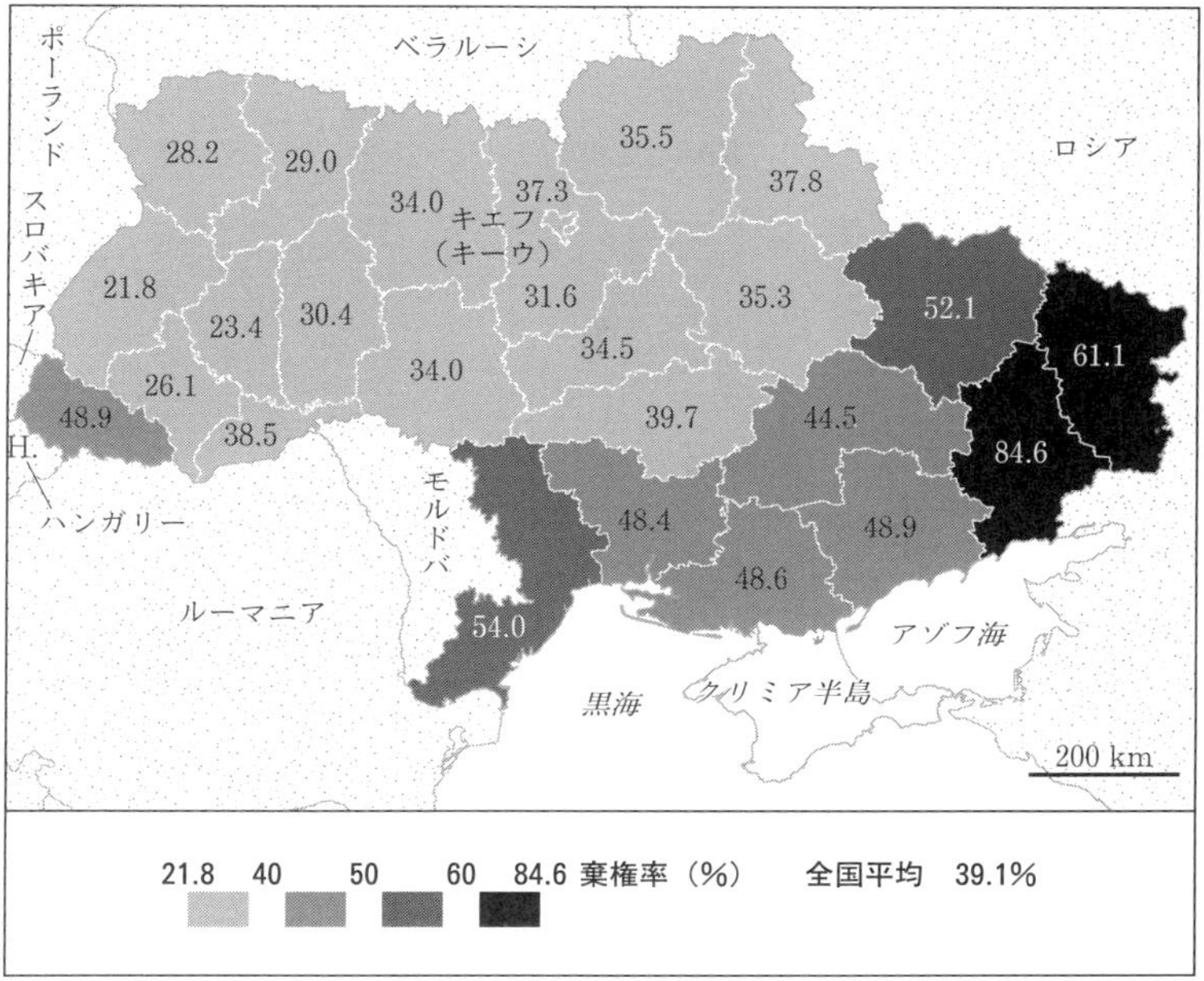

出典：Commission électorale centrale d'Ukraine
地図作成：EdiCarto

ていない。私はここを、アメリカ社会学が伝統的に「社会的アトム化」という意味で使っていた「アノミー」という言葉に倣い、「アノミー的ウクライナ」と定義したい。

二〇一四年以降、ウクライナの西部と中央部が一致協力してロシア寄りの地域と対立してきたのは明らかで、現在のウクライナ・エリートの出身地を示す地図からはっきりと見てとれる。ここでは、政権幹部、軍と警察の最重要責任者、最も裕福な一〇人のオリガルヒ、そして何人かのメディア界の著名人を選んでいる。一覧表は、実名を列挙したものなので、読者はサンプルの妥当性を自分で判断できるだろう。

「ウルトラ・ナショナリズムのウクライナ」の西部は、政治エリートが過度に多い。「無秩序なウクライナ」の中央部には、軍・警察エリートが過度に多い。「アノミー的ウクライナ」の東部と南部には、オリガルヒしかおらず、戦争が始まって以降は、大半が周辺に追いやられたか、屈伏させられている。

戦争開始以降の一連の出来事がウクライナにおける「中央集権構造」の台頭を促したが、それは真の意味での「国家」ではなく、「ワシントンからの資金に依存する軍・警察組織」でしかなかった。こうしたなかで、「〈中央集権に逆らう〉自立した権力」としてのオリガルヒは、自ら体現してきた「多元主義」とともに自然に消滅したのである。オリガルヒの転落は、ロシア語圏全体の転落とつながっている。とはいえ、依然、ウクライナ国内には、イデオロギーをめぐって対立する複数の集団、すなわち行政機関と西洋諸国からの援助の掌握をめぐって対立する複数の利益集団が存在する。しかし、こうした諸勢力や諸集団は、何よりもまず、そしてとりわけ大真面目なナショナリストなのだ。

軍・警察組織内において中央部出身のウクライナ人が過度に多いことは驚きを与えるかもしれないが、これは、逆説的に、国家的伝統がない核家族の基盤に由来するウクライナ中央部の無秩序的特性に起因している。軍と警察は一般的な気質の「裏返し」を体現しているのだ。序列に基づく軍と警察は、秩序の原則を体現する。したがって、その気になれば簡単に、そして当然のように、置かれた環境を支配してしまう。軍は特に社会が混乱している時に政治的に力をつけ、簡単に権力を握る。核家族構造の大陸であるラテンアメリカが昔からそうだ。逆説的なことだが、権威主義的文化は、軍の強固な伝統を生み出すことはあっても、クーデターに有利な環境を生み出すことはない。ヒトラーもスターリンも、自らの将軍たちを脅威に感じることは決してなかった。ロシアの伝統は、特に軍の絶対的な政治的服従をしっかりと定着させている。だからこそプーチンは、プリゴジンの反乱をあまり恐れることはなかったのである。

二〇一四年、私たちはこうして「ウクライナ国民」の真の誕生を目の当たりにした。この国は、西部の「ウルトラ・ナショナリズム」と中央部の「無秩序な軍事主義」の同盟が、エリートの国外流出によって脆弱化した「ロシア寄りの地域」に対立する形で生まれたのである。そして小さくなったが、よりコンパクトになったこの新しいウクライナ国民がロシアの攻撃に効果的に抵抗したのだ。これは侵攻の地図を見るだけでわかる。ヘルソンまでの南部地域へのロシアの侵攻は容易だったが、キエフ（キーウ）周辺でロシアは非常に強い抵抗に遭った。抵抗の度合いの違いは、この二つの地域がロシアといかなる関係を築いているかを物語っている。

24 **アンドリー・ボリーサヴィチ・イェルマク**（Andriy Borissovytch Iermak）大統領府長官（P）
25 **ヴィタリー・ヴォロディミロヴィチ・クリチコ**（Vitaliy Volodymyrovytch Klitchko）キエフ市長（P）
26 **ヴァレリー・フェードロヴィチ・ザルジニー**（Valeriy Fedorovytch Zaloujniy）〔2024年2月8日まで〕ウクライナ軍総司令官（A）
27 **セルヒイ・オレクサンドロヴィチ・シャプタラ**（Serhiy Oleksandrovytch Chaptala）〔2024年2月9日まで〕ウクライナ軍参謀総長（A）
28 **オレクサンドル・スタニスラーヴォヴィチ・シルスキー**（Oleksandr Stanislavovytch Syrskiy）ウクライナ陸軍司令官〔2024年2月8日から軍総司令官〕（A）
29 **オレクシー・レオニードヴィチ・ネイツパパ**（Oleksiy Leonidovytch Neïjpapa）ウクライナ海軍司令官（A）
30 **ミコラ・ミコラヨヴィチ・オレシチュク**（Mykola Mykolayovytch Olechtchouk）〔2024年8月30日まで〕ウクライナ空軍司令官（A）
31 **マクシム・ヴィクトロヴィチ・ミロロツキー**（Maksym Viktorovytch Myrhorodsky）空襲司令官（A）
32 **ヴィクトル・オレクサンドロヴィチ・ホレンコ**（Viktor Oleksandrovytch Khorenko）〔2023年11月3日まで〕ウクライナ特殊作戦軍司令官（A）
33 **ヴァシーリー・ヴァシロヴィチ・マリューク**（Vassyl Vassylovytch Maliouk）ウクライナ保安庁長官（A）
34 **セルヒー・アナトリヨヴィチ・アンドルフチェンコ**（Serhiy Anatoliyovytch Androuchtchenko）マリューク代理（A）
35 **サンドゥルスキー・ヴァレリヨヴィチ・アナトリー**（Sandourskiy Valeriyovytch Anatoliy）もう一人のマリューク代理（A）
36 **キリーロ・オレクシヨヴィチ・ブダノフ**（Kyrylo Oleksiyovytch Boudanov）ウクライナ国防省情報総局長、すなわち軍の諜報機関トップ（A）
37 **ヴァディム・スキビツキー**（Vadym Skibitsky）軍務副部長（A）
38 **リナト・レオニドヴィチ・アフメトフ**（Rinat Leonidovytch Akhmetov）（O）
39 **ヴィクトル・ミハイロヴィチ・ピンチュク**（Victor Mykhaylovytch Pintchouk）（O）
40 **コスティアンチン・ヴァレンチノヴィチ・ゼヴァゴ**（Kostyantyn Valentynovytch Jevago）（O）
41 **イゴール・ヴァレリヨヴィチ・コロモイスキー**（Ihor Valeriovytch Kolomoïsky）（O）
42 **ヘンナディー・ボリソヴィチ・ボホリュボフ**（Hennadiy Boryssovytch Bogolioubov）（O）
43 **オレクサンドル・ヴォロディミロヴィチ・ヘレハ**（Oleksandr Volodymyrovytch Hereha）（O）
44 **ペトロ・オレクシヨヴィチ・ポロシェンコ**（Petro Oleksiovytch Porochenko）（O）
45 **ヴァディム・ヴラディスラヴォヴィチ・ノヴィンスキー**（Vadym Vladyslavovytch Novinskiy）（O）
46 **オレクサンドル・ヴラディレノヴィチ・ヤロスラウスキー**（Oleksandr Vladylenovytch Iaroslavskiy）（O）
47 **ユリー・アナトリヨヴィチ・コシューク**（Iouriy Anatoliyovytch Kossiouk）（O）
48 **セヴギル・ムサイェヴァ**（Sevgil Khaïretdynivna Moussaieva）ウクライナで最も有名なジャーナリストの一人で、「タイム」誌が選ぶ2022年の「世界で最も影響力のある100人」に選出された。（P）
49 **オレクサンドラ・ヴャチェスラヴィヴナ・マトイチュク**（Oleksandra Vyatcheslavivna Matviytchouk）弁護士、活動家、ノーベル平和賞受賞（2022年）（P）
50 **オレーナ・ヴォロディミリヴナ・ゼレンシカ**（Olena Volodymyrivna Zelenska）大統領夫人（P）

表2-1　ウクライナエリートの一覧

（P）政治家、（A）軍隊と警察、（O）オリガルヒ　　　　（確認した日：2023年7月2日）

1　**ヴォロディミル・オレクサンドロヴィチ・ゼレンスキー**（Volodymyr Oleksandrovytch Zelensky）ウクライナ大統領（P）
2　**デニス・アナトリヨヴィチ・シュミハリ**（Denys Anatoliyovytch Chmyhal）首相（P）
3　**ユリヤ・アナトリーヴナ・スヴィリデンコ**（Ioulia Anatoliïvna Svyrydenko）第一副首相兼経済発展・貿易大臣（P）
4　**イリーナ・アンドリーヴナ・ベレシチュク**（Iryna Andrïïvna Verechtchouk）〔2024年9月3日まで〕副首相兼一時的占領地域再統合大臣（P）
5　**オリハ・ヴィタリーヴナ・ステファニシナ**（Olha Vitaliïvna Stefanichyna）〔2024年9月3日まで〕ウクライナ欧州・欧州大西洋統合担当副首相（P）
6　**ミハイロ・アルベルトヴィチ・フェドロフ**（Mykhaylo Albertovytch Fedorov）副首相兼イノベーション・教育・科学・技術開発担当大臣兼デジタル変革大臣（P）
7　**オレクサンドル・ミコラヨヴィチ・クブラコフ**（Oleksandr Mykolayovytch Koubrakov）〔2024年5月9日まで〕ウクライナ復興担当副首相兼地方自治体・国土・インフラ発展大臣（P）
8　**オレフ・ミコラヨヴィチ・ネムチノフ**（Oleh Mykolayovytch Nemtchinov）政府幹事長（P）
9　**ヘルマン・ヴァレリオヴィチ・ハルシチェンコ**（German Valeriyovytch Galouchtchenko）エネルギー大臣（P）
10　**ヴァディム・マルコヴィチ・フトツァイト**（Vadym Markovytch Gutzeit）青年・スポーツ大臣（P）
11　**オレクサンドル・ミコラヨヴィチ・カミシン**（Oleksandr Mykolayovytch Kamychine）〔2024年9月3日まで〕戦略産業大臣（P）
12　**イゴール・ヴォロディミロヴィチ・クリメンコ**（Ihor Volodymyrovytch Klymenko）内務大臣（A）
13　**ドミトロ・イワノヴィチ・クレーバ**（Dmytro Ivanovytch Kouleba）〔2024年9月4日まで〕外務大臣（P）
14　**ユリア・アナトリヴナ・ラプチナ**（Yulia Anatoliyivna Lapoutina）〔2024年2月5日まで〕退役軍人大臣（P）
15　**ヴィクトル・キリロヴィチ・リャシュコ**（Viktor Kyrylovytch Liachko）保健大臣（P）
16　**オクセン・ヴァシリオヴィチ・リソヴィー**（Oksen Vassyliovytch Lissovyi）教育科学大臣（P）
17　**デニス・レオンティオヴィチ・マリュスカ**（Denys Leontiyovytch Maliouska）〔2024年9月3日まで〕司法大臣（P）
18　**セルヒー・ミハイロヴィチ・マルチェンコ**（Serhiy Mykhaylovytch Martchenko）財務大臣（P）
19　**オレクシー・ユリヨヴィチ・レズニコウ**（Oleksiy Iouriyovytch Reznikov）2023年9月3日まで国防大臣（A）
20　**ミコラ・タラソヴィチ・ソルスキー**（Mykola Tarassovytch Solskiy）〔2024年5月9日まで〕農業政策・食料大臣（P）
21　**ルスラン・オレクサンドロヴィチ・ストリレツ**（Rouslan Oleksandrovytch Strilets）〔2024年9月3日まで〕環境保護・天然資源大臣（P）
22　**オレクサンドル・ヴラディスラヴォヴィチ・トカチェンコ**（Oleksandr Vladyslavovytch Tkatchenko）〔2023年7月27日まで〕文化情報大臣（P）
23　**オクサナ・イワニヴナ・ヨルノヴィチ**（Oksana Ivanivna Jolnovytch）社会問題担当大臣（P）

エリートの出身地

関係者 44 オリガルヒ（新興財閥）

地図2-8　ウクラ

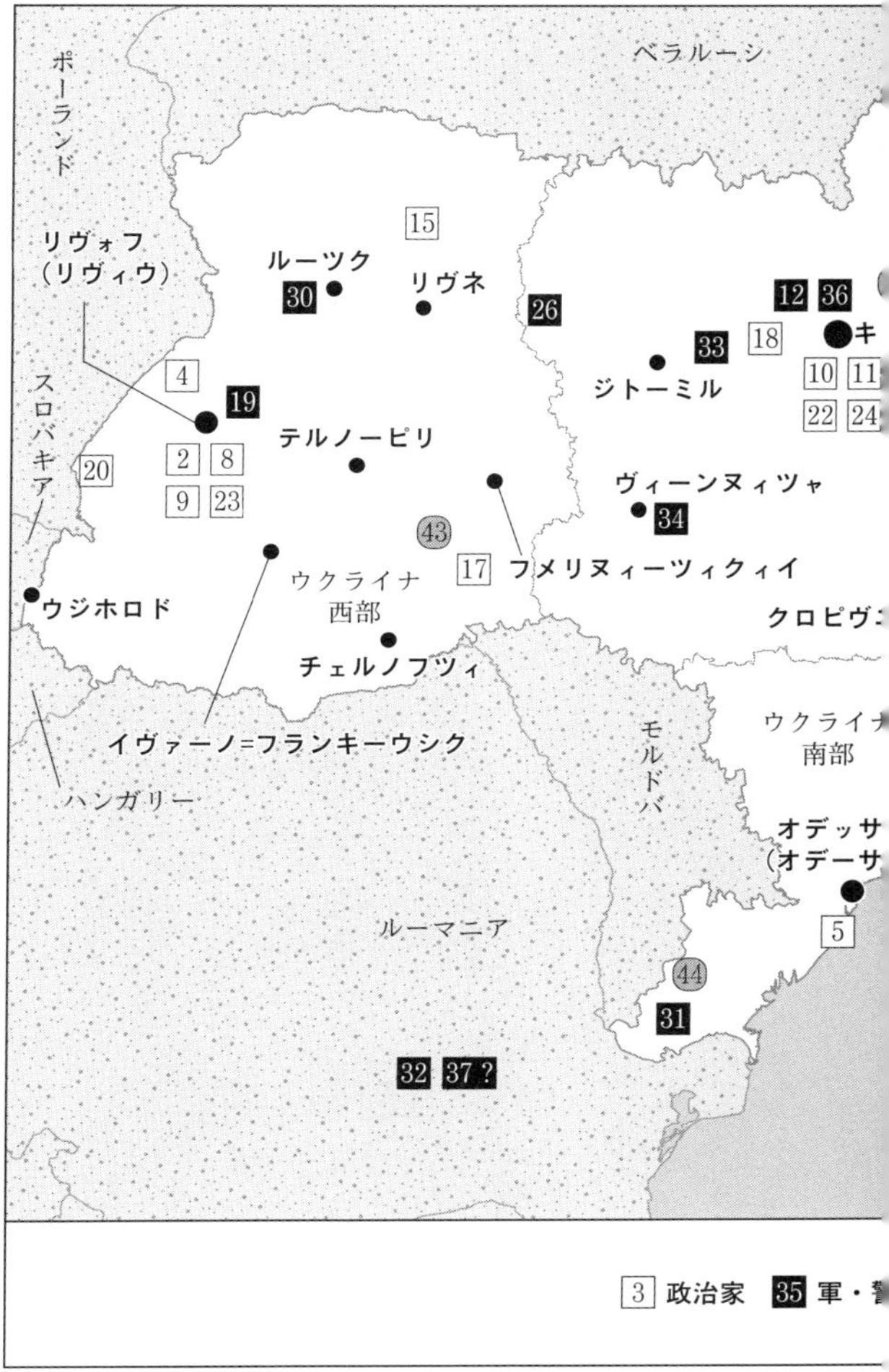
ベラルーシ
ポーランド
リヴォフ
（リヴィウ）
ルーツク
リヴネ
ジトーミル
スロバキア
テルノーピリ
ヴィーンヌィツャ
フメリヌィーツィクィイ
ウクライナ
西部
ウジホロド
クロピヴ
チェルノフツィ
イヴァーノ=フランキーウシク
ハンガリー
モルドバ
ウクライナ
南部
オデッサ
（オデーサ
ルーマニア
15
30
26
12
36
33
18
10
11
22
24
4
19
2
8
9
23
20
34
43
17
5
44
31
32
37？
3 政治家
35 軍・

反ロシアというニヒリズムへ

ロシア人は、自らの社会のダイナミズムがウクライナのエリートの一部を国外流出させてしまうとは想像できていなかった。こうして新たな深みを持った反ロシア感情によって突き動かされたウクライナが、ロシアに軍事的に抵抗できるなどとは、さらに想像できていなかった。

これは私たちへの教訓でもある。戦争は、これまでに類を見ないような、あるいは過去に検討すらされてこなかったような「社会学的かつ歴史的プロセス」を明らかにした。均衡を見出せないウクライナ社会では「ロシアに対するルサンチマン」が最終的には指針となり、展望となり、むしろ「社会的構造の要素」とすら言いたくなるようなものになってしまったのだ。

ロシアは事実上、ネガティブな意味でウクライナのプシュケ（集合的心性）に宿り、ウクライナを制御し続けている。もし経済の再興が不可能だとすると、この戦争（アメリカ、イギリス、ＥＵの資金援助で戦っている）こそが、ウクライナにとっての「生きる意味」になり「生きる手段」となりうるということだ。

二〇二二年七月、プーチンは、ロシアとウクライナの歴史的な結びつきに長々と言及する文書を発表した。歴史の長期的な視点に立ってみると、プーチンの見方は正しいと言える。「新ロシア」はたしかにロシア人によって征服され、オデッサ（オデーサ）は、一七九四年にエカチェリーナ二世の主導によって創設された都市だ。しかしプーチンが考慮できていなかったのは、ソ連と共産主義経済の解体が、ウクライナにおいて、ロシアに対するネガティブな執着心を生んでしまったことである。ロシア人がウクライナ人の精神システムの中心に居座り続けたのはたしかだが、それはネガティブな形をとったのだ。

ロシア人は、ウクライナの「ネオナチ」を問題にし続けている。一方の「西洋民主主義諸国」は、（指導者層、ジャーナリスト、大学関係者たちの沈黙のせいで）ＳＳ（親衛隊）に由来する記章を身に付けること（例えばアゾフ大隊の記章）を「自らの理想に沿っている」とか「無害だ」とみなしているかのように振る舞っている。おそらく、この沈黙がはからずも示す「責任の放棄」には自らも気づいていないのだろう。こうした私たち西洋人の横柄な態度は、決して容認されてはならない。私たちは多くの記念式典を行うことで悦に入っているが、この状態自体が、西洋の道徳的状況、ホロコーストに対する私たちの酷い態度を暴露している。ただ、本章は西洋ではなくウクライナに関する章だ。そもそも「ネオナチ」という問題設定がウクライナの現状を内部から描くために適している、あるいは十分なものであるとは私には思えない。

ロシア人は、大祖国戦争（第二次世界大戦）の記憶を甦らせて、ウクライナを「脱ナチ化」するという。しかしそれは、どのナチズムの話なのか。「ネオナチ」のようなものはたしかにウクライナ西部に存在する。ここは、第二次世界大戦中、ステパン・バンデラによるナショナリスト組織がドイツ国防軍やＳＳと連携し、多くのユダヤ人を虐殺した場所だ。そのバンデラは、今日のウクライナで崇拝されている。反ユダヤ主義を帯びた思想「バンデラ主義」が、現在のウクライナ政治権力の二つの極のうちの一つである、この地域に根づいていることは真剣に危惧されるべきである。

しかし、ロシア語圏あるいは中央部のウクライナ語圏で見られるのは、私からすると、「似非ネオナチ」にすぎない。「真の反ユダヤ主義者」ではなく、怪物のシンボルを再利用しているだけの、歴史に無知な人々だ。反ユダヤ主義なくしてナチズムなどあり得ない。第二次世界大戦中のガリツィアでのユダヤ人虐殺はもはや遠い過去の出来事になっている、現在のウクライナの主要部分を特徴づけるものは、「反ユダヤ主義」ではなく、「ロシア嫌い」なのである。ただ、「反ユダヤ主義」と「ロシア嫌い」は、概念的には「対立」する二つの異なる敵を対象としているが、ともに神話化された集団を標的としている点で「接近」している。さらに言えば、「ロシア嫌い」は、ウクライナのロシア語圏の地域にも見られ、これは真の自己憎悪を示している。ロシアから「ネオナチ」として非難された（実際、非常に暴力的だった）民兵組織「アゾフ大隊」の創設者の中核は、ロシア語話者で構成されていたのである。

ウクライナ西部の「ネオナチ」以上に、侵攻前からウクライナ全土に広がっていた「ロシア嫌い」こそ、新しく、理解が必要な現象なのだ。

反ロシア的ナショナリズムの熱情は、すべてが過去に根ざしているわけではない。過去にはもちろん、ホロドモールのように反ロシア感情を煽るような事件も起きている。しかし、ナチスのシンボルを掲げつつウクライナ側についたドンバスのロシア語話者たち（おそらく人数はかなり限られている）は、もともとロシア文化圏の人々なのだ。憶測でしかないが、このケースは、ロシアの中流階級が見捨てた下層階級の中の少数派による反発として捉えられるのではないか。しかし、戦争前になぜウクライナ語話者が大半を占める地域で新たな「ロシア嫌い」が強まっていったかについては、きちんとした説明を試みなければならない。

ここで、より全般的な仮説を示してみよう。キエフ（キーウ）の戦略の「自殺的なまでの非現実主義」は、逆説的な意味で、ウクライナの病的なまでのロシアへの執着心を示している。ロシアとの紛争を〔心理的に〕必要としていることこそが、ロシアとの分離の不可能性を明らかにしている。西洋メディアが繰り返していることとは逆に、ドンバスとクリミアは、単に「ロシア語圏」なのではなく、「ロシア」だということを、これに続く解釈を評価するために思い起こしていただきたい。

モスクワが要求していたのは、次の三点である。当然のことだが、第一に、安全保障面でも、黒海艦隊の維持のためにも戦略的に不可欠な「クリミアの維持」である。次に、ドンバス地方のロシア系住民の生活と地位の保障である。最後に、ウクライナが「中立的立場」を保つことである。ウクライナ国民が「西ヨーロッパの一員としてのウクライナ」という立場と運命を自ら確信していたならば、これらの条件も受け入れていただろう。ソ連圏の崩壊後、もはや共存を望まなくなったチェコ人とスロバキア人は、支配者のチェコ人が支配を放棄することで友好的に分離独立を果した。ウクライナも、ロシア人とウクライナ人はもはや共存できないと公式に認めることで、もともと「ロシア」だった地域をウクライナから切り離し、本来のウクライナとして、一部の国からは支援を受けながら、国際的に承認される真の国民国家の建設に注力することもできたはずだ。ところが二〇一四年以降、ウクライナは、ドンバス地方とそのロシア系住民を奪還するために戦争を続けてしまい、クリミアとそのロシア系住民を自らのものだと主張し続けた。自らよりはるかに強大な他国の国民を自らの主権下に置こうとしたのである。国際関係を自覚的かつ合理的な立場から眺めるならば、繰り返しになるが、これは自殺的行為だったと言える。そして実際に、今日のウクライナは国家として自殺しつつある。ロシア系地域をキエフ（キーウ）の傘下に維持したいという、ウクライナの断固とした態度を検討してみると、実はロシアとの離別を拒み、つながり続けることを望んでいる無意識の力を感じることができる。ドンバスとクリミアを奪還することは、「大ロシア」と「小ロシア」を含む、一般的な意味での「ロシア」であり続けようとする一つのあり方である。キエフ（キーウ）が自らの「ヨーロッパ性」や「西洋性」を主張し続けるだけでなく、ロシアとの戦争状態を維持することは、旧ロシア帝国圏内に留まり続けることを意味していたのだ。そこから抜け出ることは、非常に簡単だったにもかかわらず！

ウクライナのエリートたちによる、ロシアの痕跡を捨て去るための意識的行動の極度の暴力性をより詳細に検討する前に、私はまずは彼らの「ロシア的」な無意識的行動を示したが、彼らの意識的行動は段階的な自殺という形を取ったのである。

その幕開けは「経済的な自殺」で、EUの経済イデオロギーと合致したものでもあった。経済的連携の相手はロシアかEUかという問題が、マイダン危機につながったのである。ヤヌコーヴィチがEUを選択できなかったのは、ウクライナ東部に集中しているウクライナの主要産業がロシア産業と結びついていたからだ。EUを選ぶことは、ウクライナ東部の産業の崩壊のみならず、ウクライナ全土の経済崩壊も意味していた。

私はここを強調したいのだが、キエフ（キーウ）にとって、EUと経済的協力関係を結ぶことは、ロシアに強く連結しているウクライナ産業を危機に陥れ、この国を再び一九世紀のような農業国に引き戻すことを意味していた。決定は下され、目的は達成された。しかしそれは、長期的に見れば、あり得たはずの、ウクライナの「国民国家」化に反していたのである。

ロシア語を排除しようとする中央政府の執拗さは、ロシア語話者だけに向けられたのではない。ウクライナでは、ロシア語は高尚な文化の言語だった。つまり、ロシア語の撲滅はロシア語話者のウクライナ人だけに関わるものではなく、自らへの憎しみの現われでもある。自身もロシア語を母語とするヴォロディミル・オレクサンドロヴィチ・ゼレンスキー大統領率いる政府は、この文化戦争を激化させ続けている。ダヴィド・トゥルトリ曰く、〈近年、彼はウクライナ社会からのロシア語排除を目的とした法律を公布してきた。二〇二二年、そして戦争開始以降、学校でロシア人作家について学ぶことが禁じられ、大学関係者が授業でロシア語を使用した場合は、それを理由に解雇することも可能になり、公職に就いている者がＳＮＳ上にロシア語でメッセージを投稿した場合は罰金が科せられる。そしてゼレンスキーは、ウクライナの公務員に英語習得を義務づける法律を議会に提出したばかりだ〉。こうした自己否定が、私たちを「ニヒリズム」という概念へと導く。

クラウゼヴィッツの格言は次の通りだ。〈戦争とは、異なる手段をもって継続される政治に他ならない〉。しかしこれはウクライナのケースには適用できない。自らよりも何倍も強力なロシアに対抗して、ドンバスとクリミアのロシア系住民をウクライナの主権下に戻す、あるいは維持するなどという試みは、「異なる手段をもって遂行される政治的企図」と捉えることはできないだろう。戦争は、ここではそれ自体が目的となり、戦争が政治を持たない国民に存在意義を与えている。つまり、ウクライナが国民国家として存在できず、安定を見出せないからこそ、終わりのない戦争が続いているのだ。「ネオナチ」は、ウクライナが国民国家として存在できない状態を形容する概念としてはふさわしくない。また、「モスクワを裁く国」を気取りたがるキエフ（キーウ）の執拗なまでの欲求を捉えるためにも、ウクライナ産業の自己破壊を理解するためにも、ロシア語に深く根ざしているウクライナの真の文化と生活の衰退を描くためにも、適した概念ではない。ウクライナ現政権の政治全般の核心部分には、眩暈を起こさせるようなもの、自ら進んで崖っぷちへ向かうような行動があり、後先を考えず、現状を破壊しようという衝動が感じられる。やはりここで思い浮かぶのは「ニヒリズム」という概念なのだ。

未確認政治物体

情勢分析者にこの戦争が提起する問題の一つは、その残虐さを超えて、戦争は必ずや「単純さ」の幻想を生み出すというものである。敵対する無能な二人の将軍は、しばしば自らや相手の軍隊について誤った判断をしているにもかかわらず、最終的には戦闘を仕掛けてしまい、そこで勝者と敗者に別れて、戦闘は終了する。引き分けでも、十分な死者を出していれば、戦いはある種の厳粛さを帯びる。二つの陣営が対峙すれば、すべてが単純になり、すべてが一面的になる。そしてウクライナがロシアと対峙すれば、熱に浮かされたジャーナリストたちは「二つの国民が全面的に参加する激しい戦争」だと伝える。しかしそれは二重の意味で間違いである。

まずロシアについて間違っている。繰り返すが、プーチンはウクライナに一二万人の兵士しか送らなかった。三〇万人の予備役軍人の動員はあったが、プーチンは、植民地戦争のレベルにとどめようとし、あくまでこの戦争を「特別軍事作戦」として続けようとしているのだ。それは、自らの統治下でロシアが再び見出した社会的均衡を危うくさせないためでもある。このような動機があったからこそ、プーチンはワグネルに関して誰もが知る問題も承知の上で、ワグネルを過度に利用し、チェチェン人にも頼ったわけだ。

ウクライナに関しても同じように間違っている。西洋側では、ウクライナは、「武装化され、一致団結し、侵略者に抵抗して完全動員された国民」として描かれる。本当にそうだろうか。二〇二二年夏、大規模召集をかけ、ハリコフ（ハルキウ）とヘルソン州においてロシア軍を包囲した時、ウクライナの正式な兵力は七〇万人だった。しかしたとえば一九一四年八月、募兵可能な一五歳から六〇歳の人口が現在のウクライナと同規模の一二〇〇万人いたフランスは、二〇〇万人を戦争に動員している。つまりウクライナの今回の動員数は、当時のフランスの動員数の半数にも満たないのである。

地域ごとの特殊性も考慮してウクライナ領土を分析すれば、その理由が明らかになる。この戦争で、ウクライナのロシア寄りの地域ではおそらく大規模な動員はなかっただろう。政治的、軍事的、そして安全保障上の意思決定に関わる代表者を出していない地域だからだ。二〇一四年の選挙では「棄権率」が高かった。つまり合理的に考えると、軍事面においても、動員に対して「棄権率」が高かった可能性は大いにありうるのである。

しかしこの分析が特に解体するのは、「国民国家としてのウクライナ」という虚像だ。この章を閉じるにあたり、「戦時下のウクライナ」とはいかなる「対象」、あるいは「主体」、あるいは「歴史的アクター」なのかを定義しなければならない。

まず「ウクライナが何ではないか」から始めよう。一二から一九の政党（どこにも明確な数字が見つからなかった）が禁止されているウクライナは、まず「自由民主主義」ではない。そして国家予算はもはや税金ではなく西洋からの資金援助に依存しているため、国家として地に足が着いておらず、空中浮遊状態にある。

イギリスの王権に抵抗したアメリカ人は、当時、何を言っていたか。彼らの有名なスローガンは「代表なくして課税なし（No Taxation without Representation）」である。風刺パンフレットに記されたこのスローガンは、「議会に代表者がいない中での課税の拒否」を表明したものだった。課税への同意は、多数決や少数派の保護と並んで自由民主主義の構成要素である。課税は、ウェーバー的な「正当な暴力の独占」に分類できる。自発的な拠出とは対照的に、「国家が国民から富を徴収する権利」を前提としているからだ。国家は募金を求めるのではなく、〈強制的に〉課税する。そうして得られた財源が、今度は税金を徴収する抑圧的な機関の財源となる。こうした循環があるのだ。しかし、税の総額と分配については、政治的代表者の合意を得なければならない。このことは、暴力の独占も民主的に実践される限りにおいて正当なものとなることを意味している。

「戦時下のウクライナ」には、これらの何一つとして当てはまらない。市民全体を政治的に代表するものがそもそも存在していない。中央部と西部ウクライナの人々は多少代表されているかもしれないが、それももはや定かではない。いずれにせよ、軍事的装置と抑圧装置の財源は、外部から、多種多様な西洋の諸勢力から、主にドルとユーロからもたらされている。

ウクライナは自由民主主義国ではない。「西洋の自由民主主義諸国がウクライナに芽生えつつある自由民主主義を救う」などという思想ジャーナリズム的テーマは、明らかに馬鹿げたものである。もし西洋諸国とウクライナにつながりがあるとしたら、それはまったく異なる「同一性」に基づくものだ。本書のヨーロッパとアメリカ圏[10]に関する章では、西洋はもはや自由民主主義の世界ではないことを示す。西洋が何者なのかをここで述べるのはまだ早いが、ウクライナと西洋における価値観の一致を見ることになるだろう。両者に共通する価値観は、数多く、また根深いものであるが、民主的なものでも、自由主義的なものでもない。こうして両者は「互いを再び見出した」のだ。「戦時下のウクライナ国家」が「西洋」の課税と異なる資金援助システムに組み込まれたのは、単なる偶然の結果ではない。

原　注（第2章）

（1）以下の文献を参照のこと。Emma Lambertin, « Lessons from Ukraine: Shifting International Surrogacy Policy to Protect Women and Children », *Journal of Public and International Affairs*, 1er mai 2020.

（2）A. Leroy-Beaulieu, *L'Empire des tsars et les Russes*, 前掲書, p. 90.

（3）以下の文献を参照のこと。Emmanuel Todd, *Où en sont-elles ? Une esquisse de l'histoire des femmes*, Seuil, 2022, chapitre 14.〔エマニュエル・トッド『彼女たちはどこから来て、今どこにいるのか?』大野舞訳、文藝春秋近刊〕

（4）Oliver H. Radkey. *The Election to the All-Russian Constituent Assembly. 1917* [1950], Cornell University Press, nouvelle édition 1977.

（5）ホロドモールによる死者数については、非常に異論が多い。私が挙げた二六〇万人の死亡者数は、*Population Studies*, 56, 2002の（p. 249–264）に掲載された論文「A New Estimate of Ukrainian Population Losses During the Crises of the 1930s and 1940s」に基づいている。この論文は、ジャック・ヴァラン

（Jacques Vallin）、フランス・メスレ（France Meslé）、セルゲイ・アダメッツ（Serguei Adamets）、セルヒイ・ピロジコフ（Serhii Pyrozhkov）という、私見では非の打ち所のない研究者たちによって書かれたものだ。

（6）以下の文献を参照のこと。Alexandra V. Lysova, Nikolay G. Shchitov et William Alex Pridemore, « Homicide in Russia, Ukraine, and Belarus », in *Handbook of European Homicide Research. Patterns, Explanations and Country Studies*, New York, Springer, 2011, p. 451-470.

（7）Anders Åslund, *Ukraine. What Went Wrong and How to Fix It*, Washington, Peterson Institute for International Economics, 2015, p. 8-9.

（8）この情報と重要なヒントをくれた彼に感謝する。

（9）Mark Tolts, « A Half Century of Jewish Emigration from the Former Soviet Union: Demographic Aspects », Project on Russian and Eurasian Jewry, Davis Center for Russian and Eurasian Studies, Harvard University, 20 novembre 2019.

（10）アメリカ、イギリス、カナダ、オーストラリア、ニュージーランドの五カ国からなるグループを指す場合、多くの著者が「アングロサクソン圏（Anglosphère）」という用語を使っているところを、私は前著で使用した「アメリカ圏（Américanosphère）」という用語を使用する。これら五カ国の間で結束が強化された共同体という見方は、文化的・地政学的に明白な事実で、ジェームズ・C・ベネット（*The Anglosphere Challenge. Why the English-Speaking Nations Will Lead the Way in the Twenty-First Century*, Lanham, Rowman and Littlefield, 2004）が提示する「アングロサクソン圏（Anglosphère）」という概念は不可欠なものである。ただ、私が「アメリカ圏」という言葉の方をより好んで使うのは、アメリカが他の四カ国を吸収するという意味よりも、後述するように、アメリカの「アングロ」文化的リーダーシップの消滅そのものを問題にするからだ。

第3章　東欧におけるポストモダンのロシア嫌い

ここまでの二章はいずれもある「驚き」から始めた。まずロシアを検討するために、ロシアの「経済的抵抗力」という驚き、そしてウクライナを検討するために、ウクライナの「軍事的抵抗力」という驚きがあった。旧ソ連圏の社会主義諸国にバルト三国を加えた東ヨーロッパに関する本章は、「驚きがなかった」という点から始める。東ヨーロッパと西ヨーロッパの関係、あるいは東ヨーロッパとロシアの関係には何一つ人々を当惑させるものはなかったのだが、実は当惑させ得る要素は十分にあったのである。共産主義の終焉以降、特にウクライナ戦争の開始以降、東ヨーロッパの「ロシア嫌い」と「西洋陣営への帰属」は、ごく自然なものとされ、遠い昔から慣れ親しんできた歴史の中に刻まれたものであり、説明など不要といった具合だったが、これらの何一つ、自明なものではなかったのだ。

一連の当惑

思い出してみよう。第二次世界大戦前夜、これらの国では反ユダヤ主義が荒れ狂い、独裁政権か、少なくとも専制的政権によって統治されていた。例外はチェコスロバキアである。この国は自由民主主義国で、フランスの親戚のような国だった。産業面でも教育面でも、実際はフランスよりも進んでいたくらいだ。戦後のソ連化は、もともとが民主的かつ自由主義的な国で起きたのではない。東ヨーロッパは一九九九年以降、NATO、そしてEUに加わるようになった。しかしそれは、不幸にもスターリンによって脱線させられる前の軌道への復帰を意味したわけではなかったのである。東ヨーロッパの自由主義への転向は、実は驚きに値するものなのだ。もう一つの驚きがある。それは単純に

「ロシア嫌い」とは言えない東ヨーロッパの二つの地域あるいは国、東ドイツとハンガリーに関するものである。旧東ドイツ地域の少数の人々の間では、いまだに共産主義へのノスタルジーが感じられる。この地域は、ウクライナへの支持もドイツの他の地域に比べて弱い。ヴィクトル・オルバン率いるハンガリーについては、ＥＵの「親ウクライナ」という立場に公然と反対し、ロシアとの協力関係を持続する意思が明白である。しかし、これらの国は、ソ連時代には他国以上にロシアと対立した国なのだ。一九五三年、東ドイツではソ連に反抗する大規模なストが起きた。一九五六年、ソ連に反抗するハンガリーの動乱は赤軍によって血に染められた。より直近の出来事としては、東ドイツ（ＤＤＲ）はハンガリーの協力を得て、決定的な形で鉄のカーテンを崩壊させた。それだけではない。オーストリアとの国境を開放したハンガリーを通って東ドイツの人々が逃げられるようになった時点で、東ヨーロッパ圏におけるロシア支配は終わったのである。したがって、今日この二つの地域あるいは国で、ロシアに対する敵対心が最も弱いという点にはいささか当惑せざるを得ないのだ。

一見、東ヨーロッパにロシア嫌いの国が存在するのは、当然のように思える。まずポーランドだ。定期的に起きた「領土分割」が、この国の伝統を成している。分割は、隣国のプロイセン、オーストリア、そして特にロシアによって行われた。ポーランドの場合は、カチンの森の虐殺事件も加えなければならないだろう。一九四〇年、四四〇〇人のポーランド人将校たちがスターリンのソ連によって残酷に殺害された。ただし、比較的近い時代のこうした出来事によって、共産主義が主に殺したのはロシア人で、共産主義を崩壊させたのもロシア人自身だった、という事実が忘れられてはならない。

バルト三国、特に北方にあるエストニアとラトビアに、ロシアに対する不安が今もある程度残っている点も理解できる。ソ連解体の当初、これらの国には、マイノリティーではあるがかなりの数のロシア系住民が居住し、彼らは都市部や工業地帯に集中していた。ロシア系住民は、今でもエストニアとラトビアでは全人口の二五％、リトアニアでは五％を占めている。だからこそ、ロシア勢力の復活が見込まれる中で、この二カ国のＮＡＴＯ加盟は理にかない、必要でもあったように見える。さらに、私が考えているように、もしこの戦争が西洋の敗北とＮＡＴＯの事実上の崩壊につながれば、リトアニア、ラトビア、エストニアは、ヨーロッパの戦後の新たな地政学的状況において、三つの主要な敗者となるだろう。

それでもなお、ラトビアが「汚れなき民主主義国」（ゆえにロシア嫌い）として自らを示し、他国からもそうみなされることに関しては、どうしても戸惑いを覚える。第一次世界大戦後、これらのバルト三国が内在的なナショナリズムによってロシア支配下から脱したと見るのは正しい。しかしエストニアとラトビア（ラトビアは現在のエストニアの一部も含むロシア帝国時代のリヴォニアにおおよそ一致する）は、ロシアの平均すらも大きく上回るボリシェビズムへの支持によって際立った国だったのだ。一九一七年の憲法制定議会選挙で、旧ロシア帝国全体においてボリシェヴィキの平均得票率は二四％だった[1]が、エストニアでは四〇％、リヴォニアではなんと七二％だった！　治安維持部隊としてロシア革命時に重要な役割を果たし、レーニンに愛されたラトビア衛兵のことも忘れてはならない。ボリシェヴィキの政治警察チェカ（ＫＧＢ、ＦＳＢの前身）の創設時メンバーに関する一九一八年の調査は、ラトビア人と共産主義との親和性を明らかにしている。八九四人の上層部のサンプルのうち、ロシア人は三六一人だけで、一二四人がラトビア人、一一八人がリトアニア人、一二人がエストニア人、二一人がウクライナ人、一〇二人がポーランド人、一一六人がユダヤ人だった。(2) 革命体制においては、ある少数派がメンバー構成において大きなシェアを占めること自体はよくあることだ。しかし、ロシア帝国全体の人口のたった二%でしかなかったラトビア人が、ここで一三・八%にも達していたのは驚くべきことだろう。だが、人類学的観点からすれば、そこに驚きはまったくない。バルト三国、特にエストニアとラトビアの伝統的な家族構造は、「ロシア型の共同体家族構造」である。したがって、権威主義と平等主義、つまり共産主義を自然と生み出す構造なのだ。二〇〇四年にこのバルト系人類学的基盤がNATOとEUに統合されたのである。

ハンガリー以外の旧ソ連圏東ヨーロッパ諸国に話を戻そう。これらの国はロシアに対するルサンチマンを抱き続けている。また、第二次世界大戦中、この地域一帯は、ドイツによって荒らされ、ドイツ国防軍はソ連の赤軍以上に残虐に振る舞った。にもかかわらず、これらの国はドイツを許したのだ。ロシアとドイツへの態度のこれほどの違いには目を見張るものがある。シュコダ〔中央ボヘミア州に本社があるチェコの自動車メーカー〕をルノーではなくフォルクスワーゲンに売却することに拘ったチェコの熱意にも驚かされた。自動車産業はその国の重要産業であることを考えれば、これは、ボヘミアがあれほど抜け出すのに苦労したはずの「ゲルマン圏」に再び入る選択をしたことを意味する。ナチズムから多くの被害を受けた国々がこのような決断を下すことは、歴史家に真の問題を突きつける。落胆したり、あまり健全ではない精神状態にある時、私はふとこう思うことがある。東ヨーロッパの一部のこうした国は、自国の「ユダヤ人問題」を取り除いてくれたドイツに対して、実は多かれ少なかれ意識的に感謝の念を抱いているのではないか、と。

もう一つの奇妙な謎は、戦争初期の段階で、一時的にせよ、ポーランドとウクライナが相互への愛を誓い合ったことだ。ポーランドは長きにわたり、時期によって異なるが、ウクライナ西部のかなりの広範囲を支配してきた。そこではポーランド人は貴族で、ウクライナ人は農民ですらなく農奴だった。また、たしかにバンデラ主義者のウクライナのナショナリストたちは多くのユダヤ人を殺害したが、多くのポーランド人も殺している。したがって、ポーランドとウクライナの間で戦争開始から二〇二三年九月まで支配的だった「嫌なことは忘れて抱き合おう（Embrassons-nous, Folleville !）」の精神を自然なものとして見るのは、歴史認識を完全に欠いた人々にしか可能でなかったのである。(3)

こうした状況がいかに奇妙であるかを推しはかり、現在の「ロシア嫌い」の意味を理解するには、これらの地域の歴史の深層と、これらの社会全体のダイナミズムを検討しなければならない。

西欧にとっての最初の「第三世界」

長期持続の歴史家が最初に直面する馬鹿げた考え方は、東ヨーロッパが西ヨーロッパの自然な「一部分」であり、一時的にソ連帝国主義によって破壊されただけで、西ヨーロッパと同じ世界に所属しているというものだ。それはまったく逆なのである。私たちが目にしているのは、常にはっきりと区別され、補完的でありながらも対照的な二つの世界の異なる軌跡なのだ。

西ヨーロッパの経済的離陸（そして歴史全般の離陸）はすでに中世盛期、つまり一二世紀から一三世紀に見られ、一六世紀に入ってからそのプロセスはさらに加速した。この動きは東ヨーロッパの発展にも深い影響を与えたが、東ヨーロッパを従属的かつ被支配的な地域に変えるものであった。発展が遅れた東ヨーロッパは穀物や木材といった原材料を輸出し、西ヨーロッパ製の加工製品と交換した。東ヨーロッパは西ヨーロッパを追いかけ、ある程度はキャッチアップできた。スカンジナビアがそうなったように、やがて西ヨーロッパの先進地域の仲間入りをすることを妨げるものは何もなかった。しかし、一三四八年の黒死病とその余波は、二つのヨーロッパの地域格差を際立たせることになった。西では、人口動態の崩壊によって農民が強い立場に立つようになり、農奴制の廃止につながった。東では、都市化が進んでいなかったため、疫病の影響をあまり受けず、地主の支配が強化され、エンゲルスが「第二の農奴制」と呼ぶものが出現したのである。

マックス・ウェーバーは、農村部を含む西洋の社会発展における都市の役割を強調し、アルプス以北には「都市の空気が人を自由にする[4]」という格言が残っている。ウェーバーは、都市の構造的な人口不足が、主に農村部からの継続的な人口流入をもたらしたと指摘している。都市部では、農奴制は事実上廃止され、代わって、新たな経済的分化による階層が出現し、単純労働者、熟練職人、監理人、そして頂点には都市の貴族階級が君臨した。この都市貴族は、君主制国家との関係において農村貴族と競合関係にあったことを踏まえると、都市の発展は農村における農奴制に対して負の影響を与えたと考えられる。

同じ理由から、東ヨーロッパの都市化が未発達だったことは、農村の地主貴族の力を強大なものにした。彼らに競合相手はおらず、それまでは自由だった農民を土地に縛り付けてしまったのである。

この「第二の農奴制」は、穀物の生産と先進ヨーロッパに向けた輸出を目的とするもので、西ヨーロッパでちょうど「第一の農奴制」が廃止される時期に出現した。その結果、西では「市場で搾取される自由な労働力」が出現し、東では労働力は土地に縛られ、「賃金労働」ではなく「賦役」が課せられ、地主による直接的な政治支配を受けたのである。「自由」と「隷属」は、歴史全般の進化における両極であることに留意しよう。古代の奴隷制度と一八世紀の黒人奴隷売買は、人間を「商品」に変えながら「経済的自由」と「肉体的隷属」を組み合わせたのだ。

東と西のヨーロッパが同じ解放プロセスに属していなかったことを歴史は示している。西の自由と東の隷属という反対方向の展開が相互補完的だったことを示しているのだ。その長期にわたる歴史的帰結として、西では自由民主主義、東では独裁制が現れることになる。

結局、東ヨーロッパは、私たち〔西欧人〕にとって最初の「第三世界」だったのだ。ところがこの明白な事実が定式化されることはなかった。「東欧は西欧にとって最初の『第三世界』だった」という位置づけは、一九五二年にアルフレッド・ソーヴィー〔フランスの人口学者、一八九八〜一九九〇〕によって提示されたが、それは遅すぎた。当時この地域はすでにソ連化していたからである。いずれにせよ、この地域は、急速に台頭する西ヨーロッパに従属する最初の周縁地域だったのである。

中流階級、第一幕——脆弱さから崩壊へ

東の農耕民たちも国家的構造を持っていた時代があった。たとえばポーランド王国だ。王国は一三八五年のクレヴォ合同でリトアニアと手を結び、その後の一五六九年から一七九五年までは「ポーランド・リトアニア共和国」と称された。しかし都市ネットワークと中流階級の脆弱さが原因で、これ

らの国家構造は不安定で、無秩序な貴族階級に支配されていた。そのため、より組織化された隣国の恰好の餌食となってしまったのである。すべての政令に全会一致制が義務づけられていた貴族議会において、たった一人の議員が決定を無効にできる「自由拒否権（liberum veto）」という制度が導入され、これによってポーランドが自滅したことこそが、この社会全体のメカニズムを象徴しているだろう。こうして、プロイセン、オーストリア、ロシアの間で、一七七二年、一七九三年、そして一七九五年にポーランドの分割が決まったのである。

西ヨーロッパの周縁であるこの地域にとって、オーストリア帝国とロシア帝国に統合されたことは、逆説的だが、産業発展の要因となった。現在のチェコ共和国に当たるボヘミアは、ハプスブルク帝国内に居場所を見出し、発展が可能になった。ハンガリーの最初の産業的飛躍は、ハプスブルク帝国が、西ヨーロッパに対してその経済を保護したことで起きた。ポーランドの産業的離陸もツァーリ時代後期に起きた。それ以前、西ヨーロッパに統合されていたポーランドは農業に特化し、従属的な立場に追いやられていたが、ロシア帝国下のポーランドは、識字化と新技術の普及により、バルト三国とともに帝国内の最も先進的な地域を形成し、ロシア帝国による保護主義の恩恵を受けたのだ。経済的な観点から見ると、その後のロシア帝国の終焉も、ポーランドのさらなる発展にとってプラスに働いている。

しかしながら、第一次世界大戦終戦後、ロシア帝国、ドイツ帝国、オーストリア＝ハンガリー帝国が解体され、「国籍」の概念が誕生（あるいは再誕生）しつつあった時期の東ヨーロッパの社会的な特徴とは、「中流階級の未発達」だったのである。これこそが、二つの世界大戦の戦間期に自由民主主義が挫折した理由なのだ。もちろん例外もある。チェコスロバキアだ。チェコスロバキアが民主主義の確立に成功したのは、最も先進的な社会で、第二の農奴制が引き起こした退行的な過程から逃れ、中流階級を形成できたからだった。

この時期に関する重要な書籍は、イヴァン・T・ベレンドの『危機の数十年——第二次世界大戦前の中東欧（*Decades of Crisis. Central and Eastern Europe before World War II*）』である。彼はブダペスト出身のユダヤ人で、ハンガリーの大学でキャリアを積んだ後、アメリカへ移住する。第1章で言及したシュラペントフのハンガリー版のような人物だ。(5) 彼が巧みに示しているように、中流階級の脆弱さは、上記したような「西洋への従属」、「農奴制」、「都市部の脆弱さ」だけでなく、「教育と文化全般の遅れ」（ロシアほどの遅れではなかったが）に起因するものでもあった。教育面の遅れを典型的に示すものとして、小規模の中流階級にユダヤ人が過度に多い点が挙げられる。ユダヤ教の教育に対する高い関心は、その他の人々の教育水準が低い場合、ユダヤ人に経済的かつ社会的な優位性をもたらす。東ヨーロッパの都市人口、つまりホロコースト前の「教育を受けた中流階級」においてユダヤ人がかなりの割合を占めていたことは、いくつかのデータだけでよくわかる。一九三〇年頃、ユダヤ系人口は、ポーランドでは全人口の九・五％を占め、ワルシャワでは三〇％を占めていた。ハンガリーでは全人口の五％を占め、ブダペストでは三五％を占めていた。より発展していたチェコスロバキアでは全人口の二・五％を占め、プラハでは四％を占めていた。オーストリアでは二％だったが、ウィーンでは八％あるいは九％を占めていた。ユダヤ人の比率は、ラトビア（四・九％）でもリトアニア（七・六％）でも高かったが、エストニア（〇・四％）やソ連のヨーロッパ地域（三・五％）では低かった。ちなみに反ユダヤ主義による大量虐殺の中心地となったドイツでは、実はユダヤ人の比率は非常に低かった（〇・七五％）。

貧しくユダヤ人の比率が高かった中流階級にホロコーストが与えた影響は想像に難くない。もともと脆弱だった中流階級は、ユダヤ系と同時にドイツ系のエリートも失ったために崩壊してしまったのかもしれない。中世のドイツ農民植民者はおおかた東ヨーロッパ社会に融合していったのだが、世俗化したチュートン騎士団の末裔である貴族階級やブルジョワは、たとえばバルト三国、とりわけエストニアとリトアニアの都市部などにとどまった。ところで、一九三九年の独ソ不可侵条約の際に、スターリンとの秘密協定でヒトラーは、バルト三国のドイツ人を取り戻した。もちろん、ヒトラーが取り戻したのは純粋なドイツ人たちだけで、ユダヤとの混血者（Mischlinge）はソ連へと連行され、ひどい環境下で死んでいった。まとめよう。少なくとも第二次世界大戦は、もともと脆弱だった中流階級をさらに衰弱させた。だからこそ、ソ連の支配がなかったとしても、一九四五年以降も、これらの国での自発的な民主主義の出現は考えられなかったのである。

中流階級、第二幕——ソ連保護下での復活

第二次世界大戦終結直後、ソ連は、東ヨーロッパ地域に人民民主主義諸国を築き、これらの衛星国を自国のための緩衝地帯とした。こうして東ヨーロッパ諸国の民主主義は廃絶させられたのだが、実のところ、チェコスロバキアを除いて、この地域に民主主義が存在したことなど一度もなかったのだ。一九四八年のチェコスロバキア政変だけが記憶されているのは、そのためかもしれない。一方、共産

主義がナチズムの直接の後継者となった東ドイツは言うに及ばず、ハンガリー、ポーランド、ブルガリアといった国々の従属化にはあまり注意が払われてこなかった。

共産主義は、政治面において、戦間期に見られた独裁政権などよりもはるかに暴力的なものとして立ち現れた。計画経済は、ソ連と同様に、東ヨーロッパの社会主義国でも失敗した。しかし、逆説的ではあるが、ナチズムで甚大な被害を被り、中流階級がもともと貧弱だったにもかかわらず、その一部まで切り落とされた中央ヨーロッパと東ヨーロッパは、赤軍に支配されると、ソ連圏の中で文化的に最も先進的な地域となったのである。東ヨーロッパの社会主義国の一部は、技術面で卓越した専門性を発展させた。たとえば東ドイツ、ボヘミア、ハンガリーの産業である。この点を詳細に研究すれば、一九六五年から一九七五年にかけてハンガリーの経済学者たちが「準発展」と呼んだものを明らかにできるだろう。国際基準からは質的に劣るものの、これらの産業が発展を遂げていたことはたしかなのだ。

ソ連の保護下に置かれることで、東ヨーロッパ全土では特に教育面での離陸が起きた。共産主義思想は「教育への執着」においてプロテスタンティズムと共通する。バロー＝リー（Barro-Lee）データバンクから教育発展の度合いを測ることができる。これによってベルリンの壁崩壊直後の中等教育を受けた人と高等教育を受けた人の割合がわかるが、さらにそれを七〇歳から七四歳（一九四五年に二五歳から三〇歳で、共産化以前に教育を受けた人々）と三五歳から三九歳（一九八〇年に二五歳から三〇歳で、共産主義下で教育を受けた人々）の二つの世代に分けて検討してみる。まずポーランドから見てみよう。一九九〇年時点で、七〇歳から七四歳で一五・九％が中等教育を受け、三五歳から三九歳で六〇・六％が受けていた。高等教育を受けた比率は、それぞれ二・八％と一〇・六％だった。一〇・六％というのは、絶対値としてはそれほど大きくないが、それでも五倍という共産主義保護下での著しい増加を示している。

ハンガリーでは、一九九〇年の時点で中等教育を受けたのは、七〇歳から七四歳で六％、三五歳から三九歳で五〇・八％で、高等教育を受けたのはそれぞれ四・六％と一三・五％だった。最後にチェコ共和国（スロバキアは除外済み）だが、すでに見たように、この国は最初の時点では他国より進んでいた。一九九〇年の時点で中等教育を受けたのは、七〇歳から七四歳で一九・六％、三五歳から三九歳で五七・一％で、高等教育は、七〇歳から七四歳で四・一％、三五歳から三九歳で一八・一％だった。これらの数値は他国に比べて高いが、伸び率はそこまで著しいわけではない。つまり、ボヘミアに関しては、戦間期は「西洋の軌道」に乗っていたのに、その後、そこから逸れてしまったことがわかる。

いずれにせよ、ソ連支配下における教育の発展は、新たな中流階級を生み出したのである。

自分を直視しない東欧の不誠実さ

こうした中流階級の台頭が、東ヨーロッパの根強い「ロシア嫌い」を解き明かしてくれるだろう。繰り返しになるが、私はカチンの森事件などソ連によって引き起こされた数々の残虐な行為を忘れてはいない。しかし、現在の東ヨーロッパに、「西洋的民主主義」を支持し、ＮＡＴＯへの加盟を主導している「中流階級」が存在しているのは、五五年間にわたるソ連の支配があり、共産主義的教育能力主義（メリトクラシー）のシステムが機能したからであることも忘れていない。「ロシアへの憎悪」はある種の「〔自分を直視しない〕不誠実さ」を示していると思われる。そこに「罪悪感」を見出すべきなのか、あるいは「偽善者のしるし」を見るべきなのかは、私にはわからない。特にポーランドのように、長い歴史から見ても説明がつかないような「ロシア嫌い」が存在することに関しては、今すぐに真剣に向き合う必要があるが、ここで私は研究の一つの方向を示しているにすぎない。もしポーランドがウクライナを支援するためにロシアと戦争を始めるとしたら、それは、ソ連時代のロシアが形成した中流階級によって主導されるものとなるだろう。それほど遠くない過去に、ウクライナ西部と中央部の人々は農奴で、ポーランド人は地主だった。にもかかわらず、一時的だとしても、記憶喪失症で過去を忘れたように互いに許し合えているのはなぜか。その謎は、結局のところ、ソ連支配下での社会の変化によって発生した「ポーランドの民主主義」と、同時期に生まれた「ウクライナ語話者の中流階級」という存在が明らかにしてくれる。

私が東ヨーロッパの中流階級のものだと見ている「不誠実さ」は、もう一つ別の補完的な不可思議さによってより強固なものになっている。東ヨーロッパの社会主義国は、西洋の空間に再び統合されることで、最も報われない経済活動に特化した「支配された周縁」という立場に再び置かれたのである。中世時代の経済活動は農業生産だったが、グローバル化した今の時代は工業生産で、基本的にドイツに仕えることを意味する。そしてまさに西ヨーロッパの労働者階級が自由貿易によって壊滅状態にあった時、東ヨーロッパの旧社会主義国には、スターリニズムさえも想像できなかったほどのプロレタリアート階級が成長しつつあったのだ。

こうした産業特化の度合いを見積もるために、西ヨーロッパにおける第二次産業の労働人口の比率から見ていこう。「西洋」に位置づけることに異論がない国から検討していく[6]。全労働人口における第二次産業の比率は、イギリスとスウェーデンでは一八％、フランスでは一九％だ。産業空洞化に最も抵抗し、職人仕事への敬意を持ちつづけているドイツとイタリアでは第二次産業の比率はより高く、イタリアでは二七％、ドイツでは二八％だ。一方、東ヨーロッパを見ると、西ヨーロッパで最高比率だった数値が最低比率になる。スロベニアでは工業労働人口が三〇％を占め、ルーマニアも同様だ。北マケドニア、ブルガリア、ポーランド、ハンガリーでは三一％で、チェコとスロバキアでは三七％にまで上昇する。

この産業特化は、最も根本的な次元において何を意味するのか。端的に言えば、東ヨーロッパを西ヨーロッパと同一視するのは誤りで、不誠実だということである。東ヨーロッパ諸国はたしかに民主化されたが、そこには共産主義的教育能力主義が生み出した中流階級とグローバリゼーションが生み出したプロレタリアートが存在する。したがって、こうした国々のEUへの統合は、西ヨーロッパの国民国家に類似した国民国家を新メンバーに加えるのとはまったく別の話となる。実際はその逆で、西ヨーロッパとは異なる歴史を持ち、いまだに異なる社会を、西ヨーロッパの空間に受け入れたということなのだ。しかも、いくつかの分野において、東西の差異は広がる一方である。EUとNATOへの統合と同時に東ヨーロッパ諸国で起きた「ロシア嫌い」の激化は、西洋との真の近接さを示すどころか、むしろ「歴史的かつ社会的現実の否定」を示している。

こうした「ロシア嫌い」は、ロシアが戦うこともなく、ある意味エレガントにかつての勢力圏から自ずから身を退いたまさにその時に広がったのだ。ロシアの指導者たちは、一九四五年から一九九〇年にかけて、ただの重荷でしかなくなってしまった衛星諸国をようやく手放せたことを喜び、そこに再び戦車を送り込むつもりなどまったくなかった。にもかかわらず、この「ロシア嫌い」が根づいたのである。二〇〇三年か二〇〇四年か忘れてしまったが、ドミニク・ドヴィルパン〔フランスの元外務大臣。一九五三年生まれ〕が私に教えてくれたことがある。プーチン、シュレーダー、シラクがともにイラク戦争に反対していた時、プーチンは彼らにこういった趣旨の話をしたそうだ。「もちろんたしかに、ロシアは今、難しい時期にある。しかしそんな中でも、今後はあなた方がポーランド人に対処してくれることが、せめてもの慰めとなる」と。

だが、プーチンは楽観的すぎた。今日、ロシア軍と戦うためにポーランドがウクライナに送った「志願兵」は一万人なのか二万人なのかは定かではない。

本書を書きながら、私はたまたまデイヴィッド・ショーンボームの『ヒトラーの社会革命』のフランス語版（*La Révolution brune*）を読み返した。これはナチズムによってドイツの事実上の社会的民主化が実現したことに関するすばらしい本なのだが、そこでこんな驚きの考察を見つけたのである。

〈共産主義後のポーランド、ハンガリー、もしかするとスロバキアも加えるべきかもしれないが、これらの国々にとって、問題は［東ドイツとは］まったく異なっていたのだ。第二次世界大戦前は、いずれも、農業国的側面が強く、封建主義が残り、反ユダヤ主義が強烈で、権威主義的で、領土回復の民族主義が盛んだった。しかし、第二次世界大戦に続く四〇年間の共産主義支配とソ連の覇権を経て、たとえばボンに暫定首都を置いたアデナウアー率いる共和国〔西ドイツ〕が、その以前のドイツ帝国やヒトラー帝国とまったく異なるものになったように、これらの国も、以前とはまったく異なり、「普通の国」として台頭してきたのである（…）。

十月革命や、それが共産主義後のヨーロッパに与えた影響を研究する資格もエネルギーも私にはない。しかし、もし本書が研究者の想像力を働かせることになったとしたら（…）非常に幸せなことだ（…）(7)〉

私としては、二〇〇〇年の時点ですでに、ソ連の支配、つまり「ロシアの支配によって実現した東ヨーロッパの近代化」というテーマが提示されていたことに驚かされた。ショーンボーム（私は彼から非常に強く知的影響を受けていたことにようやく気づいた）のプラグマティックな直観は、東ヨーロッパの旧社会主義国に根強く残る「ロシア嫌い」は、単にかつての占領者に対する（無意識のうちに抑圧され、受け入れられず、許されない）歴史的禍根なのかもしれない、という私の考えを裏付けてくれたのである。

ハンガリーという例外

西洋人は東ヨーロッパに真の関心を向けていない。すなわち「同じような国々の集まり」としてしか見ていない。たしかに、すでに見てきたように経済面、社会面では旧社会主義国の間には共通点がある。しかし、この地域に非常に多様な歴史があることも事実で、それがたとえば今日のハンガリー人の行動を説明する上でも役に立つのだ。

宗教について考えてみよう。ポーランドのカトリシズムは、以前からたしかに存在していたが、戦前はそれほど重要な存在ではなかった。ところがソ連支配下において、「国民の抵抗の手段」として確立したのである。最近になってカトリシズムは急速に崩壊し、出生率がそれをよく表している。今ではポーランドの出生率は、東ヨーロッパ諸国の中で最も低く、ウクライナと同じ一・二人である。この水準においては、バースコントロールはカトリシズムの死を意味する。別の国にはまた別の伝統がある。ボヘミア（現在のチェコ共和国）の先進地域には、一五世紀のフス派の「原始プロテスタンティズム」の勃興にまで遡る伝統がある。ハプスブルク帝国は、軍人階級やチェコの貴族とともに、フス派のプロテスタンティズムをも根絶したのだが、国全体を根底から再びカトリック化することには失敗した。ボヘミアはカトリックに分類されるが、形骸化したものでしかない。同じようにプロテスタンティズムが根絶させられ、一八世紀に早期の脱キリスト教化と少子化が始まったガロンヌ渓谷〔フランス南西部〕と少し似たところがある。

宗教の歴史が最もユニークなのはハンガリーである。簡素化された地図ではカトリックに分類される。二つの世界大戦の戦間期に、オーストリア＝ハンガリー帝国の解体によって縮小しつつも、ようやく台頭し始めていたハンガリーはたしかに大半がカトリック教徒だった。しかしすでに見たように五％のユダヤ人もいて、さらに二〇％のカルヴァン派もいた。これほど東方にプロテスタント少数派が数多く存在していたのは、興味深いことに、一時的にオスマン帝国の支配下にあったからである。反宗教改革の時代、オスマン帝国はハンガリー領の約三分の一を支配していたが、ハプスブルク家のようにプロテスタントを排除することには関心がなかった。そして今でもハンガリーの東部には、「ハンガリーのジュネーブ」と呼ばれるデブレツェン〔ハンガリー第二の都市で、カルヴァン派の拠点となった〕があるわけだ。ちなみにヴィクトル・オルバンは、カルヴァン派の出身である。

このかなりの規模を持つカルヴァン派のマイノリティーが、ハンガリーの歴史的ダイナミズムの鍵の一つだったことは間違いない。進歩と教育の宗教としてのカルヴァン主義は、国民感情を醸成し、同時に反ユダヤ主義の高揚を阻んできた。だから良きカルヴァン主義者はイスラエルと自らを同一視するのである。次章では、このメカニズムがより大きなスケールで機能していることに言及する。イングランド人、スコットランド人、そしてアメリカ人は、順番に自らこそが「選ばれし民」だと考えた。ハンガリーは愛国主義が非常に強く、東ヨーロッパの中では反ユダヤ主義の勢いが最も弱かった。たとえば、一九六八年以降、ポーランドやチェコスロバキアでは、ソビエト主義が威光を失うのに伴って反ユダヤ主義が高まりを見せたが、ハンガリーはそうした事態を逃れることができたのだ[8]。それより以前、オーストリア＝ハンガリー帝国の君主制下では、東ヨーロッパではここだけがユダヤ人の統合（ここではマジャール化を指す）に成功し、統合されたユダヤ人たちの間で唯一、大規模なイディッシュ語の放棄がなされ、彼らはドイツ語ではなくマジャール語（しかも非インド・ヨーロッパ語）を採用したのである。最も裕福なユダヤの人々には爵位が与えられ、貴族階級に列せられた。その結果、東ヨーロッパで最も愛国心の強いユダヤ人が生まれることになったのだ。ポーランドやリトアニアなどからの比較的新しい移民が、ブダペストという大きな首都に惹かれ（今も）、民族主義的かつ同化主義的なハンガリー文化に魅了されたのはたしかなことである。

ハンガリー人は、自分たちは歴史的な敗北を喫した民族だと感じている。彼らは、マジャール人を近隣諸国に少数民族として残すことになったトリアノン条約を許していない。しかし、東ヨーロッパ全体の歴史に照らせば、ハンガリーは深いレベルで今後も存続することが最も確実な国家であるように私には思える。この診断はハンガリーのもう一つの特異性を明るみに出す。ハンガリー政府は「ロシア嫌い」ではないのだ。

オルバンは、何度か制裁を拒否したり、妨げたりすることで、EUの内部で定期的に「プーチンの味方だ」と批判される。しかしそう決めつけてしまう前に、一九五六年、東ヨーロッパの社会主義国の中では唯一ロシアに反乱〔ハンガリー動乱〕を起こしたこの国が、なぜ今、こうしてモスクワに理解を示す態度を取っているのかを考えるべきだろう。

ウクライナ西部のウジホロド州に、ハンガリー系住民がマイノリティーとして住んでいることに留意してみよう。ウクライナ政府による言語統一政策は、マジャール語話者たちからはよく思われていない。彼らからすると、ロシア人であふれているドンバス地方を奪還するために殺されに行くことに熱心になれないのも容易に想像がつく。その点にブダペスト政府が無関心でいられないことも理解できる。しかし私は、そこにはもっと深い理由があると感じている。ハンガリー人が、自分たちを激しく弾圧したロシア人を許すことができたのは、勇気をもって武器を手にロシア人と直接対峙できたからではないだろうか。現在のハンガリーが「ロシア嫌い」でないのも、一九五六年の蜂起と矛盾するものではなく、むしろそれを説明するものなのだ。一九五六年以降、ロシアはハンガリーにソ連圏内では特別に自由な地位を与えた。ハンガリーは「陣営内で最も陽気な兵舎」と呼ばれていたほどだった。そしてモスクワによって選ばれた指導者カーダールは、驚くほど実用的なスローガンを打ち出した。「われわれに反対しない者は、われわれとともにある」。ハンガリー人が一九八九年に国境を開放し、鉄のカーテンを打ち破ることができたのは、この自信のおかげだった。今日、ハンガリー人が「ロシア嫌い」に陥らないのも、この自信のおかげなのである。

私がここで提示しているのは、厳密には実証困難な歴史的な仮説だ。しかし今日起きていることに対して、合理的かつ慎重な形で自らを方向付けるにはどうしても必要な作業なのである。ウクライナの紛争が悪化する可能性がある今、東ヨーロッパを「同じような国々の集まり」あるいは「単なる付属品」として見続けている余裕などない。

ウクライナにおいても、西洋においても、誰かをスケープゴートにすることと同様に、「ロシア嫌い」はその感情を抱く側の欠陥を露わにする。私はそう確信している。「ロシア嫌い」は、ロシアについては何も教えてくれないが、ウクライナ人、ポーランド人、スウェーデン人、イギリス人について、またフランスの中流階級やアメリカの中流階級について多くのことを教えてくれるのだ。西洋の内部でもさまざまなケースがあることは、続く章で検討していく。東ヨーロッパに関しては、明らかに「自分を直視しない不誠実さ」に毒されていると言えるだろう。ポーランドとハンガリーに関しては、保守的に偏向していると批判されることはあっても、東ヨーロッパ諸国は本質的に民主主義で自由主義なのだとみなされている。だが、現実はそうではない。国によって違いはあるが、共通するのは、「共産主義が生み出した中流階級」に支配されているということなのだ。そして共産主義崩壊後に、彼らは、自国のプロレタリアートを西洋資本主義に差し出したのである。

原注（第3章）

（1）以下の文献を参照のこと。Oliver Radkey, *Russia Goes to the Polls*, 前掲書。

（2）Nicolas Werth, « *Qui étaient les premiers tchékistes ?* », *Cahiers du monde russe*, 1991, 32-4, p. 501-512.

（3）ウジェーヌ・ラビッシュ（Eugène Labiche）とオーギュスト・ルフラン（Auguste Lefranc）が一八五〇年にパリで初演した喜劇『嫌なことは忘れて抱き合おう！（Embrassons-nous, Folleville!）』は、存在する問題を否認する偽りの友情を皮肉る言葉となっている。

（4）Max Weber, *La Ville*, La Découverte, 2014, p. 74-78.〔マックス・ウェーバー『都市の類型学――経済と社会』世良晃志郎訳、創文社、一九六四年〕

（5）Iván T. Berend, *Decades of Crisis. Central and Eastern Europe before World War II*, University of California Press, 1998.

（6）これらの数字は、以下も同様で、二〇二一年のもの。出典は世界銀行。

（7）David Schoenbaum, *La Révolution brune*, Les Belles Lettres, 2021, p. XVI.〔D・シェーンボウム『ヒットラーの社会革命――一九三三～三九年のナチ・ドイツにおける階級とステイタス』大島通義・大島かおり訳、而立書房、一九八八年〕

（8）別の理由からだがルーマニアも同様だった。パウル・レンドヴァイ（Paul Lendvai）（ハンガリー生まれのユダヤ人）による次の文献も参照のこと。*L'Antisémitisme sans juifs*, Fayard, 1971.

第4章　「西洋」とは何か？

旧ソ連圏を振り返ることで、ロシアはその安定性に加えて、ある種の経済ダイナミズムも見出していたことがわかった。ロシアは、出生率が低下している人口動態により、いかなる領土の拡大も望めないことも確認できた。今の世界が直面している混乱の原因がロシアにはないことは明らかである。国家として崩壊しつつあるウクライナを検討することで、混乱の原因はより明白になった。とはいえ、ウクライナ程度の規模の国が一国で世界中を大混乱に陥らせることもまた不可能だろう。私はバルト三国を含めた東ヨーロッパの旧社会主義諸国についても検討した。そこで明らかになったのは、これらの国は長い歴史を通してロシアではなくむしろ西洋に翻弄されてきたということである。さらに、ポーランドの外交的に、時に軍事的に攻撃的な姿勢は問題だとしても、現在の危機の責任をこの地域に押し付けるのは誤りだと言わざるを得ない。

混乱の原因を探るには、かつての鉄のカーテンの反対側へと行かねばならない。ロシア、ウクライナ、東ヨーロッパの旧社会主義諸国以上に、この危機の原因は西洋の側にあったのだ。ロシアがこの戦争の一番の責任者だという見方を放棄することが困難であるのは認めよう。そんな仮説は直感に反するからである。ウクライナを攻撃したのはロシアではなかったか。ロシアは国内において自由民主主義の原則を蔑ろにしているのではないのか。しかし、ロシアの客観的な指標はすべて向上している。この国は、最近になって均衡を再び見出し、それを何とか維持しようと努めているのである。地政学者の観点からすると、ロシアはむしろ興味をそそらない対象だとすら言えるだろう。ここで述べていることは、読者に想像力を働かせること、この戦争について当然視していたことをいったん脇に置くことを求めるものであると、私はよく承知している。

西洋は、現在、不安定な場所となっている。むしろ病を患っている。本章およびそれに続く章では、この残酷な真実を詳細に見ていく。問題は、危機にある西洋が世界において重要な役割を担っていることだ。人口的あるいは経済的比重は、ロシアの七倍から一〇倍ある。その技術面での先進性、一七〇〇年から二〇〇〇年にかけての経済の歴史によって獲得されたイデオロギー面と金融面における優位性を踏まえると、「西洋の危機は世界の危機だ」という仮説を立てざるを得ないのである。

もっぱら「自由民主主義」という言葉だけで「西洋」を定義する常套句から離れ、「西洋」を真剣に定義することから始めよう。もちろん経済は重要なテーマであり続ける。西洋の危機は、この戦争で「産業基盤の深刻な弱体化」として表面化しているからだ。しかし同時に、ロシアとウクライナのケースと同じく、家族構造も検討する。加えて、私は特に宗教に決定的な重要性を付与する。西洋の発展の中心とその根源にあるのは、市場でも産業でも技術でもない。序章で述べたように、特殊な宗教、つまり、プロテスタンティズムである。私はここで、ルターとカルヴァンの宗教こそが、当時、明確になりつつあった「西洋の優位性」の源泉だと考えた、マックス・ウェーバーの忠実な弟子として振る舞う。しかし、一九〇四年と一九〇五年に刊行された『プロテスタンティズムの倫理と資本主義の精神』から一世紀ほど経たことで、現在は、ウェーバーをこれまでにない形で乗り越えることができるようになっている。ウェーバーが断言したように、プロテスタンティズムが西洋の飛躍的発展の基盤だったとしたら、今日、プロテスタンティズムの死は、「西洋の解体」の原因となり、情緒のない言い方をすると、「西洋の敗北」の原因となっているのである。私は今日の地政学的情勢分析の中に、宗教史の長期持続の観点も盛り込む。この作業は困難を伴うが、予測に妥当性や有効性をもたせるには不可欠な作業である。部分的なものにせよ、全体的なものにせよ、ある「衰退」が可逆的か不可逆的かを予測するためには、その「発展」の原因も突き止めなければならない。経済分野だけを問題にするのではない。「国民国家」の消滅を説明するには、「国民国家」を誕生させた力をもまた明らかにする必要があるのだ。

二つの「西洋」

「西洋」をいかに定義するか。二つの方法がある。一つは、教育の離陸と経済発展から見た広義の「西洋」だ。この「西洋」は、大国だけに限定した場合、イギリス、アメリカ、フランス、イタリア、ドイツ、日本が含まれる。これこそが政治家やジャーナリストたちが考える今日の「西洋」で、日本という〔アメリカの〕保護国にまで拡大した「NATOの西洋」である。もう一つはより狭義の「西洋」だ。自由主義的かつ民主主義的革命を成し遂げたかどうかが基準となる。すると、より厳選されたクラブとなり、イギリス、アメリカ、フランスだけになる。一六八八年のイギリスの「名誉革命」、一七七六年の「アメリカ独立宣言」、一七八九年の「フランス革命」が、この狭い意味での「自由主義的西洋」の誕生のきっかけとなった出来事だ。広義の「西洋」は、歴史的に見て「自由主義的」ではない。イタリアのファシズム、ドイツのナチズム、日本の軍国主義を生み出しているからである。

これら三カ国は〔それなりに正当な理由から〕「今は変わった」とされている。他方で今日の西洋の言説は、ロシアだけはツァーリの独裁主義とスターリンの全体主義の間を行き来する「永続的な専制主義」という枠組みの中に閉じ込めている。プーチンを悪魔と同一視しない場合でも、彼は新たなスターリンあるいは新たなツァーリとされている。ロシアの進歩を否認する歴史的考察を欠いた基準を（広義の）西洋にも適用してみると、自らの「西洋」のイメージが現実からかけ離れていることに気づくだろう。単にファシズム、ナチズム、軍国主義に由来しているわけではなく、イタリアの歴史、ドイツの歴史、日本の歴史をほぼ永続的に突き動かしている謎めいた文化的要素に起因する暴力を、程度の差はあれ常に保持していることがわかる。家族構造の分析が、それぞれの国の歴史に一貫する諸要素（特に直系家族や共同体家族の権威主義）の特定を可能にしてくれる。もちろん、現在のイタリアがムッソリーニのイタリアではないことは明らかで、今のドイツはヒトラーのドイツではない。同様に、今のロシアは共産主義あるいはツァーリのロシアとはまったく異なっている。

私はここからは広義の「西洋」の定義を使用する。理由は単純だ。それがアメリカの覇権システムに対応する「西洋」だからである。ただし、そこには「自由主義的西洋」と同時に「権威主義的西洋」も含まれていることは留意しておきたい。一九九〇年から二〇〇六年にかけてのロシアの発展がきちんと認められていたならば、ロシアをこの「権威主義的西洋」に含めることができただろう。

広義の「西洋」においてこそ、世界のその他の地域より早期に経済発展が起きており、これについては、イタリアのルネッサンスとドイツのプロテスタンティズムという二つの文化的革命が説明してくれる。つまり私たちの近代は、権威主義的地域で最初に開花したというわけだ。

マックス・ウェーバーは、プロテスタンティズムとヨーロッパの経済発展の間に関係性を見出した。しかし彼は、微妙な神学的ニュアンスに西洋の経済的離陸の理由を求めるうちに道に迷ってしまったようだ。本質的な要因はもっとシンプルで、プロテスタンティズムは支配下にある人々を常に識字化する、という点にある。プロテスタントの信者は、誰もが聖書に直接アクセスできなければならないからだ。そして読み書きできる人々の存在が技術および経済の発展を可能にする。こうして、プロテスタンティズムは、意図せずして、非常に有能な労働力を形成したのである。もちろん産業革命が起きたのはイギリスで、最も目覚ましい最後の経済的飛躍はアメリカで起きたが、西洋の発展のそもそもの中心は、ドイツにあったというわけだ。さらにそこに、プロテスタント国で早期に識字化したスカンジナビアを加えると、「第一次世界大戦前夜の先進諸国」を表す地図ができあがる。西洋のプロテスタンティズムの中心は、「自由主義」と「権威主義」という二つの構成要素にまたがっていると言えるだろう。一つの極はアングロサクソン世界、もう一つの極はドイツ（三分の二がプロテスタント）にあるからだ。フランスはカトリックの国だが、その地理的な近さから、（基本的にプロテスタンティズム圏の）西洋の最も発展した先進地域の内に居続けることができたのである。

社会に対する見方として、プロテスタンティズム圏は、全体として程度の差はあれ、予定説の教義を受け継ぎ、「選ばれし者と地獄に落ちる者がいる」、つまり「人間は平等ではない」という人間観を共有している。ドイツのあからさまな不平等主義と、オランダ、イギリス、アメリカのより和らいだ不平等主義は、いずれも「洗礼によって原罪から清められた人間は、みな平等である」というカトリック（あるいは正教会）の根本的な考えに対立した。その結果として、人種差別が最も激しく、最も強固な形で現れたのがプロテスタンティズムの国だったことには何の驚きもない。ナチズムはドイツのルター派の地域に根づいた。一九三二年のナチス党の得票を示す地図は、プロテスタンティズムの地図と見事に重なり合うのである。アメリカ人が黒人差別に固執するのも、プロテスタンティズムと深く関係している。ナチス・ドイツ、一九三五年から一九七六年までのスウェーデン、一九〇七年から一九八一年までのアメリカにおける優生学と強制不妊手術についても最後に触れておこう。これは、基本的人権をすべての人に認めるわけではない、というプロテスタンティズムの本質の論理的帰結なのである。

こうしてプロテスタンティズムは、二つの意味で西洋の中心に位置している。プロテスタンティズムの良い側面には、教育と経済の発展があり、悪い側面には、人間は不平等だという考え方がある。さらにプロテスタンティズムは、国民国家の最初の発展の原動力にもなった。フランス人は、「国民」を発明したのは自分たちのフランス革命だと考えているが、それは間違いだ。プロテスタンティズムこそが、こうした自己表象、つまり特殊な集団意識の形態を各国民に最初に与えたのである。聖書は土着の言語に訳されるべきだとしたことで、ルターとその弟子たちは国民文化の形成と、好戦的で明確な自己認識をもつ、強力な国家の形成に大きく貢献した。すなわちクロムウェルのイギリス、グスタフ・アドルフのスウェーデン、フリードリヒ二世のプロイセンである。プロテスタンティズムは、聖書を読みすぎたことで「我こそは神に選ばれし者」という自己認識に至った人々を出現させたのだ。

原初のプロテスタンティズムは、権威主義的な気質を備え、ルターは国家に対する個人の絶対的従属を説いた。しかし、ドイツにプロテスタンティズムの権威主義的な形態が根づいたのは、そこに人類学的な資質が存在したからだ。この点に関してドイツの直系家族構造は、ロシアの共同体家族とほぼ同様の資質を有している。そこでは息子たちの一人だけが父親と暮らすよう求められる（ロシアのようにすべての息子たちではない）。このメカニズムがより安定した社会秩序を生み出したのだ。そこに「兄弟間の平等」や「父に対する兄弟間の連帯」といった価値観はなく、(ツァーリや神に反抗する)いかなる過激な革命的願望もなく、安定した社会秩序を崩壊させるものは何もなかったのである。

一方、イギリスのプロテスタンティズムは、議会と報道の両方において自由を開花させた点で正反対だった。自由民主主義がイギリスにおいて他よりも早く誕生したという事実は、人類学者を驚かせるものではない。絶対核家族構造では、一組のカップルとその子どもたち以外の者との同居はあり得なかった。青年期に達した時点で子どもたちは家を離れ、(経済水準にかかわりなく)他の家に使用人として送り出された。このようなシステムは、自由に対する心構えを個人に持たせ、「リベラルな無意識」まで吹き込んだ。これをイギリスの入植者たちがアメリカ大陸に持ち込んだというわけである。フランス、少なくともパリ盆地では、核家族構造は平等主義で、遺産相続に関して兄弟姉妹は皆平等だった。一方、アングロサクソンの世界には、この子ども同士の平等のルールは存在しなかった。家族構造の人類学こそが、なぜ、またいかにして、イギリス、アメリカ、フランスが自由民主主義を競い合うように生み出したのかを明らかにしてくれる。核家族の基盤は、天性の自由主義を育むことができた。一七八九年、フランス的平等主義の基盤が突如として顕在化したことに直面したイギリスは、当初、恐れおののいた。しかしフランスがいったん落ち着きを取り戻すと、イギリスはそこに独自の普通選挙を実現させるための促進剤を見出した。アメリカに関しては、インディアンや黒人を社会的劣位に閉じ込めることで、家族生活における平等主義の不在を早い時期に乗り越えた。しかし、「白人同士の平等主義」は「人類全体の平等主義」より脆弱な原則であることが露わになる。これについては後ほど検討する。

ドイツを含む広義の「西洋」の定義からすると、少なくとも「西洋とロシアの根源的な対立」という見方自体が奇妙なものに見えてくる。むしろ全体主義の誕生（直系家族がナチズムを、共同体家族が共産主義を生み出した）に関して言えば、ドイツとロシアは、むしろイトコ同士の関係、あるいは部分的な歴史的共犯関係にある印象を受ける。自由民主主義発祥の地という、より狭義の「西洋」の定義にこだわるとしても、やはり一つの不条理に直面する。今日の西洋は、（たとえば）「ロシアの専制体制」に対抗する「自由民主主義」を体現するのは自らだと主張しているが、自由民主主義の発祥地であり、核心部であったイギリス、アメリカ、フランスにおいて、その自由民主主義が危機に陥ってしまっているからである。

もはや存在しない「民主主義」を擁護する

西洋の主要な新聞やテレビで語られるような、戦争に関する全会一致的な言説では、アメリカ、イギリス、フランスは自由民主主義国であることが自明視されている。しかしこうした戦時下の自己表象は、これらの国が過去二〇年、三〇年にわたって国内に示してきた自己表象とは完全に矛盾していることを忘れてはならない。西洋の民主主義が危機に瀕していることも、私たちが「ポスト・デモクラシー」の時代を生きていることも、もはや常識となっていたからだ。

その点について私は、二〇〇八年にすでに『デモクラシー以後』（石崎晴己訳、藤原書店、二〇〇九年）[1]で言及しているが、当時は自分が突飛に見えるほど特に独自な見解を示しているつもりはなかった。その後、ブレグジットとトランプ政権の誕生を経て、大西洋の両岸（アメリカとヨーロッパ）は、民主主義の問題に関する破局主義的な著作で溢れかえった。そもそもの皮切りは、アメリカで一九九五年に出版されたクリストファー・ラッシュの遺作『エリートの反逆──現代民主主義の病』[2]である。一九九六年には、マイケル・リンドの『次なる米国──新しいナショナリズムと第四次米国革命』が出版され、これもまたアメリカの混乱を描いている。[3]そのリンドは、二〇二〇年に『新しい階級闘争──大都市エリートから民主主義を守る』[4]も出版している。新たな寡頭制がこの国の民主主義の基盤を蝕んでいるという証拠は、二〇一四年に刊行されたジョエル・コトキンの『新しい階級闘争』[5]にも示されている。

一方、イギリスでは、コリン・クラウチの『ポスト・デモクラシー──格差拡大の政策を生む政治構造』が二〇二〇年に刊行されたが、これはもともと二〇〇三年に書かれた本の内容を発展させたものだ（私の『デモクラシー以後』の五年前ということになる）。[6]また、『怒りから無関心へ──一九七五年以降の英国の経験』[7]（二〇〇七年）、デイヴィッド・グッドハートの『どこかへ至る道──ポピュリストの反乱と政治の未来[8]（*The Road to Somewhere. The Populist Revolt and the Future of Politics*）』（二〇一七年）、デイヴィッド・スケルトンの『新しいスノビズム──現代のエリート主義に抗し、労働者階級を鼓舞する』[9]（二〇二一年）も挙げておこう。フランスでは、クリストフ・ギリュイの『周縁のフランス──我々はいかにして労働者階級を犠牲にしたか』[10]（二〇一四年）、リュック・ルーバンの『代議制民主主義は危機に瀕しているのか？』[11]（二〇一八年）、ジェローム・フルケの『フランス群島』[12]（二〇一九年）を挙げたい。ドイツすらこの問題に関わっている。オリバー・ナクトウェイの『降格社会──退行する現代の中で反抗する者について』[13]は二〇一六年に刊行され、二〇一八年には、

『ドイツの隠れた危機――ヨーロッパの中心における社会的衰退』(14)（*Germany's Hidden Crisis. Social Decline in the Heart of Europe*）』というタイトルで英訳された。

このリストは網羅的とは言い難く、次章では他の著作も取り上げることで補足するが、とにかくここでは「西洋民主主義は破局的な危機にある」という考え方は、決して突飛でもマージナルなものでもないことを示すのが目的だった。こうした見方はいたって平凡で、微妙なニュアンスの違いはあるにせよ、多くの知識人や政治家に受け入れられていたのである。

ここで「民主主義の退化」の理念型を抽出してみよう。そのためにはまず「自由民主主義」の理念型を定義する必要、あるいはそこまでしなくとも、「自由民主主義」をかいつまんで描出する必要があろう。自由民主主義は、枠組みとして国民国家を有し、常にではないが、多くの場合、共通言語があることで市民同士が一定程度理解し合えている。また普通選挙が行われ、多党制で、表現の自由と報道の自由が保証されている。そして重要な特徴として、少数派の保護が保障されつつ、多数決の原則が適用される。

ただし、ある国が自由民主主義であるためには、明文化された法律が単に存在するだけでは不十分である。その法律が、民主主義的な慣習によって、活性化され、体現され、経験されなければならない。普通選挙によって選ばれた代表者は、あくまで自分たちを選んだ国民の代表者であることを必ず自覚しなければならない。こうした法律と慣習の一致は、二〇世紀における大衆の識字化によって初めて可能になったのだ。

私が読み書きの能力に民主主義の基盤を見出しているのは、単にそれによって新聞を読み、投票用紙の解読〔フランスでは候補者名が印刷された紙を選んで投票するが、日本のような手書き（自書式）は世界的に見て例外的〕が可能になるからというだけではない。いわば「すべての市民の間での平等」という観念が育まれるからだ。読み書きは聖職者の独占物だったが、今やすべての人のものとなった。しかし二一世紀に入ると、民主主義的平等の基礎となる感情そのものが涸渇してしまったようなのである。高等教育の発展は、一世代の三〇%か四〇%の人々に「自分は真に優れている」という感覚を与えるようになってしまったのだ。「大衆化したエリート」という矛盾した表現がこの状況の異様さを物語っている。

ウクライナ戦争以前、西洋の民主主義は、ますます深刻化する害悪に蝕まれていると見られていた。この害悪によって、思想面と感情面において「エリート主義」と「ポピュリズム」という二つの陣営が激突するようになる。エリートは、民衆が外国人嫌いへと流されることを非難する。民衆は、エリートが「常軌を逸したグローバリズム」に耽っているのではと疑う。民衆とエリートが、ともに機能するために協調できなくなれば、代表制民主主義の概念は意味をなさなくなる。すると、エリートは民衆を代表する意思を持たなくなり、民衆は代表されなくなる。世論調査によれば、「西洋民主主義国」の大部分において、ジャーナリストと政治家は、「最も尊敬されていない職業」だという。いま陰謀論が蔓延しているが、これは、「エリート主義対ポピュリズム」、すなわち社会の相互不信によって形成される社会システムに特有の病理なのだ。

民主主義の理想は、「すべての市民の完全なる経済的平等」という夢にまでは至らなくとも、「人々の社会的条件をなるべく近づける」という観念を含んでいた。第二次世界大戦後、民主主義が絶頂にあった時期には、アメリカを始め多くの国で、「プロレタリア」と「ブルジョワ」が「大規模になった中流階級」の中に溶け込むことすら想像できたのだ。ところがここ数十年、国によって程度に違いはあるが、私たちが直面してきたのは、格差の拡大である。自由貿易によってもたらされたこの現象は、既成の諸階級を粉砕したが、同時に物質的生活条件も悪化させ、労働者階級だけでなく中流階級の雇用へのアクセスまでも悪化させた。繰り返すが、私のこうした考察は、誰もが同意するはずの至極平凡なものにすぎない。

今日の民衆の代表者、つまり、高等教育を受けた大衆化したエリートたちは、第一次産業および第二次産業に従事する人々を尊重しなくなり、どの政党に属していようが、根底では、自らが高等教育で身につけた価値観こそが唯一正当なものだと感じている。彼らにとっては、自分はエリートの一員であり、その価値観こそが自分自身であり、それ以外は何の意味もなさず、虚無でしかない。こんなエリートなら自分以外の何かを代表することなど絶対にできないだろう。

西洋のリベラル寡頭制陣営VSロシアの権威主義的民主主義

ここからは、ウクライナを介して、ロシアの専制体制と対立し、メディアや大学で、あるいは選挙時に自由民主主義と称されている政治システムに再検討を加えよう。「民主主義」に加えられる「自由な（リベラル）」という形容詞は、「多数決」の暴力を和らげる「少数派の保護」を示している。ロシアでは、投票があり、人々が政府を支持しているが、少数派は口を封じられるといった不備がある。私はそんなロシアに対して「民主主義」という表現を維持しつつ、「自由な（リベラル）」という形容詞を「権威主義的」に置き換える。西洋については、多数決による代表制が機能していない以上、「民主主義」という言葉は使えない。他方、「自由な（リベラル）」という言葉を使い続けることには誰も反対しないだろう。というのも、今日の西洋では「少数派の保護」は一種の強迫観念にまでなっているからだ。抑圧されている少数派として、黒人や同性愛者がすぐに思い浮かぶが、実は「最も保護されている少数派」は、全人口の一%、〇・一%、あるいは〇・〇一%を占めている超富裕層である。ロシアでは、同性愛者は保護されていないが、オリガルヒも保護されていない。こうした観点から、西洋で「自由（リベラル）民主主義」と呼ばれてきたものは、「リベラル寡頭制《オリガルシー》」と位置づけ直される。

すると、この戦争のイデオロギー的意味も変わってくる。西洋の主流派の言説では、この戦争は、「西洋の自由（リベラル）民主主義」と「ロシアの専制体制」の対立だとされたが、「西洋のリベラル寡頭制」と「ロシアの権威主義的民主主義」の戦いに変わるのだ。

ここで「西洋」と「ロシア」を再検討しているのは、「西洋」を告発するためではなく、「西洋」の戦争目的とその強みと弱みをよりよく理解するためである。

いくつか重要なポイントを示そう。

――私たちはイデオロギー面において、二つの対照的なシステムの対立――これまで描き出されていなかった対立だが――に直面している。労働者や抑圧されているプチ・ブルジョワを最も代表している政党（フランスでは国民連合と不服従のフランス、ドイツではＡｆＤ、アメリカではドナルド・トランプ）がプーチンに対して親和的だと疑われるのは、社会学的には当然だと言えるのではないか。支配層のエリートは、社会の下層部が親ロシアに傾くことを恐れている。というのも、権威主義的民主主義の価値観は、西洋のポピュリズムの特徴を彷彿とさせるからだ。

――これで、リベラル寡頭制が戦争の手段として経済制裁を取り入れた理由もよくわかる。経済制裁によるインフレーションと生活水準の低下で最も苦しむのは、西洋社会の下層民だからである。

――リベラル寡頭制のカオス的な動きは、外交に関して無能なエリートを生み出す。だからこそ、ロシアや中国との紛争に対処する際に重大な過ちが生じているのだ。この構造的機能不全は、より詳細な検討に値する。

西洋の寡頭制の非常に特殊な点は、制度と法律は何も変わっていないことにある。普通選挙、議会、選挙で選ばれる大統領、報道の自由を備えた「自由民主主義」が、今も形式的には存在する。他方で、慣習として根づいた民主主義は消滅してしまった。高等教育を受けた階級は自分たちこそ本質的に優秀だと考えるようになり、すでに述べたように、エリートたちはポピュリスト的行動へと追いやられている民衆を代表することを拒む。こんなシステムが調和的かつ自然に機能し得ると考える方が間違っている。それでも民衆は依然、識字化されており、普通選挙の基盤――教育による新たな階層化がそこに加わった――もまだ生きている。だからこそ、自由民主主義諸国の寡頭制的機能不全は、制御され、管理される必要があるわけである。つまりどういうことか。次のようにまったく単純なことだ。選挙が続くかぎり、民衆は経済の運営と富の配分からは遠ざけられなければならないのである。要するに、民衆を騙し続けなければならないということだ。これは政治家にとって大変な作業である。それどころか、これこそが政治家の優先的かつ主要な仕事そのものとなっている。だからこそ、彼らは「人種」や「民族」の問題を過剰にヒステリックに取り上げ、「環境問題」、「女性の地位」、「地球温暖化」といった、本来は重大であるはずの問題をめぐって、結果を伴わない無駄なおしゃべりを続けているのだ。

これらはすべて、地政学、外交、戦争と負の関係にある。「選挙に当選する」――それはもはや茶番劇でしかないが、しかし実際の劇のように特殊能力と労力を要求する――という新しい仕事に忙殺されている政治家たちには、国際関係への対応能力を身につける時間などない。こうして彼らは必要とされる基本知識をまったく持たずに国際政治の舞台に出ることになる。さらにまずいことに、自分より学歴が低い人々に対してやっとの思いで勝ち誇ること自体が今や彼らの仕事となっているが、しばしば成功し、そうすることに慣れるうちに、自分たちの本質的な優秀さが証明されたと思い込んでしまっている。そんな状態で彼らは本物の敵に直面するのだ。そんな彼らは敵に何の印象も残さない。敵たちには、逆に世界について考える十分な時間があったのである。〔プーチンや習近平にとって〕ロシアでの選挙や中国共産党内部での権力闘争を勝ち抜くのに、それほどまでのエネルギーを注ぐ必要はない、という点は認めなければならないが、プーチンや習近平に比べると、ジョー・バイデンやエマニュエル・マクロンの能力が明らかに劣っていることを西洋は目の当たりにし、劣っている理由も理解し始めたのである。

不可逆的プロセス

教育による新たな階層化は、初等および中等教育しか受けていない人々を軽蔑するような、高等教育を受けた階級を生み出し、一方、前者は後者に不信感を抱いている。ただし、自由民主主義の退化は、社会の上層部と下層部の対立だけに要約されるものではない。生活水準の大幅な向上と強く結びついた教育の階層化は、集団的信仰と集団が持つ力を破壊した。それは、ポピュリズムとエリート主義の対立を超え、社会のアトム化やアイデンティティの粉砕といった現象を生み出し、社会の全階層に影響を及ぼしている。

こうした政治の解体を最もうまく捉えて描いたのは、ピーター・メアの著作『空白を支配する』(15)だろうと思われる。彼の最も興味深い気づきの一つは、社会全体がアトム化し、空白が生じれば、やがて国家が力を増す、という洞察である。これは当然のことだ。社会が個人単位に解体されれば、国家機関が特別な重要性を担うようになるだろう。

すでに述べた通り、宗教、むしろ宗教の崩壊は、私の分析モデルの中心にある。キリスト教は、それ以降に現われたあらゆる集団的信仰の原初の「宗教的原型」だ。ヨーロッパ全体で国民あるいは階級の原型になり、特にフランスでは、急進社会主義、社会主義、共産主義、ド・ゴール主義の原型になり、イギリスでは、労働党と保守党の原型になり、ドイツでは、社会民主主義、ナチズム、また当然のことながらキリスト教民主同盟の原型になった。そしてアメリカでは、プロテスタンティズムが人種的感情と相互に影響し合いながら社会生活の基盤となった。キリスト教がまるでプレートが剝がれるように崩壊していく中で、まず一八世紀から二〇世紀にかけてその代替物として出現したのが、いま列挙したような諸々の政治イデオロギーの形をとった集団的信仰だったのである。私は『新ヨーロッパ大全』の中で、ミサへの出席率と新任聖職者の減少を測定することで、脱キリスト教の歴史、すなわち世俗化の歴史を描いた。カトリシズムの約半分に関わるキリスト教の第一の崩壊は、一八世紀半ばに、パリ盆地、フランスの地中海沿岸、イタリア南部、スペインの中央部と南部、ポルトガルで起きた。プロテスタンティズム全体に関わるキリスト教の第二の崩壊は、一八七〇年から一九三〇年にかけて起きた。残り半分のカトリシズムに関わるキリスト教の第三の崩壊は、一九六〇年代に始まり、ドイツ南部とラインラント、ベルギー、オランダの南部、フランスの周縁部、イベリア半島北部、イタリア北部、スイス、アイルランドで起きた。宗教的実践と宗教的統率の弱体化は、世俗化の第一段階、つまりゾンビ状態を生み出す。この段階で宗教は消滅するのだが、その宗教の慣習と価値の本質的な部分は存続する（特に集団として行動する能力）。「カトリシズム・ゾンビ」という概念は、グローバル化の混乱の中におけるフランスの地方のダイナミズムを理解するために作った概念だった。そして、二〇一五年の「私はシャルリ」デモに賛同する一連の運動の地図を解読するためにも使用したのだが（『シャルリとは誰か？』堀茂樹訳、文春新書、二〇一六年）、より一般的に応用できることも明らかになった。「宗教のゾンビ状態」というのは、世俗化の第一段階にすぎず、真の「ポスト宗教状態」ではない。宗教のゾンビ状態においては、宗教を代替する信仰が出現し、一般的にそれは強力な政治的イデオロギーとなり、宗教がそうだったように個人を組織化し、構造化する。この時点では、社会は神の消滅に衝撃を受けつつも、まだ整合性を保ち、行動を起こすこともできていた。しばしば激しいナショナリズムに傾倒する国民国家というのは、「宗教のゾンビ状態」の典型的な表れだ。ただし、注意すべきは、プロテスタンティズムに関しては、自らが消滅する以前にすでに国民国家を生み出していたことだ。プロテスタンティズムは、常に国民国家的宗教であり、牧師は基本的に公務員だったのである。

しかし、ゾンビ状態が世俗化の最終到達点ではない。宗教から受け継いだ慣習と価値観も、やがては衰えてしまうか破裂を起こし、最後には消滅するのだ。すると、ようやく今私たちが生きている状態が出現する。代替となるいかなる集団的信仰も失った個人からなる宗教の絶対的虚無状態である。これが「宗教のゼロ状態」だ。国民国家が解体され、グローバル化が勝利するのは、この時である。アトム化した社会では、「国家はきちんと機能する」ということ自体が信じられなくなるのだ。「解放された個人」ではなく「いかなる集団的信仰も失った個人」という言い方を私はした。これは後に見るように、個人は「虚無」によって巨大化するより矮小化するからである。

プロセス全体の長大さそのものが、こうしたプロセスとその帰結の不可逆性を示している。原初の宗教的原型は、ローマ帝国末期から中世盛期にかけてゆっくりと構築され、プロテスタントの宗教改革とカトリックの反宗教改革によって、最高潮に強化された。国民感情、労働倫理、拘束力のある社会道徳、集団のために犠牲となる能力を欠いていることが、今日の戦争における西洋の「弱さ」である。もしこれらを消滅させたのが「宗教ゼロ状態」の到来だとしたら、これから五年程度で――ロシアがこの戦争を首尾よく遂行するのにかけられる時間は五年間だと私は見ている――これらが再び戻ってくることなどありえない。

宗教──活動的状態、ゾンビ状態、ゼロ状態

宗教ゼロ状態の特徴とは何か。社会生活、道徳、集団行動などを形成してきた宗教の価値観が、まったく意味をなさなくなる状態である。かつてこの宗教が社会的かつ道徳的空間を広範にわたって占有していたことを鑑みれば、この宗教のゼロ状態が影響を及ぼす分野は数え切れないことは明らかだ。労働、国民国家だけでなく、家族生活、性的生活、さらには芸術、金銭観念にまで及ぶ。とはいえ、すべての宗派を含むキリスト教の三つの段階、すなわち「活動的」段階、「ゾンビ」段階、「ゼロ」段階を区別するための簡単な経験主義的方法がある。この方法によって各段階間の移行も明確になる。

「活動的」段階では、ミサへの参加率が高い。「ゾンビ状態」ではミサに行く習慣は消滅するが、誕生、結婚、死という人生の区切りとしての三つの儀式は、キリスト教から伝承されたものによって執り行われる。キリスト教・ゾンビの状態にある人々は、ミサには行かなくなるが、大半は子どもに洗礼を受けさせる（新生児の洗礼がカトリックほど重要でないプロテスタント教派も含まれる）。そして人生の終わりに際して、キリスト教・ゾンビの社会では、教会が長い間拒絶し続けてきた火葬は執り行われない。だが、「キリスト教ゼロ状態」では、洗礼がなくなり、火葬が大規模に行われるようになる。これこそが私たちの世界だ。

最後に婚姻に関してだが、ゾンビ状態の「民事婚」では、婚姻の義務や婚姻と生殖の関係においてキリスト教の婚姻の本質的な特徴が保たれる。人類学者は、キリスト教的婚姻の消滅の「正式な日付」まで知ることができる。それは「みんなのための結婚法」（フランスの同性婚法）が制定された時だ。同性間の婚姻が異性間の婚姻と同等だと考えられるようになった時点で、その社会は「宗教ゼロ

状態」に至ったとみなすことができる。

「みんなのための結婚」の合法化をめぐる論争を再度取り上げることがここでの目的ではもちろんない。同性婚の制度化を優れた人類学的指標として冷静に検討することが目的だ。これこそが、社会的勢力としてのキリスト教の完全なる終焉を明確にしてくれるからである。同性婚が合法化されたのは、オランダでは二〇〇一年、ベルギーでは二〇〇三年、スペインとカナダでは二〇〇五年、スウェーデンとノルウェーでは二〇〇九年、デンマークでは二〇一二年、フランスでは二〇一三年、イギリスでは二〇一四年（ただし北アイルランドは二〇二〇年になってから）、ドイツでは二〇一七年、フィンランドでも二〇一七年だった。アメリカに関しては、二〇〇四年にマサチューセッツ州が合法化したが、全国規模で合法化されたのは二〇一五年である。

こうした、明確で揺るぎない方法によって、西洋におけるキリスト教の実質的な意味での消滅の時期は二〇〇〇年代だったと確定できる。カトリックとプロテスタントが、キリスト教自体が消滅するなかで融合しつつあることも指摘できる。ただし東ヨーロッパはこの動きに関わっていない。またバチカンが存在するイタリアは、まだ同性婚を認めない従来の民事婚の段階にある。

ニヒリスト的逃避

一九六〇年代（イギリスとアメリカにおける性の革命とフランスの五月革命を含む）の重大な幻想の一つは、「集団を超越することで個人はより大きくなれる」と信じてしまったことだろう（私の誤り、最大の誤りを認めよう！ meq culpa, meq maxima culpa!）。それはまったく逆なのだ。個人というのは集団においてのみ、また集団を通してのみ大きくなることができる。単体としての個人は自ずと小さくなる運命にある。あらゆる集団的信仰——根源的または派生的な形而上学的信仰にしろ、共産主義的信仰にしろ、社会主義的信仰にしろ、国民的信仰にしろ——から一斉に解放された私たちは今、空虚さを経験し、小さくなっている。もはや敢えて自分の頭で考えることもなく模倣を繰り返す小人の群れと化している。ただそれでいて、不寛容の度合いにおいては、かつての宗教の信者に劣っていないのである。

集団的信仰とは、人々がともに行動するために共有している考え方というだけにとどまらない。集団的信仰は個人を形成するのである。他人に認められた道徳規律を個人に教え込むことで、集団的信仰は個人を変化させる。個人の内部で機能するこうした「社会」を精神分析では「超自我」と呼ぶ。今日、この概念は評判が悪いが、それは、「自己成長」を抑圧して妨げる「感じの悪い監視装置」を想起させるからだ。しかしフロイトやその他の専門家にとって、「超自我」は「理想の自我」をも意味する。目前の欲望を超克することを可能にし、より良い自分になるために現在の自己の超克も可能にしてくれるものだからだ。フロイトが「理想の自我」と名づける以前にも「良心」と呼ばれるものが存在し、これは他者の尊重を含むものであった。良心に耳を傾け、自分の良心に問うことは、キリスト教に由来する教えだった。宗教ゾンビ状態でも、理想の自我を社会が個人に刷り込むことがまだ可能で、「良心」もまだ完全に機能していた。

まだ緩やかな変化の過程にあるものを完全に変化を遂げた形で示すことで、ここで私は、誇張し、図式化しすぎていることは認めよう。

宗教ゼロ状態は、「空虚」を、また傾向として「超自我の欠如」を示す。それでも存在し続け、自らの有限性に苦悩を感じ続ける人間存在に対して、宗教ゼロ状態は、「無」あるいは「虚無」をはっきりと提示する。こうしてこの「無」、この「虚無」も、あらゆる方面において何かを生み出す。すなわち反動を生み出す。生み出されるものには尊敬に値するものもあるが、愚かなもの、下劣なものもある。そのうち「無」を崇めるニヒリズムは最も月並みなものだろう。

ニヒリズムは、ヨーロッパにもアメリカにも存在し、西洋の全域に遍在している。

個人主義的核家族型の人類学システムであるフランス、特にイギリスとアメリカ——家族的枠組みの残滓すらない——において、ニヒリズムは最も完成した形で広がっている。一方、直系家族・ゾンビ（ドイツと日本）あるいは共同体家族・ゾンビ（ロシア）の「痕跡」は、個人主義的核家族の「虚無」に比べると、まだ「何か」ではある。これからすぐに検討するが、「絶対核家族におけるプロテスタンティズム・ゼロ状態」というイギリス・アメリカ社会が、ニヒリズムの明白な舞台となっていることに何の驚きもない。しかしまずは、より複合的な家族構造が残っている大陸ヨーロッパが、この戦争を前にして、いかに主体的な意思を失ったのかを検討しよう。

原　注（第4章）

（1）Emmanuel Todd, *Après la démocratie*, Gallimard, 2008.〔エマニュエル・トッド『デモクラシー以後』石崎晴己訳、藤原書店、二〇〇九年〕

（2）Christopher Lasch, *La Révolte des élites et la trahison de la démocratie*, Climats, 1996.〔クリストファー・ラッシュ『エリートの反逆——現代民主主義の病い』森下伸也訳、新曜社、一九九七年〕

（3） Michael Lind, *The Next American Nation. The New Nationalism and the Fourth American Revolution*, New York, Simon & Schuster, 1996.

（4） Michael Lind, *The New Class War. Saving Democracy from the Metropolitan Elite*, Londres, Portfolio/Penguin Random House, 2020.〔マイケル・リンド『新しい階級闘争――大都市エリートから民主主義を守る』中野剛志解説、施光恒監訳、寺下滝郎訳、東洋経済新報社、二〇二二年〕

（5） Joel Kotkin, *The New Class Conflict*, Candor, Telos Press Publishing, 2014.

（6） Colin Crouch, *Post-Democracy*, Cambridge, Polity, 2003.〔コリン・クラウチ『ポスト・デモクラシー――格差拡大の政策を生む政治構造』山口二郎監修・近藤隆文訳、青灯社、二〇〇七年〕

（7） Mark Garnett, *From Anger to Apathy. The British Experience since 1975*, Londres, Random House, 2007.

（8） 仏語訳 : David Goodhart, *Les Deux Clans. La nouvelle fracture mondiale*, Les Arènes, 2019.

（9） David Skelton, *The New Snobbery. Taking on Modern Elitism and Empowering the Working Class*, Hull, Biteback Publishing, 2021.

（10） Christophe Guilluy, *La France périphérique. Comment on a sacrifié les classes populaires*, Flammarion, 2014.

（11） Luc Rouban, *La démocratie représentative est-elle en crise ?*, La Documentation française, 2018.

（12） Jérôme Fourquet, *L'Archipel français. Naissance d'une nation multiple et divisée*, Seuil, 2019.

（13） Oliver Nachtwey, *Die Abstiegsgesellschaft. Über das Aufbegehren in der regressiven Moderne*, Berlin, Suhrkamp, 2016.

（14） Londres, Verso Books.

（15） Peter Mair, *Ruling the Void. The Hollowing of Western Democracy*, Londres, Verso Books, 2013.

第5章　自殺幇助による欧州の死

これまで三〇年以上もの間、EUの推進派は、「強くなる一方のEUは、ユーロのおかげで、中国やアメリカのような超大国に対しても、同等の自立した勢力になりつつある」という売り込みを続けてきた。にもかかわらず、いまヨーロッパは、自らの利益に反する自己破壊的な戦争に深入りしてしまっている。EUは、NATOの背後に消え去り、かつてなかったほどにアメリカに従属している。すでに述べたが、「ベルリン・パリ軸」は「ワシントンが操るロンドン・ワルシャワ・キエフ(キーウ)軸」に取って代わられた。さらに後者は、ホワイトハウスあるいはペンタゴンの直接の衛星国となったスカンジナビア諸国とバルト三国によって増強されている。

ウクライナ侵攻に対してヨーロッパの人々が最初に示した反応が「恐怖」だったのは、十分に理解できる。すべての関係国にとって、戦争の再来は大きな衝撃だった。そしてロシアの指導者たちにとっても、軍事的手段に訴えるというのは重みをもった決断だったことを私たちは理解しなければならない。ロシアを許すためではなく、それに続くロシアの決断をより正確に見積もり、彼らの将来の行動を予測するためだ。自らの殻に閉じこもって生きることに慣れていた西ヨーロッパの何千人もの政界の幹部、ジャーナリスト、学者たちは、この戦争が始まる直前まで「新カント派的恒久平和」を公言していた。当然、戦争も含まれる現実の歴史の中で、彼らはもはや「当事者」ではなく「観客」となっていたのだ。さらに悪いことに、彼らは歴史をまるで「観光客」のように眺めるようになっていた。あたかもヴァカンスの晩にモノポリーのゲームに興じるが如く、自国民を煙にまきながら言葉巧みなレトリックだけで「ヨーロッパ」を構築しようと一生懸命になっていたのである。だから、突如として現実を突き付けられると、馬鹿げた反応を見せるほかなかった。自分たちが対処すれば戦争をうまく回避できる、と彼らは考えたが、実際はその逆だった。彼らの対応が彼ら自身を戦争へとせき立て、戦争を拡大させたのだ。当初、西洋の経済制裁がロシアを屈伏させるものと当然視されていた。社会の各分野に広がるエリートたちの「自己満足感」は、偽ったものではなかった。フランスの経済・財務大臣ブリュノ・ルメールは、二〇二二年三月一日、フランス・アンフォ（ラジオ）で胸を張ってこう述べている。〈制裁は非常に有効だ。経済・金融制裁は恐ろしいほど効果的だ。（…）我々はロシア経済を崩壊させるだろう〉。最大の問題は、制裁が失敗に終わったことではない。戦争を終わらせるどころか、制裁によってむしろ戦争が世界規模に拡大してしまうと予測する能力を西洋の指導者層が欠いていたことである。戦争開始一カ月前に、ニコラス・ミュルデルが『経済兵器――現代戦の手段としての経済制裁』を刊行している。ミュルデルは、一九一四年から一九一八年にかけて連合国が同盟国を包囲した際に考案・実施された「経済制裁」――結果として数十万人もの死者を出した――は、必然的に中立国をいずれかの陣営につかせると指摘している[1]。国境を修正し、ウクライナのNATO加盟を阻止するためにロシアが開始したのが、ささやかな「特別軍事作戦」だった。ところが、ポーランドと中国の間に位置し、ヨーロッパとアジアにまたがる一七〇〇万平方キロメートルもの巨大な国を西洋が経済的に封鎖しようとしたことで、「特別軍事作戦」が突如として「第三次世界大戦」へと姿を変えてしまったのである。多くのグランゼコールの学位を持ち、小説家でもあるブリュノ・ルメールだが、彼がこれを自覚できていたとは思えない。西洋の側で世界大戦を遂行できる国は、世界的な軍事大国アメリカだけだ。だから、制裁はそれ自体が「ヨーロッパの終わり」を意味していた。しかし実はヨーロッパの指導者たちにも、EUを自殺させたい立派な理由があったのである。

制裁の自己破壊的性格は、インフレ率の大幅な上昇という形ですぐに現われた。だが、ロシアにはそれに見合うだけの影響は及ぼさず、アメリカも大した影響を受けなかった。ヨーロッパの指導者たちがヨーロッパのエネルギー依存を考慮にすら入れなかったという事実は、寡頭制的でリベラルな彼らの驚くべき「落ちつきぶり」を露わにしている。インフレで苦しむのは彼らではなく社会的弱者なのだ。しかも今回は、一九四〇年代末以来の大規模な物価高騰で、まさに戦争時インフレである。しかし私たちの社会システムは本質的に不平等で、ますますそうなりつつある以上、そこまで驚くべきではないが、より深刻な問題がある。ロシア産の天然ガスの供給が絶たれ、エネルギーコストが高騰することで、かろうじて残っていたヨーロッパの産業が脅威に晒されているのだ。まさに「自殺」のようである。ユーロ圏の貿易収支は、二〇二一年の一一六〇億ユーロの黒字から、二〇二二年には四〇〇〇億ユーロの赤字となっている。

ヨーロッパにとっての戦争の代償の一つに「ロシアとの経済関係の断絶」が含まれることを忘れてはならない。この戦争は、ロシアにあるヨーロッパ企業の子会社の強制閉鎖をもたらし、フランス企業が特に影響を受けている。『ル・モンド』紙を筆頭とするフランスのジャーナリストたちが、同盟国のアメリカ、特にノルウェー（二〇二一年の時点でノルウェーは世界四位の天然ガス輸出国）がロシアに代わってヨーロッパへのエネルギー輸出を増やすことで得ている利益にはあまり関心を払わず、むしろ「オーシャングループ」のような、フランス企業がロシアで細々と続けている活動を喜々として追い詰める姿には唖然とさせられた。フランスのマスコミは、まるでロシア経済以上に、フランス経済の破壊を目的としているかのようだ。怒りにまかせて自分のおもちゃを壊す子どものイメージとともに、「経済ニヒリズム」という言葉が頭をよぎる。

戦争が始まった当初、フランス政府、とりわけドイツ政府は、戦争に立ち入りすぎることにためらいを感じているようだった。ショルツ首相は、ドイツメディア、アメリカ、ヨーロッパの隣国からの一致した圧力にしばらくの間は耐えていた。エマニュエル・マクロンも、メディアの圧力に少し耐え、プーチンと終わりのない「おしゃべり」を続けようとした。マクロンのこのような行動は、ロシア語に「マクロンする（macroner）」という新しい動詞をもたらした。それは「意味のないおしゃべりをする」ことを指すが、ウクライナ語版では「懸念を表明しつつ何もしない」という意味になる。しかしこれらのためらいも段階的に消え去り、ＥＵの中心に位置するこの二つの国もとりあえず表面上はすべてを受け入れるようになった。ドイツ人は戦車「レオパルト」を、フランス人はミサイル「スカルプ」を供給した。そして異常な出来事が発生したのは、まさに兵器の備蓄が枯渇しようとしていた矢先のことだった。ガスパイプライン「ノルドストリーム」の破壊工作である。私はこの出来事に関して、シーモア・ハーシュの見解を受け入れている。というのも、それが現在までのところ、唯一真実味のある説明だからだ。ハーシュによれば、攻撃はアメリカによって決定され、ノルウェー人たちの協力を得て実行されたという。

この件にノルウェーが関わったことに驚きはまったくないだろう。エネルギー関係の利害はまず脇に置くとして、ＥＵ加盟は拒否したこの国は、ＮＡＴＯの原加盟国で、イギリスとアメリカとは、長きにわたって伝統的な名誉ある軍事同盟を築いてきたからだ。この伝統は、第二次世界大戦まで遡ることができる。ドイツの侵攻後、ノルウェーの民間船団は、大挙してイギリス側に加わり、大西洋の戦いで重要な役割を果たした。ロシアの天然ガス供給が途絶えて以来、ノルウェーは、ＥＵへの有数の天然ガス供給国となっており、その貿易黒字は莫大である。

ドイツを保護しているはずのアメリカがドイツのエネルギーシステムに不可欠なパイプラインを破壊したことを、ドイツが黙って受け入れたのは、驚くべき服従と言える。ただしこのドイツの沈黙は、密かに、その後の選択肢を広げておくための慎重な様子見の態度でもあるのだろう。

それから数カ月も過ぎたが、ウクライナへの主要な武器供給源ではない西ヨーロッパが、戦争の主要な経済的負担に耐えているという謎は深まる一方である。兵器は不十分で、対空防御もない中で——これは西洋側の生産力不足の帰結だ——、二〇二三年六月四日に始まったウクライナの反転攻勢は失敗に終わった。私たちはそれ以降、ロシアが負けることはないとわかっている。ではなぜ終わりのない戦争に執着するのか。ヨーロッパの指導者たちの執拗さは、ますます興味深いものとなっている。彼らが公式の場で口にする戦争の目的は、現実に対する常軌を逸した見方に基づいている。自国の国民と指導者の目をくらませるためにメディアを支配している「感情的な言説」を拒否し、私はここで次のような歴史的問題を解かなければならない。軍事的脅威を受けていないにもかかわらず、なぜヨーロッパの人々、とりわけヨーロッパ連合を最初に創設した六カ国の人々は、自国の利益にこれほど反している上に、道徳的に疑わしいような目的を公式に掲げた戦争に身を投じてしまったのか。

思い出してみよう。ロシアは、西ヨーロッパにとって、いかなる意味でも脅威でない。保守的勢力として（二〇二二年時点も一八一五年時点と同様に）、ロシアは、ヨーロッパ、特にドイツと経済的パートナーシップを結びたいと望んでいる。すでに指摘したように、一九九〇年、ロシアは、存在自体が重荷になっていた東ヨーロッパの衛星国、特にポーランドから解放されたことに安堵したのだ。今日のロシアは、西方へ勢力拡大するための手段を人口動態的にも軍事的にも持っていないことを知っている。ウクライナでの軍事行動の緩慢さがそれを実証しているのである。

「ロシアの脅威」が幻想にすぎないことを確信するには、ドンバス州の大都市ドネツクが、ロシアの国境からは一〇〇キロ、モスクワからは一〇〇〇キロ、ベルリンからは二〇〇〇キロ、パリからは三〇〇〇キロ、ロンドンからは三二〇〇キロ、ワシントンからは八四〇〇キロに位置していることを踏まえるだけで十分だろう。ロシアは、自国の国境線上で戦っているのだ。ロシアの指導者たちが断言するように、「攻撃的」な西洋世界に対してロシアは「防衛的」な戦争をしているだけなのである。これは、先入観なしに地図を見るだけで明らかだ。

　ウクライナとウクライナ支援国の戦争の公式的目的は、ロシア人の居住地であるクリミアとドンバス地方をキエフ（キーウ）政権下に移すというものである。なぜ「平和の大陸」だったはずのヨーロッパは、未来の歴史家たちが「侵略戦争」とみなすはずの戦争に正式に関わってしまったのか。「侵略」と言っても、たしかに「特殊な侵略」である。自分たちの軍隊は送らず、物資と資金の提供で満足し、ウクライナの軍人や民間人を犠牲にしている。前章では「宗教ゼロ状態」について述べたが、ここで思い浮かぶのは「道徳ゼロ状態」という仮説だ。この状態は「集団的信仰・ゾンビ」が消滅したことによって西ヨーロッパに生まれたものである。そうだすると、「新カント派的平和」も「カント的道徳」とは程遠いものとして現れてくるだろう。

　しかしヨーロッパは、このような不条理や不可解さにもかかわらず、偶然、愚かさ、事故のような流れで、この戦争に突入したのではない。「何か」に駆り立てられたのだ。すべてがアメリカのせいだというわけではない。「何か」というのは「内部破裂」のことだ。ヨーロッパというプロジェクトは死んだ。社会的かつ歴史的な虚無感がヨーロッパのエリート層と中流階級を襲った。こうした文脈で起こったロシアのウクライナ攻撃は、ほとんど天の恵みとも言えるものだった。しかもそのことをメディアの論説委員たちは隠そうともしなかった。プーチンの「特別軍事作戦」は、「ヨーロッパの構築」に意味があることを改めて示した、と。EUは、再結束して前進するために、外敵を必要としていたのである。しかしこの楽観的な物言いは、もっと暗い真実を隠している。EUは、複雑すぎて管理不能で、文字通り修復不可能な機関であり、その制度は空回りしている。単一通貨は、内部に修復不可能な不均衡をもたらした。いわゆる「プーチンの脅威」に対するEUの反応は、必ずしも「自己回復のための努力」を示していたのではなく、むしろ「自殺の衝動」の表明だったのかもしれない。「この終わりのない戦争が最終的にすべてを破裂させてくれるだろう」という、まさか口には出せない、ある種の「希望」を表しているのではないか。マーストリヒト条約に基づいて「機能しない装置」を作り上げてしまったエリートたちは、こうしてロシアにその責任を押しつけることもできるだろう。彼らの後ろめたい願望を敢えて言葉にすれば、「この戦争がヨーロッパ自体を消してくれる」というものかもしれない。そうであれば、プーチンは、彼らの救世主、贖罪のサタンとなるだろう。

EUに軍事的な自殺幇助による死を与えるという、ヨーロッパにおけるアメリカの新たな役割もまた驚きに値する。アメリカは四〇年にもわたる新自由主義により貧困化が進み（第8章と第10章で詳述する）、トランプの登場以降、かなり滑稽で不安を抱かせる国になっており、それは今も続いている。そんなアメリカは、もはやいかなる分野においても信頼できるリーダーではない。すでに一九八五年には、ドイツ、フランス、イタリアの乳幼児死亡率は、アメリカを下回っていた。一九九三年以降は、これらの三カ国（ＥＵの前身となる最初の連合体の主要国）の平均余命も、アメリカを上回るようになっていた。アメリカが衰退に向かっているという感覚が、マーストリヒト条約の原動力の一つとなり、ヨーロッパ人に自立への意思、さらには覇権勢力となる意思まで芽生えさせたのである。

ロシアがウクライナに侵攻して以来、アメリカは戦わずしてヨーロッパを支配しているわけだが、それは歴史の技術的狡知のおかげでもある。ヨーロッパの自殺に関して、二つの側面を詳しく検討する必要がある。第一に、ドイツという巨人の「権力の放棄」、第二に、ヨーロッパのエリート全体の「自由の放棄」だ。ドイツに関しては、私たちを改めて人類学の観点に立ち戻らせる。ヨーロッパのエリートに関しては、金融のグローバル化が生み出した個人支配のメカニズムの探究が必要になるだろう。

ドイツという「機械社会」

東西の統一を経て、さらに二〇〇七年から二〇〇八年の危機を通して金融財政面の力を高めたドイツは、ヨーロッパのリーダーとなり、アメリカとも一線を画す存在となるはずだった。これは、まだＥＵを支配するには至っていないが、二〇〇三年のイラク戦争の際に、ドイツが進もうとしていた道である。ところが二〇二二年、ドイツはまさしく横たわって寝てしまった。ウクライナ戦争が始まって以来、ドイツ以上に酷い侮辱に耐えた国は他にない。言うべきことを言わない臆病な覇権国ドイツの特異な軌道は、考察を要する。

まず、西ヨーロッパ最強国であるドイツの「道徳的かつ政治的な転落」は、その他すべての国の転落と同時に起きたことを思い出さなければならない。マーストリヒト主義者たち（反マーストリヒト主義者たちもだが）の根本的な誤りは、次のように信じたことにある。ヨーロッパは、より高次な実体――多元的でポスト国民国家的でありながら何らかの実体も有する――を創造することで国家を超えられる、と。ピーター・メアやその他の著者が描いたような「空虚」の中で、マーストリヒト条約の賛成派も反対派も、「国民の自発的溶解」こそがヨーロッパ・プロジェクトの根源にある社会学的な原動力となっていたことを理解できていなかった。ユーロ共同体も、それぞれの「国民」がそうなってしまったところのもの――アトム化した個人の寄せ集め、無気力な市民と無責任なエリートの単なる併存――にしかなり得なかったことも理解できていなかった。ヨーロッパとは、もはや「アトム化した個人の単なる巨大な寄せ集め」なのだ。

ヨーロッパのニヒリズムは、まず民衆と国民の否定という形で現われたが、それに伴い、ユーロの導入によってヨーロッパの末端に位置する産業基盤まで破壊した。さらに真の意味ではそもそも存在しない、また存在しえない〔EUやユーロといった〕「政治的オブジェ」を構築するに至った。

ところで、国民の溶解プロセスは、ヨーロッパ的構築物の全般的解体を伴ったが、ドイツなど一部の国民は他より抵抗力を持っていることが明らかになっている。

ドイツは、個人主義的な社会ではない。人類学的な基盤は、すでに述べたように直系家族構造で、権威主義的かつ不平等だ。ただし今日、この直系家族は「ゾンビ状態」にあると言える。というのも、農村型の家族形態は今や過去のものになったとしても〔都市では世代間同居はもはや見られない〕、家族構造に由来する価値観は持続し、プロテスタンティズムやカトリシズムに由来する価値観よりも長く残るからである。大きな宗教やそれを受け継いだ政治イデオロギーが消滅した後も、ドイツには規律、労働、秩序といった精神面の慣習が持続している。こうしてグローバル化の中で、ドイツは自国の産業力を最もうまく維持することに成功した。「国民」という観念がどこでも消えつつある中で——ドイツもそうだったのだが——、ドイツはそれでも東ヨーロッパを自らを中心に再組織化したのである。アメリカはドイツの統一を受け入れ、旧社会主義諸国という東方に広がる産業拡大の空間をドイツに与えた。東ヨーロッパの旧社会主義諸国は、クリントンのおかげで、「ロシアの思想的・政治的衛星国」という立場から、「ドイツの経済的・人口的衛星国」という立場に移行したのである。しかしアメリカ人たちは、まさかそこに経済的巨人が再び現れるとは思ってもみなかった。少子化による人口減少の危機にあったドイツにとって、共産主義の教育方針によって高度に育成された東ヨーロッパの労働人口は、歴史からの贈り物のようなものだったのだ。

ドイツはナショナリストではない。覇権を追い求めるような企てなどないのである。それは、女性一人に対してせいぜい一・五人という覇権を目指すには不十分すぎる出生率が長期的に続く見通しであることからも明らかである。

しかし、ドイツ統一と、ドイツのヨーロッパ大陸における中心的な立場への再登場によって、過去のヨーロッパの地経学的状況が再び生まれている。要するに、ドイツは支配的立場に回帰したのだ。

一九一八年の敗戦後、ドイツの地政学的恒常性に注目していたジャック・バンヴィル〔フランスの保守派言論人。一八七九〜一九三六〕が、もし二〇二〇年のヨーロッパを目にしたら、たいそう魅了されたことだろう。(2)

ドイツは、人類学的システムによってその存在自体が支えられ、すでに述べたように、イデオロギーの死という局面にもうまく耐え抜いた。しかし、その過程でまったく無傷だったわけでもない。それは「経済的効率性そのものへの執着」という特異な形で現われたのである。あたかも「良心」を失うことで、ドイツ社会は、「生産する機械」と化したかのように。イデオロギーは、個人に対して共通の運命を提示する。しかし、そのようなものはここには何もない。あるのは「産業の適応力」という強迫観念だ。たとえばそこには、まるで車にガソリンを入れるかのように、〔少子化といった〕人口動態的な停滞状況を大規模な移民の流入で埋め合わせるといったことも含まれる。二〇一五年の難民危機の際のアンゲラ・メルケルによる移民の受け入れは、労働人口を必要としていた従来からの延長線上にあった。もちろん、道徳的配慮があったことも否定できない。経済的に必要不可欠なことを行う時に、同時に「公正かつ善良でありたい」という感情を無理に抑える必要などないだろう。ちなみに、ドイツは、移民の民族的出自については無関心であることも指摘しておこう。シリア人よりもウクライナ人の待遇を良くしたという事実はない。「イデオロギーの死」という私の分析は、二〇一五年のこの出来事によって有効性が証明され、ドイツにおける人種差別主義はもはや死んだ形態となっている。

日本と同様に、低出生率がドイツを衰退へと導くはずだった。しかしそうはならず、ドイツの人口は、二〇一一年の八〇三二万七〇〇〇人から、二〇二二年には八四三五万八〇〇〇人に増加しているが、帰化した人も含めてドイツ国籍の人口は、二〇一一年の七三九八万五〇〇〇人から二〇二二年には七二〇三万四〇〇〇人に減少している。外国籍人口は、二〇一一年の六三四万二〇〇〇人から、二〇二二年には一二三二万四〇〇〇人にほぼ倍増している[3]。

二〇二二年時点では、ウクライナ人、ルーマニア人、ポーランド人、クロアチア人、ブルガリア人が目立って多い。これは、鉄のカーテンの崩壊により、事実上、ドイツの産業経済が東ヨーロッパの旧社会主義国の労働人口を自由に使えるようになったことを意味する。これらの人々の大半は自国内でドイツ企業に雇用されたが、なかにはドイツ国内の労働力として直接吸収される人々もいた。

当然、ドイツ社会は、適応し続け、常に変化するが、この社会は階層化し、硬直化しているように見える。中流階級は、ヨーロッパの他国に比べて若干早く縮小し、社会ピラミッドの両端における社会的流動性も、他国に比べて少し早く低下を始めた[4]。二〇〇三年から二〇〇五年のハルツ改革（シュレーダー政権下）は、労働市場の規制を緩和し、正規社員のような権利をもたない労働人口、たとえば、パートタイム（しばしば女性）、あるいは非正規雇用（こちらも大半が女性）を大量に生み出した。権威主義的かつ不平等という直系家族構造の価値観が、これらの改革の原動力になったと私は考えている。イデオロギー的判断はさておき、ドイツの再建は、何よりもドイツ連邦共和国〔西ドイツ〕がドイツ民主共和国〔東ドイツ〕の吸収を終えたことと関連し、その大半はすでに二〇〇一年までに達成されていたが、その後の「適応」でさらに大きな経済的成功を収めたのである。

こうしたドイツのシステムが、中期的には不安定で存続不可能だと示すものは何もない。フランス

表 5-1　ドイツに暮らす外国人の出身国（2022 年）

トルコ	1,487,110
ウクライナ	1,164,200
シリア	923,805
ルーマニア	883,670
ポーランド	880,780
イタリア	644,970
クロアチア	436,325
ブルガリア	429,665
アフガニスタン	377,240
ギリシア	361,270
ロシア	290,615
イラク	284,595
コソボ	280,850
EU 諸国合計	4,598,602
EU 以外の欧州合計	3,895,506
その他	3,830,087

出典：Statistisches Bundesamt

の国民連合と同類の政治勢力「ドイツのための選択肢」（ＡｆＤ）の台頭が問題になり始めているとはいえ、産業の中心部での失業率は非常に低く、現段階では、移民を穏やかに受け入れることができる状態である。また、問題があるからといって解決策がないわけではない。新しい社会形態は、歴史の中で常に生まれてくるものである。

二〇〇〇年代、ドイツはますます「機械社会」として行動するようになり、「国の真の運命」といった象徴的であると同時にリアリスト的な概念に導かれることもなく、経済の諸問題を個別に解決していった。二〇一二年、ノルドストリーム（建設は二〇〇五年に開始）が完成し、ドイツは、アメリカの軍事的保護に頼りながらも、エネルギー面で、ロシアと密接なパートナーシップを開始した。軍事手段としてのドイツ連邦軍が見捨てられたのは、平和思想への誇らしい転換の成果であるが、同時に、軍事向けの労働力と投資を節約することで民間の輸出を支えるという選択の結果でもあった。そのためドイツは、軍が瀕死状態のままウクライナ戦争に直面することになったのである。

こうした一貫性のない行動の組み合わせは、自らの行動について全体像を欠いている社会の特徴である。ドイツの指導者たちがアメリカの地政学の書籍をいくつか読んでいたならば、ドイツがロシアに接近することをアメリカが容認するはずがないことに気づいたはずだ。ブレジンスキーが著作『ブレジンスキーの世界はこう動く――二一世紀の地政戦略ゲーム』（一九九七年）で見事に説明しているように、共産主義の崩壊がワシントンに突きつけた戦略的課題とは、ヨーロッパ大陸あるいはアジアにおけるアメリカの存在が正当化されなくなることだった。ユーラシアは、自ら統合することでアメリカを脇に追いやることもできたのである。ワシントンの戦略家たちにとって、ドイツとロシアの同盟は完全なる悪夢だ。このような見解からすると、アメリカへの軍事的依存とロシアへのエネルギー依存を同時に強めていったヨーロッパにおける新たな経済大国であるドイツの行動は、「機械社会」に典型的なものだったと言える。

活動的国民と無気力国民

（本書で提唱した歴史のモデル化と、ヨーロッパが提唱した国民国家超克論によって）「もはや存在しない」とみなされている「国民」が、一方で勢力を拡大し続けているという驚くべきケースに直面した私は、この段階で概念の再構築を余儀なくされた。「国民」とは、集団的信仰によって「政治的に目覚めた民衆」と、その信仰に沿って「民衆を導くエリート」のことを指す。ただし、「国民」という集団的信仰が消滅すれば「民衆」もまた消滅すると思ってはいけない。ここで消えるのは「行動する能力」だけで、「民衆」は残存する。フランスがその名に値するエリートを失い、自国への信頼をなくしても、フランスがマーストリヒト条約を批准することで主権を撤廃し、集団的理想を消し去っても、それでも「フランス人」は存在し続けている。歴史的なアクターとしてのフランスが姿を消しても、フランス人たちがフランス人らしくそのまま存在しているという問題は残るのだ。デモを行い、暴動を起こし、公共サービスが崩壊したり、削減されたりするのを認めないようなフランス人たちである。フランスのケースでは、力を有する歴史的アクターとしての国民の無力さが、地政学的次元での「国民の消滅」という仮説を可能にした。一方、ドイツのケースでは、「国民の理想」は蒸発してしまったが、明らかに「何か」が経済的な力を生み出し続けている。こうして私は「国民の完全な消滅」という見方に再考を迫られることになったのである。ここで私は、自覚のある「活動的国民」に対して、自覚はなく、まさに物理学的な意味で惰性のままにある軌道を進んでいくような「無気力国民」を対立させてみた。「活動的国民」と「無気力国民」というのは、実は日本の友人、大野博人《ひろひと》（元朝日新聞の記者で今は安曇野で自分の庭を耕している）と日本に関して議論をしている中で考えついたものだ。日本もまた、「直系家族・ゾンビ」の国であり、国家プロジェクトを欠いたまま、完全な形で存続し、ドイツと同様に経済的な強迫観念に取りつかれている。

まとめよう。二〇〇〇年代以降、ドイツは「活動的国民」であることをやめた。それと同時に、ドイツはヨーロッパの中で「無気力国民」としてますます力をつけていったのだ。そしてこの逆説的状況を直系家族の人類学的特徴がより激化させる。このシステムにおけるリーダーは、根本的に不幸なのだ。

直系文化でリーダーである不幸

個人主義的文化の国、たとえばアメリカ、イギリス、フランス（中央部）では、権力の座につくことは「問題」ではなく「最高の栄誉」である。個人としてのリーダーは、大成した個人として、絶対的な個人として、リーダーになることに幸せを感じる。ところがドイツや日本の直系家族型文化ではそうはならない。社会全体を調和的に進行させる全般的な諸条件が整っていれば、すべての階層の個人は、自分より上にある何らかの権威によって安心感を得る。ただしリーダーだけは違う。彼らには自分に安心感を与えてくれるような上位の権威は存在しないからだ。国がそこまで強固でなければ、リーダーたちが感じる居心地の悪さはそこまで深刻な問題にならない。国際社会ではたいていの場合、外部に権力者が存在し、自分自身の意思決定能力は問題にならないからだ。しかし、その国が周辺国を支配するようになった場合、このタイプの国の指導者は要注意である。直系家族の本質的な価値は（父親の息子に対する）権威と（兄弟間の）不平等であることを思い出してみよう。兄弟間の不平等は、人間における不平等、民族間の不平等へと変質する。「権威」は、より弱い民族を支配する「権利」に変わる。これが国際関係の次元に昇華されると、非常に強力な国家のリーダーにとって次のことを意味するようになる。「我が国は他国より優れている。だから他国は我が国に従わなければならない。自分の上位には権威がなく、自分で決めなければならないから居心地はよくないが、とにかく我が国は他のすべての国より優れている。それだけでも喜ばしいことだ」。だから要注意だと私は言ったわけである。

ロシアや中国のような共同体家族の場合は、権威主義は平等主義によって補正される。兄弟間の平等が人間の平等と民族間の平等につながる。ここにまず「共産主義的普遍主義」、続いてプーチンの「一般化された主権主義」の人類学的源泉を見出すことができる。「一般化された主権主義」とは、多極的世界を前提とし、そこではすべての「極」は他の「極」と対等な関係にあるが、それぞれの「極」は、その勢力圏において権威主義的に存在するというビジョンである。したがって、ウクライナがロシアと対等だとは、おそらくロシアの指導者は考えつきもしなかったことだろう。彼らの頭の中では、モスクワとキエフ（キーウ）の関係を支配しているのは「権威の原則」だからである。

直系家族の基盤を持ち、勢力を伸ばしつつある国民のケースに戻ろう。ヴィルヘルム二世のドイツはその理念型だ。統一され、ヨーロッパ大陸第一の工業大国になり、支配的かつ居丈高になったドイツは、ヨーロッパを最初の破滅へと導いた。ヴィルヘルム二世と彼の側近だけでなく、上流階級も含め、当時のドイツを統治していた人々全体が現実とのつながりを見失ってしまったのだ。ドイツのリーダーたちは、フランスだけでなく（これは伝統的なことだった）、ロシアとイギリスにも同時に戦いを挑むことで（途中で念入りにもアメリカも加えることになる）、敵として、史上類を見ないほどの力を持つ同盟を築き上げてしまったのである。これぞ「世界に冠たるドイツ（Deutschland über alles）」だ。

権力をうまく制御できない直系家族国家の指導者たちの無能力さという問題は日本をも襲った。日本を真珠湾攻撃に走らせ、当時の世界最大の経済大国アメリカに挑ませたのも、こうした無能力さである。ピラミッドの頂点に立つ者たちのセルフ・コントロールの欠如は、直系社会で構造的に誘発される誇大妄想と言えるかもしれない。

ヨーロッパ大陸における覇権勢力としてのドイツの復活は、この種の新たな局面を示唆していた。ユーゴスラビアとチェコスロバキアの解体へのドイツの介入や、二〇一四年のマイダン危機につながるドイツ主導によるウクライナのEU加盟への動きなどは、ナチスの拡張時の地理的状況をあからさまに彷彿とさせるものだった。しかしウクライナ戦争からは、突如として正反対のことが見えてきた。一連の出来事に影響を及ぼすことに対するドイツの「責任放棄」であり、さらに言えば「拒否」である。ドイツのエリートたちは当面、自国の一つ一つの利益を守ることを諦めたかのようだった。ロシアとの関係では、エネルギー面かつ経済面での自国の利益を放棄している。さらに、自国経済により不可欠であるはずの中国との関係までも台無しにしようとしている。こうして見ると、小さな二次的存在になって、「自立」を拒否し、「従属」を熱望する直系家族社会の指導者層の「行動」というより「無行動」を目の当たりにしているかのようだ。

ドイツが自らの拡張を拒否する理由はいくつもある。まずこの国はかなり年老いており、年齢の中央値は四六歳である。「拒否」という態度は、「老人支配」を表しているのかもしれない。老人たちはもはや冒険など好まないからだ。歴史的な後ろめたさも要因の一つだろう。贖罪を渇望するドイツは、今度こそは「善」の側につくことを熱望している。したがって、ロシアによる明らかな侵略行為――あまり深く考えなければ「悪」でしかない存在――は、「善」の側につくことをより容易にしてくれる。小国ウクライナに連帯せずにいられようか、というわけである。

しかし真の理由は、私に言わせれば、より深く、体系的なものだ。今日のドイツには国民意識も全体としての行動指針もないことから、直系システムでリーダーであることとの困難さがより深刻なものになっている。

「不安」を抱いた直系システムの指導者は、受け身になる。イギリスとアメリカの社会、個人主義的で、しかも歴史的に支配者側だった社会でも、ドイツと並行する形で、「国家プロジェクトの不在」を確認できる。いずれも同じ「空虚」と「集団としての結束力の解体」に由来するが、ただし、そこから生じているのは、ドイツのような「消極主義」ではなく、「熱に浮かされたような行動主義」だ。しかも、この積極的行動主義は、教養によって制御された政党のリーダーではなく、〔ワシントンにいる〕ギャングのような集団の指揮下にある。あらゆるところで生じている社会のアトム化が、被支配側では消極主義を、支配側では積極的行動主義を際立たせている。同じ一つの「慣性（惰性）の法則」が西洋諸国全体に広がり、すべてが「惰性」と化し、「魂」を失った状態になっている。

この消極性の選択（もしそう呼べるのであれば）は、ドイツにとって短期的には壊滅的な結果をもたらすように見えるとしても、長期的には完全にマイナスになるとも言い切れない。本書の終章では、NATOがいったん敗北した後、ロシアと和解するドイツを描くつもりだ。ドイツが、〔敗北しつつある西洋の側に立って〕戦っているように見せているこの戦争を勝者として終えることもあり得なくはない。おそらくその時、道徳主義者たちは、「熱狂」よりも「消極性」の方が本質的に優れていると理論化することだろう。

残された問題は、ウクライナ戦争が始まって以来、ショルツやマクロンが見せた「漠然としたためらい」などは取るに足らないこととされ、ヴィクトル・オルバンを除くすべてのヨーロッパの指導者たちがなぜワシントンに従ったかを理解することだ。まずはヨーロッパの寡頭制の奇妙な運命を検討しなければならない。ヨーロッパの寡頭制は、当初、自立した統治をめざして出発し、多少はドイツ支配の形をとっても、とにかくアメリカを支配する寡頭制からは独立したものになるはずだった。しかし、そこで突如として力の格下げが起こり、アメリカ・システムの副次的な一部となってしまったのである。ただし、ヨーロッパにおける上位の寡頭制的支配者になるのをドイツのエリートたちが拒否したことが原因のすべてではない。

自立型寡頭制の発展は打ち砕かれた

二〇〇〇年代初頭のヨーロッパの寡頭制の発展を振り返ってみよう。それはほぼ調和がとれたものに見えた。二〇〇五年のオランダとフランスの国民投票では、「反対」票が大差で勝利したが、その二年後に国民投票を迂回するリスボン条約が成立し、「反対」票は無効化された。こうした一連の流れは、基本的に「寡頭政治の原則の強化」を意味した。というのも、反発する余地を国民に与えずに、国民投票を無効にできることが確実になったからだ。これは重要な転換点を示している。オランダとフランスという民主主義と自由主義の伝統を持つ二つの国において、民衆の意向はもはや意味をなさなくなった。それは単に「エリート」のせいではない。宗教とイデオロギーの「ゼロ」状態により、民衆はアノミー状態に陥り、いかなる集団的行動も民衆を動かせなくなってしまったからだ。

その直後、二〇〇七年から二〇〇八年の危機により、国家間に新たな序列が出現する。ドイツが頂点に立ち、フランスが副官の立場につき、その他の国もそれぞれの地位を与えられ、底辺にはギリシャが配置された。ここで、「国家間の平等の原則」やこれらの国における「民衆の自由」の消滅を告発することもできるだろう。あるいは逆に、二〇一三年あたりから、寡頭制的ではあるが、「〔アメリカなどに対して〕自立した道を進むヨーロッパの寡頭制」が生まれつつあるのを喜ぶこともできただろう。しかしそのわずか一〇年後に始まったウクライナ戦争は、ヨーロッパでは、もはや誰も自立的に考えず、自立的に行動しなくなったことをいきなり露わにしたのである。EUのすべての国の指導者たちは、「言葉によるヨーロッパの構築」という慣例化した活動すら放棄し、まるでSFのように、外部から操作されるロボットと化したのだ。

次のような極端な仮説がこのロボット化を説明してくれる。寡頭制と同時にアノミー状態にあるヨーロッパは、金融グローバル化の地下工作のメカニズムに捕捉され、侵略されてしまった、という仮説だ。グローバル化は、人格を欠いた方向性をもたない力ではなく、アメリカが主導し、支配している現象のことである。貨幣分野と資本の循環を検討することで、思いがけない解明の鍵を得ることができる。

富裕層の問題を理解する

寡頭制システムでは、経済的なものにしろ、政治的なものにしろ、富は社会構造の頂点に蓄積される。この富はどこかに流れていかなければならない。富の保有者も彼らなりの問題を抱えていることを私たちは忘れがちだが、これは彼らにとって不安をかきたてる問題である。お金の安全な保管場所はどこか、また、いかにお金を有効に「働かせる」べきか。この場を借りて、ピーター・ティール（ペイパル共同創業者）にお礼を申し上げたい。アメリカのエリートたちに関する刺激的な実りある彼との議論によって、真の金持ちの視点を理解できたからだ。

ここ数十年の本質的な現象の一つは、ドルが「避難通貨」として広がったことと、アメリカが牛耳るタックス・ヘイヴン（租税回避地）が「ヨーロッパの財産の避難先」として広がったことだ。アメリカドルがアメリカの領土外でも国際的に用いられる通貨として台頭してきたのは一九六〇年代以降で、大英帝国の解体に負うところが大きい。オリバー・バローは、この問題について特に明快な二作を著している。『マネーランド』と『バトラーから世界へ[5]』である。これを読むと、ロンドンのシティと大英帝国の残滓がいかに原動力となったかがよくわかる。アメリカ財務当局の直接の管理を超えて、より自由に、より陽気に流通する生命力をドルに与える原動力となったのだ。まずイングランド銀行は、シティに設立された銀行に対して、通貨としてのドルの使用とドルでの融資を許可した。これにアメリカ当局は、当初、当惑したのだが、ここから得られる自らの利益にすぐに気がついた。アメリカ財務省は独占的かつ直接的な支配権は失うわけだが、これによりアメリカ自体の行動範囲は拡大するのである。一九六〇年代末には、外資系銀行の一〇〇以上の子会社がシティで営業していた。いわゆる「ユーロドル」の誕生だが、実際は「世界通貨」としてのドルの誕生だった。アメリカ国家の通貨は、世界中の富裕層の貯蓄と投機の手段となり、アメリカ国家は事実上、世界中の富裕層のための国家となったのである。ちなみに私はここで再び、プロセスの途上にある一つの傾向を完成した構造のように描くことで、意図的に物事を誇張していることは断っておこう。

ユーロの導入によってこの傾向にはブレーキがかかったが、それも一時的なものにすぎなかった。二〇〇七年から二〇〇八年の危機の影響の一つは、真の金持ちが統一通貨ユーロへの信頼を失ったことだ。二〇〇八年六月から二〇二二年二月（ウクライナ戦争開始）の間に、ユーロは対ドルで二五％の価値を失っている。真の富裕層はユーロよりもドルでの貯蓄を選んだのだ。ここでの因果関係は循環的である。富裕層の資産がドルに変換されることで、ドルの価値がまた上がるからだ。

タックス・ヘイヴンは、このメカニズムが機能する上で重要な役割を果たした。二〇二三年二月二一日にEU官報に掲載された「税務面で非協力的な国・地域リスト」の最新版が興味深い。ロシア連邦も含まれているが、それ以外は程度の差こそあれ、アメリカに従属している国・地域ばかりなのである。

――アメリカに直接的に従属しているところとしては、たとえば、米領ヴァージン諸島、グアム、米領サモア。

――より直接的ではないところとしては、パラオとマーシャル諸島。

――イギリスや旧植民地を通じて従属しているところとしては、英領ヴァージン諸島、アンギラ〔カリブ海にあるイギリスの海外領土〕、タークス・カイコス諸島〔同前〕、バハマ諸島、トリニダード・トバゴ、フィジー、バヌアツ、サモア。

――コスタリカとパナマについては、正式にはアメリカ領ではないが、アメリカの勢力下にある。

ここからわかるように、このシステムの発展は、イギリスと、程度の差はあれ、解放されたイギリスの属国に多くを負っている。それでも最終的な支配者はアメリカなのだ。イギリスは自国の金融パイプラインは守ったが、そうすることでアメリカに従属することになったのである。

オリバー・バローが著書『マネーランド』で述べているように、互いに互いが埋め込まれたようなシェル・カンパニー〔企業買収の受け皿となる実態のないペーパーカンパニー〕が創造され、タックス・ヘイヴンは、目には見えないが、現実世界の重要な無視できない世界をつくり上げた。ガブリエル・ズックマンは、二〇一七年刊の素晴らしい著作『各国の隠された富――タックス・ヘイヴンに関する調査』で、ヨーロッパの家計の金融資産の一一%がタックス・ヘイヴンに移されていると推定している(6)。ただし、ズックマンもまた、古臭い言い回しを繰り返している。ヨーロッパの富裕層が伝統的に、お上品な言い方をするならば「カネを隠しに行っていた」スイス（付属するルクセンブルク、リヒテンシュタイン、モナコも挙げておく）を暗に非難することに執心している。スイスを屈服させることが金融資本主義に対する道徳の「全面的な」勝利としばしばみなされるが、マルクスやレーニンの読者は、社会的に組織化された集団と国家の権力装置という観点から考えるので、少し違った見方をするだろう。

ズックマンの著作にある素晴らしいグラフ（三三頁）は、ヨーロッパ富裕層のスイスへの資産移転は、一九八〇年以降、停滞した後、ゆっくりと減少していることを示している。一方で、他の地域にあるタックス・ヘイヴンへの資産移転は急増しているが、これらはすべてアメリカの監視下にある。ヨーロッパの富裕層のタックス・ヘイヴンだった時代、スイスは、ヨーロッパ各地でさまざまな左派政権から問題視されてきた。だがそれでもなおスイスは、ヨーロッパの少数富裕層《オリガルヒ》権力者のアメリカに対する独立性を担保する存在だったのだ。根っからの欧州主義者であると同時にリアリストであるならば、スイス連邦銀行に秘密（もし残っているのであれば）を開示するように圧力をかけるアメリカを手助けするよりも、ＥＵの寡頭制的な性格は甘受し、タックス・ヘイヴンとしてのスイスを保護し、むしろ復権させるために戦うべきだろう。スイスがアメリカのＦＲＢ（連邦準備制度）に罰金を支払ったことを喜ぶなどもってのほかだろう。世界金融危機の原因を作ったようなアメリカの金融機関（経営陣が制裁を受けることなく連邦政府によって救済される前）[7]に比べれば、スイスがしたことなど些細な不正行為にすぎなかった。アメリカから見れば、ヨーロッパの少数富裕層《オリガルヒ》権力者を掌握するにはタックス・ヘイヴンとしてのスイスを破壊することが明らかに不可欠だったのだ。

ヨーロッパの富裕層の資産の六〇％（ズックマンが示した割合）が、アメリカの上位機関の慈悲深い監視の下で増えているとすれば、ヨーロッパの上流階級は、精神的、戦略的な自立性をすでに失っていると言える。しかし、より危険なものは他にある。アメリカ国家安全保障局（ＮＳＡ）による監視である。

インターネットは、少数の富裕層権力者《オリガルヒ》を含め、私たちの生活を一変させた。一九九九年、ヨーロッパにおけるインターネット利用者は一五％だったが、二〇〇三年には四二％、二〇二一年には八七％になった。今日、誰もがインターネットを使っている。しかしインターネットによって、単に金融操作のメカニズムが加速しただけでなく、金融操作の性質自体まで変化したという仮説を考えなければならない。かつて特権階級は、課税を逃れるささやかな努力をしていただけだが、今では、全体が情報化された魔法のような投機システムに入り込んでいる。そこでは富は、単に安全に保管されるだけでなく、〈自己増殖するために〉自ら稼働するのである。

米国国家安全保障局（ＮＳＡ）の監視の下で

かつてはスイスに静かに隠されていた富は、英米圏のタックス・ヘイヴンの中を瞬時に動き回ることで、今やそれ自体が新たな富を生むようになっている。かつて富は不動のものだった。今や富は活動的になっている。そして、グローバル化が最終局面で至り着いた「投機の大パーティー」に参加しているのである。そんな富はスイスからもやってくる。ルクセンブルクを経由することもある。いずれにせよ、富は実際の生産からますます離れたところで蠢くようになり、経済を非現実的なものにし、西洋を敗北へと導いている。これについては、アメリカの実体経済の破壊を扱う第9章で詳しく検討する。

まずはヨーロッパ上流階級の自立性の喪失について、さらに考察を進めよう。インターネットは、まず自由という夢を体現した後、より暗い現実を露わにした。人々は最初、インターネットを前に陶然としていた。以前なら決して話すことができなかった人々と出会う自由、情報の流通の自由、地球の端から端へ写真を送る自由、ポルノの自由、軽い気持ちですぐに列車の切符やホテルを予約できてしまう自由、いつでも銀行口座をチェックできる自由、お金を流通させる自由を手にしたのだ。しかし次の段階で、インターネットとは、す、べ、て、を、記、録、す、る、ものでもあることに人々は気づいた。実際、私たちがインターネット上で行うことはすべて完全に記録される。現在か過去か、金融関係か性的関係かにかかわらず、インターネットは、そこで展開される活動のすべてを監視下に置くことができるのである。

アングロサクソンのタックス・ヘイヴンに資産を移し始めた富裕層が、そうすることでアメリカ当局の監視下に置かれるとはすぐには気づかなかったと私は考えている。しかし、アメリカ国家安全保障局（NSA）の不正行為が明るみに出ると、人々もようやく意識するようになる。CIAと同じくらい古いNSAは、インターネット以前にはそこまで重要な役割を担っていなかったが、現在では通信の記録に特化し、たとえばユタ州に三〇億ドル以上かけて大規模なデータセンターを建設している。

アメリカの支配権力について最初に思いつくのは「世界の警察」というイメージだろう。イラクや中米諸国などの小国、つまり貧困国、被支配国に介入するアメリカである。フランスのミルヴァッシュ高原〔フランス南西部〕の、これもまた被支配者である「陰謀論者」は、自分たちもＣＩＡに監視されていると想像しているかもしれない。しかしこれでは本質を見誤ることになる。ＮＳＡによる「世界中の、とりわけアメリカ国外の少数富裕層権力者《オリガルヒ》の監視」こそが核心的問題なのだ。こうしたことに私たちの考えが至らないのは、私たちが特権階級でないからである。

この点については、グレン・グリーンウォルドの著作『隠れる場所はない』が非常に重要で、無知から抜け出すための必読書である[8]。ＣＩＡとＮＳＡの元コンピューター技術者で、政治的自由の象徴となったエドワード・スノーデンが提供した情報を公開したのが、ジャーナリストのグリーンウォルドだった。二〇一三年、スノーデンは、アメリカ政府による大規模な監視プログラムの存在を暴露した。彼はロシアに亡命したが、ロシアがスノーデンをかくまったことは、アメリカ人がプーチンを許せない理由の一つだろう。

仮にＣＩＡが、中東地域などでの活動を通じて世界の安定に貢献していると認めるとしよう。しかしそれでもグリーンウォルドの著作が明らかにしたことがある。少なくともＮＳＡの優先的な標的は、アメリカの「敵国」ではなく、ヨーロッパ諸国、日本、韓国、ラテンアメリカなどアメリカの「同盟国」なのだ。アンゲラ・メルケルの携帯電話が盗聴されていたことが暴露され、人々は警戒し始めた。グリーンウォルドの著作を読むと、「アメリカ帝国」の実体が見えてくる。それはただの抽象概念ではない。賛同する民主主義者たちの総意でもない。個人を監視する物理的な装置によって成り立っているのが「アメリカ帝国」なのだ。

こうして、ワシントンから見た西洋の未公開の地図が浮かび上がってくる。まずイギリス、カナダ、オーストラリア、ニュージーランドは、「付属国」（いわゆるファイブ・アイズ）である。西ヨーロッパは「第二のラテンアメリカ」という位置づけである。ラテンアメリカにおけるアメリカの支配は、後退しつつあるとはいえ、その歴史は非常に古い。私の友人でラテンアメリカに詳しいフィリップ・シャプラン〔フランスの歴史家〕は、ヨーロッパのエリートたちに「ラテンアメリカ型対米従属」の傾向があることを教えてくれた。西ヨーロッパとラテンアメリカに違いがあるとすれば、ラテンアメリカでは左派のインテリゲンツィヤがアメリカに対して独立を維持できたが、ヨーロッパはそうではない点だという。

ＮＳＡが直接雇用しているのは三万人程度にすぎないが、大半の活動を民間の下請けに任せ、そうした従業員数は六万人に上る。一般に、いわゆる「インテリジェンス・コミュニティー」の構成員は約一〇万人と言われ、一八の情報機関が含まれる。しかしこれらも、実はより大規模な監視網の中核部分にすぎない。全体で三〇万人規模というのが、私の大ざっぱな見積もりだが、それなりに理に適った計算だと思われる(9)。ヨーロッパの市民、特にフランスの市民は、自らの指導者たちの資産がどこにあるかを知らない。だが、ＮＳＡは知っている。そして、ＮＳＡが知っていることを指導者たちは知っている。

正直に言えば、ＮＳＡが収集するデータによって西洋のエリートたちをどの程度、掌握できるのかは、はっきりとは断言できない。ＮＳＡが実際に個人口座にどこまでアクセスできるのか、そのメモリ容量がどの程度なのかもわからない。しかし、アメリカという支配者との関係においてより慎重になるには、ヨーロッパのエリートたちが、ＮＳＡの力を認め、監視下に置かれていると感じるだけで十分なのだ。インターネットが一見開放的に見えた段階では、多くの人々が「何でもあり」のように振る舞った。まさにこの時期に、ベンジャミン・グリヴォーの金融版が西洋に大量出現したのである。[10]

残念なことではあるが、アメリカに対するヨーロッパ人の卑屈さを説明するには「恐怖」という概念を取り入れなければならない。恐怖だけがアメリカへの同調の要因ではない。しかし、一〇〇%に近い服従率を誇るこの完全防備の絶対権力システムは、全体主義的な雰囲気がその上層部を支配していることを示唆している。ウラジーミル・プーチンなら、次のように皮肉ることができる。もしアメリカがヨーロッパの指導者たちに首を吊るように要求したら、彼らは従うだろう。しかし、ヨーロッパ製のロープで吊るされることを懇願するだろう。[11]しかし、アメリカの繊維産業を守るために、この要求すらも拒否されてしまうだろう、と。これほど極端な服従にはこれほど極端な説明が必要となる。

米国の衰退と欧州支配の強化

金融の監視システムは、意図されていたわけではなく、不意打ちの如く導入された。すでに述べたように、インターネットは、当初は自由のツールとして見られていたが、やがて、これまでに存在したためしがないような監視ツールでもあることが明らかになった。形成途上にあった寡頭制ヨーロッパの上流階級は、金融グローバル化に魅せられ、データの世界規模での記録という罠に嵌ってしまったのである。

アメリカがヨーロッパ（およびアジア）の保護国を最初に獲得したのは一九四五年まで遡る話だが、インターネットは保護国に対する支配力を飛躍的に強化した。二〇〇〇年代半ば以降、西ヨーロッパに対するアメリカの支配がいっそう強まったのはたしかである。ヨーロッパとその他の世界の間には、対米認識にギャップがあることをここで強調しなければならない。ヨーロッパ以外の人々の目には明らかなのだが、アメリカの力は衰えつつある、それもかなりのスピードで。アメリカの工業生産は、一九四五年には世界の四五%を占めていたが、今日ではたったの一七%である。しかもこの一七%も、第9章で詳述するように、完全に実体経済にもとづくものでもない。インドの外務大臣、スブラマニヤム・ジャイシャンカルが『インド外交の流儀――先行き不透明な世界に向けた戦略』で詳細に説明しているように、発展し、多様化が進んでいる今の世界において、アメリカの重要性が一定の速度で低下していくことは当然である。[12] インド人は、大英帝国の縮小（彼らはそれを最前線で目撃した）の当然の論理展開としてアメリカ帝国の縮小を捉えている。こうしたインド人の感情は、イラン、サウジアラビア、中国、タイなど、ヨーロッパ以外のあらゆる地域で見られる。いまNATOが強化されていると感じ、アメリカがますます不可欠な存在になっていると感じているのは、ヨーロッパ人だけかもしれない（おそらく日本人と韓国人も）。世界全体でアメリカ・システムが縮小するなかで、アメリカの権力の最後の基盤である「第一の保護国」への圧力はむしろ増しているからだ。今、私たちは、ブレジンスキー・ドクトリンの向こう側、あるいは手前にいるのかもしれない。アメリカにとっては、もはや「世界支配」は問題ではない。「ヨーロッパと極東アジアの支配」こそが死活問題となっているる。現在、衰弱状態にあるアメリカは、まさにこれらの国の工業力を必要としているからだ。最先端技術分野がアメリカ帝国の周縁部にどれほど流出したか、そのあり様には目を見張るものがある。電子チップは台湾、韓国、日本で製造され、工業が残っているのは、日本、韓国、ドイツ、東ヨーロッパである。

NATOという存在の無意識の部分を探ると、その軍事的、イデオロギー的、精神的メカニズムは、もはや西ヨーロッパを保護するためではなく、支配するためにあることが見えてくる。

生産および交易の全体構造から見て、西洋は均斉がとれていない。そこには、アメリカという中心によって周縁地域が体系的に搾取されるという関係がある。ウクライナ戦争前夜の二〇二一年、アメリカの対EU貿易赤字（物品およびサービス）は二二〇〇億ドルだった。そこに対スイスの四〇〇億ドル、対日本の六〇〇億ドル、対韓国の三〇〇億ドル、対台湾の四〇〇億ドルの貿易赤字を加え、対ノルウェーの四億ドルの貿易黒字を差し引くと、アメリカの対同盟国（保護国および属国）の貿易赤字は三九三〇億ドルとなり、二〇二一年のコロナ禍以降は減少したはずの対中国の貿易赤字、三五〇〇億ドルを上回っている。

アメリカ圏、つまりアメリカ帝国の最も中心部においては、そこまでの不均衡はない。カナダはたしかに対アメリカで五〇〇億ドルの貿易黒字を計上しているが、その地理的近さによって、カナダはアメリカ経済の「内部」を構成しているのかもしれない。驚くべきことにアメリカは、対イギリスで五〇億ドル、対オーストラリアで一四〇億ドルの貿易黒字を計上している。対ニュージーランドでは一〇億ドルの貿易黒字である。

ここで、イギリスに目を向けよう。この国は無気力国家どころか破滅しかけている。検討を進めることで、イギリス人の「反ロシア」のヒステリーも、謎めいたものではなくなるだろう。

原注（第5章）

（1）Nicholas Mulder, *The Economic Weapon. The Rise of Sanctions as a Tool of Modern War*, Yale University Press, 2022.〔ニコラス・ミュルデル『経済兵器――現代戦の手段としての経済制裁』三浦元博訳、日経BP社、二〇二三年〕

（2）Jacques Bainville, *Les Conséquences politiques de la paix*, Gallimard, coll. « Tel », 2002.

（3）出典：ドイツ連邦統計局。

（4）OECD, *Is the German Middle-Class Crumbling? Risks and Opportunities*, 2021.

（5）Oliver Bullough, *Moneyland. Why Thieves and Crooks Now Rule the World and how to Take it Back*, Londres, Profile Books, 2018; *Butler to the World. How Britain Became the Servant of Tycoons, Tax Dodgers, Kleptocrats and Criminals*, Londres, Profile Books, 2022.

（6）Gabriel Zucman, *La Richesse cachée des nations. Enquête sur les paradis fiscaux*, Seuil, 2017.〔ガブリエル・ズックマン『失われた国家の富――タックス・ヘイブンの経済学』林昌宏訳、NTT出版、二〇一五年〕

（7）二〇二三年七月、UBS〔スイス最大のプライベートバンク〕は三億八七〇〇万ドルの支払いを命じられた。CNNウェブサイトのサマンサ・デルーヤ（Samantha Delouya）による二〇二三年七月二四日付の記事を参照。《UBS Hit with $387 Million in Fines for "Misconduct" by Credit Suisse in Archegos Dealings》.

（8）Glenn Greenwald, *No Place to Hide. Edward Snowden, the NSA and the U. S. Surveillance State*, New York, Metropolitan Books, 2014; 仏語訳 *Nulle part où se cacher. L'affaire Snowden par celui qui l'a dévoilée au monde*, JC Lattès, 2014.〔グレン・グリーンウォルド『暴露――スノーデンが私に託したファイル』田口俊樹・濱野大道・武藤陽生訳、新潮社、二〇一四年〕

（9）私のこの試算は方法論的には脆弱に見えるかもしれないが、『最後の転落』（前掲書）では、ソ連経済におけるKGBの規模をこの方法で算出した。

(10) ベンジャミン・グリヴォーは社会党、その後、マクロン派になった政治家。二〇二〇年に性的な私的ビデオの暴露によって、政治家としてのキャリアを打ち砕かれた。事件自体はつまらないものだが、インターネットに対するナイーヴさが、この話の重要な要素である。

(11) タス通信、二〇二三年七月中旬。

(12) Subrahmanyam Jaishankar, *The India Way. Strategies for an Uncertain World*, Gurugram, Harper-Collins India, 2020.〔S・ジャイシャンカル『インド外交の流儀――先行き不透明な世界に向けた戦略』笠井亮平訳、白水社、二〇二二年〕

第6章　「国家ゼロ」に突き進む英国

――亡びよ、ブリタニア！

イギリスの好戦主義は、悲しいと同時に滑稽である。イギリス国防省（MoD）が日々発表する声明は、バトル・オブ・ブリテン、あるいは大西洋の戦いをパロディーとして再現しているかのような印象を与える。かつて大英帝国は、世界規模で文明のために戦っていた。今日、イギリスの軍隊は、フランスの軍隊と同様に、アフリカでの作戦を率いたり、そこで憎しみを買ったりすることすらできない。イギリスは核兵器の真の保有国とはいえない。メンテナンスをアメリカに依存し、そもそもアメリカの承認なしに使用できるかも不透明だからだ。イギリス国防省の映画的とすら言える誇大妄想は、ジェームズ・ボンドとOSS117の中間にある何かを彷彿とさせる。この二作品の違いは、ジェームズ・ボンドがロシアとの対立を和らげようとしていたのに対し、OSS117はその愚かさにもかかわらず、フランスの情報機関が託した不条理な任務を遂行した点にあるだろう。

イギリスが喚くのを見て、そこまでのことを期待していなかったアメリカ人自身が困惑している。アメリカからしてみれば、ブッシュとともにブレアが第二次イラク戦争に身を投じた時のような、いつもの追従的な態度で十分だったのだ。この滑稽さの裏側には悲劇がある。提供できた物資はわずかでも、イギリスがあらゆる段階で戦争を激化させてきたことだ。ロシアによる最初の攻撃の後、ゼレンスキーは、プーチンと議論する用意があるように見えた。しかしロシアとの交渉を思い止まらせ、ゼレンスキーに軍事的な役割だけを果たさせようとした一人がボリス・ジョンソンだ。イギリスは、真っ先に重戦車のチャレンジャー2、長距離巡航ミサイルのストームシャドウ、劣化ウラン弾をウクライナに供与した。いずれも量的には無意味な程度だった（戦車は一四台）が、これが、フランスによるストームシャドウと同類のスカルプの供与につながり、特にドイツによるより大量の戦車レオパルト1と2の供与、あるいはその約束につながった。こうしてドイツは、民間車両だけでなく軍事車両の輸出にも長けていたことが明らかになった。レオパルト2の新品もしくは中古品は、オランダ、ノルウェー、カナダ、ギリシャ、ハンガリー、フィンランド、スペイン、デンマーク、スウェーデン、スイス、ポーランド、ポルトガル、トルコ、カタール、シンガポール、チリ、インドネシアに売られているのである。二〇二三年の夏の終わり頃には、ウクライナは、ポーランドから一四両、カナダとノルウェーから八両、スペインから六両の供与を受け、ドイツからの三六両は「配送中」だった[1]。ヨーロッパから提供された軍事物資の総量は目立った規模ではなく、二〇二三年夏に開始されたウクライナの反転攻勢に使用された（あるいは消耗された？）ようだ。通常の弾薬の在庫が尽き、ウクライナにクラスター爆弾を送ったのはアメリカだけだったが、アメリカはイギリスに倣って劣化ウラン弾も供与している。最も効果的な装甲を外した（その秘密はロシア軍の手に渡ってはならない）アメリカ軍のエイブラムス戦車の前線への到着が期待されていた間に、少なくとも二両のチャレンジャーがすでにウクライナの平原で燃え尽きていた。

トラスの瞬間

イギリスの好戦主義は、しばしばEU離脱の反動として解釈される。事実、EU離脱は、経済的に大きな成功を収めることはなかった。だから、その後のイギリスの外交的および擬似軍事的行動主義から見えてくるのは、孤立への恐れとヨーロッパのパートナーに再び合流する必要性なのだ、と。この解釈に意味がないわけではないが、現実からは程遠い。私たちはまず、EU離脱のそもそもの意味に立ち戻るべきなのだ。
ＥＵ離脱に関して、私は最初の分析で間違いを犯したと告白せねばならない。他の多くの人々と同じように、私もそこに国民アイデンティティの復活を見ていた。少なくともイングランドに関してはそう考えた。というのも、スコットランドはＥＵ残留に賛成票を投じたからだ。しかしＥＵ離脱は、実際にはイギリス国民の内部崩壊から生じたものだった。ちなみにこの仮説は、イングランドとスコットランドの分離問題も含んでいる。リンダ・コリーが示したように、一七〇七年のイングランドとスコットランドの合同によって「イギリス国民」は誕生したが、その大部分はプロテスタンティズムという共通のアイデンティティに基づいている[2]。

告白をさらに続けよう。私は、「プラグマティックで合理的で忍耐力のあるイギリス」という伝統的な見方に染まったままだった。イギリスが新自由主義革命の主要なプレーヤーであったことや、国内の強い反対にもかかわらず、第二次イラク戦争に参加したことさえ忘れてしまっていたのである。

私はリズ・トラスに啓示を受けたと言わねばならない。二〇二二年九月六日、ダウニング街一〇番地の官邸前で行われた首相としての彼女の最初の演説は、私に衝撃を与えた。彼女の落ち着きがなく、うぬぼれの強い、プチ・ブルジョワ的な奇妙な風貌は、少しもイギリス人らしくなかった！　彼女のおかげで古い固定観念から解放された私の脳は、その後、滝のように押し寄せた驚くべき情報を最終的にはすべて受け入れた。『ガーディアン』紙は、リズ・トラス内閣の重要閣僚の四人が男性でも白人でもなかったことに感嘆した。首相は白人女性、財務大臣のクワシ・クワーテンはガーナ系、外務大臣のジェームズ・クレバリーはイギリス人の父親とシエラレオネ出身の母親を持ち、内務大臣のスエラ・ブレイバーマンはインド系である。これは、マクロンからボルヌ、ル・メールに至るまで、北アフリカ出身の祖父母を持つ者も一部にいたが、重要閣僚の大半が地方のプチ・ブルジョワのような風貌の持ち主だったフランス政府とは対照的だった（ちなみに誤解を招かぬように付け加えると、私自身は閣僚たちよりもマグレブ出身者に身体的近さを感じる）。

政界の最上位レベルにおいて驚くべき「カラー（有色人種）化」を見せているのが、イギリスの最近の動向である。政府で二番目の地位にある財務大臣を例にとろう。イギリスの財務大臣は、フランスの経済・財務大臣よりも権威があり、歴代リストは中世まで遡ることができ、現在の財務大臣はダウニング街一一番地（首相が住む一〇番地に隣接）に住む。この役職に近年、「少数民族」系の人々が相次いで就任したのである。二〇一九年七月には、パキスタン系のサジド・ジャビド、二〇二〇年二月には現首相（二〇二四年七月に退任）でインド系のリシ・スナク、二〇二二年七月にはクルド系のナディム・ザハウィが就任し、続いて二〇二二年九月、すでに述べたクワシ・クワーテンが就任した。いわゆるイギリスで言うところの「白人」であるジェレミー・ハントが就任したのは、ようやく二〇二二年一〇月になってからである。

これらはすべて経済的な狂気の雰囲気の中で起きている。クワシ・クワーテンは、リズ・トラスとともに、財政的な裏付けのない常軌を逸した減税策を練り上げた。その結果、マーケットがパニックに陥っただけでなく、イングランド銀行までが大混乱に陥った。トラスとクワーテンは、イギリスのポンドはドルと違い、政府に何でも可能にするような世界の基軸通貨ではないことを忘れていたのだ。「カラー（有色人種）」の保守党員たちは、真の保守主義者、本物の「トーリー」派である。彼らは、新自由主義だけでなく、治安維持における強硬姿勢によって名を上げている。インド系の内務大臣プリティ・パテルを思い出してみよう。その強硬ぶりは、もはや我がジェラルド・ダルマナン〔フランスの内務大臣。二〇二四年九月に退任〕に対して優しさを感じてしまうほどだ。

もう一人の「カラー（有色人種）」の人物に、スコットランド首相のハムザ・ユーサフがいる。彼はパキスタン系で、スコットランド国民党（SNP）党首を務める。さらにもう一人、話題の人物がいる。政治には直接関係ないが、不屈のロシア嫌いである。国際刑事裁判所（ICC）の主任検察官、カリム・カーン（パキスタン系皮膚科医の父親とイギリス人看護師の母親の息子）だ。彼こそがウラジーミル・プーチンに逮捕状を出し、ロシアでは指名手配リストに載っている人物である。彼の弟、イムラン・アフマド・カーンは、難攻不落と言われたイングランド北部の労働党の牙城「赤い壁」〔歴史的に労働党の地盤でこう呼ばれた〕を崩壊させた保守党議員の一人だ。しかし、彼の議員としてのキャリアは短命に終わった。最初は（本人の意思に反して）トーリー派であると同時に、ゲイで、有色人種である議員として脚光を浴びたが、その後、一五歳の未成年者への性的虐待で起訴されたからである。さらに言えば、彼は高等教育の半分を、なんとロシアで受けていた。これらの人物や出来事に私が言及したのは、何もゴシップ誌の『ヴォワシ（Voici）』や『ガラ（Gala）』に対抗するためではない。フランス人読者（あるいはイギリス人以外の読者）に、イギリスはイギリスだけで成り立つ世界であり、ロシア嫌いよりもずっと面白い現象が起きていることを知ってもらうためだ。

リシ・スナクは、もう少し理性的な人物のようだ。二〇一二年にクワシ・クワーテン、プリティ・パテル、ドミニク・ラーブ、クリス・スキッドモア、リズ・トラスらは、二〇二二年に向けた狂気の経済計画として、『ブリタニア、鎖を解かれる』という過激な新自由主義の著作を刊行しているが、この執筆にリシ・スナクは関わっていない。[3] 首相に任命されると、彼はヒンドゥー教の叙事詩『マハーバーラタ』の神聖な詩篇「バガヴァッド・ギーター」に誓いを立てただけだった。彼の妻は億万長者（父方を通じて）だが、彼女はインド人でイギリス国籍を持っておらず（首相の配偶者として初めてのことだ！）、数年前に税務当局の注目を集めた人物である。

私はここでは与党である保守党員の例のみを挙げたが、「カラー（有色人種）」議員の大半は労働党に所属している。たとえばロンドン市長のサディク・カーンはパキスタン系である。

こうした動向は、ある意味では素晴らしいものだ。しかし、その社会学的かつ歴史的な意味も理解しなければならない。イギリスは、「白人」のプロテスタントの国だった。その指導者層は、白人でプロテスタントであり、カトリシズムへの反発から生まれた国である。「白人」（そしてもちろんプロテスタント）が他より優れている、という暗黙の信念とともに帝国を築いた国なのだ。私たちは、（ドイツの人種差別のように）イギリスの人種差別の消滅を喜ぶと同時に、もっぱら白人プロテスタントによって統治されてきたのがそうでなくなった今、イギリスという歴史的対象がどうなってしまったかを問うべきなのである。アメリカについても後ほど同じ問いを提起しよう。

イオネスコへのオマージュ——英国機能不全の目録

いわゆる「ＢＡＭＥ」（Black：黒人、Asian：アジア人、Minority Ethnic：少数民族）と呼ばれるマイノリティーがイギリス全人口に占める割合は七・五％にすぎない。[4] しかし明らかなのは彼らが政界において、人口比率以上に象徴的な存在感を示していることである。イギリス社会における彼らの立場をより深く理解するために、高等教育に注目してみよう。先進国では、高等教育こそ中流階級を大部分において定義しているからだ。だからと言って、政治から離れるわけではない。イギリス（他の旧自由民主主義国家も）では、労働者が国会の議席を占める時代は終わってしまったのだ。今や高等教育の学位（それがいかに劣化していようが）こそが政界に入るための必要条件になっている。

二〇一九年の時点で、若い白人のイギリス人が高等教育を受ける確率は三三％、黒人は四九％、「アジア系」は五五％だった。この「アジア系」には特にインド系やパキスタン系の人々が多く含まれるが、中国系だけで見ると七二％に達する。(5) インドや中国の優位性は、垂直的な家族構造（共同体家族構造だが、長男に特別な立場を与える）や、教育を尊重するシーク教や儒教の伝統によるところが大きい。白人イギリス人の絶対核家族は、そこまで効率的に子どもを教育で囲い込むことはできない。しかも、今日のプロテスタンティズム・ゼロ状態では、活動的プロテスタンティズムあるいはプロテスタンティズム・ゾンビの段階で見られた教育におけるプロテスタンティズムの潜在力は機能しない。黒人もまた、高等教育を受ける機会が白人よりも多くなっている。しかし、アフリカあるいはアンティル諸島の家族構造にも、その宗教的伝統（キリスト教、アニミズム、ブードゥー教）にも、特に教育を優遇するような要素は見られない。

ここで私たちは、謎めいた要因による「人類学的かつ宗教的な諸力の逸脱」に直面しているわけだが、この変則は、ある「非相関関係」を特定することで理解可能になる。世界中どこでも、教育の成果は乳幼児死亡率と相関関係にある。乳幼児死亡率が低ければ低いほど、教育の成果は上がる。ところが、イギリスの白人層の乳幼児死亡率は一〇〇〇人に対して三人で、黒人では六・四人である。こうした教育と医療の「非相関関係」は社会学的な変則を示している。つまり教育面(時に政治面でも)においてBAMEに対するアファーマティブ・アクションが存在することを示しているのだ。

戦争をめぐって幻想に耽るイギリスのあちこちに広がる取り乱した感覚をよりよく理解してもらうために、私はここで直接、貧困問題を取り上げる。たとえば、二〇二二年五月一八日付の『ガーディアン』紙はこう報じている。警察官たちは、空腹を理由にスーパーマーケットで盗みを働いて捕まる人々(老婦人らか?)を丁重に扱うように(逃すよう?)という指示を受けた、と。この出来事にイギリス伝統の人間らしさを見ることもできるだろう。しかし同時に彼らは、新自由主義革命による生産基盤の破壊に対処しなければならなくなっているのだ。

まさに「ポストモダンの野蛮」への回帰である。同月に可決に至ったルワンダとの協定は、イギリスの不法滞在移民をルワンダに強制移送することを定めた。イギリスの控訴院は、この強制移送は違法だと判断した。最高裁もこの突飛な計画を承認するとは到底思えない〔二〇二三年一一月一五日、「違法」と判断〕。

強制移送の原則はそれ自体がかなり乱暴なものだと言える。しかもかつて大量殺戮の起きた場所が移送先だというのは、やりすぎである。ドイツの連邦議会がウクライナの大飢饉ホロドモールを「ジェノサイド」と認定した時、ドイツがあまりにユーモアのセンスを失っていることに私は驚いた。というのも、彼らは、議員を通じて「ジェノサイドとは何か」を学問的に説こうとしていたからである。そしてイギリス政府がルワンダを強制移送先にしようとしている今、「宗教ゼロ状態」と「思想ゼロ状態」が「ユーモアセンス・ゼロ状態」をも生み出してしまったのではないか（それもイギリスにおいて！）と考えてしまうのだ。こうしてウクライナへの劣化ウラン弾の供与には、「道徳ゼロ状態」の出現を感じてしまうのである。

ジュリアン・アサンジ〔ウィキリークスの創設者〕のロンドンでの運命は、アメリカのシステムにおいてイギリスに自由の余地がどれほど残されているかという問題を提起する。多くがゼロ状態になった中で、イギリスの政治文化が重視してきた「情報と表現の自由」は生き残り得るのか。(6) アサンジは、二〇一二年から二〇一九年にかけて在英エクアドル大使館に亡命したのち、「スパイ活動」を理由にアメリカが開始した身柄引き渡し手続きにより、イギリスで収監された。二〇二二年四月二〇日、イギリスの裁判所は、彼のアメリカへの身柄引き渡しを許可した。身柄引き渡しの実施には、イギリスの内務大臣の署名が必要だが、ジュリアン・アサンジの弁護士は、決定を不服として高等法院に上訴している〔アサンジは、二〇二四年六月二六日、米国との司法取引を経て母国オーストラリアに帰国〕。

さて、これらの一連の出来事がウクライナ戦争とどれほど関わっているのか。実は両者は密接に関係している。というのも、ジュリアン・アサンジの身柄引き渡しをイギリスが認めるとなると、イギリスの独立は正式に消滅したとみなすことができ、「アメリカの衛星国」という地位をほぼ正式に与えられるからである。そこでスノーデンの自由の保護者であるプーチンは、ロシア的ユーモアセンスを見せつけることになるだろう。

何度でも強く繰り返すが、私がこうしたことを書くのは、怒りをぶつけるためではなく、歴史家として、今日のイギリス社会の特質を理解するためである。

イオネスコ〔ウジェーヌ・イオネスコ、ルーマニア出身のフランスの劇作家〕式に機能不全の目録を続けよう。戦後の国民の誇りであり、福祉国家〔福祉国家と活動的国民は一体である〕の象徴でもあった国民保健サービス（ＮＨＳ）の統計によれば、二〇二一年、イギリスで新たに登録された医師のうち、イギリス人はわずか三七％、ＥＵ出身者は一三％、その他の国の出身者が五〇％を占め、特にインドとパキスタン出身者が多い。自国民を治療する医師すら自国で育成できなくなった国とは、いったいどんな国なのか？

この衰弱化は、国民の生物学的側面にも影響を及ぼし始めている。再び『ガーディアン』紙の記事を引用する。同紙には豊富な情報が溢れているが、馬鹿げた好戦主義は崩していない（イギリスのほぼすべてのメディアがそうであるのはフランスと違いはない）。

〈緊縮財政の時代に育ったイギリスの子どもたちは、身長でヨーロッパの同世代の多くの子どもたちに明らかに遅れをとっている。一九八五年、五歳時の平均身長において、イギリスの男女は二〇〇カ国中、六九位だった。しかし二〇一九年には、男児は一〇二位、女児は九六位で、五歳時の平均身長は、男児は一一二・五センチメートル、女児は一一一・七センチメートルだった。

五歳時の平均身長は、オランダでは、男児は一一九・六センチメートル、女児は一一八・四センチメートル。フランスでは、それぞれ一一四・七センチメートルと一一三・六センチメートル。ドイツでは、一一四・八センチメートルと一一三・三センチメートル。デンマークでは、一一七・四センチメートルと一一八・一センチメートルとなっている（…）。

専門家によれば、食生活の乱れと医療制度の予算削減がこの現象の根底にあるという。同時に専門家は、身長は、病気、感染症、ストレス、貧困、睡眠の質など、生活環境全般の重要な指標であることも指摘している(7)〉

イギリスの混乱に関する概観の続きとして、中流階級の経済状況を見るために、イギリスの大学の研究者の立場になってみよう。給料は据え置かれ、年金は三〇％カットされ、二〇二三年夏には六％を超えるインフレに見舞われ、イングランド銀行の金融政策のせいで住宅ローンの金利は急上昇を続けている。プロレタリア化が目前に迫っているのだ。

平均余命曲線（**グラフ6―1**）を見ると、二〇一五年から二〇二〇年にかけて著しい低下を記録したのはアメリカだけだったが、イギリスは一九八〇年代以降（サッチャー時代）、平均余命の伸びが顕著に減速している。その伸びは、フランスやイタリアよりも鈍化し、一九九〇年以降の再統一で混乱したドイツよりも鈍化している。人口動態のこうした変化は、新自由主義の実際の帰結を検証することを私たちに迫っている。

経済の崩壊

マーガレット・サッチャーは、単にレーガンの副次的なパートナーだったわけではない。トニー・ブレアもまた、ビル・クリントンの冴えない模倣だったわけでもない。イギリスの新自由主義的変化

グラフ6-1 1960年以降の西洋諸国と中国の平均余命曲線

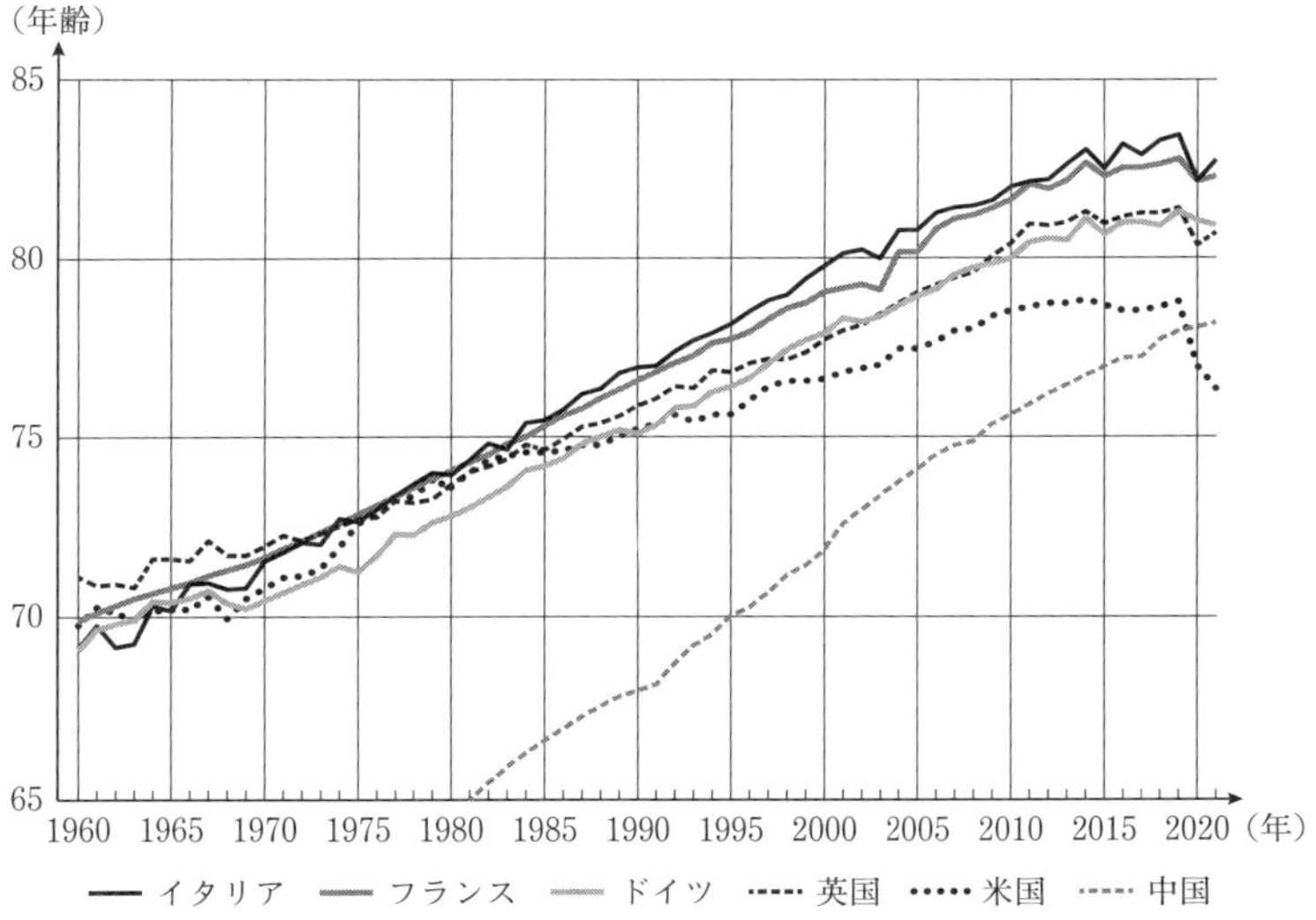

出典：世界銀行

は、アメリカが体験したものとほぼ同等に重大なものだった。たしかにイギリス人は、さまざまな面でヨーロッパ人である。給料の格差は、アメリカほど広がっていない。殺人という暴力もヨーロッパと同程度で、低水準を保っている。しかしその他の分野では、イギリスはアメリカという巨人を、わずかにだが超えてしまった。特にイギリスの領土の小ささと国力の弱さという単純な理由から、新自由主義が、イギリスをアメリカ以上に困難な状況に陥らせたのである。アメリカにある天然資源や大陸国家としての戦略的深みがイギリスにはない。その都市構造も大きく異なる。五〇〇万人以上の大都市は、アメリカには一五もあるが、イギリスではロンドンだけだ。ロンドンの首都圏は、一〇〇〇万人の人口を抱え、全人口の一五%にあたる。これほどの一極集中は、それだけで危険な形で社会を分断する要因となる。一極集中はフランスにも見られ、パリの首都圏は全人口の一六%近くを占め、ロンドンより大きな比重を占めている。しかしイギリスの二倍の面積を持つフランスでは（フランスは五五万一六九五平方キロメートル、イギリスは二四万三六一〇平方キロメートル）、パリ盆地以外の都市も文化的自立を保っている。一方、イングランドに限定すると、その面積は一三万二七九平方キロメートルと、非常に小さく、およそ一一万平方キロメートルのパリ盆地よりもわずかに広い程度だ。さらに、ロンドンへの社会経済的な集中という問題だけでなく、北海油田の埋蔵量が枯渇して以来、天然資源の不足という問題も加わっている。

イギリスの脱工業化は、西洋の他の主要国よりも少し進んだ状況にある。二〇二一年の労働人口全体における工業労働人口は、フランスとアメリカでは一九%だったが、イギリスもわずか一八%だった。比較のために列挙すると、ドイツでは二八%、イタリアでは二七%、日本では二四%である。イギリスは普通乗用車を製造する能力すら犠牲にしている。まだ国内で製造はしているが、もはやイギリス車ではない。特にイギリスでは経済の金融化が最大限進められ、それはアメリカを凌駕するほどだった。「金融産業」〈金融界が実際にはほぼ何も生み出していないという事実をエレガントに隠す言い方〉は、アメリカではGDPの七・八%を占めているが、イギリスでは八・三%に達している。最後に、イギリスの経済状況が最も危険な状態にあることを示すのは貿易赤字である。前章末でも触れた通り、アメリカは世界の大部分の国に対して貿易赤字を抱えているが、そんなアメリカに対してイギリスは貿易赤字を抱えているのだ(8)。

イギリスが脆弱になったのは、イデオロギー——もちろん新自由主義思想——によるところが大きい。イギリスは不条理な程度にまで民営化を推し進めた。鉄道と水道は経済学者が「自然独占」〈事業の性質上、自由競争が成立する経済的基盤を欠き、その結果、自然に独占となっている状態〉と位置づける分野だが、無慈悲なまでに売却され、規制緩和され、麻痺させられ、さらに悪いことに、一九世紀の頃のように分割させられた。国に課せられているはずの業務を民間企業に委託するアウトソーシングが組織的に行われたのである。保守党がこの方法を導入したのだが、労働党のトニー・ブレアも、一九九七年から、これを熱烈に支持するようになった。〈労働党政権下では、数十億ポンドとも見積もられる公共サービスが外部委託された。民間企業が刑務所を運営し、地方自治体は、住宅手当や財政業務から道路清掃や学校運営に至るまで、あらゆる業務を広く外部委託している。行政の大規模な情報システムの契約も、ほぼ独占的に民間に託されている。高齢者や障害者向けの社会福祉サービスの大半は、チャリティー団体が運営をしている(9)〉。

経済崩壊の背後にある宗教崩壊

しかし新自由主義に責任を押し付けるだけでは不十分である。政治家であるかどうかにかかわらず、関係した当事者たちの意識には、「純粋で完璧な市場」と「治安維持と戦争だけを担う国家」を夢見る経済的教義が存在したのだ。私がここで描いているのは、個人的には誠実な女性マーガレット・サッチャーの教条主義的な新自由主義である。実際に適用されたこの教義が公共サービス、産業、生活環境を破壊したことは認めざるを得ないだろう。カール・ポランニー〔ハンガリー出身の経済学者。主著『大転換』『経済と文明』。一八八六～一九六四〕が巧みに示したように、最初の自由主義者たちは市場を構築した。しかし新自由主義者たちは経済を破壊したのである。自由主義と新自由主義はまったく異なるのだ。

改めてもう一度、当事者たちが真摯だという観点から出発しよう。アメリカと同じくイギリスでもエンジニア不足は深刻で、二〇二〇年、イギリスの学生のうちエンジニアは八・九％で、アメリカでは七・二％だった。ドイツでは二四・二％、ロシアは二三・四％である。こうしたエンジニア不足に、民営化、外部委託、減税では対処できない。このエンジニア不足は、エンジニア養成を優先させない政策のすべてを失敗に終わらせる。こうした甚大な知的誤りがいかに生じたのかを理解するには、意識レベルから下に降りていく必要がある。活動する無意識に関わる事実を考察するには、意識を形成している言葉を取り除けば良い。すると、新自由主義の概念上の革命は、単に、いかなる道徳的制約も受けない「獲得の本能」の解放として立ち現れる。ここで思い浮かぶのは「強欲」という言葉である。国家の財産を売り飛ばし、外部委託によって市民から脅し取ることで金儲けをすることが可能になる。「意識では社会的」な労働党員たちの間に、この「無意識の強欲」がより広く浸透したのは当然だと言えるだろう。トニー・ブレアこそが、この「無意識の強欲」という概念を最も体現している人物であることは間違いない。首相を辞めて以来、彼は金儲けに、しかもかなり莫大な金儲けに奔走している。

新自由主義は、ウェーバー的資本主義ではなく、「精神」面でプロテスタント的倫理から解放された資本主義を築こうとした。その知的な単純さという問題だけでなく、新自由主義革命は、道徳の欠如という問題もはらんでいる。

しかし私は、この分析だけで満足するわけにはいかない。強欲さとは、新自由主義的経験の一側面でしかない。「同じ稼ぎなら、より少ない労働で済ませたい」というのは道徳的でないかもしれないが、こうした性向は常識から外れたものではない。しかし、これまでに見てきたような、工場、職人仕事、個人の生活に対する「破壊熱」の広がりが示唆するのは何か。これは経済理論では説明できない。その背後で「破壊衝動」が蠢いているのだ。シュンペーターの「創造的破壊」という言葉はもう嫌というほど聞かされた。しかし今、経済と社会の中で「良いこと」とされているのは端的な「破壊」である。こうして再び「ニヒリズム」という言葉が回帰してくるのだ。

マーガレット・サッチャーの最も有名な言葉を思い返してみよう。『「社会」というものは存在しない（There is no such thing as society）』。もっともな理由からしばしば引用されるこの言葉は、彼女の政治信条の核心にある。とはいえ、マーガレット・サッチャーを二〇世紀終盤における重要な政治哲学者とみなすには困難を感じる。しかし、過激さにおいてあまりに桁違いなこの一文は、新自由主義の隠された真実を露わにしている。すなわち、「現実」の純粋で単純な否定である。あるいはこの一文は、ある願望を示しているのかもしれない。この一文が否定している「社会」そのものの破壊だ。

このニヒリズム、すなわち社会的道徳の消失の原因は、たとえばミルトン・フリードマン対ケインズ派のような、経済学者たちの古い論争には見出せない。その原因は、活動的な状態、ゾンビ状態、ゼロ状態と移行してきた宗教にこそ見出せる。いよいよ「プロテスタンティズムの最終的な崩壊」という仮説をイギリスに適用する時が来た。宗教的空虚こそ、新自由主義の究極の真理なのである。

プロテスタンティズムはいかなるものであったか

まずプロテスタンティズムの諸価値を思い返してみよう。それらはフランスのようなカトリック系共和主義の人々にとっては必ずしも馴染みのあるものではない。プロテスタンティズムの特徴は、まず神との対話を口実に個人が自らの奥深くに沈潜していく点にある。これはプロテスタンティズムが出現するまではほぼ見られなかった「内面化」を伴う。同時に、フランスではあまり強調されないが、集団的意識の強化を伴う。「内面化した」個人は集団から監視されるのだが、この監視は、ヨーロッパ史にかつてなかったほどの「厳密さ」をもって行われるようになったのである。マックス・ウェーバーは、原初のプロテスタンティズムにおける個人と集団の関係について優れた概説を残している。

〈しかし、ここで、あまりにも忘れ去られてしまっている事実を指摘せねばならない。宗教改革は日々の生活における教会の支配の排除を意味していたわけではない。それは古い支配を代替し、新しい形の支配を形作ったのである。また、極めて緩やかで、以前の日常生活の中にはほとんど存在しなかった権威が、公私のあらゆる分野に浸透し、限りなく重く厳しい行動規律を課す権威に取って代わられることを意味した。（…）

カルヴァン主義の権威は、一六世紀にはジュネーブとスコットランドで、一六世紀末から一七世紀初頭にはオランダの大部分で、一七世紀にはニューイングランドで、また一時期はイギリスで猛威を振るった。今日の我々にとっては、こうした権威は個人に対する教会的支配として最も耐え難い形態だったと言えるだろう[10]〉

このように、プロテスタンティズムは、強烈で同時に矛盾した要素を含んでおり、後述するように、こうした特徴はこの宗教の別の側面にも現れる。

プロテスタンティズムは、大衆に識字化を求める。信者たちは聖書を読めなければならないからだ。すでに述べたように、プロテスタント諸国が教育面だけでなく経済面でも先行したのはこのためである。西洋が台頭した決定的な要因は、プロテスタンティズムが識字化にこだわった点にあるのだ。

ちなみに、「信者はそれぞれが祭司である」と公言することにより、プロテスタンティズムは平等主義的・民主主義的な傾向を示している。しかし、より深い次元には、それとは正反対の傾向の「予定説」がある。「ある者は選ばれ、ある者は地獄に落ちる」というこの信念は、ルターによって確立され、カルヴァンによって先鋭化した。この信念は、オランダ、イギリス、アメリカでは、アルミニウス主義〔カルヴァン派の予定説に反対し、人は自由意思により救いを選択すると考える〕と「自由意思」という概念の再導入によって多少和らげられるが、それでもプロテスタンティズムは、形而上学的な次元で、「人間はみな平等」というキリスト教本来の概念に戻ることは決してなかったのである。プロテスタンティズムのさまざまな宗派の間にある可能性の幅は、「不平等であるという確信」から「平等は疑わしきものという感情」までだ。

プロテスタンティズムの主な特徴を振り返ってきたが、最後にその労働倫理を取り上げよう。私たちが地球上にいるのは、笑い興じるためではなく、労働と貯蓄をするためだ、という。この考えはまさに消費社会の対極にあるものだ。またプロテスタンティズムは長い間、性的な意味でのピューリタニズム〔禁欲〕と同義語でもあった。

プロテスタントの国々にはこうした共通点があり、どの国も経済的に成功している。そこに例外はない。枢要部分がプロテスタントのスイス、中心部がプロテスタントのオランダ、スカンジナビア諸国、ドイツのプロテスタント地域、イギリス、アメリカ、イギリスの周縁地域としてのオーストラリア、ニュージーランド、カナダ。これらの国はすべて経済的に繁栄したが、同じ家族構造を持っているわけではない。すでに述べたようにドイツの家族は非常に権威主義的であり、イギリスの家族は非常にリベラルである。

プロテスタンティズムにはさまざまなバリエーションが生まれた。一七三〇年から一七四〇年にかけ、パリ盆地においてカトリシズムの半分が崩壊し、革命と共和制に取って代わられようとしていた時代、イギリスとアメリカのプロテスタンティズムはさほど厳格とは言えない局面を迎え、当時の高等教育を受けた人々の間にはある種の宗教無差別主義（宗教間の教義の違いなど取るに足りないと考える立場）が芽生えていた。こうしてマックス・ウェーバーは、ベンジャミン・フランクリンを理神論者と評したのだ。ウェーバーの定義に見出せるのは、典型的な「プロテスタント・ゾンビ」である。もはや宗教の実践はしないが、倫理として、誠実さ、労働、真面目さという価値観を重要視し、人間に与えられた時間は限られているという意識を持つ。

プロテスタント的悲観主義が退潮しつつあったアメリカ独立革命前夜に活躍したトマス・ペインとトマス・ジェファーソンもまた、理神論者とみなせるだろう。「理性から演繹される合理的な神」は、もはやカルヴァン派の「恐ろしい神」とは似ても似つかない。その少し前に、デイヴィッド・ヒューム、アダム・スミス、アダム・ファーガソンといった思想家を生み出したスコットランドの啓蒙主義（フランスの啓蒙主義と大いに相互作用した）にしても、当時の中流階級の上層部においてプロテスタンティズム信仰がかなり弛緩していたことを抜きにしては理解できないだろう。

その後、イギリスでは、フランス革命と産業革命の影響が重なり合い、「脅威」という感情、すなわち「天罰への恐怖」という感情が再燃する。こうして一七八〇年から一八四〇年にかけて、プロテスタンティズム復興の熱狂の嵐がイングランドとスコットランドを席巻したのである。この流れは、一七世紀のピューリタンの後継者たる非国教徒だけでなく、主要なイングランド国教会にも多大な影響を与えた。一八五一年の宗教調査で、すでに高度に都市化・工業化されていたこの国の宗教実践率が驚くべき水準にあったことが明らかになる。ミサ出席率は、大都市ロンドンで四〇％にも達し、北部の産業地域の都市部とミッドランド地方では四四％から五〇％で、イングランド全地域の平均は六六％で、ウェールズでは八四％だった。[11]

一九世紀に再興したプロテスタンティズムは、特殊な宗教的地理を表出させた。イングランドの南東部と、ロンドン周辺では、イングランド国教会が支配的となり、イングランド北部、ウェールズ地方、コーンウォール〔イングランド最南西端にある半島〕では、メソジスト派を中心とする非国教徒のプロテスタントが主流となったのである。工業労働者階級の地域と非国教徒の地域には対応関係があり、この一致こそが、イギリスの歴史において宗教意識と階級意識がこれほど見事に絡み合った理由を教えている。[12]詳細は後述する。

活動的プロテスタンティズムからゾンビ、そしてゼロへ

一八七〇年から一九三〇年の間に崩壊したのは、この二つのプロテスタンティズムだった。ここで出現するのが、「プロテスタンティズム・ゾンビ」と私が名付ける社会である。そこでは宗教実践は衰退する一方、その宗教の社会的価値観は存続し、諸教会が定める通過儀礼も存続し、洗礼、結婚、埋葬のいずれも問題視されない。しかし、出生率がまず中流階級で低下しているのは、「産めよ、増やせよ」という聖書の掟がもはや尊重されていないことを示す。

プロテスタンティズムの枠組みを失ったイギリスは、純粋なナショナリズムを見出す（このナショナリズムがイングランドとスコットランドを、それぞれの教会を凌駕する共通の存在の中にうまく結びつけるようになる）。そしてほぼ躊躇もせずに、第一次世界大戦という大殺戮に参戦することになるのだ。この大戦は、フランスとドイツの間の暴力的な軍事対立という以上に、本質的な次元では、当時

の主要な経済大国同士の対立でもあったことを指摘しておこう。イギリスとドイツというゾンビ状態に移行しつつあった二つのプロテスタント国の対立だったのである。

進歩的自由主義と労働者主義《レイバリズム》（結果的に自由主義的側面を取り込むことになった）は、このプロテスタンティズム・ゾンビの最もわかりやすい政治的現象で、影響力を持っていた労働党幹部の大半は、非国教徒派の出身だった。

この亡霊のようなプロテスタンティズムこそが、一九三九年から一九四五年にかけてのイギリスを団結力があり、効率的で道徳的な集団として存続させたのである。この集団は、一九一四年の時のような過激なナショナリストではないながらも、「必要な戦争」を諦念と尊厳を持って受け入れたのだ。

第二次世界大戦後、西洋全体において宗教への回帰がわずかに見られたが、(13)それは、プロテスタントかカトリックかを問わず、キリスト教・ゾンビの大規模な復活を隠し持っていた。宗教実践とは無関係な、「慎ましさ」と「順応主義」というキリスト教に起因する価値観の復活である。ナチズム的ニヒリズムの衝撃の波は深く浸透していたが、先進国はようやく息を吹き返そうとしていた。この時代は、家族順応主義が最も盛んで、これがベビーブームの土台となったのである。出生率の復活は、男女の明確な役割分担に支えられていた。家族順応主義と並んで、あるいはそれ以上に、戦後の「福祉国家（Welfare State）」はキリスト教・ゾンビの究極の化身となり、最高潮に至ったのだ。

ゾンビ状態からゼロ状態への移行は一九六〇年代に起きた。(14)すでに見たように、この変化は高等教育の発展、すなわち教育による階層化と社会のアトム化と関連している。洗礼の件数が減少し、(15)婚外関係が激増し、同様に離婚、再婚、片親世帯の数も増加し、火葬の頻度も急増した。ゾンビの局面が始まったばかりの一八八八年、火葬率は葬儀全体の〇・〇一％でしかなかったが、一九三九年には三・五％、一九四七年には一〇・五％になっている。最終的な革命前夜の一九六〇年には、三四・七％に達し、二〇二一年、火葬は全体の七八・四％を占めている。同性婚と同様に、火葬の普及は、プロテスタンティズムがゼロ状態に至ったことを鮮やかに示している。同性婚の合法化という指標は、その国でキリスト教が終焉した年を象徴的に示してくれるのだ。イギリスでは、それは二〇一四年ということになる。

だからこそ、婚外関係や婚外子（もちろん性的自由も）を背景とする、ビートルズ、ローリング・ストーンズ後のサッチャー時代の新自由主義は、贖罪の時代の自由主義とは別物なのである[16]。古典的な自由主義は、たしかに自由貿易を採用し、アイルランド人を餓死させたが、活動的なプロテスタンティズムと共存していた。当時の活動的なプロテスタンティズムこそが、イギリス社会を支え、イギリス人に「超自我」の基礎（原罪によって堕落した人間は性的にも全般的にも悪である）と「理想の自我」（贖罪、救済など）の基礎を与えたのだ。古典的な自由主義は、エンジニア、技術者、熟練工、単純労働者による大規模な生産拡大としての「産業革命」を支えたが、新自由主義は、金融を自由化し、生産設備の破壊を進めたのである。新自由主義が理想とする「純粋で完全な市場」に存在するのは、道徳を欠いた人間、単なる金の亡者だけである。最初の自由主義の活動的プロテスタンティズム、それに続く福祉国家のプロテスタンティズム・ゾンビを引き継いだサッチャー的新自由主義の理想の人間は「プロテスタント・ゼロ」だったのだ。

社会と政治の崩壊

活動的状態からゾンビ状態、そしてゼロ状態へと続くプロテスタンティズムの概念によって、イギリスの社会史を効率よく時代区分できる。社会構造の生産・再生産システムとしての教育システムを取り上げてみよう。一八八〇年から一九六〇年にかけての「パブリック・スクール(私立校)」は、プロテスタンティズム・ゾンビの解放の場、そして安定の場の象徴として捉えられる。(17) イートン・カレッジ、ハロウ・スクール、ラグビー・スクール、チャーターハウス・スクール、ウェストミンスター・スクール、ウィンチェスター・カレッジなどが代表的だ。これらの学校において宗教は形式的なものとなったが、カルヴァン主義の厳格な倫理に由来するマゾヒズム(スパルタ式の寮、暖房の極度な節約、体罰)の跡を色濃く残した節度と感情の抑制という倫理のもとで、貴族階級の子どもたちは、新しい中流階級上層部の子どもたちと融合したのである。生徒たちは少しばかりのラテン語とギリシャ語を学んだが、数学や科学はそこまで学ばなかった。いわゆるイギリス式の慎ましさ、すなわち「こわばった上唇(stiff upper lip, 文句を決して言わないストイックさ)」はここから生まれたのである。おそらくその反動としてのユーモアのセンスも生まれている。ルワンダへの強制移送の件をめぐり、このユーモアセンスが非常に脅かされていると私は感じたのだ。

学校を通じて帝国の統治に適した指導者階級を養成することが、この社会のプロジェクトだった。これは、一九世紀末にはまだ形成途上だったアメリカのプロテスタントの上流階級を魅了し、のちにイギリスよりも多少緩和された形の教育システムを生み出すことになる。

パブリック・スクールの制度は、一九三〇年代にはすでに厳格さを失いつつあったが、一九六〇年代から一九七〇年代の文化革命により、いっそう厳格さを失った。サッチャー的新自由主義、その非道徳的としか言いようのない基盤、プロテスタンティズム・ゼロが、これらの学校を「インディペンデント・スクール（独立校）」へと変質させたのである。これらの学校は依然として上位六％の特権階級の子どもたちを対象としているが、「高水準の教育」と「高度な設備」の二つを不安定な中でうまく調和させようと努めている。学費が高騰する中で、中国人、ロシア人、ナイジェリア人の富裕層の子どもたちが学費を通じて帳尻合わせに貢献している。しかし、古い倫理に関してはほとんど何も残っていない。インディペンデント・スクールは、イギリスのプロテスタンティズム・ゼロ状態を体現し、それを再生産しているのである。

政治分野では、この宗教の動向は、社会的激動と混ざり合うことになった。イギリスには伝統的に、「ワーキング・クラス（労働者階級）」とそれ以外」という二極化した社会観があり、一回単記投票制による二大政党制の基礎を築いていた。それが「保守党（Conservative）対労働党（Labour）」であり、労働党は一九世紀の自由主義を引き継いだものだった。

しかし、実は一九二〇年の時点ですでに、サービス業がイギリスの雇用全体の五一％を占め、社会構造の真の重心はいわゆる「下位中流階級（lower middle-class）」に移っていた。これこそが、かろうじて隠されているイギリスの強迫観念の一つである。(18) 客観的な階級構造はかなり以前から一極に集中していたことをトーリー党〔一八三二年以降、保守党〕と労働党の対立が覆い隠していたのだ。それでもこの対立が成り立っていたのは、ヴィクトリア朝時代に出現したイングランド国教会と非国教派に由来する宗教・ゾンビの対立に根づいたものだったからである。ゾンビ状態になって以降も、この二つの宗教的傾向の分布が、政治的地理を決定づけている。トーリー党の地図はイングランド国教会の地図と、労働党の地図は非国教派の地図と重なり合う。より一般的に後者は、最も厳格なプロテスタンティズムの分布に合致する。イングランド北部、ウェールズ、スコットランドの大部分などである。

マーガレット・サッチャーが、炭鉱夫たちの強硬な組合も存在していたなかで、労働組合の力を打ち倒すことができたのはなぜか。その理由は、階級構造のこうした現実と、ゼロ状態へと向かうプロテスタンティズムの移行に見出せる。二大政党制の存続は、もはや客観的な社会経済構造にも、宗教ゾンビ構造にも根ざすものではなくなっていたのである。二大政党制は投票方法のおかげで生き延びたが、現在の下院を特徴づけている激しい言葉のぶつかり合いは、政党のイデオロギー的実体の喪失を覆い隠すためだけに存在しているのかもしれない。トニー・ブレア以降、労働党は、保守党と差別化できる経済路線を打ち出せなくなってしまった。

リズ・トラスはもしかすると、貴族階級と労働者階級の対立を引き継いだ、イギリスのプチ・ブルジョワの無意識を偶然に体現してしまっただけなのかもしれない。国民を構成するのに役立っていた二元論は、かつては極端に異なった話し方に現れていたが、現在はそれも薄れてきている。二元論の崩壊は、高等教育によって階層化され、宗教の衰退によってアトム化され、形を成さず、国民的でも、階級的でもない社会を露わにする。それは労働党のウォーク派（差別問題などに敏感な進歩派）と保守党の反ウォーク派の分断の理由を、民族問題や人種問題に探り出すイデオロギーに根ざすエリートに支配された社会である。このような状況で、反ウォーク派が多数を占める保守党が「超ウォーク派政権」の樹立に成功したのは逆説的である。実は文化的に見れば、保守党の幹部たちは労働党の幹部たちとほとんど変わらない。狭い世界に生きていて、彼らも結局、ウォークの価値観が支配する大学を卒業しているのだ。

ブレグジットの登場は、宗教ゼロ状態の出現と時期を同じくする。

二〇一四年、スコットランド独立をめぐる住民投票が行われた。「ノー」が僅差で過半数を上回ったのは、特に高齢者たちが独立を欲していなかったからだ。プロテスタンティズムの終焉が、スコットランドの反逆の理由を見事に説明してくれる。リンダ・コリーが明快に示しているが、一七〇七年の合同法が可能だったのは、もともと互いを異なる国民とみなしていたスコットランドとイングランドが、ともにプロテスタント国だったからである。だが、プロテスタンティズムが消滅するにつれて、このつながりも断ち切られた。その結果、スコットランドは、自分たちが何者なのか、イギリスから離脱すべきなのか否か、EUに再加盟すべきなのか否か、もはや分からなくなってしまったようなのである。かつてはカトリック信者だったグラスゴー地方の労働者たちが、現在ではカトリック・ゼロ状態で、長老派教会の伝統を持つ「スコットランド国民党」に投票している。そしてすでに述べたように、この政党は、最終的にイスラム教徒の党首を選んだのである。

ブレグジットは「高等教育を受けた人々」と「そうではない人々」を対立させただけでなく、若者と高齢者の対立も生んだ。そしてそれは驚くべき二重の混合の中で起きている。高齢者と低学歴者がブレグジットを支持するために一体となったのだ。この時の大衆層の最も強い動機は、おそらく東ヨーロッパ、特にポーランドから流入する移民を止めることにあったのだろう。この動きは、決して

「活力に満ちていた過去を思い出す国民」、「楽観的民衆」を体現するものではない。いわゆる大衆紙（タブロイド紙）の『サン』紙、『デイリー・メール』紙、『デイリー・ミラー』紙、『デイリー・エクスプレス』紙は、オーストラリア系アメリカ人の実業家ルパート・マードックをはじめとするさまざまな億万長者が牛耳っているのだが、これらのメディアはブレグジットを支持した。したがって、少数富裕層権力者《オリガルヒ》の多くがブレグジット支持だったと言える。[19] ルパート・マードックのような存在は、イギリス革命の力強い新たな息吹というよりも、アメリカ圏の台頭を彷彿とさせるものだ。最近のイギリスの社会動向、政治動向における「イギリス系オーストラリア人」たちの役割はより深い検討を要する。私が読んだイギリスに関する書物の中にも彼らは頻繁に登場し、歴史に対する非ヨーロッパ的見方の持ち主たちである。

イギリスのプロテスタンティズム・ゼロというこの仮説は、イギリスの「赤い壁」の崩壊も説明してくれる。二〇一九年の総選挙では保守党が大勝したが、批評家たちが驚いたのはむしろ北部の労働党の砦が崩れ去ったことだ。この地域の多くの選挙区で保守党の候補者が初当選し、ほぼ数世紀にもわたって続いてきた労働党の選挙地盤は崩れ去ったのである。[20] この現象は、ブレグジットの結果として、また独立への民衆の願望を担ったボリス・ジョンソンへの感謝の表明としても捉えられた。たしかにジョンソンはその後、工業再活性化の必要性についていくつか聡明な発言をしていた。この地域の住民は、宗教的基盤の衰退とそれに重なった工業経済の衰退により、とりわけ労働党としての政治的アイデンティティを奪われてきたと私は見ている。イングランド北部の人々は、もはや「労働者」ではなく、「ポスト工業の雑務従事者」で、より低い資格の仕事を含む、第三次産業のあらゆる雑務に従事している。労働者主義《レイバリズム》は、工業と非国教派から生まれたものである。したがって、脱工業化とプロテスタンティズム・ゼロ状態が組み合わされれば、労働者主義はやがて揺らいでしまう。

ブレグジットについてまとめよう。それは国民の復活ではなく、国民の崩壊の帰結だった。ブレグジットを通じて高齢者たちは自らの「ノスタルジー」を、大衆有権者たちは自らの「アノミー」を、メディアの少数権力者たちは自らの「アメリカ圏びいき」を表明した。二〇一四年にウクライナは〔ユーロマイダン革命で〕ロシアを拒絶した（それによってロシアに非常に近かったオリガルヒたちを無力化した）。二〇一六年にイギリスは〔ブレグジットで〕アメリカを選んだ（その結果、アメリカにつながりの深いイギリスの少数富裕層権力者《オリガルヒ》を維持することになった）。イギリスは自らの独立を失いつつある今、ウクライナの独立を支持している。イギリスのウクライナ支持が茶番であるのは、イギリス自身が独立とは何かを忘れつつあることを鑑みれば、驚くことではない。

労働者階級への憎しみが人種差別に取って代わるとき

いずれの先進国も、高等教育の大衆化、主観上の不平等感情の復活とその結果としての客観上の不平等の拡大によって変容してきた。イギリスの場合、高等教育を受ける者と受けない者との対立は、それ以前の階級的アイデンティティによって複雑化し、他では類を見ないほど激しいものになっている。(21)

一九九四年に私は『移民の運命』において、イギリスとアメリカの違いとアメリカ型の人種差別がイギリスで不可能な理由を述べた。それは、少なくとも一九世紀半ばから、イギリス人にとって、白人労働者は「別人種」だったからである。(22) 白人の中に複数の「人種」が存在するイギリスでは、アメリカのように黒人だけに執着することは考えられない。ブレグジットとそれに続く出来事は、次の仮説を立証している。白人大衆層への憎しみが社会の上層部であまりに激しくなってしまったために、むしろBAMEを、特に黒人を優遇する、という事態が生じたのである。最も高学歴の人々はブレグジットをめぐって圧倒的に「残留」に投票したことも思い出しておこう（ケンブリッジ大学は七三・八％、オックスフォード大学は七〇％）。

ブレグジット支持者たちは、EU離脱により、イギリスは自らの運命を取り戻せると考えた。しかし国民投票は、こうした願望を実現するには至らなかった。つまりEU残留派の高学歴者と離脱を望んでいた「中等教育までしか受けていない人々」の和解には至らなかったのである。大衆に対する上層中流階級の習慣的な嫌悪感はむしろ激しくなってしまった。

ちなみに、単に高等教育を受けただけの人々がイギリス全体を支配しているわけではない。アメリカとつながりがある超富裕層（スーパー・リッチ）たちが支配しているのだ。ボリス・ジョンソン政権によるブレグジットの実行は、民主主義的気質の真正な復活を意味していたとも言えるが、イギリスは、一定の政治的自立性を保持する少数富裕層権力者《オリガルヒ》の一部に支配されているという事実をほのめかしていたとも言える。特にタックス・ヘイヴンを共同管理するために、金融のグローバル化によってロンドンとニューヨークの間に築かれた紐帯を鑑みると、私は後者の見解を選ばざるを得ない。

こうしてブレグジット以降、イギリスでは特異な現象を目の当たりにすることになる。高等教育を受けた人々は、大衆が嫌うような事柄をますます好むようになった。「多様性」、「少数民族」、そして特にEU離脱票の決定的な原動力となった「移民」である。「残留」に投票した大卒のうち、移民の減少も望む人の割合は二〇ポイント低下し、二三％にとどまる。一方で移民の増加を望む人の割合は三倍になり、三一％にまで上昇する。[23] これは反大衆的挑発とみなさないわけにはいかない。

BAMEの人々が高等教育への特権的なアクセスを有していることを示す非常に奇妙な統計をここでもう一度、思い出そう。彼らに対する優遇措置は、アファーマティブ・アクションを望む自発的な善意だけでなく、イギリスの上層中流階級による大衆への復讐なのではないだろうか。そんな大衆は今日、かつての上昇する帝国の被支配者たちの子孫だと一目でわかる者たちによる支配を強いられているわけである。皮肉屋なら、「政治的権力は今やほとんど意味をなさないのだから、そんなのはBAMEに任せたらいいだろう」などと冗談を言うかもしれないが、実際はどうなのだろう。

ここまで述べてきたことからは、自らがどこに向かっているのかを知り、自信に満ちた国民という姿はまったく見えてこない。すべては方向喪失と不安の表れであり、スケープゴートを必要としていることが容易に想像がつく。労働者階級と高齢者にとってはヨーロッパがスケープゴートだった。では、残留派にとってはどうだろうか。

ロシアは、ある意味で自らイギリスの中流階級のスケープゴートになったと言える。ロシアのオリガルヒたちは、自分の子どもたちをイギリスのプライベート・スクールに大量に入学させ、直接的に、あるいはイギリスのペーパーカンパニーを通じてロンドンで不動産投資を行っている。戦争前夜、ロシア人たちが価格を顧みずに不動産を購入していたロンドンの西側地区は「ロンドングラード」と呼ばれていた。ロマン・アブラモビッチによるチェルシー・フットボール・クラブの買収は、それだけで、無気力国家、滅亡国家、身売り国家としてのイギリスの新たな地位を象徴する出来事だったと言える。

プロテスタンティズム・ゼロ状態、国民・ゼロ状態

すでに述べたように、フランス人は、自分たちこそがフランス革命を通して「国民」を発明したと考えている。フランス人が知らない、あるいは知りたがらないのは、国家への帰属はキリスト教への帰属の代替物でしかなかったということである。カトリック的普遍主義の忠実な後継者として、私たちフランス人は、新たな国民国家の存在にもかかわらず、「普遍的人間」という理念を抱き続けたのだ。

プロテスタント国の歴史はまったく異なっている。「国民」はもっと早くから誕生していたのだ。ローマとの分離から生まれたプロテスタンティズムは、すべての国民が土着語、イギリスの場合は英語で聖典にアクセスできることを求めた。こうして神によって選ばれた個別の「国民」が生み出されたのである。最初のイギリス革命は、神の栄光のもと、国王の首を刎ねた。新型軍《ニュー・モデル・アーミー》の創設者として権力を握ったオリバー・クロムウェルは、ヨーロッパ史上初の軍事的かつ宗教的政権を樹立しようとした。

ウィリアム・ブレイクの詩「エルサレム」の最後の四行に耳を傾けてみよう。

I will not cease from Mental Fight,

Nor shall my sword sleep in my hand:
Till we have built Jerusalem,
In England's green & pleasant Land.

精神の内面の闘いから私は一歩も引かない
私の剣を眠らせてもおかない
我らがエルサレムを打ち建てるまで
イングランドの緑豊かな心地よい大地に

国民と宗教が親密に混ざり合っているこの詩が書かれたのは、一八〇四年のことである。一八〇八年に刊行され、一九一六年にはヒューバート・パリーがこの詩を歌にしている。その後、「エルサレム」はイギリスの非公式の「国歌」となった。あの退屈な「ゴッド・セイヴ・ザ・キング（God Save the King）」などよりずっと人々の魂を揺さぶることができる歌だ。一九六二年には、トニー・リチャードソン監督の映画「長距離ランナーの孤独」（アラン・シリトーの短編小説が原作）のテーマ曲としても選ばれている。ちなみに、この映画は、階級的特権に対する若い労働者の反乱を描いたものだ。

プロテスタントの国で国民と宗教がここまで混ざり合っていた場合、宗教の完全な崩壊が国民としての感情の崩壊も招くことは間違いないだろう。プロテスタンティズム・ゼロは、「惰性的国家」というより、むしろ「国家・ゼロ状態」を示している。

スカンジナビア諸国は、中心から外れた位置にあり、ある意味で地方的な特徴を持っていて、大きな激動からは守られてきたが、プロテスタンティズム・ゼロは、ここでも問題となっている。

原注（第6章）

（1）Wikipédia, 二〇二三年九月一三日閲覧。

（2）Linda Colley, *Britons. Forging the Nation 1707–1837*, Londres, Pimlico Books, 1994.〔リンダ・コリー『イギリス国民の誕生』川北稔監訳、名古屋大学出版会、二〇〇〇年〕

（3）*Britannia Unchained: Global Lessons for Growth and Prosperity*, Londres, Palgrave MacMillan, 2012. 本書はクワシ・クワーテン、プリティ・パテル、ドミニク・ラーブ、クリス・スキッドモア、リズ・トラスの五人の英国議員によって執筆された。

（4）この数字とこれ以降の数字は、イングランド生まれのＢＡＭＥを指す。

（5）高等教育への進学率：https://www.ethnicity-facts-figures.service.gov.uk/education-skills-and-training/higher-education/entry-rates-into-higher-education/latest.

（6）ジュリアン・アサンジはウィキリークスの創設者。二〇一〇年、アメリカとその同盟国がイラクとアフガニスタンでどのように戦争を行っているかをウィキリークスが暴露し、アサンジは絶大な名声を得る。その後、スウェーデン、イギリス、アメリカが絡む政治・司法事件の渦中に巻き込まれ、二〇一〇年からは自由を奪われ、その状況は政治犯のようだと評された。

（7）*The Guardian*,《Children Raised Under UK Austerity Shorter than European Peers, Study Finds》, 21 juin 2023.

（8）イギリスの経済と社会の発展については、デイヴィッド・エジャトンの素晴らしい著作 David Edgerton, *The Rise and Fall of the British Nation: A Twentieth Century History*, 2019, Penguin. を参照のこと。

（9）https://www.theguardian.com/society/microsite/outsourcing_/story/0,13230,933818,00.html.

(10) Max Weber, *L'Éthique protestante et l'esprit du capitalisme*, Plon, 1967, p. 33.〔マックス・ウェーバー『プロテスタンティズムの倫理と資本主義の精神』大塚久雄訳、岩波書店、一九八九年〕

(11) K. D. M. Snell, Paul S. Ell, *Rival Jerusalems. The Geography of Victorian Religion*, Cambridge University Press, 2000, p. 415.

(12) Hugh McLeod, *Religion and the People of Western Europe 1789–1989*, Oxford University Press, 1997.

(13) イギリスでは、カラム・ブラウンの次の著作によって巧みに指摘されている。Calum G. Brown, *The Death of Christian Britain. Understanding Secularisation 1800–2000*, Londres, Routledge, 2009.

(14) これは、カラム・ブラウンが著作 *The Death of Christian Britain* の中で、別の言葉を使って非常にうまく示していることだ。彼がプロテスタンティズムについて語っているところを、私はプロテスタンティズム・ゾンビとして言及している。

(15) 同上。p. 168.

(16) 以下の文献を参照のこと。Boyd Hilton, *The Age of Atonement. The Influence of Evangelicalism on Social and Economic Thought 1785–1865*, Oxford University Press, 1986.

(17) 以下の文献を参照のこと。Francis Green, David Kynaston, *Engines of Privilege. Britain's Private School Problem*, Londres, Bloomsbury, 2019.

(18) Mike Savage, *Social Class in the 21st Century*, Londres, Pelican Books, 2015, p. 38.〔マイク・サヴィジ『7つの階級——英国階級調査報告』舩山むつみ訳、東洋経済新報社、二〇一九年〕

(19) Kathryn Simpson, « Tabloid Tales: How the British Tabloid Press Shaped the Brexit Vote », *Journal of Common Market Studies*, volume 61, n° 2, 2022, p. 302–322.

(20) 以下の文献を参照のこと。Deborah Mattinson, *Beyond the Red Wall. Why Labour Lost, How the Conservatives Won and What Will Happen Next ?*, Hull, Biteback Publishing, 2020.

(21) 以下の文献を参照のこと。Owen Jones, *Chavs. The Demonization of the Working Class*, Londres, Verso, 2016.〔オーウェン・ジョーンズ『チャヴ——弱者を敵視する社会』依田卓巳訳、海と月社、二〇

一七年〕

（22） Emmanuel Todd, *Le Destin des immigrés. Assimilation et ségrégation dans les démocraties occidentales*, Seuil, 1994.〔エマニュエル・トッド『移民の運命——同化か隔離か』石崎晴己・東松秀雄訳、藤原書店、一九九九年〕

（23） Matthew Goodwin, *Values, Voice and Virtue*, Londres, Penguin, 2023, p. 21.

第7章　北欧——フェミニズムから好戦主義へ

ウクライナ戦争の驚きの一つは、ヨーロッパ北部のプロテスタント地域に好戦主義的な極が出現したことだろう。この戦争は、ノルウェーがヨーロッパにおけるアメリカの現役軍事エージェントであることを示唆した。デンマークは、おそらくノルウェー以上にアメリカのシステムに組み込まれている。フィンランドとスウェーデンは、事態は切迫しているという感覚とともにNATOに加盟した。この好戦主義は戦争以前から見られ、イギリスと同様、社会内部のダイナミズムから生じたという点は後ほど検討する。

フィンランドとスウェーデンのNATO加盟要請は、これまでの歴史を踏まえると、イギリスの好戦主義と同じくらい驚きに値する。スウェーデンとフィンランドは、中立国としての伝統を持つ。スウェーデンの場合は、非常に古くからの伝統で、フィンランドの場合は、第二次世界大戦以降の伝統である。そもそも、両国にはいかなる脅威も存在していなかった。ロシア人は、第二次世界大戦後、まったく手を触れることのなかったフィンランドを介して、西洋と平和的な関係を維持することを願っていた。ロシアがスウェーデンを攻撃するかもしれないなどと想像することは、はっきりと「馬鹿げた妄想だ」と申し上げよう。言語的にイトコ関係にあるエストニアに引きずられてNATOに加盟したフィンランド人に関しては、判断ミスを犯したということが考えられるが、ロシアと国境を接してもいない（この点がフィンランド、またノルウェーとも異なる）スウェーデン人については、精神医学が言うところの「過剰反応」と診断せざるを得ない。激しい「ロシア嫌い」に囚われているスウェーデンの指導者たちは、一七〇〇年から一七二一年にかけてピョートル大帝に敗れた自国の復讐を考えているのだろうか。スウェーデンのバルト帝国を分割する戦争で、ロシアは最前線にいた国だが、デンマーク、ポーランド貴族の一部とも協力し、とどめの一撃を与える際にはプロイセンとイギリスの助けを借りている。小国スウェーデンは、昔から有能で手強い国であるが、バルト海を再征服するために「中立」を放棄するのは、決してよい考えではないだろう。

だが、こうした馬鹿げたことが実際に起きてしまったのである。しかも当事者はみな大真面目なのだ。「ロシアからの脅威」は現実には存在しないが、「ロシアへの恐怖」は現実に存在する。だから私は、フィンランドとスウェーデンのNATO加盟を非難したくはない。ただ、イギリスの好戦主義の起源を明らかにしたかったのと同じように、「ロシアへの恐怖」の起源にも迫りたいのである。スカンジナビア諸国は紛争の主要なプレーヤーではないので、本章は非常に短いものになるが、これらの国の事例が特に興味深いのは、プロテスタンティズムの最終的な崩壊こそが紛争への積極的介入の隠れた原動力の一つであることを裏付けてくれるからだ。また、スウェーデンは、公式にフェミニズムをアイデンティティとする国であることから、西洋の紛争介入の「フェミニスト」的側面についても簡単に触れることができるだろう。

デンマーク王国（とノルウェー）の朽ちている何か

スウェーデンとフィンランドのケースについて検討する前に、ウクライナ戦争以前にNATO加盟を果たしていたデンマークとノルウェーのケースを振り返っておこう。

ノルウェーは長らくデンマークの所有物だった。一八一四年から一九〇五年にかけて、一時的なスウェーデン支配を経たのち、ノルウェーがようやく最終的な独立を手にしたのは一九〇五年のことである。独立後、ボークモール（リクスモール）語、ニューノルスク（ランスモール）語の支持者たちの間で熱心な言語論争が繰り広げられたが、日常のノルウェー語はデンマーク語の変種であることを知っていれば十分だ。現実により直接関わる話をするとすれば、英語を使いこなすスカンジナビア諸国の人々は、ほぼバイリンガルである点が重要だろう。

すでに見たように、ノルウェーはアメリカによるノルドストリームのガスパイプライン破壊に手を貸している。デンマークは、長い間、アメリカ諜報機関の付属機関のように振る舞ってきた。この国はアンゲラ・メルケルの電話の盗聴にも関与していたのである。NSAと協力して、コペンハーゲンの東にある小さな島にデータの収集保管センターが建設されたが、これはロシアよりもむしろ西洋の同盟国をスパイするためだ。しかし、このこと自体は月並みな指摘である。その点を強調したいので、以下、フランス24のニュースを引用する。

〈デンマークは、いかにしてヨーロッパにおけるNSAの盗聴拠点となったのか？　ヨーロッパの指導者たちを監視するために、デンマークのスパイがアメリカのNSAを助けたという日曜日の暴露報道は、このスカンジナビアの一国がアメリカ諜報機関のために果たしている役割の大きさを明らかにした。この協力関係は、長年にわたって強化される一方だったのである(1)〉

デンマークは事実上、アメリカ、イギリス、カナダ、オーストラリア、ニュージーランドからなる「ファイブ・アイズ」の一員だと言える。

ちなみに、ノルウェーやデンマークの政治家のキャリアにおいて、首相のポストが自ずとＮＡＴＯ事務局につながっている点にも注目すべきである。二〇〇一年からデンマークの首相を務めていたアナス・フォー・ラスムセンは、二〇〇九年、ＮＡＴＯ事務総長に就くために首相を退任し、二〇一四年まで事務総長を務めている。その後任は、二〇一三年までノルウェーの首相を務めたイェンス・ストルテンベルグである。ラスムセンは現在、ウクライナをＮＡＴＯに近づけるための「非公式アドバイザー」となっている。(2)

ＥＵ加盟国でもあるデンマークは、アメリカの駒でもあり、軍事面では伝統的にノルウェーほど有能ではないとしても、時にノルウェー以上に駒としての役割を果たしている。二〇二三年七月、欧州委員会の競争政策担当でデンマーク人のマルグレーテ・ベスタエアーは、アメリカ人のフィオナ・スコット・モートンを同部門のチーフエコノミストに任命しようとした。もし実現していたら、この人物がＧＡＦＡに対してどれほど「公平」であり得たかは想像に難くない。ヨーロッパの諸機関で高官を務めるデンマーク人は、八〇％の確率でワシントンの「非公式代表」だと推測できる。

ノルウェーとデンマークのアメリカの支配システムへの統合度合いを踏まえると、スウェーデンのＮＡＴＯ加盟要請には実利的意義もあるのではないかと考えざるを得ない。人口五四〇万人のノルウェー、五九〇万人のデンマーク、五五〇万人のフィンランドに囲まれた、一〇四〇万人のスウェーデンは、スカンジナビアの中心的な存在である。特に一九二〇年から一九九〇年代末までの長期にわたる社会民主主義の時代には、常にこの地域の支配的な大国であり、思想的リーダーでもあった。そうだとすると、ＮＡＴＯ、すなわちアメリカが、デンマーク、ノルウェーに続いて、フィンランドまでも直接管理下に置くことに対して、果たしてスウェーデンは無反応で済ませられただろうか。NATOに加盟すれば、おそらく周囲の小さなパートナー国との直接的な軍事連携を通じて、スカンジナビアにおける影響力は維持できるだろう。それでもロシアとの不必要な衝突は、このわずかな利点と比べれば、高すぎる代償に思える。ただしここでは、これが実際の理由だと私自身あまり信じることなく言及しているにすぎない。

スウェーデンとフィンランドの社会的興奮状態

スウェーデンあるいはフィンランドの社会と経済の状況は、イギリスとは大きく異なっている。世界銀行によると、二〇二二年時点の人口一人当たりのGDPは、スウェーデンでは五万五八七三ドル、フィンランドでは五万五三六ドル、ドイツでは四万八四三二ドル、イギリスでは四万五八五〇ドル、フランスでは四万九六三ドルとなっている。例えばイギリスの食糧問題や健康問題はフランスよりもはるかに深刻であるにもかかわらず、一人当たりのGDPは、フランスの方が下回っているのである。GDPという指標は慎重に扱われなければならないが、特にアメリカのGDPが、現実を反映しない空想に近いものであることについては後に取り上げる。フィンランドは、PISAのような生徒の学習到達度調査でのスコアの高さで非常に際立っている。しかしスカンジナビアもまた、今日ではほとんどのプロテスタント諸国でも見られるIQの低下と無縁ではない(3)。IQは、測定ツールとしてプロテスタント諸国において広く受け入れられ、また実際に使用されている。すでに見たように、個人間の平等をまったく信じていないこの宗教との親和性があるからだ。知能の個人差を測定することに何のためらいもないのである。一方、カトリックで共和制のフランスは、ＩＱという概念を好まない。それはともかく、ジェームズ・フリンとマイケル・シェイヤーは、一九九五年頃からフィンランド、デンマーク、ノルウェー、スウェーデンにおいて、ＩＱが一様に低下していることを指摘している。

特にスウェーデンとフィンランドは、教育による新たな階層化に起因する「西洋民主主義」の危機から逃れられなかった。この二国では、アイデンティティを求める「外国人嫌い」の極右政党や「ポピュリスト政党」（中立的かつ客観的な立場を保とうとすれば、彼らを何と呼べばいいのかはわからない）が出現した。本書の執筆時点では、「フィン人党」は連立政権に加わっており、「スウェーデン民主党」は政権には加わっていないが、閣外協力を行っている。デンマークには、アイデンティティを求めるポピュリスト政党は出現していないが、それが可能だったのは、デンマークの与党である社会民主党が「外国人嫌い」の政策を内部に取り込み、自らを「移民が大きな問題であることに気づいたヨーロッパ最初の左派政党」と定義したからだ。

なぜこうした「不安」が存在するのか。スカンジナビア諸国にも新自由主義は広まったが、福祉国家を犠牲にすることはなかった。したがって、スカンジナビア諸国の人々の「不安」は、経済的な理由では説明がつかない。

いかなる解釈よりもまず、スカンジナビア諸国に広がる「不安」は、いわゆる「ロシア問題」以前から生じており、ウクライナ戦争は、以前からすでに存在していた軍事的関心が顕在化するきっかけになったことを指摘しておくべきだろう。この点に関しては、二〇一八年に書かれた本で証拠を示すことができる。ロナルド・イングルハートは、『文化的進化論』で、自らが創立した「世界価値観調査（World Values Survey）」に依拠しながら、数多くの国における「価値観」の動向を検討している。[4] 世論調査は、しばしば個人の意識レベルにしか到達できず、個人は社会的に許容される範囲内でしか自分を表明しないものであり、「世界価値観調査」でも月並みな回答しか得られないことが多い。ただし、武器を手に自国を守る覚悟があるかどうかという質問に対しては、非常に興味深い回答が見られる。イングルハートは、西洋世界全体において、「市民の軍事意識」が低下していると指摘しているが、それはちょうど、ウクライナに「武器は送るが人は送らない」というNATOの方針に合致している。ただし、例外が一つある。スカンジナビア諸国だ。スカンジナビア諸国では、自国のために戦う意識が高まっているとイングルハートは指摘している。この動向を踏まえ、スウェーデンでは二〇一七年に兵役が復活した。つまり、ロシアのウクライナ侵攻よりかなり前のことだったのである。

イングルハートの著作は、彼がこの現象に対して与えた説明、いや、むしろ満足のいく説明を与えられなかったという点でも興味深い。西洋諸国における軍事的関心の一般的な低下は、社会の女性化に起因すると彼は指摘している。この主張は魅力的で、私もア・プリオリに同意できる。というのも、私は前作の『彼女たちはどこから来て、今どこにいるのか？（*Où en sont-elles ?*）』〔大野舞訳、文藝春秋近刊〕では、集団意識の低下、すなわち軍事的関心の低下を女性の解放と結びつけたからだ。[5] しかし、ここで一つの問題が生じる。スカンジナビア諸国が世界で最もフェミニストな地域であることは、自他ともに認めるところだからである。これは難題である。

では、解決を試みてみよう。あるいはせめて別の仮説を考えてみよう。フェミニズムが、平和主義を奨励するどころか、好戦主義を促進することなどありうるのだろうか。

スウェーデンとフィンランドの一部の女性政治家たちによる反ロシア活動は、これを証拠立てている。スウェーデンのマグダレナ・アンデションとフィンランドのサンナ・マリンという二人の女性首相は、自国のNATO加盟を決断した。「女性」と「戦争拒否」を結びつけるイングルハートの仮説を念頭に置けば、国際舞台において最高の地位にいる彼女たちの一部には、一種の欺瞞や無理が生じていると想定できる。「戦争は男たちのものだった。私たちは彼らと同じか、それ以上の決意を示さなければならない」と。ここで私の乱暴な仮説を言わせてもらえば、彼女たちは無意識のうちに有害な「男性性」を摂取してしまったのではないかというものだ。ウクライナ戦争への政治家の態度に関する男女別の統計分析は、素晴らしい博論のテーマとなりうるだろう。ヴィクトリア・ヌーランド（米国務次官、ウクライナ担当）、ウルスラ・フォン・デア・ライエン（欧州委員会委員長）、アナレーナ・ベアボック（ドイツ外相）など、戦争に情熱を注ぐ彼女たちは、自分自身以上のものを表現しているのか、そうでないのか。彼女たちより慎重なショルツとマクロンの態度は「男性性」の表現と見るべきなのか。

支持者の圧倒的多数が男性であることが、スウェーデンとフィンランドのアイデンティティを求めるポピュリスト政党、「フィン人党」や「スウェーデン民主党」の特徴である。今日的な言い方では「非常にジェンダー化（性差の固定化）」が起きていると言えるだろう。ちなみに彼らは親ロシア派ではないかと疑われた。

やや冗談めいた言い方になるが、それでもスカンジナビア諸国では、男女間に現に存在する不満や不安が政治に反映されているという仮説を私たちの推論に組み込まなければならない。

プロテスタンティズムの終焉、国民の危機

イギリスの分析から得られたよりシンプルな仮説が一つの解決の鍵を与えてくれる。この危機は、宗教的かつ文化的危機である。スカンジナビア諸国においても、「国民」はプロテスタンティズムの産物で、だからこそ、プロテスタンティズムの消滅が「国民」を危機に陥れている。経済状態はそれほど悪くないにもかかわらず、彼らが至ってしまった「ゼロ状態」が国内的「不安」を生み出し、ひいてはこれら小国の国際社会での「不安」につながっている。だからこそ、そもそも存在しない「外部の脅威」を追い払うためにNATO加盟で得られる「安心」が求められているのかもしれない。というのも、高まる危機感の発生源は、歴史の中で自分たちが何をしているのかもはや分からなくなっているスカンジナビア社会の内部にあるからだ。NATO加盟を求め、それを実現したスウェーデンとフィンランドが明らかにしたのは、「ロシアから守ってほしい」という欲求ではなく、是が非でも「どこかに帰属したい」という欲求だったのである。

原　注（第7章）

（1）https://www.france24.com/fr/éco-tech/20210531-comment-le-danemark-est-devenu-le-poste-d-écoute-de-la-nsa-en-europe.

（2）https://www.courrierinternational.com/article/vu-du-danemark-anders-fogh-rasmussen-en-mission-pour-rapprocher-l-ukraine-de-l-otan.

（3）James R. Flynn, Michael Shayer, « IQ Decline and Piaget: Does the Rot Start at the Top? », *Intelli-*

gence, vol. 66, janv.-févr. 2018, p. 112–121. しかし、この論文は、同じジャーナルが五年後に明らかにするアメリカでのＩＱの低下を否定している。本書第8章を参照のこと。

（４）Ronald Inglehart, *Cultural Evolution. People's Motivations Are Changing, and Reshaping the World*, Cambridge University Press, 2018.〔ロナルド・イングルハート『文化的進化論——人びとの価値観と行動が世界をつくりかえる』山﨑聖子訳、勁草書房、二〇一九年〕

（５）Emmanuel Todd, *Où en sont-elles ?*, 前掲書。

第8章　米国の本質
――寡頭制とニヒリズム

私はすでに序章で、ジョン・ミアシャイマーの功績と勇気を称えた。アメリカの指導者層に着目する第10章では、ミアシャイマーの同僚で、ある意味で共謀者でもある、スティーヴン・ウォルトに賛辞を贈ることになる。彼は「合理的な世界観」に戻ることをアメリカに対して求め続けている人物だ。この世界は、もはや「リベラルな覇権」を目指す世界などではない。国際的な均衡を考慮し、自国の利益に従って、他のさまざまな大国に影響力を及ぼし(バランシング)、自国の勢力を維持することで満足すべき世界だ。アメリカは世界一の軍事大国だが、世界を直接支配する能力はない。私がウォルトとミアシャイマーを限りなく尊敬するのは、軍事的専門知識を持ち合わせていないのに感情だけ昂らせているネオコンのイデオローグたちに囲まれていながら、冷静さを保てているからだ。しかし、彼らの歴史観は、国民国家をコンパクトで安定したものとしていまだに捉えている点において、単純すぎる。ある国の外交政策を理解するには、その国の内部動向を深く分析する必要がある。「現実主義者(リアリスト)」と言われるこの二人の地政学者たちも、国内動向に関してはかなり大きな変動でも気づかずにいることが多い。たとえば序章で述べたように、彼らは、アメリカをいまだに国民国家と仮定しているが、これはあてにならない仮定である。さらに、アメリカは安定した国で、その他の世界から離れた安全な場所にあると考えている。伝統的な地政学的観点からすれば、大西洋と太平洋に挟まれ、大国ではないカナダとメキシコに挟まれているアメリカは、あらゆる危険から離れた「離島」である。このようにいかなるリスクも免れているがゆえに、国際社会で想像しうるあらゆる間違いを犯すことができる国なのだ、と。アメリカは、フランス、ドイツ、ロシア、日本、中国、イギリスのように、自らの生存のために戦ったことが一度もない国である。本章とそれに続く二章において、現在の情勢では、実はアメリカが大きなリスクを負っていることを示したい。この国の世界への経済的依存は途方もない大きさになっている。さらに、アメリカ社会自体が瓦解しつつある。この二つの現象は相互に作用している。外部資源への支配力を失うことは、すでに悪化している国民の生活水準のさらなる低下を招く。変化の過程において内部と外部を区別できなくなることこそ、「帝国」の特徴である。したがって、アメリカの外交政策を理解するには、社会内部のダイナミズム、むしろ社会内部の退行から出発しなければならない。

これから続くアメリカに関する三章がやや図式的であることについては、予めお断りしておく。すべてを実証できるわけでもない。これほど複雑な社会の危機は、本来であれば一冊分のテーマとなるべきものだ。しかし事態は切迫しており、戦争は常に先に進んで私たちをより遠くへ連れていこうとしている。私の意図は、学術的完璧さを期すことではなく、現在進行中の大惨事の理解に貢献することにある。

ロシア社会の安定、ウクライナ社会の崩壊、旧ソ連圏の社会主義国の不安感と不信感、ヨーロッパの自立という夢の挫折、イギリス（アメリカの姉妹国ではなくむしろ母国）の国民国家としての衰弱、スカンジナビアの逸脱を順に検討することで、世界の危機の核心に近づいてきた。その核心とは、アメリカというブラックホールである。世界が直面している真の問題は、ロシアの覇権への意思——ロシアの権力は非常に限られている——ではなく、世界の中心としてのアメリカの衰退——限りがない——なのだ。(1)

ここでは、アメリカの対外政策の理解に資する範囲でアメリカの衰退を検討する。この検討を私は明確かつ否定的な言葉で進めていくつもりだ。他の多くの人が、アメリカはまだアメリカであり、民主主義もまだ機能していると書いている（トランプ現象とその後遺症がこの点について躊躇を感じさせるとしても）。ロシアとの対立については、アメリカは「自由」、「民主主義」、「マイノリティーの保護」、要するに「正義」を守っているのだ、と。それはそれでよいだろう。しかし、私は正反対のことを考え、正反対のことを述べる。こうした議論は、全体として、平等主義的とまではいかないにせよ、多かれ少なかれ、「多元主義的な西洋」の存続に貢献するだろう。

必要概念としてのニヒリズム

「ニヒリズム」の概念をウクライナあるいはヨーロッパではなく、アメリカに適用することに最初は大いに迷いがあった。ウクライナやヨーロッパは非常に暗い歴史を経験してきたが、アメリカは楽観主義の気質の中で生まれた国である。アメリカの独立宣言は「幸福追求」に言及しているほどだ。ヘルマン・ラウシュニングの『ニヒリズムの革命』(2)はずっと以前に読んでいたが、今回、レオ・シュトラウスが本書に応答している小論文「ドイツのニヒリズムについて」(3)を読んだ。ヒトラー政権下のドイツとバイデン政権下のアメリカを比較することは、度を越していて、馬鹿げていて、耐えがたいことは認めよう。アメリカにも反ユダヤ主義は存在するが、アメリカ人の中心的な関心事ではない。歴史上ほぼ見られなかったユダヤ人の解放も、アメリカは実現している。実際、ドイツとアメリカの軌跡の比較を可能にするニヒリズムの概念を使うことにしたのは、私自身を含めて、読者の常識を揺さぶるためでもある。さらにより専門的な理由もある。

私はアメリカの善から悪への転換を象徴する中心的な概念が必要だと感じた。私たちの根底にある知性面の課題は、私たちがアメリカを愛しているということだ。アメリカはナチズムを打ち破った国の一つで、私たちに繁栄と逸楽への道を示してくれた。したがって、今日、アメリカが貧困と社会のアトム化につながる道を辿っているという見方を完全に受け入れるには、ニヒリズムの概念が不可欠になってくるのである。

私がこの概念を使用せざるを得なくなった専門的な理由は、アメリカ社会の価値観と行動が今日、本質的にネガティブなものだとわかったからだ。以前のドイツのニヒリズムと同じく、このネガティブさはプロテスタンティズムの崩壊の結果である。しかしアメリカとドイツでは、それが同じ局面で生じたわけではない。初期段階のナチズムは、一八八〇年から一九三〇年にかけてプロテスタンティズムが活動的な宗教であることをやめた後に現れた。ナチズムは宗教的実践が後退していく中でも、プロテスタンティズムのポジティブな価値観とネガティブな価値観の両方がまだ持続していた「ゾンビ局面」における、絶望の噴出に対応する現象である。一方、アメリカにおけるプロテスタンティズムの「ゾンビ局面」は非常にポジティブなものとなった。大雑把に言えば、ルーズベルト大統領からアイゼンハワー大統領までの時代は、福祉国家の建設、質も量も充実した教育を提供する大学、世界を魅了する楽観的文化が普及した時代である。この時期のアメリカは、プロテスタンティズムのポジティブな価値観（高い教育水準、白人間の平等主義）を復権させ、ネガティブな価値観（人種差別、厳格主義）を排除しようとしていた。一方、今日の危機は、プロテスタンティズム・ゼロ状態への到達を意味している。この事実こそが、トランプ現象やバイデン大統領の外交政策、内部における泥沼化と外部に対する誇大妄想、自国民と他国民に向けられるアメリカ・システムの暴力などの理解を可能にしてくれるのである。

一九三〇年代のドイツのダイナミズムと現在のアメリカのダイナミズムは、空虚を原動力としている点で共通している。いずれも、政治は、価値観なしに機能し、暴力に向かう動きでしかなくなっている。ラウシュニングも、ナチズムを同じように定義していた。彼は国民社会主義ドイツ労働者党〔ナチス党〕の党員だったが、のちに離脱している。ある意味で普通の保守主義者だった彼は、根拠のない暴力を許せなかったのだ。今日のアメリカに私が見るのは、思想面における危険な「空虚さ」と強迫観念として残存している「金」と「権力」である。金と権力は、それ自体が目的や価値観にはなり得ない。この空虚が、自己破壊、軍国主義、慢性的な否定的姿勢、要するにニヒリズムへの傾向をもたらす。

「ニヒリズム」という概念の使用を決めたのは、「現実の拒否」という最後の、まさに本質的な要素による。ニヒリズムは、単に自分や他人に対する破壊欲求を表すだけではない。より深い次元で一種の宗教と化す時、ニヒリズムは現実を否定するようになる。そのことをアメリカのケースで示そう。

もっと死ぬためにもっと消費を

まずニヒリズムの端的な適用例として、アメリカの死亡率の推移を挙げよう。

二〇二〇年に発表された『絶望の死』で、アンヌ・ケースとアンガス・ディートンは、二〇〇〇年以降の死亡率の上昇[4]、特に四五歳から五四歳の白人男性の死亡率の上昇を分析している。原因はアルコール中毒、自殺、オピオイド中毒であるが、黒人死亡率の継続的な低下によって全体の死亡率の上昇はわずかに相殺されている。アメリカは、先進国で唯一、平均余命が全体的に低下している国である。二〇一四年に七八・八歳だったのが、二〇二〇年には七七・三歳に低下した。その一年後の二〇二一年には、アメリカ人の平均余命は七六・三歳、イギリス人は八〇・七歳、ドイツ人は八〇・九歳、フランス人は八二・三歳、スウェーデン人は八三・二歳、日本人は八四・五歳となっている。二〇二〇年、ロシアの平均余命は七一・三歳だったが、これは、それまでの苦難の歴史を、まさに生物学的な側面でまだ引きずっていることを示す数値である。ただし、二〇〇二年のロシアの平均余命は六五・一歳でしかなかったわけで、プーチン政権下で六歳も上昇したことになる。

グラフ6―1（イギリスに関する第6章）ですでに見たように、アメリカの近年の平均余命の低下は、一九八〇年以降の新自由主義時代における経済成長の鈍化に続いた現象だった。さらに、コロナ禍以降においても、他の先進国で見られたような素早い回復は見られなかった[5]。コロナ禍は、アメリカ国内の人種・民族集団において、以前からの悪化傾向をより加速させてしまったように見える。

未来を予告する指標としての乳幼児死亡率は、アメリカの遅れを示している。しかもそれは、アメリカが「保護」している他の先進諸国、あるいはアメリカと対立している諸国よりも深刻な水準である。二〇二〇年頃、UNICEFの統計によると、アメリカの乳幼児死亡率は、新生児一〇〇〇人当たり五・四人、ロシアは四・四人、イギリスは三・六人、フランスは三・五人、ドイツは三・一人、イタリアは二・五人、スウェーデンは二・一人、日本は一・八人だった[6]。

このアメリカの死亡率を、一七七六年の独立宣言に示された偉大な歴史の目的と比較すると、驚きはより大きくなる。〈われわれは、以下の事実を自明のことと信じる。すなわち、すべての人間は生まれながらにして平等であり、その創造主によって、生命、自由、および幸福の追求を含む不可侵の権利を与えられているということ〉。しかしさらに驚くべきなのは、この死亡率の上昇が、世界で最も高額な医療費を伴っていることである。二〇二〇年時点におけるGDPに占める医療費の割合は、アメリカは一八・八%で、フランスの一二・二%、ドイツの一二・八%、スウェーデンの一一・三%、イギリスの一一・九%を上回っていた。もちろん、これらの比率も低めの見積もりとなっている。というのも、同年のアメリカの一人当たりGDPは七万六〇〇〇ドル、ドイツは四万八〇〇〇ドル、イギリスは四万六〇〇〇ドル、フランスは四万一〇〇〇ドルだったからだ。ここで、GDPに占める医療費の割合と一人当たりGDPをかけ合わせれば、アメリカが自国民の治療に理論上認めている莫大な財政努力が見えてくる。ここで「理論上」と言ったのは、GDPは大部分、架空の数字でしかないことをこれから見ていくすべての事柄が明らかにするからだ。

さらに悪いことがあり、ここで「ニヒリズム」の概念の妥当性が完全に明らかになる。アンヌ・ケースとアンガス・ディートンは、アメリカの死亡率が上昇した一方で、一部の医療費が人々の破壊に使われていたと指摘している。私がここで言及しているのは、オピオイド・スキャンダルである。大手の製薬会社は、高給取りの悪徳医師を後ろ盾に、経済的・社会的理由から精神的苦痛を抱える患者に対し、危険で中毒性のある鎮痛剤を提供したが、それはしばしば、直接的な死、アルコール中毒、あるいは自殺につながった。この現象こそが、四五歳から五四歳の白人男性の死亡率の増加の説明となる。つまり、ここから見えてくるのは、結果として自国民の一部を荒廃させて何とも思わないような一部上流階級の背信行為である。本当に恥ずべきことだが、ここでは専門的な立場にとどまろう。要するにこれが「道徳ゼロ状態」なのである。二〇一六年、ロビー団体（法的にも、公式にアメリカの政治システムの一部となっている）に支配されている議会は、保健当局によるオピオイド使用の一時停止を禁止する「患者アクセスの確保と効果的な医薬品施行法（Ensuring Patient Access and Effective Drug Enforcement Act）」を可決した。つまり、製薬業界が市民を殺し続けることを認める法律を市民の「代表」が可決したわけである。(7) これがニヒリズムなのか。もちろん、そうである。

フラッシュバック――善きアメリカ

アメリカ社会に起きている退行的ダイナミズムを理解するために、かつての善きアメリカと、それを支えていたものを思い出す必要がある。この点だけに拘わるつもりはないが、まずはルーズベルトのニューディール政策を取り上げよう。この政策は明確に「左派的」なものだった。富裕層に税金を課し、組合という対抗権力を制度化した。この二つは、社会の均衡に本質的な要素で、労働者階級を中流階級に統合することにつながり、結果として、第二次世界大戦時には民主的な戦争動員を可能にしたのだ。ここからは、一九五三年から一九六一年まで二期にわたってホワイトハウスに在籍した共和党の大統領、アイゼンハワーのアメリカを大まかに描く。

一九四五年当時、アメリカの産業は、世界の半分を占めていた。アメリカの教育水準は、プロテスタント圏を含めたすべての国において最高水準にあった。戦間期からすでに中等教育システム「高校制度（high schools）」は大規模に整備されていた。戦後には大学の発展が見られ、これは、一九四四年制定の復員兵援護法（Servicemen’s Readjustment Act）、通称「GI法」によるところが大きい。退役軍人の転身を支援するプログラムはいくつもあったが、援護法により退役軍人たちは、資金援助によって高等教育を受け続けられるようになったのである。アイゼンハワー政権下のアメリカのプロテスタント人口は、全人口の三分の二を占めるにすぎなかったが、基本的な価値観は完全にプロテスタンティズムのもので、カトリック教徒も教育重視の政策を受け入れた（もともと教育重視のユダヤ人にとっては無用のものだった）。

戦後の宗教再興は、特にアメリカで顕著だったようだ。ロバート・D・パットナムとデイヴィッド・E・キャンベルは、この現象の「満潮時」を一九五〇年代とした。(8) この二人の著者は、「宗教のゾンビ状態」という概念に非常に近い議論をしていた。というのも、彼らは当時のアメリカの宗教について、「市民意識」が強く、何よりも「無神論的共産主義に反対するもの」と定義したからだ。そこから「ユダヤ・キリスト教」という言葉が登場する（この言葉は厳密には宗教面ではまったく意味を持たない）。当時、この国ではプロテスタンティズム・ゾンビの復活が起きていたのである。宗教的実践はかなり残存して地域共同体を強固にしていたが、その形而上学的意味は明確なものではなかった。

アイゼンハワーのアメリカは、典型的な民主的文化にどっぷりと浸かり、すべての市民の福祉に力を注いだ。こうした内部の価値観は、全体主義的共産主義との戦いという外交政策とも合致していた。しかしそこには二つの暗い側面があった。ラテンアメリカはアメリカの半植民地の属国であり続け、黒人差別も続いていたのである。しかし、人種差別撤廃を通じた公民権運動の最初のきっかけは「白人同士の平等」という限定的な原則を崩すことから始まった。一九五五年にローザ・パークスとマーティン・ルーサー・キングが開始したバス・ボイコット運動は、一九五六年に連邦最高裁がバス内での人種隔離を違憲とするきっかけになった。しかし実はこの連邦最高裁は、もとは建国の父たちによって、民主主義を抑制するための道具として、つまり、権力をエスタブリッシュメントに限定するための極として構想されたものだったのだ。

一九五五年頃の権力エリート

アイゼンハワー時代のアメリカには、どのような指導者層エリートがいたのだろうか。当時すでに、アメリカはアイルランド系カトリック教徒、イタリア系カトリック教徒、東欧・中欧系ユダヤ人など多くのマイノリティーを抱え、民族的にも宗教的にも多様な国だったが、指導者階級に限ればそうではなかった。一九五六年、C・ライト・ミルズは著書『パワー・エリート』で、完全にＷＡＳＰ（ホワイト・アングロサクソン・プロテスタント）(9)で緊密な集団に言及している。下層階級のＷＡＳＰではない。米国聖公会のエスタブリッシュメントが過剰に多いエリート階級だ。米国聖公会はイングランド国教会に相当し、このプロテスタンティズムは社会のヒエラルキーと権威を大幅に容認するものだった。

米国聖公会のエリートたちは、イギリスの教育システムを模倣した私立の寄宿学校で養成された。その頂点にあった学校が、フランクリン・デラノ・ルーズベルトがハーバード大学への進学前に通ったグロトン校である。イギリスのパブリック・スクールを手本としていたが、より柔軟で、イギリスほどスパルタ式ではなかった。これらのWASPエスタブリッシュメントのための私立校の目的は、学業成績への執着ではなく、「人格」の形成にあった。

WASPを嘲笑することはすでに紋切り型と化している。そしてたしかに、他の指導者階級と同様に、彼らも馬鹿げた偏見を社会に浸透させた。しかし、彼らこそが社会における道徳や厳格さを体現していたこともまた事実なのである。一九四一年から一九四五年にかけて、この階級の最年少者たちは、他の動員可能な国民と同様、ヨーロッパや太平洋の戦争に駆り出された。彼らは超富裕層に最高九〇%の税率を課すことを躊躇しなかったルーズベルトと同じく、「幸福な小さな世界」の出身者たちだったのである。

さて、このWASPエリートの検討を終える前に、その代表者の一人、ジョン・ロールズのケースを検証してみよう。彼は、一九八〇年以降、民主的なアメリカの破壊に専念した人々によって、死去（二〇〇二年）する以前から、すでにある種の悪意をもって利用されてしまった。

ジョン・ロールズは、黄金時代が終わりつつあった一九七一年に、かの有名な『正義論』を著した。今日、この本は正しく読めば、ロールズによる弔辞とみなせるが、それをこれから証明しよう。ルーズベルトの一世代半後の一九二一年に生まれたロールズは、WASPの中でも下位のカテゴリーに属していた。グロトン校よりかなりランクが下のケント・スクールの生徒だったロールズは、ハーバード大学ではなくプリンストン大学に進んだ。そして太平洋戦争に出征し、強い道徳的懸念に取り憑かれて帰還した。米国聖公会の信者だった彼は、広島への原爆投下による惨状を目の当たりにした後、無神論者になった。その結果、恵まれた時代のWASP上流階級の慣習を理論化した『正義論』が生まれたのである。ロールズが定義する「正義」とは、最貧層の幸福に寄与する限りは不平等を容認することである。皮肉なのは、ロールズがこうした「社会的な賭け」に出たのは、格差の拡大が貧しい人々に恩恵をもたらすどころか、まさに彼らを殲滅し始める直前だったことだ。もう少し詳しく見てみよう。

「不正義の勝利」——一九八〇年から二〇二〇年

「Google Ngram」でジョン・ロールズの人気度の推移を見ると、一九七一年刊行後の一〇年はそれほどではないが、一九八〇年以降に上昇し始め、一九九〇年から二〇〇六年にかけて過熱している。それはちょうど、彼の理論がたった一つの点、すなわち「不正義へと転向したアメリカ」しか証明できなくなった時期と合致する。エマニュエル・サエズとガブリエル・ズックマンの著作『つくられた格差——不公平税制が生んだ所得の不平等』[10]（原題直訳：不正義の勝利）』（二〇二〇年）はこの点を、書名自体が明瞭に要約し、本の中身が見事に説明している。二人の著者は、手際の良い計算の末、アメリカの税率はニューディールが導入した税制から大きくかけ離れ、現在は富裕層も貧困層も二八％の一律課税に近づいているという結論に達した。さらに不平等の極みとして、最も裕福な四〇〇人の納税者の課税率は減少しているという。ここに、アメリカの死亡率の上昇が高校卒業程度の人々に関わっていることを加えると、ロールズが描いていたような正義とは正反対のことが現在のアメリカで明らかに実現しつつあると言える。不正義が勝利を収めたまさにその時期に、『正義論』が政治家やシンクタンクの知識人たちから賞賛されたのは、社会学的観点からすると極めて背徳的なことだと言える。一種の経済的・哲学的・悪魔的儀式で善良な人々を愚弄することが目的だったのだろうか。何というニヒリズムか……。一九八〇年代以降のロールズの世界的な、いや、西洋での成功は、ある意味で計画されたもので、特に愚かなフランスでこそそうだった。

友人で編集者のジャン＝クロード・ギユボーから聞き、その後、それが事実だったと再度聞いたのは、フランスのスイユ社から一九八七年に刊行された『正義論』の仏語訳は実はＣＩＡから資金援助を受けていたことだった。プーチン政権下のロシアの機関が、フランスの知識階級を対象に同等の作戦を成功させることは想像し難い。

プロテスタンティズム・ゼロ状態へ向かうアメリカ

アメリカのプロテスタンティズム（そして宗教全般）の消滅は、いくつもの要因によって覆い隠されてきた。まずはヨーロッパより高い宗教実践率である。ただ、より詳細な研究によると、この比率は過大評価されたもので、実際より二倍は高く見積もられていた。回答者たちがかなり誇張して答えていたのである。加えて、一九七〇年代に起きた福音派ブームが挙げられる（一九九〇年代初頭に終わる）[11]。ロス・ダウサットの『悪い宗教』[12]は、福音主義が古典的なプロテスタンティズムとはまったく関係のない異端であることを示している。カルヴァン主義とルター主義は厳格だった。たとえば経済的・社会的道徳を守ることを人々に要求し、結果として進歩を生み出した。一九七〇年代の宗教再興は、その推進者の一部を大儲けさせたが、退行現象をもたらした。字義通りの聖書読解、概して反科学的なメンタリティ、とりわけ病的なナルシシズムである。神はもはや要求する存在ではなく、信者をおだて、心理的あるいは物質的なボーナスを与える存在になってしまったのである。

アメリカのプロテスタンティズムの動向がいかに西ヨーロッパのそれと似ていたかを理解するための最も確実な方法は、出生率の推移の検討である。識字化した人口において、出生率の低下は宗教性の退化を示す最も優れた指標で、カップルが神という権威の監視を感じなくなったことを示すからだ。アメリカにおいて、その推移はいたって正常だった。バースコントロールの先進国フランスでは、一九三〇年代の合計特殊出生率は女性一人当たり二・一人だった。アメリカでは一九四〇年時点で二人で、イギリスではそれとほぼ変わらない一・八人だった。しかしその後、アメリカ人カップルの出生率はかなり高い水準に達し、一九六〇年に女性一人当たり三・六人だった。しかし、福音派ブームが終わりつつあった一九八〇年代以降は、再び一・八人にまで低下した。同じ頃、イギリスは一・七人、フランスは一・九人だった。大西洋の反対側では真の宗教が生き残っていたということを示唆するものは何もないのである。

脱キリスト教の完遂を示すもう一つの指標は、ホモセクシャルに対する態度である。一九七〇年、教会に通う人々のうち五〇％がすでにホモセクシャリティを容認していた[13]。二〇一〇年には七〇％に至った。教会にあまり通わない人々では、容認率は八三％にまで上がる。最後に、宗教ゼロ状態の最も明瞭な指標である同性婚を検討してみよう。これは「活動的」な段階だけでなく「ゾンビ」の段階をも超えたことを示す指標である。二〇〇八年時点で、一九四六年以前に生まれた世代は二二％のみが容認すると答えたのに対し、一九六六年から一九九〇年に生まれた世代は五〇％が容認すると答えている。これらの数値を出すのは、保守的な観点や権威主義的な観点、あるいはノスタルジックな観点によるものではない。ホモセクシャリティと同性婚の容認を、不可逆的な文化的方向転換の証拠として、宗教ゼロ状態の指標として挙げているだけだ。キリスト教、ユダヤ教、イスラム教は、いずれもホモセクシャリティを非難し、同性婚は無効だとしている。すでに述べたように、同性婚は、フランスでは二〇一三年に、イギリスでは二〇一四年に合法化され、アメリカでは二〇一五年に連邦レベルで合法化された。ここに目立った違いはない。つまり、二〇一五年が「宗教ゼロ元年」というわけである。そして二〇一六年にドナルド・トランプが当選し、二〇二二年に、ウクライナが対ロシア戦争の「下請け国」となったのだ。

このゼロ状態はいたって不安定である。ニヒリズム、しかもその最も完成形に近い「現実拒否」に至るダイナミズムを有しているからである。アメリカ（そしてイギリス）は、自由主義革命だけでなく、性革命、さらにはジェンダー革命の原動力になった。ジェンダー革命の闘争の場は「性の平等」から「トランスジェンダー問題」へと移行していったが、これらは、西洋とロシアの対立における主要なイデオロギー上のテーマとして再登場している。まずはアメリカ社会の内部において、これらのテーマがいかなる意味を持つのかを検討しよう。

まったくもって正当な要求で、概念的にも問題のない「性の平等」は脇に置く。「ゲイ」イデオロギーに抵抗があり、性的嗜好を社会生活の中心に置くことに関心がない懐疑論者から見ても、異論の余地なく良いことだと言える「同性愛者の解放」についても脇に置く。しかし「トランスジェンダー」は別次元の問題である。単に自分の好みにしたがって身分証に登録するだけで「ジェンダー」を変えられるという主張、特別な衣服を着用したり、ホルモン剤を摂取したり、手術を受けたりすることで「性別」を変えられるという主張は、「性の平等」や「同性愛者の解放」とは、まったく別問題なのだ。私の意図は、個人が自らの身体と「生き方」を自由に扱う権利を拒否することにはない。アメリカで、より一般的には西洋世界全体で、「トランスジェンダー」が中心的な問題になっていることの社会学的意味と道徳的意味——この二つは分けられない——を摑むことである。事実は単純なので、手短に結論を言おう。遺伝学によれば、男（XY染色体）を女（XX染色体）に変えることはできないし、その逆もまた不可能である。にもかかわらず、それができると主張することは、虚偽を肯定することで、典型的なニヒリストの知的行為である。虚偽を肯定し、虚偽を崇拝し、虚偽を社会の真理として押し付けたいという欲求が、ある社会カテゴリー（中流階級のどちらかといえば上層部）とそのメディア（『ニューヨーク・タイムズ』紙、『ワシントン・ポスト』紙）を支配しているのだとしたら、私たちはニヒリスト宗教を目の前にしていることになる。繰り返すが、研究者としての私の仕事は、物事の是非に判定を下すことではない。事実に対して社会学的に正しい解釈を提示することである。「トランスジェンダー」というテーマが西洋で広く流布していることを考えると、西洋における宗教ゼロ状態の次元の一つはニヒリズムだと改めて言えるだろう。

プロテスタンティズム・ゼロ状態と知性の崩壊

私の社会進歩モデルによれば、一世代のうち二〇％から二五％が高等教育を受けるようになると、「自分たちは本質的に優れている」という考え方が彼らに芽生える。「平等実現の夢」の次に来るのは、「不平等の正当化」なのである。ここで改めてアメリカで起きたプロセスをまとめよう。アメリカがこの決定的な変化を最初に経験した国だからというだけではない。その後のアメリカは、強力で執拗な衝動に囚われているかのように、世界規模で不平等を正当化するために振る舞っているからである。高等教育の発展は人々を再階層化し、大衆の識字化が広めた平等を求めるエートス、さらには集団への帰属意識を消し去った。宗教的結束もイデオロギー的結束も不可能となり、社会的アトム化と個人の希薄化のプロセスが始動する。共通の価値観によって統御されなくなった個人はこうして脆弱化してしまうのだ。

「高等教育を受けた人口が二五%以上」という閾値にアメリカは一九六五年に到達した（ヨーロッパは少なくとも一世代分の後れをとった）。興味深いのは、それがほぼ即座にあらゆるレベルでの知的衰退を伴ったことである。

第二次世界大戦直後の高等教育の進歩は、メリトクラシー（学力能力主義）の理想を体現していた。最も優秀な者は、国民全体のために、より遠くへ、より上へと行くべきだとされた（ロールズ）。アメリカのメリトクラシーは、その実践面において、SAT（Scholastic Aptitude Tests）に技術的に支えられた[14]。このテストは二部構成で、言語能力と数学能力を評価する。言語能力は、一九六五年から一九八〇年にかけて低下し、その後、二〇〇五年までは横ばいだったが、それ以降、再び低下した[15]。数学能力は、一九六五年から一九八〇年にかけて言語能力と同様に低下し、一九八〇年から二〇〇五年にいったん回復したが、二〇〇五年以降にまた低下した。つまり、いずれの能力も衰退したというわけである。

アメリカの教育水準の低下（フランスでは三〇年後に見られることになる）は、全米教育統計センターによる調査結果「一三歳の生徒の読解力と数学のスコアが再び低下」が立証している。この解説によれば、出来の良い生徒も悪い生徒も、またすべての民族グループでスコアが低下したことが指摘されている。[16]

付随する現象として、勉強に励む時間も減少している。週平均の実勉強時間は、一九六一年には四〇時間だったが、二〇〇三年にはわずか二七時間となり、三分の一も減少している。[17]

最近の研究は、二〇〇六年から二〇一八年にかけてアメリカ全人口のＩＱも低下したことを明らかにしている。特に低下のスピードが速かったのは高等教育を受けていない人々だった[18]（より早い段階でこの現象が判明したスカンジナビア諸国については前章で言及した通り）。

この教育成果の低下は、教育こそが切り札の一つだったプロテスタンティズムの消滅に結び付けないわけにはいかない。福音主義の異端性もここで再び明らかになった。というのも、福音主義の普及は、白人アメリカ人において、教育水準がカトリックより低い層と合致しているからだ。[19]

教育の進歩が最終的に教育の後退を招いた。これこそが歴史的そして社会学的展開の大いなる矛盾だ。そうなってしまったのは、教育の進歩が教育にとって好ましい価値観の消滅を引き起こしたからである。

プロテスタンティズム・ゼロ状態と黒人の解放

プロテスタンティズムは、すでに述べたように人間の平等を信じていない。アメリカ版のより穏健なカルヴァン主義においても、選ばれし者と地獄に落ちる者がいる。イギリスとアメリカの絶対核家族にも、このような世界観の素地がある。パリ盆地の平等主義的核家族とは逆に、遺産を前にした子ども同士の平等という観念はない。アイゼンハワー政権下におけるプロテスタンティズム・ゾンビで幸福だったアメリカを描く中でも、黒人の権利闘争の兆しは現われつつも、黒人たちはアメリカ民主主義の中に含まれていなかったことを私は指摘した。この排除は、忘却でもシステムの不完全さでもない。むしろこの社会政治システムに固有のもので、黒人排除こそがアメリカの自由民主主義を定義し、機能させていたのだ。プロテスタンティズムに由来する形而上学的な不平等主義、絶対核家族に由来する平等への無関心にもかかわらず、アメリカが偉大な民主主義国家となれたのはなぜか。まずはインディアン、次に黒人を「劣等人種」とし、彼らの不平等を「固定化」できたからである。白人同士が平等であるためには、選ばれし者としての白人と地獄に落ちる者としての黒人（当初はインディアン）を分離する必要があったのだ。アイルランド系移民、続いてイタリア系移民の間でも、黒人差別はすぐに定着し、強固なものとなった。黒人差別はまったくカトリック的でないが、プロテスタント由来の社会的態度を身に付けることは、アメリカにどの程度、同化できたかを見事に示す指標となる。

アメリカの黒人問題は、宗教的、つまり核心的な側面を含んでいる。人種差別とプロテスタンティズムは無関係な変数ではない。「黒人の封じ込め」は、いわばプロテスタント的な「地獄落ちの刑」なのである。アメリカの黒人の大半がプロテスタントで、少なくともかつてはそうだったという反論もあろう。しかし、アメリカの黒人のプロテスタンティズム——情熱的で、ゴスペルが伝える「逆境を生き抜く」思想——は、まさに彼ら独自のものなのである。黒人プロテスタント教会は切り離された存在で、黒人プロテスタンティズム自体も、独自の方法で人種的差異を制度化したものなのだ。
もし人種差別や人種隔離が結局のところ、ほぼ宗教的価値観に由来しているのだとしたら、活動的あるいはゾンビ状態の宗教――人間は不平等であり、一部の人間は劣っているとする心理的かつ社会的システム――の崩壊は、黒人の解放につながり得るだろう。私がここで言及しているのは、一九世紀以降、北部、特にニューイングランドで、黒人解放のために意識的に戦った上流階級や中流階級の慈悲深いプロテスタントたちではない。大衆の無意識、深層における心理的態度に着目しているのである。

すると、次のような流れが浮かび上がる。教育階層化がプロテスタンティズムの内部崩壊をもたらし、それが黒人たちを不平等の原則から解放する。そこに、公民権のための戦い、つまりアファーマティブ・アクションが登場し、遂には二〇〇八年の大統領選におけるアメリカ史上初の黒人大統領バラク・オバマの誕生に至る。ここで「普遍性」への障害物としてアメリカに残るのは、絶対核家族に由来する価値観――子ども同士、そして人間同士の平等に関する無関心――だけになる。

しかし、この流れは厄介な結果を伴った。黒人の不平等が白人同士の平等を機能させていたため、黒人の解放は、予期せぬ負の結果の一つとして、アメリカ民主主義の混乱をもたらしたのだ。黒人が不平等の原則を体現しなくなったことで白人同士の平等も砕け散ったのである。民主的意識はどこよりもアメリカで脅威に晒されている。先進国全体において、高等教育が民主的感覚を蝕んだが、黒人の不平等に支えられた白人同士の平等が突然消滅したことで、アメリカでは事態がいっそう深刻化している。以上が、一九六五年から二〇二二年にかけて生じたアメリカ社会の不平等への大転換に関する人類学的、宗教的背景である。これを経済面（収入格差の拡大）あるいは政治面（学位を持たない市民の役割の消失）のみで検討することは間違いだろう。

黒人の解放は新たな矛盾をもたらしている。黒人の解放は現実のものとなり、社会の価値観にとっても意義深いことだった。アメリカの古典的な人種差別は完全に死に絶えた。共和党の白人有権者でさえ、黒人が自分たちより劣っているとはもはや考えていないだろう。オバマは大統領になり、現国防長官のロイド・オースティンは黒人である。しかし黒人は、「解放された」はずなのに、かなりの程度まで「囚われの身」のままである。教育の階層化が進み、経済格差が拡大し、教育水準と生活水準が低下する局面で、黒人の解放は実現した。社会的流動性は今日、ヨーロッパよりアメリカの方が低い。統計上、社会ピラミッドの下部に位置している中で、アメリカ黒人の解放が実現したが、そのこと自体が、彼らがこうした実際の状況から抜け出すのを非常に困難にしている。依然として下層に集中している黒人たちは、「平等な市民」という理想がすでに消え去った社会において市民権を獲得したわけである。集団的信仰とそれに基づく理想の自我という支えを失い、個人がみな縮小していく時に、黒人たちも「他と同等の個人」となったのだ。

神の恩寵を失う――刑務所、銃乱射事件、肥満

昔ながらのプロテスタント教徒がまだアメリカにいて、彼らが自国を見渡せば、すぐに次の言葉が思い浮かぶことだろう。「神の恩寵を失う（falling from grace）」、すなわち堕罪。

富の不平等に加えて、富の増大こそが中流階級を崩壊させた。一九五〇年代の理想のアメリカでは、

中流階級には労働者階級も含まれ、むしろ労働者が大部分を占めていた。それゆえに、グローバリゼーションによる労働者階級の消滅は、中流階級の衰退につながったのである。いま中流階級に残っているのは、上位〇・一％の少数富裕権力者《オリガルヒ》にしがみつき、没落しないことに必死になっている人口の一〇％程度の上層中流階級だけだ。累進課税の復活に上位の富裕層よりも強硬に反対しているのは、上層中流階級の彼らである。[20] 超富裕層の資本の大部分は、そもそも海外への課税逃れで守られている。

ケースとディートンによって明らかになった「収入別で異なる死亡率の上昇」は、他の要素とともに失墜する国の姿を浮かび上がらせる。リベラルなアメリカは、ロシアの「専制政治」に対して「民主主義」を擁護しているが、収監率が世界で最も高い国である。二〇一九年、アメリカでは住民一〇万人当たりの収監者数は五三一人で、ロシアは三〇〇人だった。ちなみに、刑務所から傭兵を雇ったことで、ワグネル・グループはこの比率を下げることに成功したと想像できる。同時期、イギリスは一四三人、フランスは一〇七人、ドイツは六七人、日本は三四人だった。

二〇一〇年以降、アメリカは銃乱射事件の増加が憂慮すべき水準に至っている国でもある。[21]

さらにアメリカは肥満大国でもある。一九九〇年から二〇〇〇年、そして二〇一七年から二〇二〇年にかけ、体重過多の人口比率は、三〇・五％から四一・九％に増加している。[22] ボディマス指数（BMI）三〇以上で定義される肥満者は、中等教育しか受けていない層が他の層よりも四〇％以上多い。高等教育を受けた人々で見ると、アメリカは肥満者がフランスの三倍であることも指摘しておく。

この疾患は、単に医療問題を提起するだけではない。もちろん肥満は死に直結することもある。たとえば、肥満は、危険因子として、アメリカにおけるコロナ被害拡大の一因となった。そもそも肥満は、コロナ禍でなくとも危険因子である。しかし身体に関わること以上に、個人の精神構造に関する際立った特徴を教えてくれる。不平等は存在していても、「食べる」こと自体はそれほど困難でないような社会において、肥満は、自己規律の欠如を示す。しかもそれは、質の良い食材を容易に手に入れられる富裕層においてこそ、より顕著に現れる。したがって、肥満率（あるいはむしろその逆数）は、個人が自分自身をコントロールできているかどうかの一つの指標（他の指標もあるが）として利用できる。アメリカの肥満率によって、アメリカ社会全体における超自我の欠如の度合いが測られるのだ。高等教育を受けた人々に限定して、上に示した数字を踏まえると、アメリカ人の「超自我（あるいは理想の自我）の痩せ係数」の算出を楽しむことができる。フランス人と比較した場合、アメリカ人の「超自我（理想の自我）の痩せ係数」は「二」となるわけである。

メリトクラシー（能力主義）の終わり――ようこそ寡頭制

戦後の豊かで民主的なアメリカは、メリトクラシー（能力主義）的理想への転換を遂げた。高等教育の拡大という全体的文脈の中で、他の民族的・宗教的集団、特にユダヤ人の大学進学を妨げるためにＷＡＳＰが設けた障壁も撤廃された。当時のＷＡＳＰエリートたちの動機は地政学的なものだった。イデオロギー面だけでなく科学面も含むあらゆる分野でソ連と対決しなければならなかったのである。まずイデオロギーの問題として、黒人の解放は、共産主義的普遍主義に道徳面で太刀打ちするために必要なことだった。次に科学面において、一九五七年のスプートニクの打ち上げがアメリカに大きな衝撃を与え、ソ連が技術的に優位に立ってしまったという懸念が広がった。メリトクラシーに対する最後の抵抗がここで崩れ去ったのである。突如としてユダヤ人が必要になったのだ。映画「オッペンハイマー」にもあるように、原爆の開発はユダヤ人たちのおかげではなかったか。こうして最も権威ある大学へのユダヤ人入学者数を限定する「ヌメルス・クラウズス」制度（一九二〇年代に導入）は実質的に廃止された。ユダヤ人たちは、大挙してハーバード、プリンストン、イェールというアイビーリーグの三大名門大学に進学するようになったのである。

ジェームズ・ブライアント・コナントは、一九三三年から一九五三年までハーバード大学の学長を務めた化学者である。彼は（原子爆弾を実現させた）マンハッタン計画を監督した一人でもあり、メリトクラシーを推進した人物でもある。ハーバードの入学試験にSAT（Scholastic Aptitude Tests）の導入を決めると同時に、プラグマティックだった彼は、大学の資金面を支える富裕層の子息のための直接入学のルートも維持している[23]。

しかしやがて、アメリカ民主主義の腐敗の最終段階が始まる。つまりメリトクラシーの終わり、上流階級の内向き志向、寡頭制への移行だ。特権階級は、常に勝ち組であり続けたが、メリトクラシーのゲームに疲弊してしまったのである。上述した通り、最富裕層は、自分の子どもの知的レベルにかかわりなく、常にハーバード、イェール、プリンストンのいずれかの入学は買うことができた。一方、上層中流階級の子どもたちは、（成功することが多かったが）このSATの儀式を受けなければならなかった。非常に効率的なテストへの準備そのものが、アメリカにおいて一大産業と化してしまい、そのことでかえって知能を測る道具としてのSATの妥当性は失われたのである。また、この試験は、親と生徒が準備において苦労を惜しまないことを前提とするため、双方に精神的な不安を引き起こし、次第に許容されなくなっていった。近年ではSATに対する反発が徐々に見られるようになり、コロナが、この方式の入試手続きを混乱させ、最終的には廃止に追い込んだ(24)。

メリトクラシーの原則の放棄によって、アメリカ史における民主主義の局面は終わりを迎えることになった。社会ピラミッドの頂点は階層化され、不平等であり、年収は四〇万ドルから五〇万ドルあるが、子どもたちの教育費や医療保険料をそこから購う弁護士、医者、学者たちと、『フォーブス』誌が特定したアメリカの四〇〇人の最富裕層を同列に扱うことはできない。しかし、この少数の最富裕層が寡頭的社会の頂点を形成し、そこでは、真の意味での少数富裕権力者《オリガルヒ》が、彼らに依存する下位の特権階級に囲まれて暮らしているのである。彼らはともに、残り九〇%の自国民が直面する問題など、まったく気にかけていないのだ。

つまり、ロシアの権威主義的民主主義に対する西洋の戦いを主導しているのは、「自由民主主義」ではなく、ニヒリズムによって磨き上げられた「リベラル寡頭制」なのである。

歴史を振り返ると、共和制ローマ末期やカルタゴのように、寡頭制が栄えたこともあったが、これらの寡頭制は、そもそもうまく機能している社会を支配していた。アメリカの寡頭制の悲劇は、これから見ていくように、大部分が虚飾でしかなく、しかも崩壊の過程にある経済の上に君臨しているという点にあるのだ。

原　注（第8章）

（1）この問題について、私はロス・ドゥザットの著書、Ross Douthat, *The Decadent Society. How We Be-*

came Victims of Our Own Success, New York, Avid Reader Press, 2020. に感銘と影響を受けた。ここで彼は、アメリカ社会の退廃の可能性に言及している。ロス・ドゥザットは『ニューヨーク・タイムズ』紙の知的な保守派コラムニストで、『ル・モンド』紙、フランスの新聞全般、さらには『ガーディアン』紙さえも比較にならないほど、意見の多元性を担保する存在だ。映画批評家でもある彼は、その分析を文化的な領域にまで広げ、アメリカ文化の停滞について鋭い洞察を加えている。地政学に非常に有効な「持続可能な退廃」という素晴らしい概念は、彼によるところが大きい。ドゥザットは、世界全体が退廃していることを指摘し、退廃したアメリカは退廃した世界でも存続しうると結論づけた。この点において私は、彼に追随しないが、魅力的な分析であることに変わりはない。

(2) Hermann Rauschning, *La Révolution du nihilisme*, Gallimard, 1939.〔ヘルマン・ラウシュニング『ニヒリズムの革命』菊盛英夫・三島憲一訳、筑摩叢書、一九七二年〕

(3) 以下の文献を参照のこと。Leo Strauss, *Nihilisme et politique*, Rivages Poche, 2004. これは一九四一年に行われた講演の内容。

(4) Anne Case, Angus Deaton, *Deaths of Despair and the Future of Capitalism*, Princeton University Press, 2020, p. 42.〔アン・ケース、アンガス・ディートン『絶望死のアメリカ——資本主義がめざすべきもの』松本裕訳、みすず書房、二〇二一年〕

(5) 《Life Expectancy Changes since COVID-19》, *Nature Human Behaviour*, 17 octobre 2022.

(6) OECDデータ。https://data.oecd.org/healthstat/infant-mortality-rates.htm.

(7) A. Case et A. Deaton, *Deaths of Despair*, 前掲書, p. 125.

(8) Robert D. Putnam et David E. Campbell, *American Grace. How Religion Divides and Unites Us*, New York, Simon and Schuster, 2010, p. 82-90.〔ロバート・D・パットナム、デヴィッド・E・キャンベル『アメリカの恩寵——宗教は社会をいかに分かち、結びつけるのか』柴内康文訳、柏書房、二〇一九年〕

(9) C. Wright Mills, *The Power Elite*, Oxford University Press, 1956 et 2000, p. 60-68. La traduction française, parue chez Maspero, date de 1969.〔C・ライト・ミルズ『パワーエリート』鵜飼信成・綿貫

譲治訳、筑摩書房、二〇二〇年〕

(10) Emmanuel Saez et Gabriel Zucman, *Le Triomphe de l'injustice. Richesse, évasion fiscale et démocratie*, Seuil, 2020.〔エマニュエル・サエズ、ガブリエル・ズックマン『つくられた格差——不公平税制が生んだ所得の不平等』山田美明訳、光文社、二〇二〇年〕

(11) R. Putnam et D. Campbell, *American Grace*, 前掲書、p. 105.

(12) Ross Douthat, *Bad Religion. How We Became a Nation of Heretics*, New York, Free Press, 2013.

(13) R. Putnam et D. Campbell, *American Grace*, 前掲書、p. 486.

(14) Nicholas Lemann, *The Big Test. The Secret History of the American Meritocracy*, New York, Farrar, Straus and Giroux, 1999.〔ニコラス・レマン『ビッグ・テスト——アメリカの大学入試制度——知的エリート階級はいかにつくられたか』久野温穏訳、早川書房、二〇〇一年〕一九九〇年、ＳＡＴはScholastic Assessment Test に変わり、さらに二〇〇五年にはSAT Reasoning Test に改称された。

(15) 詳細な数値はウィキペディアを参照のこと。https://en.wikipedia.org/wiki/SAT.

(16) ここに私の「幼稚な反米主義」の発露があるとは見ないでいただきたい。私は著作、Emmanuel Todd, *Les Luttes de classes en France au XXIe siècle*, Seuil, 2020.〔『二一世紀の階級闘争』村石麻子訳、文藝春秋近刊〕で、フランスの小学校でも同様の現象が起きていることを指摘している。

(17) Philip S. Babcock et Mindy Marks, « The Falling Time Cost of College: Evidence from Half a Century of Time Use Data », National Bureau of Economic Research, avril 2010.

(18) Elizabeth M. Dworak, William Revelle, David M. Condon, « Looking for Flynn Effects in a Recent Online U. S. Adult Sample: Examining Shifts within the SAPA Project », *Intelligence*, vol. 98, mai-juin 2023, 101734.

(19) Pew Research Center.

(20) この徴税面の機能停止状態に気づいたのは、ピーター・ティールとの議論がきっかけだ。

(21) 以下のサイトを参照のこと。*The Violence Project*: https://www.theviolenceproject.org.

（22）Centers for Disease Control, Adult Obesity Facts: https://www.cdc.gov/obesity/data/adult.html.

（23）Jerome Karabel, *The Chosen. The Hidden History of Admission and Exclusion at Harvard, Yale and Princeton*, Boston, Houghton Mifflin Company, 2005.

（24）ダニエル・マルコヴィッツの著書、Daniel Markovits, *The Meritocracy Trap*, Penguin Books, 2019. もSATに対して明らかに批判的だ。マルコヴィッツは、この制度の中心にあるイェール大学ロースクールの教授である。マイケル・ヤングのように、単に道徳的で公正な理由からメリトクラシーを批判しているのだと思われるかもしれないが、彼は（最近の慣行に照らせば疑わしいのだが）選抜された学生が「ふさわしい」のかどうかについては一切疑問を呈していない。彼はただ、この制度が選抜された学生たちを疎外するものであることを示唆しているだけである。

第9章　ガス抜きをして米国経済の虚飾を正す

二〇二三年一月から六月にかけて、ウクライナが必要とする兵器をアメリカが生産できないでいることを多くの研究が明らかにした。(1) これらの研究は、クレムリンに近い小団体などではなく、アメリカ国防総省や国務省から資金提供を受けているさまざまなシンクタンクが公表したものである。世界一の大国が、なぜこれほど馬鹿げた状況に陥ってしまったのか。この章では、アメリカ経済の実体を見極め、地球上で最も規模の大きい二つの「国内総生産（GDP、Gross Domestic Product）」のうちの一つ（もう一つは中国）のガス抜きをし、「実質のあるもの」にまで落とし込んでいきたい。これを「国内実質生産（RDP、Real Domestic Product）」と呼んではどうか。アメリカがいかに世界に依存しているか、いかに根本的に脆弱であるかを私たちは発見することになるだろう。

徹底的な批判を始める前に、公平さを保つためにもまずアメリカ経済の議論の余地のない強みを指摘しておこう。近年、最も重要な技術革新がシリコンバレーからもたらされたことは論を俟たない。シリコンバレーの通信・情報技術の進歩は、世界中とまでは言えないとしても、少なくとも同盟国への支配力を著しく強めた。これも近年のことだが、アメリカの石油、特に天然ガスの生産国としての大いなる復活も私たちは目の当たりにした。一九四〇年に日量四〇〇万バレルだったアメリカの石油生産量は、一九七〇年には九六〇万バレルまで上昇し、二〇〇八年には五〇〇万バレルに落ち込んだが、戦争直前の二〇一九年には、水圧破砕技術のおかげで一二二〇万バレルにまで達している。主要輸出国ではないが、アメリカは石油の純輸入国ではなくなったのである。天然ガス生産量は、二〇〇五年の年間四八九〇億立方メートルから、二〇二一年には九三四〇億立方メートルに増加している。天然ガスの分野でアメリカは、ロシアに次ぐ世界二位の輸出国だ。戦争のおかげで、特にロシアからの天然ガス供給を突然遮断されたヨーロッパの同盟諸国に供給できるようになったアメリカは、世界最大の液化天然ガスの輸出国となった。エネルギー分野は、この戦争の明らかな不条理の一つを浮き彫りにしている。アメリカの目的は、ウクライナを守ることなのか。あるいはヨーロッパと東アジアの同盟国を支配し、搾取することなのか。

ＧＡＦＡ、天然ガス、シリコンバレー、テキサスというアメリカ経済の強みは、人間の活動範囲の両極端に位置している。プログラミングのコードは「抽象化」に向かうが、エネルギー資源は「原材料」である。この両端の間にこそ、アメリカ経済の弱みと困難さが存在する。つまり、モノの製造、伝統的な意味での「工業」に当たる部分である。ＮＡＴＯの標準兵器である一五五ミリ砲弾すら十分に生産できないという極めて陳腐な事態を通じて、この戦争が明らかにしたのは、アメリカに産業基盤が欠落していることである。さらに種類を問わず、いかなるミサイルも十分に生産できなくなっていることが少しずつ明らかになった。

物事の正体を暴く戦争は、私たちの（そしてアメリカ自身の）アメリカに対する認識とアメリカの真の実力の間にあるギャップを明らかにしたのである。二〇二二年、ロシアのＧＤＰは、アメリカのＧＤＰの八・八％（ベラルーシと合算すると、西洋陣営のＧＤＰの三・三％）でしかなかった。ＧＤＰで見れば、ロシア側をこれほど圧倒していたにもかかわらず、なぜアメリカはウクライナが必要とする砲弾すら生産できなくなってしまったのか。

米国産業の消滅

アメリカ自身によって進められたグローバル化が、アメリカの産業覇権を根底から覆した。一九二八年、アメリカの工業生産高は世界の四四・八％を占めていた。しかし二〇一九年には、一六・八％に落ち込んだ。同時期に、イギリスは九・三％から一・八％に減少し、日本は二・四％から七・八％に増加し、ドイツは一一・六％から五・三％に減少し、フランスも七％から一・九％に減少し、イタリアも三・二％から二・一％に減少した。中国は二〇二〇年に二八・七％まで増加。ロシアの工業生産高は世界一五位で、一％程度である。ロシアに関する比較可能な統計の少なさを鑑みると、アメリカのある種の航空機が獲得しようとしている「ステルス性能」をこの国の産業が手にしてしまったかのようだ。ロシアは、アメリカに対する究極の武器「ステルス産業」なるものを作り上げ、不意打ちを喰らわせたと言えるのではないか。

グローバル化した世界における「物理的」なパワーバランスをより良く評価するために、「工業の中の工業」としての工作機械の生産を見てみよう。二〇一八年、中国は世界の工作機械の二四・八％を製造し、ドイツ語圏は二一・一％（ドイツ、オーストリア、スイスの合計。ちなみにスイス産業の大部分がドイツと国境を接している）、日本は一五・六％、イタリアは七・八％、アメリカはわずか六・六％、韓国は五・六％、台湾は五・〇％、インドは一・四％、ブラジルは一・一％、フランスは〇・九％、イギリスは〇・八％だった。私は統計の中にロシアを探すことは諦めざるを得なかった。「ロシアが見えない」ことは、想像以上の数値を疑わせるのに十分である。

モノの製造におけるアメリカの衰退は農業にも見られる。メキシコとカナダとの北米自由貿易協定

（ＮＡＦＴＡ）が一九九四年に発効されて以降、アメリカの農業は「集中」、「専門化」、「衰退」のプロセスをたどった。[2] 第１章では小麦の生産に言及したが、ロシアは二〇一二年に三七〇〇万トンだったのが、二〇二二年には八〇〇〇万トンに達したのに対し、アメリカは一九八〇年に六五〇〇万トンだったのが、二〇二二年には四七〇〇万トンに減少した。全体として見れば、かつてアメリカは農産物の一大（純）輸出国だったが、現在はかろうじて輸出入の均衡を保っているにすぎず、むしろ赤字に傾きかけている。[3] 今後も人口増加が見込まれることから、一〇年から二〇年以内に輸入国に転落するのはほぼ確実だろう。

米国のＲＤＰ（国内実質生産）

ここまでは公式に発表された数字に依拠してきたが、今、その先に踏み込む時がきた。アメリカのＧＤＰは、効率性、さらには有用性すら不確かな「対人サービス」がその大半を占めている。医者（オピオイドの件で見たように時には殺人者となる）、法外な高給取りの弁護士、略奪的な金融業者、刑務所の守衛、インテリジェンス関係者などがそこに含まれる。二〇二〇年、アメリカのＧＤＰは、この国の一万五一四〇人もの経済学者の仕事を付加価値として計上していたが、そのほとんどが虚偽の伝導者であるのに、平均年俸は一二万一〇〇〇ドルにも達している。真の富の生産には繋がらない、このような寄生集団の活動を取り除いた場合、アメリカのＧＤＰは果たしてどの程度になるのか。ここで、読者を楽しませるためにある思考実験をしてみたい。アメリカで毎年生み出される富をリアルに評価するために、より柔軟な方法でＧＤＰのガスを抜き、「ＲＤＰ（実質生産、またはリアルな国内生産）」を算出してみるのだ。その大胆さと正確さにおいてノーベル賞級だと私には思える。一見、綿密だが滑稽な手法を駆使する多くの学者に賞を授与してきたスウェーデン王立銀行は、今回ばかりは簡潔で明快な頭脳に報いてくれないだろうか。

前章で見たように、アメリカのGDPのうち医療費は一八・八％を占めるが、それでも平均余命は低下している。こうした結果を踏まえると、医療の支出の真の価値は過大評価されていると言える。真に存在している価値は、この数字の四〇％程度だろう。そこで、私は医療支出に〇・四の係数を乗じて減額する。

二〇二二年のアメリカの一人当たりGDPは、七万六〇〇〇ドルである。このうち、私が「物質的」と評する経済分野、つまり工業、建設業、交通、炭鉱、農業は二〇％程度である。七万六〇〇〇ドルの二〇％は一万五二〇〇ドルなので、これを「真の生産」としてとっておこう。残りの六万八〇〇〇ドルはサービス（医療を含める）の「生産」だが、こうしたサービスを先ほどの医療より「真の生産」だと考えるべき理由はない。そこで、ここにも〇・四の減額係数を適用する。すると六万八〇〇〇ドルは、二万四三二〇ドルになる。このガス抜きしたサービスの二万四三二〇ドルに先ほどの物質的な生産に当たる一万五二〇〇ドルを加えると、一人当たりRDP（国内実質生産）は三万九五二〇ドルになる。この結果は非常に興味深い。というのも、二〇二〇年のアメリカの一人当たりRDPは、西ヨーロッパの一人当たりGDPを若干下回る程度になるからだ（ドイツは四万八〇〇〇ドル、フランスは四万一〇〇〇ドル）。さらなる驚きがある。こうして算出した国民一人当たりの豊かさの順位は、乳幼児死亡率の順位と見事に一致するのだ。ドイツが一位で、アメリカが最下位になっている。

輸入製品への依存

第8章の冒頭では、アメリカの優秀な地政学者たちさえも囚われてしまっている錯覚について言及した。彼らは、自国は世界のあらゆる不幸から守られた安全な島だと思い違いをしているのである。そして彼らは、アメリカの基本的な特徴の一つである貿易収支の膨大な不均衡を忘れてしまっている。アメリカ人たちは生産する以上にはるかに消費しているのだ。

他国との財の貿易は、工業生産、総合的な生産、あるいは工作機械生産に次いで、その国の実力を示す補完的な優れた指標の一つである。アメリカは輸入という点滴で生きているのだが、それを賄っているのは輸出ではなくドルの発行だ。アメリカは国債を発行することで貿易赤字を補塡しているが、それが可能なのはドルが世界の基軸通貨だからにほかならない。ドルは国際取引に使われるだけでなく、（第5章でも見たように）富裕層がタックス・ヘイヴン（租税回避地）に資産をため込むためにもよく使われている。断定はできないが、流通しているドルの三分の一程度は、このような目的で使われていると推定できる。

アメリカの真の豊かさを見積もるには、ＧＤＰから見せかけでしかない無用のサービスを取り除く必要があったが、アメリカの対外貿易赤字を正しく算定する場合も、財だけを考慮に入れ、サービスを除く必要がある。批判的検討をさらに続けよう。こうした指標も、当初は科学的だったのが、グローバル化によって、デモンストレーション、誘惑、隠蔽のための道具と化してしまったことを忘れてはならない。ＧＤＰに占める（サービス業を除く）財の貿易赤字の割合だけを見ると、そこには安定した状態がある印象を受ける。二〇〇〇年は四・五％で、二〇二二年は四・六％だった。しかしこの割合は、貿易赤字の増加に比例する形で増加するGDPから得られる割合である。このGDPは何も表していない。アメリカの毎年のRDPの算定は避けるが、それは先ほどより精密さに欠ける計算をしなければならなくなるからだ。それよりも簡単な方法がある。貿易赤字の規模そのものを検討するのである。総額で見ると、貿易赤字は、二〇〇〇年から二〇二二年にかけて一七三％も膨んでおり、物価指数を加味しても六〇％増となっている。

経済政策の保護主義への公式的転換は、オバマ政権下で始まり、トランプ政権で強化され、バイデン政権でも維持された。にもかかわらず、アメリカの貿易赤字の拡大が続いていることこそ、最大の驚きだろう。この新たな謎は、アメリカの衰退の回復不可能性を理解する鍵となる。根本原因（プロテスタンティズムの崩壊、教育と市民道徳の凋落などの不可逆的な諸現象）を検討すれば、経済的衰退もまた不可逆的であることに大した驚きはないだろう。

非生産的で略奪的な能力主義者

ここまで使用したすべての経済指標は、モノや消費財の生産に関するものだったが、経済のポテンシャルを深い部分から評価するには、「生産」からさらに川上の方へ、つまりモノを生産する「生産者」にまで遡らなければならない。というのも、「経済」とは、「育成されて能力を身につけた男女の集合体」のことだからだ。今、ウクライナが必要とする砲弾すら生産できないでいるのは、アメリカが生産を担っていた人間を追い出してしまったからである。

『フォーリン・アフェアーズ』誌の記事「アメリカはいかにして自らの戦争マシンを壊したか（How America Broke its War Machine)」によると、防衛産業の雇用者は、一九八〇年代には三二〇万人いたのに、リストラや企業統合により、今日では一一〇万人しかいないという。三分の一に減少してしまったのだ。現実を反転させることを得意とするアメリカの経済学者たちなら、これを「強化」と評するだろう。しかしこうした人員削減（これはそうでしかない）は、アメリカの産業を襲った物質的衰退だけでなく、人的衰退の具体的な指標となる。

ロシアの二倍の人口を抱えるアメリカのエンジニアは、ロシアよりもおそらく三三％も少ない点については第1章で見た通りである。さらに掘り下げてみよう。メリトクラシー（能力主義）の理想は、アメリカの民主主義に敵対するようになった。メリトクラシーが不平等の理想によって民主主義を汚し、民主主義を蝕んでしまったのである。この明らかな事実は多くの著者が指摘していることだ。(4)しかし彼らがしばしば見逃していたのは、ＳＡＴというテストによって選出された「優秀な」生徒たちが選ぶ学科、ひいては職業の種類がどう変化したかである。メリトクラシーの生みの父たちの主要な目的は、ソ連との競争に立ち向かうことだった。共産主義の能力主義者たちを凌駕するような産業を興すために、アメリカは科学と技術の分野において、最も優れた学生を採用しなければならなかったのだ。この時代のハーバード大学長のコナントは、すでに述べたように、化学を学んだ人物で、マンハッタン計画の監督官の一人だった。しかし、科学と技術の分野の人員は早々に枯渇してしまったのである。今日、アメリカの学生のうちエンジニアリングを専攻する学生はわずか七・二％だ。つまり、社会の内部で「頭脳流出」が起きていたのである。流出先は、法学部、金融学部、ビジネススクールなど、エンジニアリングや科学研究の分野よりも高い収入を得られる可能性のある分野だ。

経済学者たちは、こうした現象を指摘しない、というだけに留まらなかった。あり得る最良のこの世界（とりわけ自分たちの世界、つまり大学や、たいていの場合は経営者によるシンクタンク）では、すべてがうまくいっていると証明することに忙しい彼らは、（しばしばトランプ主義者に多い中等教育修了者と比べて）一般的に高等教育を受けた人々が享受する高い収入に関して馬鹿げた解釈をでっちあげた。高学歴者ほど所得が高い事実から、悪賢い彼らは、〔原因と結果を逆転させて〕高所得は、教育の実質的な成果を示し、人的資本の向上を示すものだと考えたのである。生産能力や個人の知的能力を幾分かでも向上させることもないような法律、金融、ビジネスにおける高等教育それ自体によって、さらにはその後に手に入れる社会的地位それ自体によって、システムが生み出す富を略奪する高度な能力を彼らが獲得していることに関しては、まったく考えが至らなかったようだ。まとめてみよう。高等教育を受けた人々の高額の収入は、弁護士、銀行家、その他多くの見せかけの第三次産業従業者が優れた略奪者として群れを成していることを物語っているのである。これが教育の発展がもたらした究極の悪影響だ。高等教育修了者が急増し、無数の寄生虫が生み出された。フランスの読者がなぜフランスは貧しくなっているのかを知り、不安になりたいのであれば、公務員や移民を非難するのではなく、ビジネススクール、経営学、会計学、セールス学の学生数が一九八〇年の一万六〇〇〇人から、二〇二一年から二〇二二年の間に二三万九〇〇〇人に増加していることに着目するべきだろう。

輸入労働者への依存

いわゆるSTEMワーカー（science, technology, engineering or mathematics）と呼ばれる、科学と技術分野での労働者の不足を埋めるために、アメリカは大量に労働者を輸入している。二〇〇〇年時点で、この分野の一六・五％が海外出身者から構成されていた。二〇一九年、その比率は二三・一％に上昇し、輸入労働者は二五〇万人に達した。そのうちの二八・九％（つまり七二万二五〇〇人）はインド人で、二七万三〇〇〇人の中国人、一〇万人のベトナム人、一一万九〇〇〇人のメキシコ人も含まれていた。こうして輸入された外国人たちは同業のアメリカ人よりも優秀な資格を有している。アメリカ出身のSTEMワーカーのうちBA（学士号）を有するのは六七・三％だったが、移民の方は八六・五％が有していた。[5]

データは他にもある。ソフトウェア開発者のうち三九％が外国人である。分野によるが、エンジニアは一五％か二〇％、あるいは二五％程度だ。物理学者は三〇％が外国人である。カリフォルニアでは、STEMワーカーの三九％を外国人が占めている。

ある意味で、外から来る能力に頼ることは、アメリカの歴史そのものである。一八四〇年から一九一〇年にかけて、ドイツ、スカンジナビア諸国から大量の移民が流入した。多くは教育を受け、直系家族に特有のダイナミズムを体現した彼らの流入が、他国より遅れたが、急速なアメリカの工業発展につながったのである。しかしこうした海外人材の受け入れは、WASP自身の教育的ダイナミズムを土台にしてなされていた。受け入れ側もまた、高技能労働者、技術者、エンジニアを生み出していたのである（ただし、優れた科学者はわずかだった）。しかし今日の移民の流入は、WASPだけではないアメリカ白人全体の教育の崩壊を埋め合わせるものとなっている。

科学と技術分野の学部選択における外国人とアメリカ人の違いは、大学において顕著である。よく知られているように、アメリカの大学は多くの外国人学生を受け入れている。**表9—1**は二〇〇一年から二〇二〇年にかけて見られた二つの特徴を示している。まず、アメリカの大学で博士号を取得する中国人とインド人の数の多さだ。次に、エンジニアになる外国人の割合の高さである。これは移民輩出国における技術と産業への関心度を示す重要な情報だ。この表によると、イラン出身者の六六％がエンジニア関連の勉強をしている。私は学習意欲に関する社会学の観点からイランの博士課程学生に最優秀賞を授与したい。こうして、ウクライナ戦争が始まって以来、イランがロシアに軍事用ドローンを輸出している理由も分かるわけである。

地政学に関する本書において、私は国力の基盤へ近づこうと試みている。兵器の生産量よりもエンジニアの数を見る方が真実に近づけるのだ。繰り返すがモノから人へである。近代的な軍隊はその技術力にかかっているが、それは工兵部隊に限ったことではない。特に空軍と海軍の技術部門では、将校の大半がエンジニアである。アメリカがエンジニアを大規模に養成できなくなっているとすると、次の疑問が湧いてくる、本格的な軍事衝突が起きた時、アメリカ軍の真の実力はどれほどのものなのか、と。歴史的に見て、空軍（Air Force）と海軍（Navy）はアメリカ軍の中でも最も実績を残してきた部門で、特に海軍航空隊は太平洋戦争以降、注目されてきた。つまり、ロースクールやビジネススクールへの「頭脳流出」がアメリカの軍事力の核心部分を脅かしているのである。敵に対していくら支払い命令や口座凍結などをしたところで戦争には勝てないのだ。ところで、この一文には既視感を覚える――ロシア銀行の資産凍結、ロシアのオリガルヒの財産の差し押さえ（さらに西洋諸国であ

表 9-1　2001 年～2020 年に米国で博士号を取得した上位 10 カ国

国名	すべての分野	科学系と工学系	工学系	全体に占める工学系の割合
中国	88,512	81,803	30,599	35%
インド	36,565	34,241	14,397	39%
韓国	25,994	19,781	8,023	31%
台湾	12,648	9,765	3,418	27%
カナダ	9,027	6,399	1,060	12%
トルコ	8,887	7,372	3,104	35%
イラン	7,338	6,949	4,834	66%
タイ	5,166	4,494	1,701	33%
日本	4,121	3,100	479	12%
メキシコ	4,089	3,451	912	22%

出典：National Science Foundation

まりにも尊重されている財産権を敢えて否定までして一般の在外ロシア人まで対象としている)、ロシア産原油を運ぶ船舶に対する保険の拒否。アメリカ側で戦争を先導しているのは、弁護士的メンタリティなのである。だからこそウクライナでは砲弾が不足しているのだ。

ドルという不治の病

未来を予測するとは、単に衰退を感知できることではない。アメリカの場合、衰退を予測することはむしろ簡単すぎる。そうではなく、衰退のプロセスが可逆的か否かを見極めることこそ重要となる。いかなる「覚醒」も起こり得ない宗教ゼロ状態という仮説にまだ納得していない人のために、衰退が不可逆的であることを含意するような経済の一連の流れに言及しよう。ちなみにこの議論については、新保護主義的な政策転換にもかかわらず貿易赤字が拡大し続けている事実を示すことからすでに始めている。

次に挙げる新たな経済的自覚も、アメリカにいかなる影響も及ぼすことはなかった。二〇〇七年から二〇〇八年の世界金融危機以降、不平等の拡大は経済の不安定化と生活水準の低下をもたらすとアメリカのすべての階層が認識するようになった。二〇一一年、「ウォール街を占拠せよ」運動は、金融資本主義を敵として明確に示した。二〇一三年、トマ・ピケティの著作『二一世紀の資本』がアメリカで刊行された。もし政治的関与(あるいは政治に起因する戦争)がなければ、不平等の拡大は避けられないという主張だが、本書はアメリカにて驚異的な成功を収めた。しかし貿易赤字に関してもそうだったように、だからと言って、経済の一連の流れにいかなる変化も見られなかったのだ。〇から一のジニ係数は不平等が大きいほど高くなるが、アメリカでは上昇し続けている。一九九三年には〇・四五四だったが、世界金融危機前夜の二〇〇六年には〇・四七〇に、そのおよそ一〇年後の二〇二一年には〇・四九四に達している。まるでヨハネの黙示録の四騎士のように、不平等はその道を突き進んでいるのだ。

なぜアメリカの海軍は立ち直れないのか。なぜ経済格差と貿易赤字を縮小させられないのか。なぜ学生たちをエンジニアリングと科学の道へと向かわせないのか。無力さの原因としての宗教的基盤（道徳ゼロ状態）は別にして、行動を阻害する純粋に経済的な「ロック装置」があることを確認できる。アメリカは世界の通貨としてのドルを生み出しているが、無から金銭的な富を引き出せるドルの能力こそが、アメリカを麻痺させているのだ。まさに道徳ゼロ状態を身近に感じさせる現象だが、神や道徳なしに、このメカニズムは純粋に技術的な観点からも分析できる。

「オランダ病」はよく知られているが、またの名を「天然資源の呪い」と言い、特に石油や天然ガスが関わってくる。ある国の天然資源の豊さとその輸出は、その国の通貨価値を高めると同時に、経済の他の分野の発展を妨げる力にもなってしまう。要するにアメリカは「スーパーオランダ病」に苦しんでいるわけだ。経済を阻害する「天然」資源は、ここではドルということになる。世界通貨を最小限のコスト、あるいはコストゼロで生産できてしまうため、信用創造以外のすべての経済活動は採算の合わない、魅力的ではないものになってしまうのである。

生み出される通貨は、ＦＲＢ（連邦準備制度）が運営する紙幣印刷機からもたらされているわけではない。アン・ペティフォーが非常に興味深い本の序文で述べているように、中央銀行が行っているのは貨幣生産のわずか五％だけである。(6) 残りの九五％は、銀行が行う個人向けの融資や銀行同士の融資による。しかし危機が起きれば、FRBは二〇〇八年の時のように、このシステムを救うべく、さらに貨幣を発行し、銀行や個人による、事実上は国家による信用創造が無制限であり続けることを保証するのだ。アメリカの公的債務にも上限はない。法的な上限は必要な時に議会がいつでも引き上げることができる。アメリカは定期的に「予算をめぐる喜劇」を演じているだけだ。民主党がさまざまな社会福祉関連支出の削減に同意しなければ、債務上限を引き上げない、と共和党は脅す。「さあ帝国の臣民よ、安心するのだ。債務上限は引き上げられ、ドルと国債は発行され続け、世界の少数の特権階級がそれを買い続けるであろう」。実際、ドルは、世界のその他の国々のために存在するという特殊性を持っている。昼寝から覚めてまだ頭がぼんやりしつつも自由な気分の私は、バイデンがウクライナの指導者たちに数十億ドルを送り、西ヨーロッパで買い物ができるようにしてあげる場面を妄想してみる。いやいや、理性的にならなければいけない。こんなことがアメリカとヨーロッパという同盟国間で起きてはいけない……。

このようなシステムを改善するのは難しい。「財」よりも「貨幣」を生産する方がよほど簡単だからである。このシステムにおける最高の職業は、信用創造、つまり莫大な富の源泉に近い銀行家、税務専門の弁護士、銀行家のロビイストなどだ。エンジニアは、この放蕩の源泉からは離れすぎている。産業界は、約一五％の利益率を達成する義務を背負っているが、その義務を課しているのは貨幣を生産している人々なのだ……。真の競争が、集団的で悪魔的な国内の紙幣印刷機からもたらされているとすれば、外国産業に対する国境での保護政策などで十分であるはずがない。このメカニズムは、将来を考えて学部や職業を選ぶ若者たちに影響を及ぼす。銀行員や弁護士の収入がそれほど高いのなら、なぜわざわざ難しい科学や技術の勉強をする必要があるのか。このことが、先に確認した非生産的職業への「頭脳流出」を説明してくれる。人々が法律、金融、ビジネスを好んで学ぶのは、それによってドルが次々に湧き出てくる「聖なる泉」に近づけるからなのだ(7)。

原注（第9章）

（1）たとえば、以下も参照のこと。Samuel Charap et Miranda Priebe, « Avoiding a Long War: U. S. Policy and the Trajectory of the Russia-Ukraine Conflict », Rand Corporation, janvier 2023; Michael Brenes, « Privatization and the Hollowing Out of the U. S. Defense Industry », *Foreign Affairs*, 3 juillet, 2023.

（2）Mark V. Wetherington, *American Agriculture. From Farm Families to Agribusiness*, Lanham, Rowman and Littlefield, 2021, p. 149–171.

（3）以下の記事を参照のこと。ウェブサイト「Martin-Gatton College of Agriculture, Food and Environment」に公開されたウィル・スネル（Will Snell）による二〇二〇年一〇月二九日付の記事« U. S. Agriculture Flirting with an Annual Trade Deficit – First Time in 60 years ? »: https://agecon.ca.uky.edu/us-agriculture-flirting-annual-trade-deficit-%E2%80%93-first-time-60-years.

（4）第8章で挙げた書籍以外に関しては、以下の文献を参照のこと。Michael J. Sandel, *The Tyranny of Merit*, New York, Farrar, Straus and Giroux, 2020〔マイケル・サンデル『実力も運のうち――能力主義は正義か?』鬼澤忍訳、早川書房、二〇二一年〕; Will Bunch, *After the Ivory Tower Falls. How College Broke the American Dream and Blew up our Politics and How to Fix It*, New York, William Morrow, 2022.

（5） American Immigration Council.

（6） Ann Pettifor, *The Production of Money. How to Break the Power of Bankers*, Londres, Verso, 2017, p. 3.

（7） 大学での学業選択に経済的専門化が反映されるというこのアイデアは、私の同僚フィリップ・ラフォルグに負うところが大きい。

第10章　ワシントンのギャングたち

ややや図式的ではあったが、ここまでの分析でアメリカ社会と経済の全体像はおおよそ把握できただろう。とりわけアメリカの退行的なダイナミズムを特定することができた。ここからは人類学者の目を通し、虫眼鏡を片手に、アメリカという病める大国の外交政策を具体的に指揮している集団の検討を進める。特殊な慣習を持ち、その趣向と決断によって、結果的に西洋をロシアとの戦争にまで導いてしまったこの部族はいかなる存在なのか。人類学は多くの場合、原始的集団をその自然環境において研究する学問だが、ここでの研究対象は「ワシントン村」ということになる。特にアメリカの地政学のエスタブリッシュメントに着目するが、この不穏な微生物は、現地ではより砕けて「ブロッブ(Blob)」〔ネバネバした物体〕と呼ばれている。

ＷＡＳＰの終焉

チャールズ・ライト・ミルズの言うＷＡＳＰエリートは消滅した。現在のアメリカ政府を一瞥すればそれは明らかである。特にウクライナ戦争を司っている重要人物の中に、ＷＡＳＰは一人もいない。ジョー・バイデンは、アイルランド系カトリックである。国家安全保障問題担当大統領補佐官ジェイク・サリバンも同様だ。国務長官、つまり外務大臣のアントニー・ブリンケンは、ユダヤ人である。ヨーロッパとユーラシア(つまりウクライナ)担当の国務次官ヴィクトリア・ヌーランドは、ユダヤ人の父とイギリス系の母を持つ。国防長官のロイド・オースティンは、黒人でカトリックだ。

アメリカの刑務所における黒人比率は、四〇%と異常に高いが、同じようにバイデン内閣においても黒人は高い比率を占めている。黒人はアメリカ全人口の一三%にすぎないのに、バイデン内閣では二六％にも上る。下院では一三・三％（つまり人種的比率に合致）で、上院では三％を占めているにすぎない（上院は歴史の変化のスピードにブレーキをかけるための存在なので、不自然ではない）。厳密な意味での政治機関以外では、黒人はジャーナリストの六・四％、超富裕層の〇・五％のみを占めている（最も裕福な四〇〇人のアメリカ人のうち黒人はたった二人だ）。しかし政権幹部に関しては、ワシントンにも、ロンドンのような「カラー（有色人種）」が見られるのである。

指導者層の未来は、大学を見ればわかる。名門大学のうちハーバード、イェール、プリンストンという将来の寡頭制のメンバーを輩出する「聖なる場所」の学生人種別割合を見てみよう。白人はまだアメリカ全人口の六一％を占めているが、三大大学においては、わずか四六％である。こうした白人の低比率は、イギリスのように、知的分野における白人の優位性がいずれ消滅することを示している。一方、黒人の割合は、全人口比に比べると若干低いままである。全人口に対する黒人比率は一三・三％だが、イェール、ハーバード、プリンストンにおける黒人比率は一〇％でしかない。同様の傾向はラティーノ（ヒスパニック系）にも見られる。ラティーノは全人口の二〇％を占めているが、権威あるこの三大学においては一六％しか占めていない。このように白人、黒人、ラティーノは、いずれも全人口比に比して過小であるのに対し、それらの過小分を補い、全人口比に比して際立って過大な割合を示すカテゴリーがある。アジア系人口である。彼らは全人口の六％にすぎないが、この三大学の学生の二八％を占めている。

政権からWASPが消えたのは、意図されたことではなかった。共和党政権が誕生すれば、それがたとえトランプ政権であっても、形の上ではWASPは復活するだろう。ただしプロテスタンティズム・ゼロのそれでしかない。つまり「似非ＷＡＳＰ」である。そもそもバイデンからして、誰から見ても白人のアメリカ人というだけで、それ以上でも以下でもない。「アイルランド系カトリック」という彼の出自は特に意味を持っていない。ケネディがアメリカ史上初のカトリックの大統領になった時、それは一つの事件であり、転換点だった。今はそうではない。バイデンの側近にＷＡＳＰが完全に不在であることで、彼自身がＷＡＳＰではないことは誰の関心も引かない。

　この現象は簡単に説明できる。宗教ゼロ状態は、宗派だけでなく、人種と教育の差異も消し去ったのだ。カトリシズム・ゼロとプロテスタンティズム・ゼロの違いはあるのか。プロテスタンティズム・ゼロの状態において、黒人と白人の違いはあるのか。この新しい用語をさらに突き詰めてみれば、「地獄落ちという黒人への罰・ゼロ状態」ということになる。プロテスタンティズムの消滅は、この宗教に非常に強く結びついたアメリカの伝統的な人種差別の消滅をもたらしたのだ。

　大学におけるアジア系学生の高比率は、人種差別主義の反転の結果ではなく、彼らの教育に対する大きな活力に起因している。子どもをあまり囲い込まない絶対核家族構造という人類学的背景がある中で、プロテスタンティズムの消滅とともに、「教育重視」や「努力尊重」の気風が消滅したことから、白人の学力は崩壊した。こうして、プロテスタントとカトリックの子孫たちに差異はなくなり、ＳＡＴと平均ＩＱのレベル低下という同じ方向に向かっていったのである。一方で日本、韓国、中国、ベトナムからの移民の子どもたちは、一世代から二世代の間、こうした学力崩壊から守られてきた。それは権威主義的な家族構造によるだけでなく、教育を神聖視する儒教の伝統に負うところが大きいが、この伝統はそれ自体が「家族継承」に根づいている[1]。イギリスやフランスでも同様の現象が見られる。

誤解はしていただきたくない。イギリスのように、アメリカでもカトリックとプロテスタント、さらには白人と黒人の差別が終わりを告げた歴史的偉業をまずは称えなければならない。しかし次の段階で、WASPの消滅が社会学的に何を意味するのかを考察しなければならないのである。

道徳ゼロ状態での権力エリートの消滅は、指導者集団が共有していたあらゆるエートスの消滅を意味した。WASPエリートは、向かうべき方向や道徳的目標（善悪を含む）を体現する存在だった。現在の指導者集団（エリートと呼ぶことは憚られる）は、こうしたものを何も体現していない。残っているのは、純粋な権力のダイナミズムだけで、それが対外政策に投影されることで、軍事力と戦争への偏愛として現われたのだ。この重要な点については後ほど詳述する。まず私は、バイデン政権の外交政策の立案におけるユダヤ人の役割を位置づけるために、基本となる社会学的要素について言及しなければならない。

ユダヤ系知性の消滅？

まず、さらなる誤解を避けるために、私自身がユダヤ系で、ブルターニュ人でもあり、イギリス系の先祖ももっていて〔Todd は古英語で「狐」の意〕、この三つの出自に十分満足していることを述べておく。

アメリカ全人口におけるユダヤ人の割合は一・七％である。バイデン政権、特に外交政策に携わるメンバーの中で、ユダヤ人の比率が非常に高いことはすでに見た通りだ。外交問題の分野で名高いシンクタンク「外交問題評議会」の「理事会（Board of Directors）」においても同じようにユダヤ人の割合が高い。三四人のメンバーのほぼ三分の一がユダヤ人なのである。二〇一〇年の『フォーブス』誌の番付によると、アメリカの最も裕福な一〇〇人のうち三〇%がユダヤ人だった。まるで一九三〇年代のブダペストを見ているようである。こうした現象は、前述したのと同じように解釈できる。つまり、ある社会の上層部においてユダヤ人の比率が非常に高い理由は、多くの場合、その社会の人口全体の教育水準の低さにある。ユダヤ教の教育熱心さがこうした社会では特に完全な形で際立つわけだ。この状況は、これまで見てきたように、一八〇〇年から一九三〇年にかけての中央ヨーロッパと東ヨーロッパと同様に現在のアメリカに見事に当てはまる。近年のアメリカにおけるユダヤ人勢力の相対的な台頭は、プロテスタントの教育的関心が衰退したことの帰結の一つなのである。一九六五年から二〇一〇年にかけてのアメリカにおいてプロテスタントという競合相手がいなくなることで、ユダヤ人の教育への執着心は、ユダヤ人の存在感を大きくすることにつながった。それは、まだ識字化が進んでいなかった一九世紀の中央ヨーロッパと東ヨーロッパにおいて、ユダヤ人が大きな影響力を持ったのと同じである。

歴史、特にアメリカのユダヤ教の歴史はここで終わるわけではない。アジア系アメリカ人の教育熱が勢いを増すことで、ユダヤ人にとっての競合相手の不在という一九六五年から二〇一〇年まで続いた状況に終止符が打たれたのである。

オンライン雑誌『タブレット（*Tablet*）』（ユダヤ系雑誌）の驚くべき記事は、今日、ユダヤ人の重要性の消失という傾向がいかに強いかを示している。(2)

二〇二三年三月一日付のヤコブ・サベージの「消失（The Vanishing）」は、極端に悲観的な記事だ。彼曰く、「ユダヤ系アメリカ人がこれまで重きをなしてきたハリウッド、ワシントン、ニューヨークなどの大学界において、今やその影響力ははっきりと後退している」。いくつもの驚くべき事例がこの主張を例証する。ベビーブーム世代のユダヤ人たちは、最も権威のある大学で二一％を占めていたが、三〇歳以下を見ると、わずか四％でしかなくなり、アイビーリーグ大学では七％となっている。つまり、一九五〇年代に廃止されたヌメルス・クラウズス制度が課していた上限一〇％を下回っているのである。「ハーバードでは一九九〇年代から二〇〇〇年代にかけてユダヤ人が二五％を占めていたが、今日では一〇％に満たない」とサベージは嘆く。

衰退は大学以外にも見られる。「ニューヨークというユダヤ系アメリカ人の政治権力の中心地でも、権力を握るユダヤ人はほぼいなくなった。今から一〇年前、同市には五人のユダヤ人議員、一人のユダヤ人市長、二人のユダヤ人行政区長、一四人のユダヤ人市議会議員がいた。現在はユダヤ人議員が二人と一人のユダヤ人区長しかいない。五一人の市議会議員のうちユダヤ人は六人だけである」。サベージ曰く、歴史を振り返ると、連邦判事もユダヤ人の比率が高かったのだという。ユダヤ人は全人口の二・五％しか占めていなかったが（私は一・七％だと思うが、彼の一連の統計を否定するつもりはない。そもそも誰がユダヤ人かという厳密な定義は難しい）、連邦判事の少なくとも二〇％はユダヤ人だったという。しかし、この記事が書かれた時点でバイデンに指名された一一四人の判事のうち、ユダヤ人は八人か九人だけだった（つまり七％から八％で、それでも高比率ではある）。

ハリウッドでも衰退は見られる。スティーヴン・スピルバーグ、ジェームズ・グレイ、ジェリー・

セインフィールドのような一世代前の偉大な人々を除けば、ユダヤ人の偉大な監督あるいは脚本家はもういない。この記事は、現在の状況を鑑みると特別な意味を帯びてくるような結論で締めくくられている。「もし、プーチンやオルバンが大学のユダヤ人人口を五〇％減らしたら、ADL（ユダヤ人差別の撤廃を支援するNGO）は大騒ぎするだろう。しかし、ハーバード大学やイェール大学は、まるで魔法のように、一〇年も経たないうちにユダヤ人学生をほぼ半減させることに成功したのだが、このことに関して私たちは何も言わずにいる」。

こうしてサベージは、ユダヤ人に対する差別の復活を告発している。しかしそんな差別が復活しているとは私には一瞬たりとも思えない。白人がユダヤ人よりアジア系を好む理由などないからだ。最もありうる解釈は、次のとおりである。長い間、教育を優遇する宗教によって優位に立ってきたユダヤ系アメリカ人たちは、アメリカ社会にあまりにうまく同化した結果、彼ら自身も、アメリカにおける宗教と知性の衰退の影響を被ってしまったのだ、と。同化は混合婚の比率から確認できる。一九八〇年以前に結婚したユダヤ人のうち、非ユダヤ人と結婚したのはわずか一八％だったが、二〇一〇年から二〇二〇年の間に結婚したユダヤ人のうち、非ユダヤ人と結婚した人は六一％に達している。アメリカの衰退は、残りの三九％の内婚カップルにも何らかの影響を与えずにはいなかっただろう。私はプロテスタンティズム・ゼロ状態、カトリシズム・ゼロ状態について述べてきたが、アメリカの場合（そして別の場所についても）、ユダヤ教・ゼロ状態も検討できるのではないだろうか。この概念は、ユダヤ人自身における教育衰退の分析に役立つだろう。

私がこの記事を長々と引用したのは、新たな研究領域が開けるからだ。ただし、サベージが示す数字と結論は完全には信頼できないことも付け加えておこう。いずれにせよ、現在の指導者集団、特に戦争担当部署におけるユダヤ系アメリカ人の割合は、いまだに過度に高いままだが、これは、キャリアのピークにはある程度の年齢になって達するという理由による。

「ワシントン」と呼ばれる村

エリック・カウフマンの『英米の興亡』が示したように、カトリック、ユダヤ人、アジア人、ラティーノ、黒人を意図的に解放してみせたアメリカのWASPは、「普遍的」とすら言える新しい階級を生み出すために、自らの解体に取り掛かった史上稀に見る帝国的指導者階級である(3)。歴史を振り返ると、これに相当するのは、唯一古代ローマの支配階級だけだ。カウフマンはこれを賞賛に値すると し、普遍的道徳感覚からすると、彼の言う通りである。しかし問題は別の次元にあるのだ。一九四五年から一九六五年のアメリカは、個人的絆で結ばれた均質で首尾一貫したエリート集団に統治されていた。このエリートたちは、プロテスタンティズムの良いところは守り、悪いところは克服し、国内の他の人々と同じように共通の道徳規範に従っていた。すなわち、血税としての兵役と税金を義務として受け入れていたのである。その上で彼らは、自由の擁護を基軸とした責任ある外交政策を展開した――ただしアメリカの裏庭としてのラテンアメリカだけは例外で、アメリカが不治の邪悪な本能（人類に普遍的に見られる傾向だが）を吐き出す場所だった――。だが今日、「ワシントン村」は共通の道徳心を失った個人の寄せ集めでしかなくなっている。

「村」と称するのは気まぐれからではない。個人の集団が国民的な範囲、普遍的な範囲に及ぶ信念によって結束したものでない場合、あるいは「アトム化された」という意味でアノミー的な集団である場合、そこでは、信念と行為に関して純粋にローカルレベルの調整メカニズムしか作用しない。第4章では、集団的信念や社会、あるいは理想の自我によって構成され、枠付けられていない個人の超自我の脆さについて述べた。こうした弱い個人は、自らが属する地域集団や職業集団の内部の模倣的な調整メカニズムによって突き動かされる。フランスでの例を挙げれば、国民連合に票を投じる郊外、マルセイユの貧困地域、ジャーナリストという職業集団、あるいはマクロン政権などだろう。高度な個人主義社会におけるアトム化は、特定の場所や職業を拠点に歪んだ求心力を引き起こす。ここで問題にしているのは、ワシントンとその指導者集団である。人種と宗教の障壁が下げられたのはすばらしいことだが、さらに、白人、黒人、ユダヤ人、アジア人たちが、ワシントンの金と権力にどっぷりと浸かりながら共に小躍りしている姿を想像してみよう。実際、こうした個人は互いに他人との関係においてしか存在していない。自分の行為や決断のために、彼らはもはや外部の価値観、特に上位の価値観としての宗教、道徳、歴史を参照しないのだ。唯一残っている意識はローカルレベル、つまり村レベルのものでしかない。これは非常に憂慮すべき事態だ。世界一の大国の指導者集団を構成する個人たちが、自らを超越するような思想体系にはもはや従わなくなり、所属しているローカルネットワークに由来する衝動で動いているからである。

ブロッブの人類学

ここまではワシントン全般に言及してきたが、ここからは地政学的エスタブリッシュメントについて検討を進める。幸運なことに、これについてはすばらしい書籍がある。スティーヴン・ウォルトの『善意の地獄――アメリカの外交エリートたちと米国の優位性の終わり(4)(*The Hell of Good Intentions. America's Foreign Policy Elite and the Decline of U. S. Primacy*)』だ。すでに述べたように、彼はミアシャイマーと同じく、地政学における現実主義の優れた代表格である。二人は共にイスラエルのロビーに関する本を著している(5)。ミアシャイマーはシカゴ大学で教鞭をとっているが、アイビーリーグには属していないこの大学は独創的で、時に右派か左派に傾くような、異端的な思想を持つ大学だ。一方のウォルトは、ハーバード大学のジョン・F・ケネディ行政大学院の教授で、地政学的エスタブリッシュメントを上から眺められる立場にある。

ウォルトの著作の中に『「ブロッブ」での生活――共同体の感覚(*Life in the "Blob". A sense of community*)』と題された箇所がある。地政学者ではなく人類学者によって書かれたような記述だ。ウォルトはそこで「ブロッブ」を描いている。この名称は、オバマ政権下で大統領副補佐官を務めたベン・ローズによって発明され、外交政策を担う「ミクロ社会」を意味していた。ブロッブとは、森の中に存在するネバネバとした単細胞組織のことで、周囲にあるバクテリアやキノコを摂取しながら繁殖するが、脳は持っていない。

ウォルトが描くワシントン的ブロッブは、外部との知的あるいはイデオロギー的つながりを欠いた指導者集団という私の見方と完全に合致する。ウォルトが指摘するように、一部の人はたしかに高学歴なのだが、それがここに所属するための必要条件となるには程遠い。ウォルトは特に、ある決定的な進化を強調している。かつて外交政策に従事した人々は、しばしば外交とは別の学問を学び、別の分野でキャリアを築いていた。「弁護士、銀行員、大学関係者、ビジネスマン」など、彼らは社会一般の見方や関心を身につけて、外交の世界に入ってきた。しかし今日のブロッブの人々はそうではない。例外もあるが、役職が変わっても、見かけ上は職が変わっても、彼らは自分たちの囲いからは出ていかないのだ。ウォルトは、アメリカの元国連大使サマンサ・パワーを例に挙げている。彼女はジャーナリスト、そして人権活動家として名を馳せた。ハーバード（ウォルトと同じジョン・F・ケネディ行政大学院）で教えていたが、バラク・オバマの選挙キャンペーンチームに入り、二〇〇九年に「多文化主義担当特別顧問」になった。そして二〇一三年に大使に任命されたのである。トランプが政権をとると、ハーバード大学に戻った。「役職は変わったはずなのに、彼女は外交政策に携わることを決してやめなかった」とウォルトは述べている。ウォルトの本は二〇一八年に刊行されたが、その後の流れが彼の診断の正しさを証明している。二〇二一年一月、ホワイトハウスに民主党が返り咲き、サマンサ・パワーは、バイデン大統領によって、海外援助を担うアメリカ合衆国国際開発庁（Usaid）長官に抜擢されたのだ。

こうした「国際問題の専門家」の閉鎖性は重大な悪影響を及ぼしている。彼らを過激な行動主義に走らせてしまうのだ。「アメリカが野心的なグローバル政策をとることに、彼らは明らかに個人的な利益を見出している」とウォルトは説明する。「アメリカ政府が対外的に活発であるほど、国際問題の専門家の空席が増える。国の資産がグローバルな問題解決のために費やされるほど、彼らの潜在的な影響力も大きくなる」。それゆえ、必要以上に脅威を誇張し、軍事力に執着する傾向が生じてくるのだ。事態が過熱するほど、（専門的、職業的）利益になるというわけである！

ウォルトは、私と同様の指摘をしている。それは、イデオロギーが衰退していく世界では、むしろ国家、さらに職業は存続するという点だ。ブロッブだけが原因ではない。たとえばジャーナリストたちは、以前は対立するさまざまなイデオロギーを持っていたが、いまやただ一つの大文字で始まる「ジャーナリズム」主義者になってしまった。彼ら特有の倫理観と関心があり、戦争を好む傾向も指摘しておくべきだろう。というのも、戦争は打ってつけのショーだからだ。ジャーナリズムだけでなく、警察や軍隊についても同じことが言える。

ブロッブを描く中で、ウォルトは、しばしば政党の枠外におけるメンバーの重なり合いにも言及している。たとえば村のような世界ではよくあることだが、狭い世界の内部でカップルが形成され、やがて結婚する。代表例として、ケーガン一族が挙げられる。ロバート・ケーガンは、ネオコンのイデオローグの中でも最も過激で、最も暴力的な人物だ。彼は、軍事史家のドナルド・ケーガンの息子であるが、ドナルドのもう一人の息子（ロバートの兄）であるフレデリック・ケーガンもまた、軍事史の専門家だ。彼らは皆イェール大学出身である。ロバートは本を大量に書き、民主主義の世界規模での活性化に貢献するものとして、軍事手段を称賛している。(6) 彼はまず共和党のブッシュ政権（イラク戦争を推し進めた）を支持することから始めたが、その後、（ウクライナ戦争において）帝国主義的な民主党員に加勢するようになった。ロバート・ケーガンは、ヴィクトリア・ヌーランドの幸運な夫でもある。彼女は前述の通り、ヨーロッパとウクライナを担当する国務次官だ。二〇一四年、「ＥＵなんてクソくらえ！（Fuck the EU !）」と、電話で怒りの威嚇発言をしたことで一躍有名になった人物である。これですべてではない。ロバート・ケーガンの義理の姉、フレデリックの妻であるキンバリー・ケーガンは、「戦争研究所（ISW：Institute for the Study of War）」の創設者であり、所長を務めている。ネオコンをそのまま体現したような、このシンクタンクが作成するウクライナ戦争の地図を、『ル・モンド』紙やその他の西側メディアが恭々しく活用してきたわけである。しかも「中立的で信頼できる情報源」として。

今、国家機関の奥深くに秘密の指導組織を見出そうとする「ディープステート（deep state）」という概念が非常に人気であることはよく承知している。しかし私はこの学派に賛同する者ではない。むしろ「浅いステート（shallow state）」という概念を提案したい。たしかにアメリカに国家機関は存在し、陸軍、海軍、空軍、CIA、NSAは、巨大で冷徹なマシンである。しかしこれらは、本質的に上下関係に従順な個人から成り立っている。こうした怪物的な官僚機構の上にまたがっているのが、ワシントンに従属する村、ブロッブに暮らす半インテリ小集団なのである。

ウクライナに復讐する?

この章を閉じる前に、まだ一つの問い、疑いが残っている。ウクライナ戦争におけるアメリカの当事者たちの軌跡を辿る中で、祖先がツァーリ帝国とその周縁地域〔ロシアと東欧諸国〕出身のユダヤ系が多いことに私は驚いた。

すでに述べたように、ウクライナの「管理」を担当する最も重要な二人の人物、国務長官のアントニー・ブリンケンと国務次官のヴィクトリア・ヌーランドはユダヤ系の出自だ。より詳しく調べると、ブリンケンの母方はハンガリー系ユダヤ人で、父方の祖父はキエフ（キーウ）生まれだという。ヴィクトリア・ヌーランドは、父方はモルドバとウクライナのユダヤ系が混合している家系である。イデオロギーの背景を振り返ってみよう。ヴィクトリアの義理の家族はケーガン一族である。ドナルド、つまりロバートとフレデリックの父親はリトアニア出身だ。地政学的エスタブリッシュメントの上層部に、旧ツァーリ帝国の西側地域と家族関係を持つ人物がこれほど多いのは、深く気がかりなことである。

私は自分の経験から、国外にある家族の出自というのは、どれほど離れていても、その地域との心理的つながりを芽生えさせることをよく理解している。私の曾祖父オブラット・ラヨシュはブダペストのユダヤ人だ。家族史の中ではこの事実は抽象的なものでしかない。私にとってもそれはただの名前でしかない。ところが、とても遠い家族の思い出が私をハンガリーへの旅へと赴かせ、そこからソ連崩壊を予言した私の最初の著作は生まれたのである。

したがって、ブリンケンとヌーランドにとってウクライナとロシアは、より直接的で現実的な存在であることは、私も十分に想像できる。

一八八一年から一八八二年のユダヤ人大虐殺により、ウクライナを「ロシア的」反ユダヤ主義の公式な発祥の地として記憶しているユダヤ人は、ネオ・ナチズムのパロディのような「ウクライナ・ナショナリズム」（第2章において、ある程度節度をもって論じたと思う）に困惑を覚えるのに、ブリンケンやヌーランドはそうではないのだ。ハンガリーに出自のあるユダヤ人がハンガリーに好意を抱くことは想像できるし、実際に何度も目にしてきた。しかし、ウクライナに出自のあるユダヤ人のウクライナに対する好意はそうではない。ブリンケンとヌーランドが過去に無関心である理由は、二つの説が考えられる。

最もあり得る説は次のとおりだ。「宗教ゼロ状態」は「記憶ゼロ状態」でもある。歴史認識が完全に欠如しているからこそ、ウクライナの過去がブリンケンやヌーランドを悩ませることはない。となると、この二人の政権幹部たちもまた「記憶を失くしたアメリカ人」でしかなく、それゆえにウクライナの「反ユダヤ主義」の過去にも、現在のウクライナ・ナショナリズムの象徴的ネオナチズムにも無関心でいられるのだ。唯一関心があるのは、「アメリカ帝国の偉大さ」だけということになる。

もう一つの説は、特にウクライナ人たちにとっては不穏なものかもしれない。ネオコンたちの夢の中で、もし利益があるとすれば、それはロシアを人口面で疲弊させることにある。しかし、いかなる結末を迎えようとも、それはウクライナの国民国家を強固にすることにはつながらない。むしろ破壊することになる。二〇二三年九月末、ウクライナの軍事警察は、国の周囲に鉄条網を張り巡らした。健常な男性たち（ワシントンが要求したが、無意味で多くの死者だけを出した夏の反転攻勢に嫌気がさした男性たち）が、徴兵から逃れるためにルーマニアやポーランドに出て行こうとするのを阻止するためだ。しかしそれがどうしたというのだ。キエフ（キーウ）の政府とともにこの殺戮を操っている「ウクライナ系ユダヤ人のアメリカ人たち」は、それを自らの祖先をあれほど苦しめた国に科されるべき正当な罰だと感じているのかもしれない。もし彼らが回想録をまとめる日が来たら私たちは興味深く読むことになるだろう。

この思弁的考察をもって、アメリカの分析は終了する。こうして世界全体、そして世界の現実に戻り、西洋諸国以外の多くの人々がロシアの勝利を望む理由を理解するべき時が来た。

原注（第10章）

（1）日本人と韓国人は直系家族、中国人とベトナム人は共同体家族（中国南東部とベトナム北部には「直系家族」のニュアンスが見られ、ベトナム南部には「核家族」のニュアンスが見られる）。

（2）この事実と記事を指摘してくれたピーター・ティールに改めて感謝したい。

（3）Eric Kaufmann, *The Rise and Fall of Anglo-America*, Harvard University Press, 2004.

（4）Londres, Picador, 2018.

（5）John J. Mearsheimer, Stephen M. Walt, *Le Lobby pro-israélien et la politique étrangère américaine*, La Découverte, 2007.〔ジョン・J・ミアシャイマー、スティーヴン・M・ウォルト『イスラエル・ロビーとアメリカの外交政策』副島隆彦訳、講談社、二〇〇七年〕

（6）Robert Kagan, *Of Paradise and Power. America and Europe in the New World Order*, New York, Alfred A. Knopf, 2003.〔ロバート・ケーガン『ネオコンの論理――アメリカ新保守主義の世界戦略』山岡洋一訳、光文社、二〇〇三年〕の中ではヨーロッパ人は怖がりだとされ、Robert Kagan, *The Jungle Grows Back. America and Our Imperiled World*, New York, Alfred A. Knopf, 2018. においては、ヨーロッパ人はファシストだとされている。いずれにせよ、アメリカ軍こそがヨーロッパ人たちに本当の生き方を教えてくれるというわけだ。

第11章　「その他の世界」がロシアを選んだ理由

早くも一九七九年に、クリストファー・ラッシュが、アメリカ文化の中心にナルシシズムが存在することを見抜いた（『ナルシシズムの時代』(1)）。私がここまで述べてきた「先進諸国におけるアトム化」や「宗教とイデオロギーの崩壊から生まれた縮小した個人」という見解は、ラッシュの研究の延長でしかないとも言える。私はこの本を読んで大きな衝撃を受けた。しかしナルシシズムという概念の適用範囲はより広い。それは西洋社会の内部の現象を捉えるだけでなく、外交政策の理解も可能にするものなのだ。この危機が始まって以降、西洋が（アメリカもヨーロッパも）客観的な現実に反して、自分たちこそが世界の中心であり、さらには世界全体を代表していると思い込んでいるのは明らかである。邪悪なロシアは別としても、すべての若い国は西洋の価値観にどっぷり浸っていると信じ込んでしまっているのだ。

西洋は、一九九〇年から二〇〇〇年の間、ベルリンの壁崩壊から束の間の絶頂期の間のどこかで凍りついてしまったようである。共産主義崩壊から三〇年以上も経ち、特に二〇〇七年から二〇〇八年の世界金融危機を経て以降、「その他の世界」にとって西洋は、もはや尊敬に値する勝者ではなくなったのは明らかだろう。西洋が始めたグローバル化は勢いを失い、西洋の傲慢さに世界が苛立ちを募らせている。西洋のナルシシズム、そこから生じる現実認識の欠如は、ロシアにとって重要な戦略的切り札となっている。

大悪党のロシアを罰したいのは誰か？

二〇二二年三月七日、「地政学研究グループ」〔フランスのシンクタンク〕が作成したウクライナ侵攻に対する各国の反応を示す地図は、地球規模での「西洋ナルシシズム」を露わにしている。この地図は、制裁の原則を受け入れ、実際に、そして積極的にロシアを非難（「制裁付きの非難」）した国を示している。ここから西洋の孤立がよく見えてくる。「制裁付き」でロシアを非難したのは、北アメリカ、ヨーロッパ、オーストラリア、日本、韓国、コスタリカ、コロンビア、エクアドル、パラグアイだけだ。ラテンアメリカの極小の四カ国（無秩序で活力のあるコロンビアは極小ではないが）をここから除くと、「西洋圏」というのはアメリカの同盟国か軍事的保護国だけになる。ロシアへの積極的支持を表明したのは、民主主義的な観点からすると感心できないような国々、ベネズエラ、エリトリア、ミャンマー、シリア、北朝鮮だ。ここで価値観に関する結論を出すのはやめよう。レイモン・アロンは「私たちは敵を選ぶが、同盟国は選ばない」と言っていた。ロシアが強く推奨する「主権」という理念は、直近のロシアと北朝鮮の蜜月関係も含めていかなる同盟関係も正当化する。ロシアは軍事的に包囲されている。金正恩（世襲に基づく全体主義の守護者）に対するウラジーミル・プーチンの態度を理解するために、私は人を不快にさせるリスクを冒してでも、チャーチルがスターリン（あのもう一人の虐殺者）との同盟を正当化した時の名文句を用いたい。「もしヒトラーが地獄へ侵攻したら、私は少なくとも下院で地獄にいる悪魔に好意的に言及するだろう(2)」。

とりあえず形式的に「制裁なし」でロシアを非難した国は、いずれかの陣営を選択したわけではない。さらに驚くべきは、非難すらしなかった国も多かったことで、そこにはブラジル、インド、中国、南アフリカが含まれる。これらの四カ国はロシアとともにBRICSを構成している。西洋の経済的無責任さを世界に示した世界金融危機の混乱の中、アメリカの経済的支配に対抗して二〇〇九年にB

RICSは創設された（南アフリカは二〇一一年に加盟）。アメリカのサブプライム危機は、貧しい中でも成長しつつあった国々を唖然とさせた。返済できないのが明らかな貧しい人々に不動産ローンを高い利率で貸し付けたのはなぜか。道徳性ゼロとはまさにこのことだ。こうしたアメリカの無責任さに対し、あまりに反応が遅かったヨーロッパの無責任さも重なった。実際、大規模な景気刺激策によって世界を景気後退から引き戻したのは中国だったのである。BRICSの誕生は、こうした西洋の二重の無責任さへの反応だったのだ。ロシアを孤立させるはずだったこの戦争は、むしろBRICSの拡大につながった。二〇二三年八月にヨハネスブルグで首脳会議が開催され、サウジアラビア、アラブ首長国連邦（UAE）、イラン、エジプト、エチオピア、アルゼンチンが新たに加わることになった〔アルゼンチンはその後参加を見送った〕。

制裁を求める西洋は、世界人口のわずか一二%を占めるにすぎない。BRICSには、人口世界一位のインド、二位の中国が加盟している。この二国は、世界で最も人口が多いアジアに位置している。一方、ブラジルは、ラテンアメリカで最も人口が多く、最強国である。ブラジルは長い間、アメリカの同盟国だったが、いまやアメリカ大陸における主要な反米国となっている。メキシコは逆の軌跡をたどり、NAFTA締結以降、アメリカの主要な敵国から産業衛星国へと変貌を遂げた。南アフリカは、サハラ以南のアフリカにおける最強国である。

それでも西側陣営は、自分たちこそが世界の主だという考えを変えずに行動し続けた。メディアも自分たちだけからなる「国際社会」に固執した。ヨーロッパとアメリカは今、まさに道徳の優位性を主観的に信じる時代を生きている。しかし今日の歴史学において最も注目されているテーマは奴隷制

地図11-1 2022年7月時点でのロシアのウクライナ侵攻に対する態度

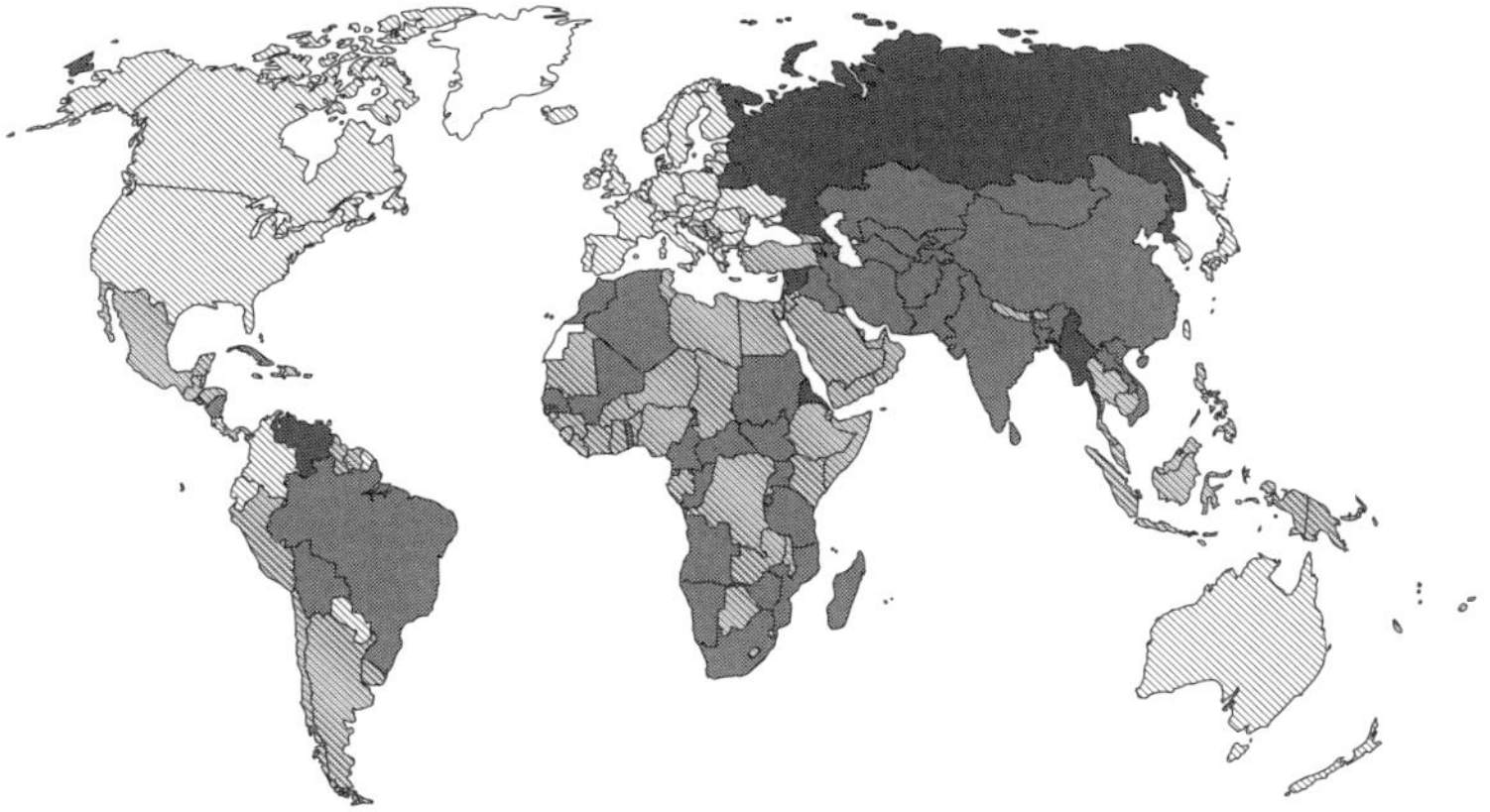

①	非難も制裁もした国
②	非難したが制裁しない国
③	非難も制裁もしない国
④	支持した国

である。それこそ一八世紀から一九世紀にヨーロッパ人とアメリカ人が、恥ずべきやり方で大規模に実践したことだ。この嫌悪すべき所業を私たち西洋人は償うべきである。まさに忌むべきことだったし、その罪を償うべきだ。しかし、奴隷制という歴史学のテーマが拡大し、広がる中で、「西洋は道徳的に優れている」という感覚の復活を目にするのは、ほとんど「超現実的」だと言える。ただし、この矛盾を解消する方法がある。西洋の道徳心がそこまで優れているのであれば、自らを批判できるはずだ。自分たちの自責の念にこそ意味がある。外部の「人類」など、真の意味では私たち西洋人の目には存在していないからだ。

最も驚くべきことは、戦争開始から数カ月間、西洋のメディアや政府が表明した「中国への期待」である。この驚くべき重要な事柄については序章で触れた。ここでは公正さを保つため、また思いやりの精神からも個人名は挙げないことにする。西洋の態度は、現実認識の欠如と愚かさを兼ね備えていた。ニュースのコメンテーターたちは、「ロシアによるウクライナ侵攻は中国を苛立たせ、中国はロシアを支持するべきか、罰するべきかという迷いすら抱いている」と愚かにも考え続けた。この現実との乖離は、もはや精神科医、あるいは地政学的精神科医の助けを必要とするほどである。すでに一〇年以上、アメリカはロシアよりもむしろ中国を最大の敵国とみなしてきた。中国共産党の指導者たちは、もしロシアが敗北すれば、次は自分たちの番であることを承知している。このような状況の中で、NATOという小さな世界が中国に西洋への合流を期待していたのには啞然とさせられる。こうした「錯乱状態」(この専門用語が最も適切だ)に陥るには二つの前提が必要である。第一に、恐ろしいことに、私たちの政治指導者やジャーナリストに最低限の地政学的知性すら欠けていること。第二に、人種差別を疑いたくなるほどに自惚れが強いこと。中国がロシアに敵対して西洋と同盟を結ぶなどと期待することは、習近平とその側近が間抜けであると仮定している。これもまた、「白人の方が明らかに優れた存在だ」という考えを示しているのである。

アメリカ圏では「非西洋」を指す言葉としてしばしば「その他の世界」という言い方がされるが（The West against the Rest という言葉遊びを伴って）、西洋人の現実認識の欠如を明らかにしたところで、この章ではなぜ「その他の世界」が西洋への支持に動かなかったのかを示しながら、世界のより現実的な見方を提示する。いや、そこからさらに踏み込み、「その他の世界」がロシアの勝利を望んでいる理由、ロシアが最初の衝撃にうまく耐えたのを確認した上で、これらの国々が次第にロシアの側に立つようになった理由を説明しよう。経済的かつ人類学的な二重の敵対関係が「その他」を「西洋」に対立させている。これが今の世界の現実である。

——経済対立は、グローバル化が「西洋による世界の再植民地化」（今回はイギリスよりアメリカ主導）でしかなかったという単純な事実に起因している。後進国の人々の搾取（マルクス主義者たちは「剰余価値の搾取」と言うだろう）は、一八八〇年から一九一四年に比べると一見目立たないが、当時よりもずっと効率的になっている。

——人類学的対立は、「その他の世界」の大半が、西側とは正反対の家族システムと親族システムを有していることに起因する。

ロシアはその天然資源と労働で自活している。それゆえに自分たちの価値観を世界に押し付けることなどまったく目指していない。そもそも「その他の世界」を経済的に搾取する手段、自らの文化を輸出する手段を持ち合わせていない。「その他の世界」の労働に頼りつつ、自らのニヒリスト的文化を自慢するようなアメリカに対して、ロシアは「その他の世界」にとって全体としてより好ましく見えるわけである。最初の脱植民地化に大きく貢献したのはソ連である。そして今日、多くの国が二度目の脱植民地化に着手することをロシアに期待している。

西洋による世界の経済的搾取

経済のグローバル化は、旧第三世界の国々において、産業と中流階級を発展させることで、潜在的に民主主義の発展も支えるとしばしば言われる。間違いではないが、それが真実のすべてではない。一九世紀のヨーロッパでブルジョワとプロレタリアートを対立させたのと同様に、この発展は、本質において、敵対を生じさせる発展だった点に関して、誰もが目を伏せてきたのだ。西洋の人々は、産業を移転し、「その他の世界」の低賃金労働者たちを搾取しながら「世界のブルジョワ」として生活するつもりだったことを認めようとしなかった。この搾取の関係こそが、「その他の世界」の人々を普遍的なプロレタリアートに変えたわけだが、同時に、無意識のうちに、現地の支配層を存続させたのである。

一九一四年以前の植民地主義と現在のグローバル化の関係を検討するのに最も手っ取り早いのは、ジョン・ホブソンの『帝国主義』の予言的な一部を引用することだろう。一九〇二年に書かれた本書は、反帝国主義の古典であり、ホブソン自身は政治的には自由主義に属していたが、本書はレーニンに大きな影響を与えた。

〈私はより大きな西欧諸国の同盟、ヨーロッパの諸大国による連合の可能性を示唆したが、これは世界文明の大義を推進するどころか、西洋の寄生主義や先進的産業国集団という巨大な脅威をもたらす可能性がある。上流階級はアジアやアフリカから莫大な貢ぎ物を引き出し、それによって従順な奉仕者集団を維持し続ける。この奉仕者集団は、基本的な農業や製造業には従事せず、新たな金融貴族の支配下に置かれ、個人の、あるいは小規模な産業サービス業務に固定される。このような説は検討に値しないと考える人は、すでにこの状態に陥っているイングランド南部の諸地区の経済的・社会的状況を見てみるといいだろう。また、同様の金融業者、投資家、政界や商業界の幹部の経済的支配下に中国を置いてみた場合、こうしたシステムがいかに大きな広がりを持つかを想像してみたらいいだろう。それは、世界にかつてなかったような潜在的な利益の貯蔵庫を抱えることを意味し、すべてはヨーロッパで消費するためのものなのである(3)〉

ホブソンは、寄生的な支配階級によって破滅に突き進んでいったローマ帝国の末期にも言及している。地中海沿岸全域から集まったこの寄生的な支配階級は、ライン川で奴隷を狩り、ローマ市民を従属的な「平民《プレブス》」に変え、封建制による解体へと突き進んでいった。

一八九五年、H・G・ウェルズは小説『タイム・マシン』を発表し、工場労働者が地底に暮らす食人種族モーロック人に進化する過程や、有閑階級がイーロイ人に変化する過程を描いた。イーロイ人たちは、地上で生産された食物を消費しながら、やがては自らも食されてしまう（西暦八〇万二七〇一年頃)。大英帝国がまさに帝国の極みにあった時代の知識人たちの「未来を想像する能力の高さ」には感嘆するしかない。ウェルズは後世、SF作家と言われるようになった。ホブソンは今日から見れば、素晴らしい未来学者と位置づけられる。ただし、その予測が現実のものとなるには、二つの世界大戦によるヨーロッパ諸国の疲弊、西洋の重心のアメリカへの移行、そして特にアメリカとヨーロッパの高等教育の発展による内部崩壊、集団的信念の溶解、大衆とエリートたちの精神的アトム化を待たねばならなかった。

二〇〇一年の世界貿易機構(WTO)への中国の加盟こそが、西洋のホブソン・パラダイムへの最終的な転換を画していた。

エンゲルスは一八九二年、『一八四四年のイギリスにおける労働者階級の状態』の英語の再版の序文で、レーニンは一九一七年の『帝国主義論』の第8章で、二人が認識していた「社会民主的改良主義」と、帝国主義によって生み出された超過利潤への「西側労働者階級の間接的参与」の関連性を立証している。彼ら曰く、イギリスの労働者階級を筆頭に、ヨーロッパのプロレタリアートは、すでに彼ら自身の(上昇していた)生活水準の一部を植民地の労働に負っていた。つまり、ヨーロッパのプロレタリアートは、自分たちにとってより快適になりつつあった社会システムの中で交渉できる立場にあった、と。だが、エンゲルス、あるいはレーニンが想像できていなかったこと(しかしホブソンは一部を見抜いていたこと)がある。西洋のプロレタリアートが、中国人や「その他の世界」の人々の労働に大きく依存する「平民《プレブス》」と化してしまう可能性がある、という点だ。

私が理解した(少し遅かったことは認めよう)のは、消費社会を先導したグローバル化により、この世界は最終局面に至っているということである。一九八〇年頃まで、アメリカ、フランスその他の先進国の労働者は、大半は自分たちが生産していたものを消費していた。これが栄光の三〇年から生まれた「最初の消費社会」である。しかし西洋の工場の移転が人々を変化させていった。人々が消費するものは外から来るようになったのだ。こうして一九五〇年代の勤勉なプロレタリアートは、グローバル経済の理論家や実践者にそそのかされ、二〇〇〇年代に入り、「平民《プレブス》」と化した。私がここで述べていることは、最も標準的な国際経済の教科書に載っている理論と何ら変わらない。自由貿易の理論は、必要な消費財を最低価格で購入する消費者だけに関心を向ける。自由貿易の布教者たちは、自国での生産に執着すると、やがては食物、衣服、携帯電話、自動車、薬、子どもたちのおもちゃ、庭に置く飾り物まで、とにかくすべての消費財の価格が高くなってしまう、と西洋の人々を脅し続けるのだ。こうして自由貿易の布教者たちが勝利したわけである。しかしその勝利は、彼らすら想定していなかった社会的・政治的結果を引き起こすことになる。

アメリカ人労働者の道徳的混乱についてはすでに述べたが、彼らは、生産者としての価値観を奪われ、社会的有用性を見失い、アルコール中毒やオピオイドの摂取に陥り、絶望の末に自殺に追い込まれている。しかしここで説明が必要なのは、なぜ彼らの大半は自ら命を絶つよりもトランプに票を投じているのかだ。それから、西ヨーロッパでは、大量に流入し、制御されていない移民という脅威が存在しないような地域においてすらも、大衆層が「ポピュリスト、外国人嫌い、極右」に票を投じているのはなぜかである。さらには、国内産業の崩壊で苦しんだ人々が、なぜ今は右派に傾いているのかだ。答えは簡単である。社会民主党系にしろ、共産党系にしろ、左派の政党は、「搾取される労働者階級」に支えられるものだからだ。一方、ポピュリスト政党は、自らの生活水準を、中国、バングラデシュ、マグレブ、その他の地域の低賃金労働者の労働に依存する「平民《プレブス》」に支えられている。私は自分が考えるに至った次のことに驚きを隠せないでいる。国民連合（RN）の大衆の支持者は、最も基本的なマルクス主義の理論からすれば、実は世界規模における「剰余価値の搾取者」なのだ。したがって、彼らは当然、右派なのである。エンゲルスとレーニンは、「自由貿易は人々を堕落させる」と予感していたが、ここで、「完全な自由貿易は人々を完全に堕落させる」と付け加えておこう。

この残酷な分析は、「国内産業の再建」がなぜこれほど困難なのかをも理解させてくれる。多くの生産活動の国外移転が私たちの田舎や郊外を衰弱させたとすれば、自由貿易は約束を守ったと言えるだろう。つまり、生産者を犠牲にして消費者を優遇し、生産者を消費者に変え、生産的な市民を、本音では工場の規律には戻りたくない寄生的「平民《プレブス》」へと変貌させたのである。

しかし、今日いわゆる「大衆層」と呼ばれる人々の状況に言及するだけではいけない。西洋の先進国（東ヨーロッパの労働国家は除く）においては、社会の「全体」が、中国の労働者やバングラデシュの子どもたちの労働を利用しているのだ。それは、「プロレタリアート」のように低賃金で働く高等教育を受けた若者たちにも、不服従のフランス（LFI）や国民連合（RN）の支持者にも当てはまる。アメリカでは、社会的に無用になっていく労働者が無謀な行動をとるようになり、異常な超過死亡率が確認できる。だが、ドルのおかげで世界一の収奪国になったアメリカでは、トランプ支持者もバイデン支持者も、グローバル化から生じる超過利潤で生活しているのである。

自分たちが消費することで、中国、インド、タイの中流階級の上昇に貢献できていると喜び、そうすることでその中流階級が自由民主主義の不屈の支持者になると信じるような西洋の読者を、この見方は驚かすだろう。しかし、西洋自体においても自由民主主義は衰退しているわけで、この一見満足感を与える見方がいかに愚かなものであるかは明らかだ。ホブソンの見方は、西洋人の世界の見方とは合致していない。だが、わずかな賃金のために男性も女性も、子どももあくせく働いている「その他の世界」の人々の見方とは合致しているのではないか。また、ここにこそ、「愛すべき我々の西洋」の外では、ウクライナでの苦しみに対しても無関心である原因の一つを見出せるのではないか。さらには、ヨーロッパ人で、多くが金髪の白人の国でありながら、システムの外にあって、世界規模の搾取競争には参加せず、主権国家であり続けているロシアが、「その他の世界」により好まれる理由もここに見出せるかもしれない。

搾取する「西洋」と搾取される「その他の世界」の経済的対立は現実のものである。それは民主主義と独裁体制の対立でもあるのだろうか。この疑問にはすでに大方は答えてきた。BRICSの初期の三つの加盟国であるブラジルと南アフリカとインドは、議論の余地のない民主主義国家である。もちろん不完全な部分はあるとしても、今日、リベラル寡頭制と化した西洋民主主義の退廃を鑑みると、この程度の不完全さなど軽微なものにすぎない。第1章で私はロシアを「権威主義的民主主義」と定義した。ロシアでは選挙が実施されるが、複数の少数派（ただし、自国内の少数民族ではない）を黙らせているからだ。中国だけは、いかなる意味でも民主主義国ではない。

これが戦争前夜の状況である。以降、対ロシア制裁という西洋の戦略は、二つの意味でそれまで潜んでいた「西側」と「その他の世界」の対立を激化させた。まず、「その他の世界」に対してロシアではなく西洋の側につくよう迫ったことで。次に、「その他の世界」の上流階級にこれまではなかったアメリカへの恐怖心を芽生えさせたことで。

経済戦争から世界戦争へ

ウクライナ戦争は真の戦争であり、ウクライナの人々が犠牲となっている。それでも根本的な対立は、ロシア対ウクライナではなく、ロシア対アメリカおよび同盟国（あるいは属国）にある。この対立は何よりもまず経済的なものだ。なぜこの戦争はこの経済戦争という次元を超えないのか。また、しばしばそう思われているように、兵器を手に戦う軍事領域に比べて、経済領域では戦争としての段階も強度も低いというのは事実なのか。

ロシアの核の優位性と新戦略によって、ウクライナは極めて局地的な通常戦の舞台となった。ロシアは極超音速ミサイルを持っているが、アメリカは持っていない。すでに見てきたように、ロシアの現在の「軍事ドクトリン」は、ロシアが国家として脅かされた場合、モスクワによる戦術核の使用を可能にしている。したがって、NATOの通常戦への突入は、あまりにも危険な状況を生み出してしまうだろう。

私は、ロシア人（忘れてはならないのは、戦争開始のタイミングを選び、この戦争の大枠を決めたのはロシア人だった）によって、西洋が真の意味での通常戦争に突入することを妨げられたことに、実は西洋人は満足したのではないかと考えている。ウクライナに軍需品は送っても人員は送らないというのは、グローバル化の論理に適っている。西洋人は第一段階で、低賃金国の労働者に必要な物を作らせたが、第二段階では、必要な戦争をコストの安い国に肩代わりさせている。ウクライナでは人間の身体は安い。それはすでに代理母出産の件で指摘した通りだ。何よりも経済に関心を寄せる『ウォール・ストリート・ジャーナル』紙が、二〇二三年夏の自殺行為でしかない反転攻勢で切断手術を受けたウクライナの被害者数（二万人から五万人）に最初に注目しているのは意味深い。[4] この被害によってドイツでは義肢産業が復活したようだ。

西洋は、自分たちにとっては経済に限定された戦争を快く受け入れ、ロシアを経済制裁によって潰そうとしたのかもしれない。しかし制裁メカニズムについては正しく熟考されたわけではなかった。政治指導者やメディア関係者は、経済戦争は通常の戦争に比べて暴力的ではないと言っていたが、実際にそう考えていたようである。しかし、経済戦争も人々に飢餓をもたらすようなものならば十分に暴力的なのだ。しかもウクライナ戦争では、経済制裁の適用範囲が地球全体に広がることで即座に世界戦争となり、アメリカとロシアの死闘という性格を帯びるようになったのである。

二〇二二年初頭、タイミングよくニコラス・ミュルデルによる『経済兵器――現代戦の手段としての経済制裁』（すでに本書でも引用した）が出版された。彼はアメリカのコーネル大学で教鞭を執る若いオランダ人学者である。[5] 彼は、経済制裁がいかに西側指導者好みの道具となってきたかを説明し、その威力が決して穏やかなものではないことを示している。戦争に代わる手段としての経済制裁は、一九二〇年の国際連盟創設に関係している。この措置は、当時終結したばかりだった第一次世界大戦の際に、連合国が同盟国に対して実施した経済封鎖に着想を得たものだった。というのも、それこそが飢えと病気による何十万人もの死者を出し、ドイツとオーストリア＝ハンガリー帝国に対する連合国の勝利に決定的な役割を果たしたと思われていたからである。

経済制裁が機能するには非交戦国に中立を捨てさせ、参加させなければならない。通常戦は、外部の世界を巨大な観戦者にした上で、二国間で行われるものである。一八七〇年の普仏戦争、一九〇四年から一九〇五年の日露戦争を思い返してみればいい。こうした殺し合いは制裁体制の中では不可能である。制裁体制が有効に機能するには、制裁を決定した強国からの要請にその他の世界が従い、それを適用しなければならない。要請を受けた国が同盟国なら、もちろん問題ない。中立国なら、それは圧力となる。しかし、それが以前から潜在的に敵対していた国なら、制裁への参加要請自体が、もともとあった対立を、即座に、あるいは徐々に露呈させ、激化させるだろう。これが二〇二二年以降、アメリカと「その他の世界」の間で起きていることである。

アメリカと西側陣営に選択を迫られた「その他の世界」の国々にロシアを助ける意思がなかったならば、ロシアが制裁にこれほど耐えることはなかっただろう。西洋は、世界に愛されていないことを知った。西洋の自己愛はひどく傷つけられた。二〇二三年八月六日付の『ル・モンド』紙に掲載された社説「制裁の効果に疑問符（L'efficacité des sanctions mise en question）」は、このことを実感させる。

〈ロシアの石油を密かに輸送する「影の船団」は、世界の総輸送能力の一〇％から二〇％に相当する。

こうした船団は、インドなど、西洋諸国も近づこうとしている重要国を介することで、制裁を骨抜きにできてしまう。システムの堅牢性は二つの方向で損なわれている。激しい戦争では特に兵器産業の需要が高まるが、それに欠かせない電子部品の入手にロシアはまだ成功している。ここで制裁は政治と衝突を起こす。西洋諸国がカザフスタンなどの第三国をロシアから切り離したいと思っても、封じ込め作戦は、むしろそうした第三国の態度を硬化させてしまうのである〉

西洋は、「禁輸」や「封鎖」、そして重要な政権幹部やオリガルヒを対象とした「個人に対する禁止措置」のシステムに参加することで、ロシアに敵対することを世界に強く迫った。少なくともはっきりしているのは、この強制措置を世界の大半の国々が採用しなかったことである。ロシアから石油や天然ガスを購入し、ロシアが通常の市民生活を維持しながら戦争を続けるために必要となる機材や部品を供給することで、いずれかの陣営につくことを迫られた「その他の世界」は、NATOを解体しようとするロシアを支援したのではないか。

西洋はまず経済制裁の効力を検討するべきだった。この二〇年から三〇年の間では、ベネズエラとイラクに封鎖措置が取られた。一九九〇年から二〇〇三年の戦時中にイラクにとられた封鎖措置は、およそ三〇万人の死者を出している[6]。ベネズエラに対する封鎖措置は、社会の大半を破壊した。しかしいずれの政権も倒れなかった。産油国だから天然資源の恩恵を受けたのだ、という反論もあろう。その点はロシアにも同じことが言える。ロシアは石油だけではなく、天然ガスの生産国でもある。さらに、一七〇〇万平方キロメートルという広大な領土の国境は長大で、周囲には、「公然の友好関係」

から「暗黙の好意」まで、さまざまな非敵対国が存在するという利点もロシアにはある。たとえば世界一の工業国である中国やインドだ。さらにイラン、ある意味ではトルコも存在し、そこにその他のイスラム諸国を加えることもできるだろう。そんなロシアを経済封鎖しようなどというのは、結局のところ、NATO的ナルシシズムから生じた最初から突拍子もない計画だった。ここで思い起こすべきは、ブリュノ・ルメールの楽観的態度だけでなく、西側陣営の作戦リーダーであるワシントンのギャングの視野と精神の狭さだろう。

西洋と「その他の世界」の現実、経済的搾取に起因する敵対関係については前述した通りである。残念ながら、ここから西洋の労働者階級を除外することも、免責することもできない。では、公正さを期すために、「その他の世界」の国々の内部の「民衆」と「支配層」という二極化について検討してみよう。最も低い社会階層に属する労働者が西洋の快適さを保障するために働かされているが、「その他の世界」でロシアを支持する多くの決断を下したのは搾取されている労働者ではなく、インド、トルコ、サウジアラビア、南アフリカ、ブラジル、アルゼンチン、その他多くの国々の支配層である。彼らはドルを再利用している存在である以上、西洋と連帯すること、さらには自らを西洋の一部だとみなすことを期待できたかもしれない。豪華なホテル、タックス・ヘイヴン、あらゆる国の富豪の子息を受け入れているアメリカやイギリスの私立学校などによって、地球上の「スーパーリッチ」たちだけに開かれた共通の空間を築くこともできたかもしれない。そうなれば、オリバー・バローが描いた「マネーランド」が本物のポスト国民国家の世界において中枢神経系となる……。しかしそれも失敗に終わった。ロシア人の国外資産の違法な差し押さえは、「その他の世界」の上流階級の間に恐怖の波を引き起こしてしまったのだ。ロシアのオリガルヒたちの資産やヨットを追跡することで、アメリカ(とその属国)は、結果的に、世界中の大国や小国のオリガルヒたちの財産を脅かすことになったのである。こうして、彼らはアメリカという捕食国家から逃れることに必死になり、用心深く段階を踏まなければならないとしても、「ドル帝国」から離れることが誰にとっても合理的な目標となったのだ。一方で、経済制裁が意図せずもたらした民主的効果、つまり「その他の世界」の特権階級を民衆に近づけたことは称賛に値するだろう。

しかし、サウジアラビアが原油価格を維持するためにロシアと協定を結び、トルコがロシアと友好的な競合関係に入り、イランがモスクワにますます接近し、インドがロシアの指導者と事実上の同盟関係を維持しているのは、アメリカ財務省への恐れだけが理由ではない。西洋人も予感していたように、政治的価値観や道徳的価値観も大きく関わっているのだが、それが西洋人にとっては不幸なことに望ましくない方向に作用してしまった。西洋の価値観はますます嫌われているのである。この点については、人類学的な分析がヒントを与えてくれるだろう。

世界の人類学的多様性の否定

第1章で見たように、一九四五年の戦勝国だったアメリカは世界の多様性を認識できていた。そしてダイナミックで寛容な文化人類学が誕生した。しかしこの多様性を受容する態度は消え去ってしまった。一九六〇年代以降、いかにしてそれが均一的な見方に取って代わられ、ソビエト体制の崩壊によって、その均一的な見方が絶対視されるようになってしまったかについてはすでに説明をしてきた通りである。ソ連は存在そのものによって世界の多様性を体現していたということだ。

こうしてフランシス・フクヤマによる「歴史の終わり」が一連のプロセスを完成させ[7]、介入主義をあらかじめ正当化してしまったのである。もし世界が均質で、一様に民主化されていく運命にあるのなら、その歴史を少し後押ししてもかまわないのではないか、ちょっとした軍事介入くらい良いだろう、というわけだ。さらに、中国が貿易するために生産し、裕福になり、そこに繁栄する中流階級が出現すれば、やがて中国にも自由民主主義が生じるだろう、などと人々は期待し始めてしまった。ただ、このヘーゲルの「マクドナルド版」は、根本的な事実を無視していた。イギリス、アメリカ、フランスのリベラルな政治体制は偶然に生まれたのではなく、核家族的で個人主義的な背景から生まれたという事実である。一方、中国農村社会の家族構造は、ロシアと同様に、権威主義と平等主義によって特徴づけられていた。

地政学は物事を簡略化する。そこで私は最も単純な人類学的対立を示し、各国を二項対立的な分類で提示してみよう。すなわち、二つの親族システムを対置し、それぞれのシステムに合致する家族構造を示し、すべての国を父系制／双系制の軸に沿って配置するのである。

双系制親族システムでは、一方に父親の先祖と傍系血族、もう一方に母親の先祖と傍系血族があり、子どもの社会的地位の決定において双方が同様の重みを持つ。これはカップルが中心の核家族である。繰り返すが、この人類学的システムこそが、識字化の局面で自由民主主義を生み出したのだ。この家族構造は、人々に前もってリベラルな気質を持たせるものだったからである。高等教育の発展を経た最近の局面では、このシステムは急進的フェミニズムを出現させた。この文化革命の最終局面が、ホモセクシャルの解放、半ば公認された女性バイセクシャルの発展、そしてトランスジェンダー思想の発展である。これについては前作の『彼女たちはどこから来て、今どこにいるのか？（*Où en sont-elles?*）』〔大野舞訳、文藝春秋近刊〕にて詳述した通りである。狭義の西洋（アメリカ、イギリス、フランス、スカンジナビア）は、この人類学的双系システムから生まれたのだが、そのことを自覚できていない。それゆえに自分たちは「普遍的」だと考え、逆説的なことに「自分たちこそが優れている」と信じることもやめなかったのである。心の貧しき者は幸いなり（Beati pauperes spiritu）……(8)

「その他の世界」の大半の家族構造は、父系制である。親族システムは、狭義の西洋とは正反対の規範に従っている。子どもの基本的な社会的地位は、父親の親族のみによって決まる。父系制の原則は、多くの場合、共同体家族構造――さほど、あるいはまったく個人主義的ではない――と共存している。こうして、**地図11―2**の通り、人類学的父系制システムは、西アフリカから中国北部にまで広がり、巨大な塊として現れる。それはアラブ・ペルシャ圏を通り、ロシア全体も含む。すると、双系制で核家族でリベラルで周縁に位置する西洋世界はとても小さく見えてくる。この地図は「父系制率」を利用しているが、これは各国内の多様性と各民族内の父系制原則の強度を考慮する必要があるからだ。私はパオロ・ジュリアーノとネーサン・ナンのデータに、私自身が半世紀にわたって蓄積してきた世界の親族システム研究の知識を組み合わせた。(9)

今日では、モスクワのアパート、中国の大都市、あるいはカイロやテヘランでも、核家族世帯を目にすることができる。しかしだからと言って、父系的で、共同体家族的で、急進的フェミニズムには反発するような古い価値観が消え去ったわけではない。

地図 11-2　父系制の世界地図

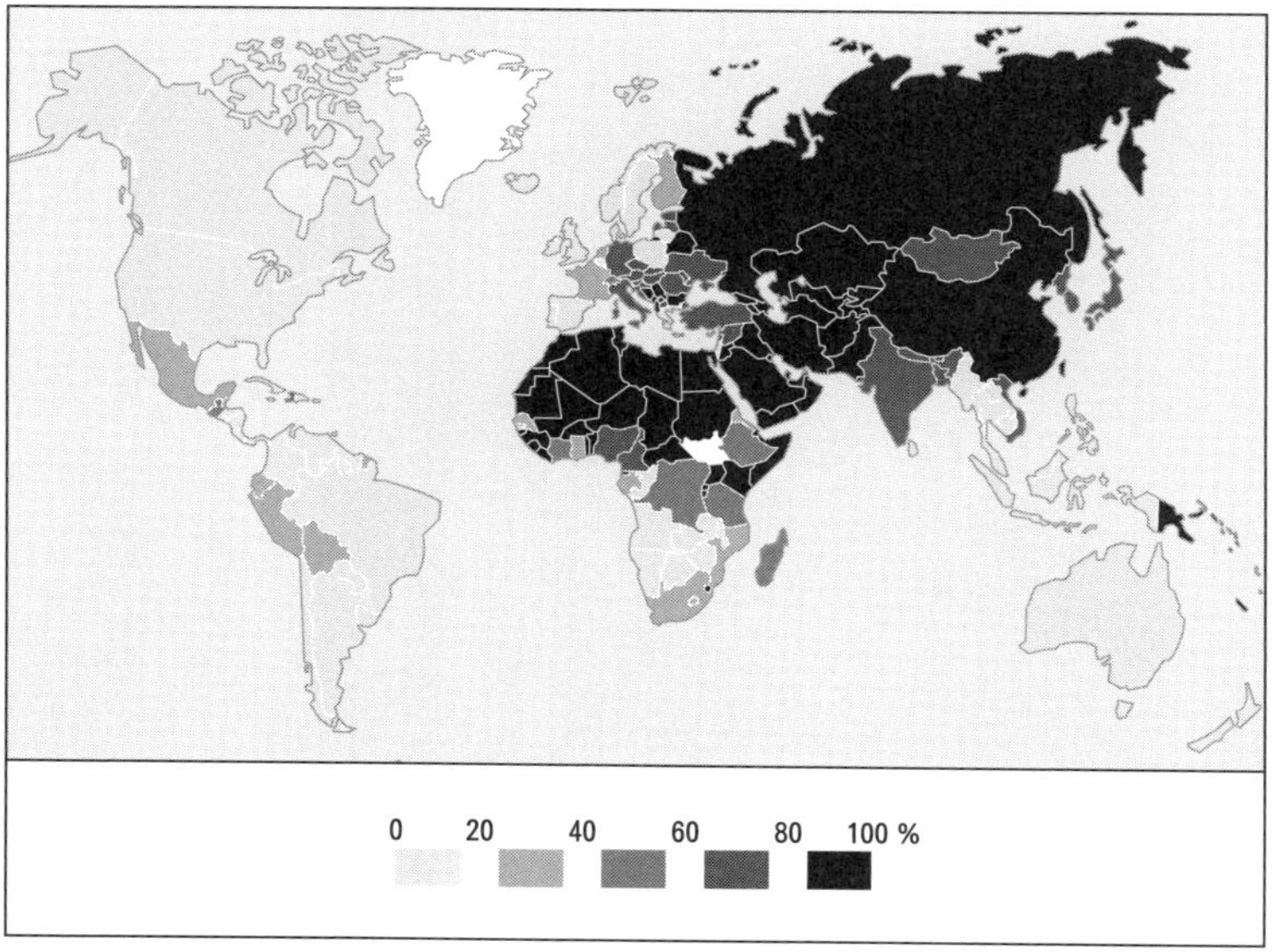

人類学的な位置づけと、上述したような経済的な位置づけは、すべて一致するわけではない。たとえば南アメリカは、双系制で核家族という意味で西洋側にある。ブラジルとアメリカの潜在的な対立は、いかなる場合も人類学的には解釈できない。ブラジルの抱く敵意は経済的かつ政治的なものなのである。一方、イラン、サウジアラビア、トルコのような国のロシアに対する一見不可思議な寛容さは人類学的に理解できる。マリ、ブルキナファソ、ニジェールの人々がロシア国旗を振ることも驚きではなくなる。父系的で反個人主義的な共通感覚が、一見これほど多様な国々を近づけているのである。

双系制文化のように、父系制文化もまた進歩する。父系制文化において女性の解放はまったくないと考えてしまうのは大きな間違いだ。西洋世界に典型的な極端なフェミニズムという形はとらないだけである。イランでは女性の自由に対する抑圧が今も続いている。それが私に見えていないというわけでは決してない。しかし、イスラム共和制〔イラン〕では今日、男性よりも女性の方が高学歴で、女性一人当たりの子どもの数は平均二人以下〔先進国並み〕なのである。

父系制にも様々なレベルがある。たとえばロシアの共同体家族は比較的最近になって形成されたものので、女性の地位は中国に比べるとかなり高い。この地図によれば、インドは中間的な立場にある。インド北部の父系制はおそらく中国よりも強い。一方、非常に特異なインド南部の家族構造は、女性にかなり高い地位を与えている。

ドイツと日本は「半父系制」と分類できるだろう。フェミニズム思想は、狭義の西洋ほど浸透していない(10)。

ここでエキゾチックかつテクノロジー面からの興味深い事例として、インドのカルナータカ州について言及してみよう。「近代はすべて西洋のもの、というわけではない」ことを読者にも納得してもらえるだろう。二〇二〇年頃の時点で、カルナータカ州の出生率はフランスと同じで女性一人当たり一・七人だった。州都ベンガルール〔旧バンガロール〕は、ＩＴ革命の世界的拠点の一つである。同州は、南インドに位置し、教育面でも経済面でも北インドより進んでいる。親族関係は父系制が支配的だが、女性の地位は高い。カルナータカ州の婚姻制度からは、経済的近代性と文化的違いの絶対的共存を見出すことができる。

南インドは、交叉イトコ婚、つまり兄妹または姉弟の子ども同士の結婚（一方、二人の男兄弟の子ども同士、あるいは姉妹の子ども同士の結婚は禁じられている）を認めている。二〇一九年、カルナータカ州における本イトコ婚の比率は、二三・五％だった。より遠いイトコ同士の結婚（たとえば叔父と姪の結婚も時には許される）を加え、一九九二年から一九九三年と二〇一五年から二〇一六年を比較すると、全体の結婚のうちの近親結婚率は、二九・九％から二七・五％になっている[11]。二〇一九年から二〇二〇年においても、その比率は二七・二％にとどまっていた[12]。ＩＴ大国インド、とりわけアメリカのＧＡＦＡに多くのエンジニアを送り出している南インドにおける内婚制は、当初は若干の減少があったが安定しているのである。そう、人類学は現代世界の多様性を理解するために役に立ち得るというわけだ。ウクライナ戦争という文脈において、人類学は、ロシアの新たな「ソフトパワー」についての理解も手助けしてくれる。

ロシアの新たな「ソフトパワー」

ホモフォビアの**地図11―3**を見ると、それがいかに父系制の**地図11―2**と近似しているかがわかる。二つの地図は、いずれも「西洋の孤立」を示している。

慣習の問題は、国際関係の中で奇妙な形で重要度を増してきた。西洋諸国は、LGBT思想に敵意を示す国を後進的だと非難するようになっている。自らが普遍的な近代を体現していると確信している西洋諸国は、父系制でホモフォビア、つまり西洋の慣習革命に反発する世界では、西洋こそが「疑わしい存在」になりつつあることが見えていないのだ。

こうした文脈において、「ロシアの反LGBTはスキャンダラスだ」などと激しく責め立てることは、まさにプーチンの術中に嵌ることを意味する。ロシアの下院で可決され、ますます抑圧的になっていく同性愛やトランスジェンダーの権利に関する法案（戦争が始まってからはさらにそうなっている）は、ロシアの酷さを世界に示すものだと西洋人は捉えている。しかしそれは間違いである。ホモフォビア政策や反トランスジェンダー政策は、地球上の他の国々を自国から遠ざけるどころか、むしろ自国に近づけるものであることをロシアは知っている。この意図的な戦略は、ロシアに多大な「ソフトパワー」を与えている。かつての共産主義の「革命的ソフトパワー」は、プーチン時代の「保守主義的ソフトパワー」に取って代わられたというわけである。

かつてロシアの共産主義は、ヨーロッパ、特にイタリアやフランスの労働者階級の一部を、あるいは中国のように、その国の全体を惹きつけた。しかし共産主義の無神論という側面は、多くの国々の人々、特にイスラム世界の人々を恐れさせた。ところが慣習面で保守的な現在のロシアは、そうした

地図 11–3　ホモフォビアの世界地図

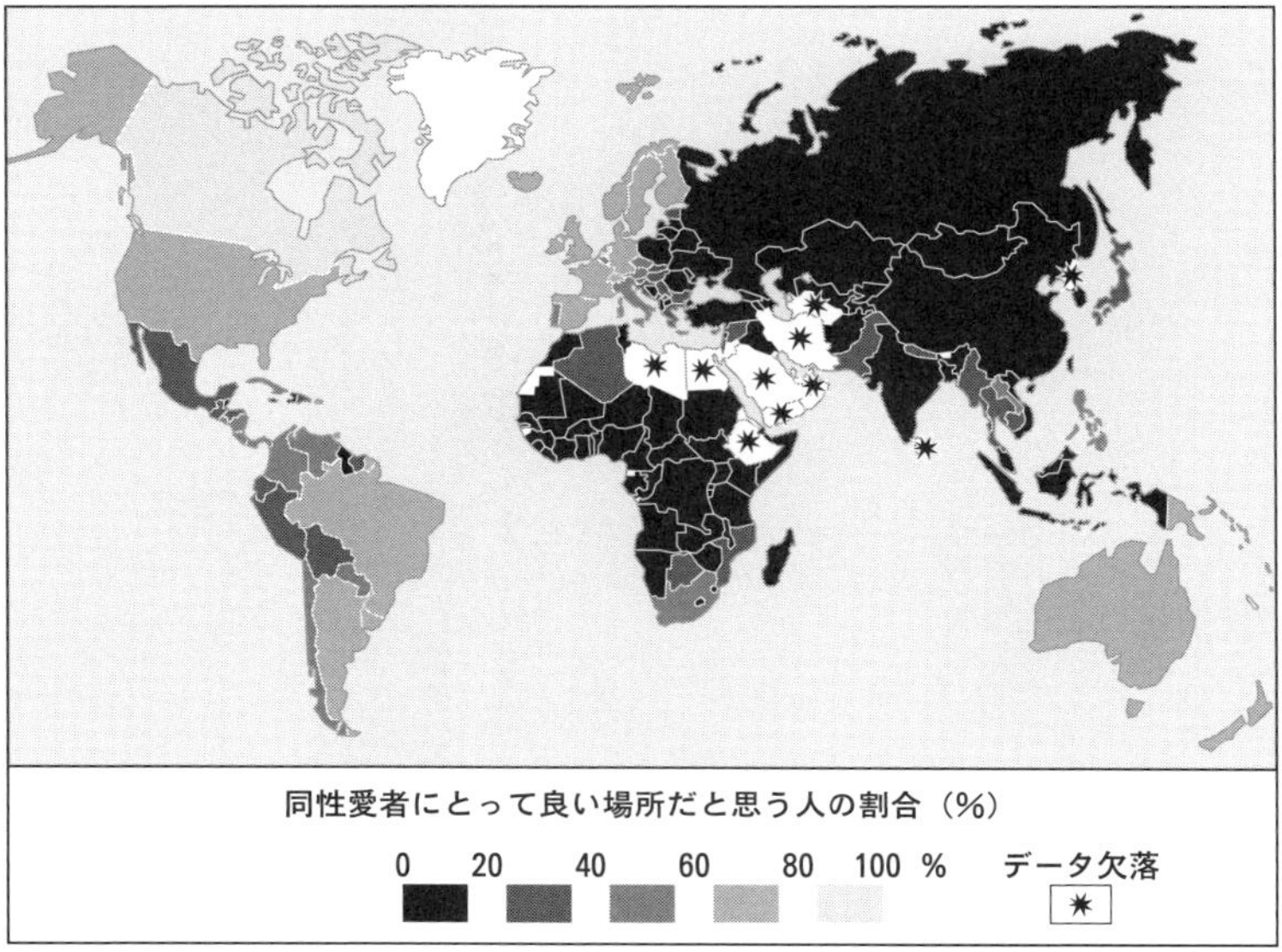

出典：Gallup World poll

ハンディキャップも負っていない。さらにロシア社会において重要度を失いつつある「正教会」の役割をプーチンは過大に演出している〔が、こうした保守的態度がプラスの効果を生んでいる〕。イランにとっての伝統的な主要敵国は、ロシアとイギリスだった。にもかかわらず、イランのムッラーたちの政権とロシアがいとも簡単に歩み寄れたのは、ポスト宗教時代におけるロシアの新しいタイプの道徳的保守主義のおかげなのだ。ロシアの保守主義は、イスラム政党が率いるエルドアン政権下のトルコや原理主義王政のサウジアラビアなどとの、複雑だがますます友好的になっている関係の構築も可能にしている。

西洋のトランスジェンダー思想は、ゲイ思想以上に、父系制の世界にさらに深刻な問題を突きつけているようだ。父方の親族と母方の親族の違いが構造化され、男女という対立概念が不可欠なものとして存在している社会で、「男は女になれる、女は男になれる」と説くような思想がはたして受け入れられるだろうか。彼らの反発を単なる拒絶だと切り捨ててしまっては、この対立の意味を過小評価することになる。「西洋は狂ってしまった」と彼らが考えてしまうのも、まったくもって理に適ったことなのだ。

この地政学的研究にトランスジェンダー問題も含めなければならないという文脈で、特に興味深いのは、アメリカの父系制同盟国あるいは父系制属国に関してである。ウクライナ、台湾、日本では、最近、西洋の規範に合わせようとしてLGBTに関する法律が制定された。

最も直近のケースは日本である。私自身、川端と谷崎の愛読者だ。セクシャリティに関する考察において、フランス文学と日本文学が補完関係にあることを認識している。だからこそ、これに関しては少し詳しく語らないわけにはいかない。

日本では、二〇二三年六月一六日、「性的指向及びジェンダーアイデンティティの多様性に関する国民の理解の増進に関する法律」、通称「LGBT理解増進法」が参議院で可決された。衆議院では三日前に可決されていた。自由民主党と公明党の連立与党が、維新の党と国民民主党の支持を得て、かなり大急ぎで法案を成立させたのである。自民党内では衆院議員、参院議員の大多数が反対していた。しかし、他党でもそうだが、党の指導部が決めたことには投票せざるを得ないのだ（直系家族的だ）。

左派（立憲民主党、日本共産党、社会民主党、れいわ新選組）は、法案が不十分だとして反対票を投じた。反対で真に目立ったのは、党唯一の参議院議員である神谷宗幣が代表を務める参政党だけだった。自由民主党の三人の参院議員は、可決前に議場を去った（党議拘束違反で処分を受けた）。

この法案への支持を常に公にツイートしていたラーム・エマニュエル駐日米国新大使は、プラットフォームX（旧ツイッター）上で法律の可決を歓迎した。その後、日本の最高裁判所は、経済産業省のトランスジェンダー職員の女子トイレ使用禁止は違法だとする判決を下している。さらに、渋谷区には女性専用公衆トイレがなくなった。ITビジネスアナリストの深田萌絵などを中心とし、女子トイレを守ろうとする抗議活動も始まっている。トランスジェンダーの女性（つまり男性）が女性用の公衆浴場に入れる日が来るのではないかという懸念が広がっている……。この話は今後もまだ続くだろう。日本が政治的にLGBT思想に転換したことで、日本国民がアメリカに近づいたのか、それとも強大な保護国に対する日本国民の恨みがさらに増したのか。いずれであるかは、いつかわかるだろう。

究極の皮肉は別のところにある。これらの法律は、西洋への帰属を主張し、ロシアや中国の脅威に対するアメリカの保護をより確実なものにするために制定された。しかし、第8章で分析したトランスジェンダー思想の深い意味について考えてみよう。この思想は、「男は女になれる、女は男になれる」という。しかし、この主張は虚偽の肯定であり、西洋のニヒリズムの理論的核心の近くにある。虚偽の信仰に固執することが、いかにしてより確実な軍事同盟につながるのか。この虚偽の信仰と、今や明らかになったアメリカの国際問題における信頼性の欠如には、精神的かつ社会的な関連があると私は考えている。男性が女性になれるのと同じく、イランとの核合意（オバマ）も、一夜にして制裁強化（トランプ）に変貌する。もう少し皮肉を続けよう。アメリカの外交政策は、まさに「常に流転するジェンダー」のようだ。ジョージアとウクライナは今、「アメリカの保護」というものが、実際にどの程度の価値を持つものなのかを身をもって知っている。中国に対して台湾と日本は、実際はアメリカによって守られていないと私は確信している。それを可能にする産業基盤をアメリカはもはや持っていないのだ。しかし何よりも、アメリカで広がるニヒリスト思想は、「約束を守る」という原則そのものを時代遅れで否定的なものに変えている。裏切りが普通になっているのだ。東アジア諸国は、気遣いからこのような法律を成立させてしまうことで、ある意味、将来アメリカから「見捨てられる」ことを予め「正当化」してしまったと言える。

原注（第11章）

（1）ジョルジュ・リエベールとともに、この著作を一九八〇年にロベール・ラフォン社にて『ナルキッソスのコンプレックス（*Le Complexe de Narcisse*）』というタイトルで翻訳してもらった。

（2）北朝鮮の体制は、標準的な共産主義的全体主義が、世襲によって継承される民族的全体主義へと変異したことを象徴している。血統の連続性と民族の認識（兄弟の不平等が人々と民族の不平等につながる）を助長する朝鮮の直系家族構造が、この変化を説明してくれる。

（3）John A. Hobson, *Imperialism. A Study*, Londres, Unwin Hyman, 1988, p. 364-365.〔ジョン・ホブソン『帝国主義論』矢内原忠雄訳、岩波書店、一九五一年、一九五二年〕

（4）*Wall Street Journal*, 1er août 2023.

（5）N. Mulder, *The Economic Weapon*, 前掲書。

（6）Joy Gordon, *Invisible War. The United States and the Iraq Sanctions*, Harvard University Press, 2010, note 82, p. 255-257.

（7）Francis Fukuyama, *La Fin de l'histoire et le dernier homme*, Flammarion, 1992.〔フランシス・フクヤマ『歴史の終わり』渡部昇一訳、三笠書房、二〇〇五年〕

（8）E. Todd, *Où en sont-elles ?*, 前掲書。〔『彼女たちはどこから来て、今どこにいるのか？』大野舞訳、文藝春秋近刊〕

（9）Paola Giuliano et Nathan Nunn, « Ancestral Characteristics of Modern Populations », *Economic History of Developing Regions*, 33 (1), 2018, p. 1-17; Emmanuel Todd, *L'Origine des systèmes familiaux*, Gallimard, 2011〔エマニュエル・トッド『家族システムの起源1――ユーラシア　上・下』石崎晴己監訳、藤原書店、二〇一六年〕et *La Diversité du monde*, Le Seuil, 1999 et 2017.〔エマニュエル・トッド『世界の多様性』荻野文隆訳、藤原書店、二〇〇八年〕

（10）E. Todd, *Où en sont-elles ?*, 前掲書、p. 92.〔『彼女たちはどこから来て、今どこにいるのか？』大野舞訳、文藝春秋近刊〕

（11） Mir Azad Kalam et autres, « Change in the Prevalence and Determinants of Consanguineous Marriages in India between National Family and Health Surveys （NFHS） 1 （1992–1993） and 4 （2015–2016）», Human Biology Open Access Pre-Prints, WSU Press, 11 octobre 2020.

（12） India, *National Family Health Survey 2019–2021*（インド版 DHS, *Development and Health Survey*）.

終章　米国は「ウクライナの罠」にいかに嵌ったか

一九九〇年―二〇二二年

ベルリンの壁崩壊後の時代はきちんと理解されていない。錯覚の始まりは、ソ連の崩壊がアメリカの勝利に起因すると信じてしまったところにある。すでに示したように、ソ連の崩壊が起きた時、実はアメリカもその二五年前からすでに後退を始めていたのだ。共産主義が内部崩壊を起こしたのは国内に原因がある。経済的な矛盾によってすでに弱体化していたシステムを、教育による新たな階層化が崩壊させたのだ。

本書では、こうした錯覚のいくつかの結果を追ってきたが、時間的順序はバラバラだった。本書を閉じるにあたり、すべての章を通して見てきた諸要素を時系列に沿い、一つの流れとしてまとめる時がきた。ロシア、ウクライナ、東ヨーロッパ、西洋の各社会の内部に生じた変化を踏まえ、ＮＡＴＯを「ウクライナの罠」に陥らせた冷戦後の三〇年に関する新しい見方を示そうと思う。

ソ連の崩壊は歴史を再起動させた。それは空虚を生み出し、西洋のシステム、特に、自らも危機に陥り、中心部から衰弱していたアメリカのシステムを吸い込んだ。ここから二つの動きが生じることになる。まずアメリカでは、国内で貧困率と死亡率が上昇している中で、対外的な拡張政策が始まった。宗教の衰退とそれに続く市民としての集団的信念の衰退は、先進国のどこよりも激しく極端なものになった。ロシアも含めて、戦争のすべての当事国が「宗教ゼロ状態」という共通の動きに影響を受けていることには留意するべきである。「宗教ゼロ状態」は、必ずしも「ニヒリスト的な精神状態」（世界の現実を否定し、戦争へと向かうような精神状態）として現われるわけではないが、どこでも出生率は低下しているようである。リベラルな狭義の西洋（アメリカ、イギリス、フランス、スカンジナビア）では、女性一人当たりの出生率は一・六人に近づいている。ドイツとロシアでも一・五人となっている。

ロシアを含め、すべての国は、「活動的」ではなく、第5章で定義した意味で「無気力」になっている。経済的な偉業、戦争、あるいは熱烈な共通の努力によって国民を団結させるさまざまなプロジェクトを通じて国の偉大さを取り戻す……。そんな強力な集団的感情で突き動かされる国はもうない。複合的家族形態が優勢で、個人を集団に統合させる国では、集団意識の残滓が、政府のより効率的な行動をまだ可能にしている。私はドイツ（直系家族）を「機械社会」として描いた。ロシア（共同体家族）に関してはここで付け加えたいことがある。「主権」という理念がこの国の指導者層を動かしているにしても、（ドイツのような）経済的かつ技術的な再生能力を有しているとしても、この国は、古典的な意味でのナショナリスト国家ではないという点だ。ロシアもまた「無気力国家」なのである。だからこそプーチンは、部分的動員に留め、何よりも全面的動員を避けてきたのである。ロシアの戦争への動員は、段階的に行われた。というのも、（たとえば）フランス人よりもロシア人は自国に強い愛着を抱いているが、彼らもまたポストモダン的個人として、自分の楽しみや苦しみが第一だからだ。ただし、彼らはポストモダンの究極の形、つまりニヒリズムにはまだ至っていない。ニヒリズムは、英米圏を筆頭に、人類学が「個人主義」と定義する社会に特有の悪である。フランスには、ニヒリズムに抵抗する力がまだ存在する。フランスの周縁部の大部分には、複合的家族構造が存在するからだ（直系家族、共同体家族、その他）。一方、アメリカとイギリスには、社会の中心部からナルシシズム、そしてニヒリズムに至る動きが生じており、これを止めるものは何もない。スコットランドについては、直系家族ゆえにこの動きから少し免れているかもしれない。

英米圏が「無気力国家」の段階を超えたのは、二〇二〇年頃だと思われる。ロシア、ドイツ、フランスの指導者層がいまだに民族的・国民的気質を保持しているのに対し、アメリカ圏の指導者層は、本来の文化的基盤を失っている。一九八〇年頃までのイギリスに残っていた貴族的感覚も、その後消滅してしまった。アメリカについて言えば、一九九〇年頃までは、帝国的ではあっても国民国家として存在し、生き生きとした文化的中心を維持していた。しかし今日のアメリカはもはや国民国家ではない。真の意味での指導者層を失い、国として方向を定める能力を失っている。二〇一五年頃にはアメリカも、私の言う「ゼロ状態」に至った。「ゼロ状態」とは、「国民国家として存在していない状態」あるいは「モノを生産していない状態」という意味ではなく、「その国の本来の価値観によって統御されていない状態」を意味する。すなわち、プロテスタンティズムに由来する道徳性、労働倫理、国民を駆り立てる責任感などが消滅したことを意味する。「下品さ」の代表のようなトランプが当選し、次に「老化」の代表のバイデンが当選したわけだが、これこそ、「ゼロ状態」の極みを象徴する出来事である。ワシントンの決定は、もはや道徳的でも合理的でもない。今のアメリカは、自分が誰で、どこに向かっているかわかっていない。そんなアメリカに、「システムの有能な操縦者」といった、パラノイア的なイメージを抱くべきではないだろう。

地政学に戻ろう。ウクライナ戦争は、一九九〇年に始まった一つの歴史のサイクルを閉じる出来事である。アメリカの対外的拡張主義の流れは、自国の中心部分の実体とエネルギーを枯渇させながら、ロシアという無気力だが安定した国と衝突して、打ち砕かれたのである。

私たちはいかにしてこんな状況に至ってしまったのか。なぜアメリカ人は勝ち目のない戦争に突き進んだのか。オバマ政権時代から、アメリカの地政学的共通認識において、主要敵国は中国だったはずなのに、なぜロシアと戦争になってしまったのか。しかもオバマ政権以降、アメリカは後退を始め、より控えめな国際的態度に回帰し始めたように見えていたのである。

（アメリカだけではなく）西洋の当事者たちの歴史認識はあまりに浅薄である。政府は決定を下すが、軍事的、経済的、思想的な世界のパワーバランスとその変化に対する彼らのビジョンは、すでに見てきたように、空想的なものでしかない。こうした歴史認識の欠如と、その帰結としての現実的な政策の欠如ゆえに、時系列アプローチが有効となる。彼らが制御できなかった歴史の流れの中で、彼らが下した具体的な決定を検証する。そうすることで、私たちがいま目にしている残酷であると同時にそもそも馬鹿げたこの戦争になぜ至ってしまったのかが見えてくる。性質は異なるが、アメリカにもウクライナにもニヒリズムが存在する以上、戦争に至ったこの歴史を合理的に解釈するのは、ア・プリオリに不可能だ。アメリカとウクライナの二つのニヒリズム連合が、歴史の理性による最終的な復讐を受けて、敗北に至ることは、私たちにとって唯一の慰めとなるかもしれない。

主な諸段階

（ロシア以上に）戦争の中心的な当事国であるアメリカの行動を、ＧＤＰに占める軍事支出の比率によって、四つの局面に区別してみよう。

第９章でも見たように、ＧＤＰは、真の経済力を測定する上で良い指標ではない。しかしそれでも、軍事費に割かれるＧＤＰの割合の推移から、その時々のアメリカの軍事的関心の度合いを測ることができる。

第一段階

ソ連崩壊後の数年間、アメリカは、全体として平和が続くという見通しを持っていた。一九九〇年から一九九九年の間に、ＧＤＰに占める軍事費は五・九％から三・一％に低下した。この数値が示す一〇年ほどの軍縮の期間については、アメリカに世界支配の企図はなかったと断言できる。

第二段階

一九九九年から二〇一〇年は、ヒュブリス（傲慢）の一〇年だった。ＧＤＰに占める軍事費は上昇し、二〇一〇年には四・九％に達した。アメリカは、世界の絶対的な支配を夢見るようになった。そしてイラク、アフガニスタンでの失敗が続いた。

第三段階

ここから軍事的退却が始まる。その始まりは、軍事費の推移が示す二〇一〇年ではなく、むしろ二〇〇八年だったとみなしたい。この年にサブプライム危機があり、平和主義気質の大統領、バラク・オバマが当選した。二〇一七年の時点で、ＧＤＰに占める軍事費は三・三％まで落ちている。

第四段階

この最後の段階は「現実からの逃避」と称することができる。アメリカは、ウクライナ戦争という罠に落ちた。ただし軍事費は増加しても微々たるものだった。二〇二〇年は三・七%で、二〇二一年は三・四%だった。これらの控えめな数値を鑑れば、ウラジーミル・プーチンの演説や、ついでに言えばミアシャイマーの分析も割り引いて受けとめるべきかもしれない。アメリカは、好戦主義とは程遠く、対外拡張を諦め、ロシアとの対立など望んではいなかったのだ。ところが、ソ連崩壊のタイムラグによって生じたウクライナのナショナリストたちのニヒリスト的な夢が、アメリカをおびき寄せたのである。プーチンにとっては、キエフ（キーウ）とワシントンを区別する必要などなかった。彼は自国に最適だと思われる瞬間に戦争に踏み切った。彼の計算が優れていたことをすべてが示唆している。

今日、地政学者たちは三つの主要国に注目している。アメリカ、アメリカの第一の敵国である中国、アメリカの第二の敵国ロシアだ。私はそこに重要国としてドイツを加えたい。ヨーロッパにおけるドイツの存在感は、一九九〇年から二〇二〇年にかけて増大し続けた。ウクライナ戦争はドイツの目と鼻の先で起きたのであり、ショルツの逃げ腰な態度が、ヨーロッパレベルから世界規模に拡大したこの危機におけるドイツの役割を体現していると思うべきではない。

私の個人的な確信を言わせてもらえば、ドイツとロシアを引き離すためのアメリカの努力（一九九〇年以降、彼らにとっての戦略的強迫観念の一つ）は、やがて失敗するだろう。ヨーロッパの地図からは、ドイツとロシアという二つの主要な勢力が見えてくる。女性一人当たりの出生率がいずれも一・

五人という共通点が、この二国を落ち着かせ、互いを互いに近づけている。互いに戦争などできないのだ。この二国の経済的特化は互いに補完的な関係にあるからだ。遅かれ早かれ協力し合う運命にある。アメリカとウクライナの敗北は、ドイツとロシアが接近する道を開くだろう。アメリカも、ドイツとロシアが互いに引き付け合う重力のようなこの力をいつまでも押しとどめられはしないだろう。

　では、一九九〇年から二〇二二年の真の歴史を検討してみよう。

一九九〇年から一九九九年——平和的局面

　一九八九年一一月（ベルリンの壁崩壊）と一九九一年一二月（ソ連の正式な終焉）の間のソ連の内部崩壊から始める。一九九〇年一〇月三日、ドイツは、コールの強力な主導によって再統一された。一九一六年生まれのフランソワ・ミッテランと一九二五年生まれのマーガレット・サッチャーは、ヨーロッパ大陸におけるかつてのドイツの圧倒的な存在感をしっかりと覚えている世代である。そんな彼らの意見に反する形で、ブッシュ大統領は、ドイツ再統一、実質的にはドイツ連邦共和国（西独）によるドイツ民主共和国（東独）の併合を容認したのである。誰もが共産主義の崩壊をアメリカの勝利と解釈したが、それは間違いだった。アメリカでは、ドイツのことは真剣に検討されない。というのも、当時、ドイツ連邦共和国の人口は六二七〇万人で、ドイツ民主共和国の人口は一六四〇万人で、合計すると七九一〇万人となり、フランス人（人口五八一〇万人）やイギリス人（五七三〇万人）から見ると大きすぎる規模だが、アメリカ人（二億五〇一〇万人）から見ると、大した規模ではなかったからである。慌てふためいたフランスの財務検査官とその他の高級官僚たちは、マーストリヒト条約を急いで拵えた。フランスは、欧州中央銀行をドイツのフランクフルトに置くことを受け入れることで、マルクをユーロに統合させることを要求したのだが、むしろ事実上、フランをマルクに統合させる結果に終わってしまった。以降、ドイツがヨーロッパ通貨の鍵を握ることになったのである。しかし、当時のドイツは、しばらくの間、再統合にかかるコスト負担に対応しなければならず、フランスとイギリスは、ドイツはもはや立ち直れないと考え、「ドイツ問題」を忘れてしまったのである。ミッテランとサッチャーのその姿勢は、戦後の「若者たち」に引き継がれていく。

「NATOは東方に拡大しない」という保証をアメリカがロシアに与えたのかどうかがしばしば熱を帯びた議論の的になっているが、そんな議論に意味はない。当時の当事者たちの認識を無視した非歴史的な議論でしかないからだ。ソ連の崩壊を予測できた政権幹部などいなかった。ソ連消滅後に、ロシアがどれほど悲惨な状況に陥るかも誰も想像できなかった。当時の人々の頭の中では、ロシアは、もう一つの均衡の極としての超大国であり続け、NATOの拡大など、まったく考えられなかったのである。

アメリカの意図は、この時点では平和的なものだった。すでに見たように一九九〇年から一九九九年にかけ、軍事費は大きく減少した。しかしこの時、誰も想像していなかった二つ目の出来事が起きた。ソ連に続いてロシアも沈没してしまったのである。共産主義が単なる経済組織以上のものだったことを誰も理解できていなかった。共産主義は、正教会後のロシアの「宗教」となり、社会を結束させる集団的信念になっていたのである。だからこそその消滅が無秩序状態を生み出し、国家を崩壊寸前にまで追いやってしまったのだ。健康状態の悪化、殺人、自殺などによって急速に低下していたロシアの平均余命は、一九九四年に最低値に至った。一人当たりGDPは、一九九六年に最低値を記録した。ロシア全体のGDP（その内実はアメリカのGDPより旧式で物理的かつ実質的）は、一九九八年、金融危機と債務不履行の後に最低値に至った。物々交換が広まり、通貨ルーブルが存続できるかどうかが懸念された。加えて、一九九四年から一九九六年にかけて、ロシア軍は第一次チェチェン紛争に敗れ、コーカサス地方のごく少数の反体制派（非常に暴力的ではあったが）すら抑えられないことが明らかになった。

こうして一九九四年から一九九八年にかけてどん底に落ちたロシアをアメリカは見下したのである。とはいえ、ロシアを過渡期にある国家と捉えるように努め、やがては他国と同じく民主主義国に移行する可能性があると考えた。しかし、一九九七年から一九九八年にかけて、ロシアの明らかな弱体ぶりを目の当たりにしたアメリカは、慈悲深い態度を改め、むしろノックアウトを夢見るようになったのである。ここからヒュブリス（傲慢）が始まる。

ブレジンスキーの『地政学で世界を読む――21世紀のユーラシア覇権ゲーム』は、一九九七年に刊行された。今から考えると、この本は恐れと希望のどちらを表現していたのかわからなくなる。ブレジンスキーは、第二次世界大戦から生まれ、ドイツと日本という被征服国に基盤を置く「アメリカ帝国」を描いている。まず彼が抱いた恐れから検討してみよう。共産主義の崩壊によってアメリカが用なしになれば、日本、そしてドイツという二つの極がロシアと手を結ぶ可能性がある。すると、ユーラシアにおいて巨大な勢力の塊が現れ、アメリカはのけ者にされる。つまり、ドイツとロシアの結びつきこそアメリカにとって最大の脅威なのである。

では、ブレジンスキーの希望とは何だったのか。ロシアが崩壊しつつあることを踏まえ、ロシアからウクライナを切り離せば、帝国という地位を永久に剝奪し、ロシアを完全打破できると彼は示唆している。もしウクライナ戦争の帰結としてアメリカ帝国が崩壊に至れば、ブレジンスキーは、まったく意図しない形で、地政学史上最もユーモアセンスに溢れた学者となるだろう。

一九九八年から二〇〇八年――ヒュブリス

ギリシャ神話に登場するベレロフォンは、翼のある馬ペガサスを捕らえるなど数々の偉業を成し遂げた後、神々と並ぼうとペガサスに乗り、天へと飛び立つ。しかしこのうぬぼれに激怒したゼウスは、ペガサスを刺すためにアブを送り、刺されたペガサスは、ベレロフォンを落馬させてしまう。茨の茂みに落ちたベレロフォンは、一命を取り留めたものの、地上では、視力を失ったまま惨めな生活を送ることになる。この神話は、自分自身と自分の限界を知らないことから生まれる行き過ぎた感情、つまり「ヒュブリス（傲慢）」に囚われた人々の運命を描いている。

一九九九年以降、アメリカは、このヒュブリス状態に陥る。それはアメリカ史上、初めて敵が不在の時期だったのである。空虚感に茫然自失となり、彼らは正気を失ってしまった。ヒュブリスは、不敬虔の象徴、ディセバイアから生まれたとアイスキュロス〔古代ギリシャの悲劇作家〕は主張している。実際、アメリカのヒュブリスは、プロテスタンティズム・ゾンビが消滅し、宗教ゼロ状態へと向かうその時に始まったのである。

この時点では、まだＮＡＴＯはいっさい拡大していない。しかし、一九九七年のマドリードでの首脳会談で加盟希望国への門戸開放の原則が採用されたことを受けて、ポーランド、チェコ、ハンガリーが一九九九年にNATO加盟を果たす。同年、三月から六月にかけ、NATOはセルビアを七八日間にわたり空爆し、その期間中、ついでにベオグラードの中国大使館にも数発の爆弾を落としている。

歴史の皮肉とは次の通りだ。一九九九年は、アメリカがヒュブリスの局面に突入した年だが、プーチンが政権を握り、ロシアの再興が始まった年でもあったのである。

この時点で、西洋の指導者層の間で反ロシア感情が定着していたとは言えない。そもそも完全に衰弱しきったような勢力に対して敵対的になどなれない。一九九〇年代は、擬似NGOと、モスクワやサンクトペテルブルクで蠢くアメリカの実業家を介し、炭化水素エネルギーを始め、ロシア内で可能なものはすべて制御しようということに専念していた。アメリカ人の意識の中で、ロシアはもはや自立したアクターとしては存在せず、ロシアの運命はアメリカの覇権システムの中に入ること以外にはなく、パートナーとしてのその後の姿は未知だったにしろ、とにかく従順なアクターになると考えられていた。

多動症の子どものように、アメリカは一つの目標になかなか集中できない。ロシアはもはや脅威とはみなされなくなり、二〇〇一年九月一一日のワールド・トレード・センタービルを襲ったテロ攻撃は、落ちつきのないアメリカの関心を中東へと向かわせるのに十分だった。やがて彼らはそこにもともと存在していなかった敵を見出して牙をむくようになる。アフガニスタン侵攻が正当化されたのは、そこがビン・ラディンの潜伏先だったからだ。しかし二〇〇三年のイラク侵攻は同じようには正当化できない。イラク侵攻は、アメリカがその歴史上、「純粋な単なる侵略戦争」という新たな段階に入ったことを示す。イラクが被った被害は、(西洋の敗北の後に)二一世紀の恥辱の一つとして歴史書に刻まれるだろう。アメリカの真新しいニヒリズムは、国連で試験管を片手に「イラクが大量破壊兵器を保有している」と主張するコリン・パウエル〔元米国務長官〕を生み出した。ニヒリズムは現実と真実を否定し、嘘を讃えるカルトだ。この点で、ブッシュ(子)政権は新境地を開いたのである。

一九九九年以降、軍事予算は再び増加する。地政学者たちの狭い世界では、超大国のアメリカと一極化した世界についてしか語られなくなっていた。「歴史の終わり」の軍事版である。九月一一日のテロは軍事費が増加した後に起きたという点を指摘しておこう。つまり、アメリカがヒュブリス状態に陥った後の出来事だったのだ。

二〇〇一年一二月一一日、アメリカが中国をＷＴＯに加入させたのは、自国の敗北は決してないと信じていたからである。これは政治的にも経済的にもこの上なく思慮を欠いた行動だった。結果的に、イラクやアフガニスタンからの撤退以上にアメリカに大惨事をもたらしたのである。

二〇〇二年九月、ブッシュ(子)は、新たな「アメリカ国家安全保障戦略」を世界に示した。そこでは、すべての国が「共通の価値」へと収斂していき、「大国もすべて同じ陣営に属する」とされた。「ロシアは移行期にあり、大いに期待できる。ロシアは民主的な将来を求め、対テロ戦争におけるパートナー国だ。中国の指導者たちは経済的自由が富の唯一の源だと気がついた。やがて彼らも、社会的、政治的自由こそが国家の偉大さの唯一の源だと気がつくだろう。アメリカは、この二国の民主主義の進歩と経済的開放を手助けする」。おとぎ話もここまでだ。

次は軍事面である。新戦略が掲げた目標は、いかなる軍拡競争も断念させるような技術的・軍事的な圧倒的優位性を手にすることだった。アメリカン・ドリームは、新たなバーチャル世界へと再出発した。一九九五年から二〇〇二年の間に、アメリカにおけるインターネット・ユーザーの割合は、人口の一〇%から六〇%に上昇した。映画業界はこの新しいトレンドにいち早く着目している。一九九九年、映画「マトリックス」が公開され、たしかに私たちはバーチャルの世界に突入したのである。

しかし、歴史を止めることはできない。歴史は続き、しかも速く進み、特にフランシス・フクヤマが「歴史の終わり」を宣言して以降、むしろ驚くほど速く進んだのである。アメリカが、イラクとアフガニスタンで迷走し、自国産業を中国に破壊させている間に、ロシアが復活したのだ。このロシア復活のスピードは、一九九〇年代の悲惨さを思えば驚きに値する。

一九九九年八月、そして九月、チェチェン人は、ダゲスタンを越境攻撃し、モスクワを始めロシア国内でテロを起こした。それに対しプーチンは、極めて暴力的にチェチェンを制圧した。これでプーチンへの支持は不動のものとなった。その後、プーチンはチェチェンに独自の地位、すなわち氏族に基づく自治を認めることで穏健さを示した。当初、チェチェン人はロシア人に好意的でなかったが、この政策の成功により、チェチェン連隊は、ウクライナ戦争においてロシア側で主要な役割を果たすまでになったのである。

第二次チェチェン紛争は、「ロシアは崩壊しない」という最初の兆候となった。しかし西洋人は、その点にまったく注意を払わなかった。ロシアの経済状況が、プーチン政権以前からすでに改善し始めていたことにも気づいていなかった。

楽観主義者なのか、あるいは慎重なのか、プーチンは当初、アメリカに対して非常に好意的な態度を示した。九月一一日のテロ以降、プーチンは連帯感を示し、中央アジアをアメリカ軍に開放し、アメリカによるアフガニスタンの征服を助けたのだ。アメリカに好意的なプーチンの姿勢は、当時のロシアのエリートたちを不安にさせたほどである。(1)

一九九九年から二〇〇一年の間に復活を遂げたのは、ロシアだけではなかった。ドイツ人は、東ドイツを吸収するのに一〇年しかかからなかった。二〇〇一年には貿易黒字が増加し始め、二〇〇四年にはGDPの五％を超え、二〇一五年には七％に達した。ドイツ経済の再編成とは、拡大した連邦共和国〔西独〕の産業を単に元の水準に戻すだけのものではなかった。チェコ、ポーランド、ハンガリーのNATO加盟が、ドイツに対して、広大で安全な投資先をもたらしたのである。ドイツの復興の本質は、共産主義によって教育を受けた労働人口を働かせることで、旧社会主義国を自国の産業システムに組み込むことにあったのだ。

すでに見たように、ドイツの経済的復活は、労働法の規制緩和に先行している。マルクが維持されていた場合よりも、過小評価されているユーロがドイツの輸出を顕著に後押ししたのだと、穿った見方をする人なら指摘するだろう。しかし私はこの説明に納得しない。いかなる経済システム、経済構成でも、ドイツ人はうまく対処したという気がするのだ。というのも、端的に「ドイツ人」が、直系家族という人類学的基盤に由来する教育的かつ技術的な潜在力を備えた「ドイツ」を体現しているからだ。これと同じ理屈で、ロシア人も彼らなりのやり方でうまく対処するだろうと私は考えた。それも端的に「ロシア人」が、共同体家族という人類学的基盤に由来する教育的かつ技術的な潜在力を備えた「ロシア」を体現しているからだ。ロシアからの天然ガス供給が途絶えたことで一時的に混乱したものの、ドイツはここからうまく抜け出すだろうと私は確信している。いつも間違いを犯すイギリスの『エコノミスト』紙（二〇二三年八月一七日付）が、再びドイツを「ヨーロッパの病人」などと評したことで、私の確信はさらに深まっている。

一九九〇年代のヨーロッパは、ベルリンの壁崩壊で大きく混乱したとはいえ、実際は一九八〇年代以降、アメリカよりも好調だったのである。第二次イラク戦争以前から、すでにアメリカには反ヨーロッパ感情が芽生えていた。『ポリシー・レヴュー（*Policy Review*）』誌の二〇〇二年六月・七月号では、ロバート・ケーガンが「権力と弱さ（Power and Weakness）」と題した論文を発表している。これは大きな反響を呼び、『楽園と権力（*Of Paradise and Power*）』という小著として、イラク戦争開始後、つまりフランスとドイツがイラク戦争への参戦を拒否した後に刊行された(2)。二〇〇二年に発表された論文の方には、ヨーロッパ人に対する羨望と軽蔑の両方があふれている。ケーガン曰く、ヨーロッパ人は「金星《ビーナス》からきた」のに対し、アメリカ人は「火星《マーズ》からきた」（一九九二年刊行のジョン・グレイのベストセラー『ベスト・パートナーになるために――男は火星から、女は金星からやってきた』を踏まえた言い回し）。「女々しい男」とまでは言わないが、ヨーロッパ人は「女」であると。このマッチョな攻撃は、新世界のアメリカが旧世界のヨーロッパから取り残されているという意識――どの程度のものかはわからないが――から生じている。二〇〇二年から二〇〇三年の時点で、ヨーロッパ人の平均余命は、すでに一五年以上前から（一九八六年頃から）アメリカ人を上回っていたのである。

とにかく誇大妄想的な錯乱が続き、より深刻化していった。ブルガリア、エストニア、ラトビア、リトアニア、スロバキア、スロベニア、ブルガリア、ルーマニアは、二〇〇二年にNATOプラハ首脳会議に招かれ、二〇〇四年に加盟が承認された。ブルガリアとルーマニアを除いて、二〇〇四年、これらの国々は、歩調を合わせるかのようにＥＵ加盟も果たした。後れをとっていたブルガリアとルーマニアも二〇〇七年に統合された。この時点でＥＵ拡大は明らかに、ＮＡＴＯの副産物だったことがわかる。

東方への拡大の流れは続いた。二〇〇四年一一月二二日から二〇〇五年一月二三日にかけて、ウクライナで「オレンジ革命」が起きた。アメリカはここで決定的な役割を果たしている。大使館が直接関与したにせよ、情報機関が関与したにせよ、ＮＧＯ、いや疑似ＮＧＯが関与したにせよ、裏で操っていたのは、ヨーロッパではなくアメリカだったのである。ロシアに関するアメリカの言説も、同時期に一変している。『ダーク・ダブル――米国のメディア、ロシア、価値観の政治学』で、アンドレイ・ツィガンコフは、アメリカにおける「ロシア嫌い」の出現を検証し[3]、この態度変更の起源は新聞やテレビメディアにあったと説得力をもって示した。二〇〇五年一一月、『ワシントン・ポスト』紙の社説のタイトルは「プーチン氏の反革命[4]」だった。数カ月後の二〇〇六年三月、「ロシアの間違った方向性」というあからさまなタイトルの外交問題評議会（Council on Foreign Relations）のパンフレットが刊行され、ロシアの「脱民主化」が激しく非難された。最も激しい記事は、同じく二〇〇六年三月に『フォーリン・アフェアーズ』誌に掲載された「核の優位を確立したアメリカ」だろう。この記事によると、アメリカはどの国も圧倒する力を持つゆえに、核兵器の最初の一撃だけで、敵国は報復する前に戦闘不能になるという。核兵器に関する以上、この分野における歴史的な競合相手のロシアは当然、ここで標的とされている。『フォーリン・アフェアーズ』誌は、スタンリー・キューブリックの非常に愉快な映画（「博士の異常な愛情——または私は如何にして心配するのを止めて水爆を愛するようになったか」）の登場人物「ストレンジラヴ博士」の競合相手になったかのようだ。この映画は、アメリカが意図はしていなかったが、典型的なナチス的科学顧問（ピーター・セラーズ）と、頭のおかしい将軍（ジョージ・C・スコット）とともにロシアに核攻撃をする話である。

果たしてロシアの行動がこうしたアメリカの正反対の態度変更を正当化できるだろうか。チェチェンの制圧は、ワシントンとモスクワが蜜月関係にあった時期に行われている。一方、二〇〇三年一〇月のミハイル・ホドルコフスキー（エクソンモービル社と通じていた）の逮捕を含むオリガルヒの制圧は、アメリカが対ロシア姿勢を改める一つの原因になった。アメリカに精神的なショックを与えたのは、炭化水素エネルギーを制御するという試みの失敗以上に、ロシアのオリガルヒたちが抑え付けられたことだったのである。アメリカでは当時、まさにこうした「少数富裕権力者《オリガルヒ》」が国家に勝ろうとしていた。とはいえ、反ロシアへの転換が起きた真の理由は、古典的な意味で戦略的なものだったと私は考えている。イラク戦争に反対するドイツ・フランス・ロシアの共同戦線の形成が、ブロップとして生成されつつあったアメリカの地政学的エスタブリッシュメントに警戒心を抱かせたのである。

イラク戦争前、プーチンは、二〇〇三年二月九日にベルリンへ、翌日はパリへ赴いた。開戦後、プーチン、シュレーダー、シラクの三人は、三回にわたって三者会談と共同記者会見を行っている。一回目は二〇〇三年四月一一日にサンクトペテルブルクで、二回目は二〇〇四年八月三一日にソチで、三回目は二〇〇五年七月三日にカリーニングラードで行われた。この二年間で、アメリカから独立したヨーロッパ大陸の再編が具体化しつつあり、それはドイツ経済が東ヨーロッパでの覇権を拡大しつつつあった時期と重なっている。

フランスの言いなりになったわけではないが、ドイツはイラク戦争反対において中心的な役割を果たした。世界は、国連でのドミニク・ドヴィルパンの素晴らしい演説を覚えているだろう。しかし、『ドイツ・パワーの逆説』でハンス・クンドナニが述べているように、実際は、フランス人がドイツ人に続いたのであって、その逆ではない。シュレーダーは、たとえ査察団が秘密兵器を発見したとしても、イラク侵攻には反対すると宣言したが、フランスのその時点での立場はまだ明確でなかった。(5) ドイツは当時、非常任理事国として安全保障理事会のメンバーだった。「フランス、ロシア、中国の友人たちと共に、私たちは、イラクの武装解除は平和的手段によって実現でき、またそうするべきだと確信している」と、ドイツのゲアハルト・シュレーダー首相は、二〇〇三年三月一四日に宣言している。

アメリカの反ロシア姿勢への転換の主な動機は、アメリカから自立して活力に満ちたドイツ、とりわけロシアとの協調を望むドイツに対する恐れにあったのである。サダム・フセインに対する勝利の後、ブッシュ（子）政権下で国家安全保障問題担当大統領補佐官を務め、その後、国務長官を務めたコンドリーザ・ライスは、真実を逆の言い方で表現した。「フランスは罰し、ドイツは無視し、ロシアを許さなければならない」と。実際は、ロシアは許されず、フランスは罰せられなかった。そしてドイツが無視されることなど決してなかったのである。

ブレジンスキーの悪夢は現実になりつつあるようだった。ロシアの天然ガスの存在がその悪夢をさらに暗いものにした。ガスパイプラインの「ノルドストリーム1」は、一九九七年からプロジェクトが始まり、二〇〇五年末に工事が開始され、二〇一一年に工事が完了し、二〇一二年に開通した。エネルギーの実際の重要性とは別に、天然ガスと石油は、アメリカの「地政学的プシュケ（集合的心性）」において大きな位置を占めている。黒人がアメリカの「社会学的プシュケ（集合的心性）」において過大な意味を持っていることと同じように。

二〇〇三年から二〇一〇年にかけてフランス——実は何が起きているかよくわかっていなかったように見える——の祝福を受け、ドイツとロシアの連携は輪郭をとり始めた。フランス外務省の精神空間は、世界規模と言うにはほど遠く、ベルリン、ベイルート、ブラザヴィル〔コンゴ共和国の首都〕以上の広がりは持っていないのである。

クレムリンが批判された真の理由は、独裁的な方向への転換（二〇〇六年のパンフレット「ロシアの間違った方向性」の公式見解）ではなく、ヨーロッパの二つの民主主義国家との友好関係を深めたことにあったのだ。パンフレットはむしろ、「ドイツの間違った方向性」、「フランスの間違った方向性」、あるいは「ヨーロッパの間違った方向性」と題すべきだった。独裁政治が本当にアメリカ外交当局の懸念事項だったならば、「サウジアラビアの間違った方向性」と題した方が適切だっただろう。

二〇〇七年二月一〇日、ミュンヘン安全保障会議の際に、プーチンは重要な演説をしている。ロシアはアメリカがルールを課すような一極体制の世界は受け入れない、と簡潔に述べたのだ。二〇〇八年四月のブカレストNATO首脳会議で、ジョージアとウクライナにNATO加盟を勧誘したのは、ミュンヘン演説に対するアメリカの応答だったと解釈できる。これはまさにサブプライム危機が拡大している中で、アメリカがリーマン・ショックで沈没する直前の傲慢の極みだった。ベレロフォンの没落が始まり、ワシントンのエリートたちも、そろそろ地上に戻らざるを得なくなっていた。しかし、時すでに遅し。神々は、すでに然るべき者の視力を奪っていたが、アメリカはあまりにも深入りしすぎていた。ブカレスト首脳会議でウクライナにＮＡＴＯの門戸を開放することで、アメリカは逃げ場のない罠を自らに仕掛けてしまったのだ。

二〇〇八年八月以降、ジョージアは、アメリカの「実際には守れない数多くの約束」の被害を受ける国となった。この小さな共和国と分離独立を掲げる南オセチアの紛争にロシアが介入し、ジョージアに敗北を科した。ジョージアは、南オセチアだけでなくアブハジアも失う結果となった。その三カ月前にジョージアにＮＡＴＯ加盟を呼びかけていたアメリカは動かなかった。小さな共和国は領土の一八％を失った。私は二〇二三年九月のウクライナの地図を見ながら、この時点でウクライナは一八％から二〇％の領土（クリミアを含む）を失っていたことに気づいた。そしてこう考えた。ロシアや中国に対する保護をアメリカに頼るような国は、自国の領土を二〇％程度失う運命にある、という秘かな地政学的法則でもあるのではないか、と。いや、これはデタラメだ。台湾に関しては一〇〇％かもしれないからだ。逆にリトアニアは一％か二％だろう（ベラルーシとカリーニングラード州〔ロシアの飛び地〕間のスバウキ回廊のみ）。ウクライナに関してはどうか。私が考えているように、ロシアの最終目標がクリミア、ルガンスク（ルハンシク）、ハリコフ（ハルキウ）、ドネツク、ドニエプル（ドニプロ）、ザポリージャ、ヘルソン、ムィコラーイウ、オデッサ（オデーサ）の州を奪うことにあるとすれば、領土の四〇％を失う可能性がある。

二〇〇八年から二〇一七年——米国の撤退とドイツの（特殊な平和主義的）ヒュブリス

アメリカの軍事費の減少が再び始まるのは二〇一〇年になってからだが、アメリカは、すでに二〇〇八年にはそれまでよりもかなり謙虚になっていた。「ヒュブリス（傲慢）」から、ソクラテスがその対極に位置づけた「ソフロシュネ（節制）」、つまり適切な自己評価に基づく節度への回帰を試みていたのである。二〇〇八年のサブプライム危機は、幻惑的な経済神話を一掃し、この年はバラク・オバマが当選した年でもあった。

オバマ政権の悲劇は、彼の個人的資質だけでは歴史の力を抑えきれなかったことにある。非常に知的で、平和主義気質のオバマは、イラク戦争に反対する勇気を持った数少ない政治家の一人だった。冷戦時代に育ったワシントンの大半の長老支配的地政学者たちとは違い、ホノルルに生まれ、二〇〇八年時点では四七歳だったオバマは、ヨーロッパやその支配下にある中東に対する執着心を持っていなかった。ホワイトハウスの常識への回帰を彼が体現していた。二〇一二年、オバマはロシアのWTO加盟を認めている。そしてウクライナの軍備増強を拒否した。二〇一五年七月にはイランの核開発問題で合意に達し、中東の泥沼からアメリカを撤退させようと努めたのである。二〇一一年一二月一八日に最後のアメリカ兵が去ることでその試みはイラクでは成功したが、アフガニスタンでは失敗した。

中東からの撤退をアメリカが受け入れたのは、二〇〇九年以降、エネルギーの自立を手に入れたからでもある。アメリカの石油生産が最も低かった二〇〇八年、その生産量は三億トン程度でしかなかったが、二〇二一年には七億一一〇〇万トンに達したのである。同時期に、天然ガスの生産量も七一％増加し、アメリカは世界一の生産国になった。

オバマは、アメリカ最後の責任ある大統領だったと私は考える。彼の母方だけが白人だったとしても、――敢えて言おう――そのモラルの高さと知性から根本的に彼こそ、「アメリカの最後のWASPエリートの象徴」だったのではないか（フロイトには反するが、エーリッヒ・フロムやイスラエルのラビたちと同様、私は父親より母親の優位性を信じている）。

しかしながら、国家としてのアメリカは、惰性で少しずつ、奈落の底に突き進んでいった。二〇〇九年、クロアチアがＮＡＴＯに加盟し、二〇一〇年には、四五歳から五四歳の白人アメリカ人の平均余命が下がり始めた。

二〇〇二年、私は『帝国以後』で、アメリカが支配するには、世界はあまりに広すぎ、活力に満ちていると述べた。二〇一一年、それは明確になった。アメリカ人が自国の問題（経済再建、医療制度改革）に頭を悩ませている間に、特にアラブ世界を中心に、世界のあちこちで歴史は加速していったのである。二〇一〇年一二月一七日、チュニジアでジャスミン革命が起き、大統領だったベン＝アリーは、二〇一一年一月一四日に国外逃亡する。同年一月三日、アルジェリアでも抗議運動が始まる。一月一四日、今度はヨルダンでデモが始まった。その翌日、エジプトで革命が勃発。一月二七日、イエメンでも革命が始まる。二月一四日、バーレーンの民衆が蜂起。二月一五日には、カダフィ政権下のリビアで民衆が蜂起。二月二〇日、モロッコにも抗議運動の炎が飛び火した。そして三月一五日、シリアで、バッシャール・アル＝アサドに対する蜂起が始まったのである。

二〇一一年三月一七日、アメリカはリビアへの最後の軍事介入に、さしたる熱意も持たずに引き込まれていったが、それは風前の灯火だった。もはやアメリカ人の心はそこにはなく、アメリカ人以上にヨーロッパ人、特にフランス人がこの空爆に固執したのである。

二〇一一年三月一一日、津波によって福島の原発事故が引き起こされると、アンゲラ・メルケルは、他のヨーロッパのパートナーの誰にも相談することなく、ドイツの脱原発を宣言した。アメリカの軍事的ヒュブリスの尻込みは、奇妙なことに、もう一つの（ここではドイツの）ヒュブリスの出現と時期を同じくしていたようだ。ドイツのヒュブリスは、軍事的特性を何一つ持たないという意味で非常に変わったもので、平和的、経済的、人口的なヒュブリスとして描けるかもしれない。ドイツは、黒字貿易から金融権力を手にし、事実上、ヨーロッパの主人となった。地政学上、フランスの存在は直ちに無に帰した。フランスが宗教ゼロ状態に至った時期は、存在自体が徐々にゼロ状態に近づいていった二人の大統領、ニコラ・サルコジとフランソワ・オランドの時代に合致する。[6] そして、二〇一七年のエマニュエル・マクロンの登場とともに、絶対的なゼロ状態（社会学的には、伝統的な価値観と既成政党の完全なる消滅を意味する）に到達する。

ノルドストリーム1は、二〇一二年に開通した。これによってドイツとロシアの関係は確実なものになった。二〇一三年、クロアチアがEUに加盟するが、クロアチアは、ポスト共産主義のヨーロッパにおけるドイツの第一の衛星国家である。一九八九年から二〇二一年にかけて、クロアチアの人口は四八〇万人から三九〇万人となり、つまり九〇万人減少しているが、同時期にすでに四三万六〇〇〇人がドイツで暮らしていた。二〇一〇年、二〇一一年、二〇一五年のギリシャ危機は、ドイツこそが支配権を握っていることを知らしめた。ドイツは、権威主義的かつ不平等な直系家族の理想に沿った「階層序列的ヨーロッパ観」を押し付けたのである。ベルリンがトップに君臨し、フランスは忠実な下士官となり、ギリシャは一番底辺にくる。この時、フランスのオランド副官は、ギリシャ政府を煙に巻くため、アテネにフランスの財務調査官を特別に派遣している。

二〇一三年七月、ロシアは究極の冒瀆的行為を犯した。自らを一九世紀のイギリス、あるいはナチス時代のスイスに見立てるかのごとく、エドワード・スノーデンに政治亡命を認めたのである。

ドイツのヒュブリスは、二〇一五年の夏に絶頂期を迎え、メルケル首相は、再びヨーロッパのパートナーと協議することなく、一〇〇万人の難民（多くはシリア難民）を受け入れた。「私たちにはできる（Wir schaffen das）」と彼女は呼びかけた。それは、オバマの「私たちにはできる（Yes, we can）」のドイツ版だった。だが、明らかな違いがある。「何かをする」とドイツ人が言えば、それはアメリカ人より信用できる。

その前年、ドイツのヒュブリスは、重大な事態を引き起こしていた。二〇一三年一一月二一日に始まったユーロマイダン革命である。二〇〇五年のオレンジ革命とは違い、アメリカ人はここでは中心的役割は果たしていない。今回は、ドイツに率いられたEUが裏で操作していたのだ。

オレンジ革命は、結果的には何ももたらさなかった。その後は、親ヨーロッパ派と親ロシア派の交代劇が続き、無秩序と汚職も持続した。しかしながらオレンジ革命は、すぐには目立たない形で、ウクライナのナショナリズムを呼び覚ましたのである。このナショナリズムは、二〇一四年に成熟し、危機の中でその力を十全に発揮することになる。しかし、ヤヌコーヴィチ政権を崩壊させたのは、EUかロシアかの選択をキエフ（キーウ）政府に迫ったEUである。EUは、ウクライナを分裂させ、歴史的にはドイツ文化圏、すなわちオーストリア、ドイツとつながりのある西部ウクライナのナショナリストたちにチャンスを与えたのである。「ドイツ的ヨーロッパ」が、非軍事的な方法で勢力拡大を進める中で、ウクライナに選択を迫ったのだ。絶対的な確信はないが、ドイツが「機械社会」の新たな性質に基づいてウクライナに求めたのは、領土ではなく労働人口だったように思える。ロシアとの断絶によって不可避となったウクライナ経済の最終的な崩壊は、自動的にウクライナ移民を発生させ、その移民をドイツとロシアが分かち合うと思われたが、実際にそうなったのだ。

平和主義的ヒュブリスの発作に囚われたドイツは、自国の安全保障に関してはアメリカに依存し続けているが、これらの一連の出来事はアメリカには何の利益もなかった。ところがアメリカは、ロシアとドイツが交わるこの重要な戦略領域で主導権を失うことを避けるために、対立するにも交渉するにも、自らの保護国であるドイツに引きずられ、追随しなければならなくなり、さらにはその先を行くことを強いられるようになったのである。

中東はヨーロッパと東アジアとともにアメリカの覇権にとって三つの重要拠点の一つだったが、アメリカは中東を放棄した。ところが、「アメリカを必要としないヨーロッパ」の台頭に対しては、アメリカは覚悟ができていなかった。ウクライナへの介入は、もはやロシアを攻撃して打ち負かすためのものではなくなった。ドイツを抑え込み、芽生え始めたヨーロッパの自立政策（まだ非常に不器用なものではあるが）を阻止するためのものになったのである。(7)二〇一五年頃にはアメリカは、明らかに防衛モードに入っている。

オバマ政権下で国務副長官を務めていたアントニー・ブリンケンの二〇一五年六月の発言に耳を傾

けてみよう。「ウクライナ東部でも南シナ海でも、現状を一方的かつ力ずくで変えようとする動きが見られる。アメリカとその同盟国が反対している違反行為だ」[8]。この言い回しは、厳格な防衛姿勢を反映している。しかしアメリカは、自国の国境から非常に遠く離れたロシア（バルト三国）と中国（台湾）の国境に自国軍を置いていたわけで、ブリンケンの表現は特異なものだと言える。自国の中核部分から弱体化していることを踏まえると、「誇大妄想的な防衛姿勢」と言えるかもしれない。二〇一四年、ロシアはクリミアを取り戻したが、アメリカは何の手出しもしなかった。二〇一五年九月三〇日、ロシアはシリアに介入をしたが、この時もアメリカは動かなかった。

二〇一六年から二〇二二年——ウクライナ的ニヒリズムの罠

二〇一六年六月二三日、イギリスはブレグジットを宣言した。一一月八日、ドナルド・トランプがアメリカ大統領に選出された。英米圏は無重力状態に陥った。繰り返そう、歴史社会学的観点からすると、二〇一六年こそが、絶対的ゼロ状態「元年」だと言える。ここからは、まったく論理的ではない戦略的決定、つまり純粋に予測不可能な事柄について考察し、説明を加えなければならない。ちなみに、まだその段階には至っていないが、二〇一〇年代以降アメリカで多発している銃乱射事件に匹敵するような「地政学的事態」に私たちは備える必要がある。

私は長い間、トランプ外交に何らかの一貫性を見出そうとしてきた。しかし諦めざるを得なかった。トランプはプーチンの支援を受けたと非難されているが、トランプこそが、二〇一七年一二月以降、ウクライナの軍備増強（オバマは拒否した）を始めた張本人である。二〇一四年以来、ウクライナが要求していたジャベリン対戦車ミサイルを供給したのもトランプだ。これらの強力な兵器のおかげで、ウクライナ軍は二〇二二年二月から三月にかけてキエフ（キーウ）に向かうロシアの攻勢を打ち破ることになる。この時点では誰もわからなかったが、このミサイルこそが、アメリカを罠に閉じこめる掛け金として機能するのだ。

トランプ政権下において、「ブロッブ」は増殖を続けるだけでなく、無秩序に陥った。ネオコンたちは「アメリカ・ファースト」を掲げる大統領に自らを一致させられなくなったのである。トランプは、国際社会、NATO、戦争へのコミットメントすべてに敵対的であるような宣言をし、ブロッブたちのキャリアを危うくさせた。共和党の支柱だったロバート・ケーガンは一時、雲隠れをしたが、二〇二〇年以降、民主党の側から再び姿を見せた。二〇一八年九月、彼は悲観的な書籍『ジャングルが生い茂る』を発表し、ブロッブの新たな精神状態をわりと巧みに描いている。私はこのブロッブの状態を「暴力的退行」と形容したい。ケーガンは旧世界に対するルサンチマンを改めて炸裂させている。日本とドイツが民主主義になったのは、もっぱらアメリカ軍のおかげだ、と（それは間違いではない。自力で全体主義から抜け出せたのはロシアだけだ）。彼は、軍事行動は必要だが、防衛モードに変更すると改めて主張している。このやっつけ仕事として書かれた本からは、彼を含めたアメリカの大半の地政学者に見えていない何かが明確になる。ケーガンは、アメリカの経済的衰退という現実から目を背けているのである。(9)

たしかにこの時期、ワシントンには、共和党と民主党を結びつけるものとして反中国政策が存在していたが、当初、それは経済的な性質を持っていた。しかしこの政策は失敗に終わる。保護主義への転換も成果を上げることはなかった。工業面での弱体化があまりにも進んでいたからである。すでに見たように、ドルが有毒要因として作用する「スーパーオランダ病」の被害を構造的に被っていたのだ。アメリカは輸入を代替する産業を再建できなかった。そのためには欠かせない熟練労働者が存在しないからである。高給取りの歯科医や自動車産業の衰退で失業した労働者を、超小型集積回路の生産者に転用することはできない。

トランプの外交政策は不安定なものだった。二〇一七年一二月六日、トランプはエルサレムをイスラエルの首都として承認した。なぜか。アメリカのユダヤ系有権者を取り込むためだったのか。しかし、彼らの多くは民主党員であり、それは今後も変わらないはずだ。では、福音主義者たちを喜ばせたかったのか。しかし彼らもまた、政治勢力としてはもはや存在しなくなっている。では、ただの気まぐれだったのか。そうなのかもしれない。二〇一八年五月八日、トランプは、アメリカのイラン核合意からの離脱を発表し、「イランに対する経済制裁を最も厳しい水準にまで引き上げる」と宣言した。これはイスラエルを喜ばせるためだったのか。アメリカの石油産業の大資本家たちの多くが共和党員であることを踏まえて、原油価格を上昇させるためだったのか。それもあり得るだろう。ベネズエラに対する制裁も同じように説明できるだろうが、実際、ベネズエラへの制裁は原油価格を高騰させ、二〇一八年、アメリカの石油の輸出入は純収支ゼロに至った。しかし国内において、原油価格の下支えはテキサス州の石油会社にとっては望ましいものであっても、収支がゼロということは、国家にとっては財政的利益はゼロである。道徳ゼロ状態なのか。トランプ大統領が、アメリカ外交の新たな様式として、「ノー」、「してやったり」、「プー（屁）」などと言うことに子供じみた喜びを感じている可能性も否定できない。とはいえトランプは、最後に一瞬の明晰さを取り戻し、二〇二〇年二月二九日、ドーハにて、アフガニスタン撤退に関するタリバンとの合意に署名したのだ。

トランプの一貫性のなさは任期の終わりまで続いた。アメリカはNATO脱退もちらつかせたが、それでもNATOの拡大を止めることはできず、NATOは二〇一七年にモンテネグロを、二〇二〇年に北マケドニアを吸収した。

ジョー・バイデンは、二〇二〇年一一月に当選した。当初はバラク・オバマ時代のような、理性的な精神状態に戻る様子を見せていた。二〇二一年八月三〇日にアメリカ軍はアフガニスタンから撤退した（トランプ大統領が交渉した合意に基づく）。この撤退は不名誉な形で実施されたが、サイゴン陥落以来、私たちはこういったことに慣れており、昔ながらのアメリカの大失敗にはどこか安堵すら覚えた。バイデンはイランとの交渉を再開し、ヨーロッパ諸国に対する礼儀正しさを取り戻した。そこには、アメリカがロシアに攻撃的な姿勢を取る可能性を示唆するものなど何もなかった。しかしウクライナの軍備増強は続いた。国家的かつ社会的なアメリカの解体（二〇二一年一月六日のトランプ支持者による連邦議会議事堂襲撃を忘れてはならない）という文脈から、国家が陸軍、警察、海軍、諜報機関などさまざまな機関に分裂し、それらがもはや統制も調整もなく行動しているという仮説を立てることができる。国家の「ブロッブ化」と言えるかもしれない。

アメリカ（あるいはその構成機関）はいやいやながらもヨーロッパに引きずり込まれていった。ドイツ問題が肥大化していたのである。ブロッブが恐れるドイツとロシアの接近を象徴するノルドストリーム2の工事は、二〇二一年末に完了している。そしてウクライナのナショナリズムが勢いよく台頭してきた。ウクライナ政府は、ドンバスとクリミアを奪還し、ロシア語使用を禁止することでロシア系住民を再服従させる（あるいは追放する）という、ニヒリスト的な実現不可能な夢を追い求めた。（ミアシャイマーが正しく指摘しているように）ウクライナは、NATOの事実上の加盟国として振舞っただけでなく、NATOがこうした事実上の加盟国への攻撃に対しても行動を起こす同盟であるかのように振る舞ったのだ！

こうしてロシアの警戒は完全に正当なものになる。二〇二一年末には、ウクライナによる攻撃が準備されていた。しかしこの時点ではまだアメリカは、積極的に責任を負う支援者だったわけではない。もしかしたらCIAのどこかの支部がそうだったのかもしれないが、私にはわからない。いずれにせよ、ワシントンは、拡大した紛争の罠に、わずか数週間のうちに嵌ってしまったのである。

二〇二一年一二月一七日、プーチンは、ウクライナに関して書面での〔ウクライナのNATO非加盟の〕保証をNATO側に求めた。これに対して二〇二二年一月二六日、ブリンケンは次のように回答した。「変更はなく、これからもない」。ただこれは、NATOが攻撃に出るということを意味していたわけではなかった。

アメリカの政権が保証の原則を受け入れることはできず、事実上の最後通牒に屈するような弱腰を見せることもできないだろうとプーチンはよくわかっていた。こうしてブリンケンは、プーチンが望んだ通りの行動に出た。彼は「ノー」と言ったのである。ロシアは、自らが選んだタイミングで戦争を開始した。ロシアは、戦力を見極め、軍事的、人口動態的な理由から、二〇二二年から二〇二七年の間に絶好のチャンスがあると判断したのである。ロシアは、ウクライナ軍の潜在力は過小評価していたが、NATOの工業力の貧弱さに関しては正確に見極めていたのである。

　当初のキエフ（キーウ）政府の効果的な軍事的抵抗が「西洋側が勝利できるかもしれない」という幻想を生み出したが、アメリカにとってはこれこそが最終的な悲劇となった。ウクライナ軍の初期の成功は、ネオコンたちに操られたブロップたちを熱狂させた。ロシアのウクライナ北部からの撤退と、二〇二二年秋の南部ヘルソン州周辺と東部ハリコフ（ハルキウ）州でのウクライナの反転攻勢の成功は、ホワイトハウスの心理に軍国主義が浸透していくことを許してしまった。こうして戦争は不可避のものとなった。戦争は常にどこでもニヒリズムを体現するものだからである。二〇〇八年から二〇一六年にかけてのアメリカの軍事的後退は、合理的なものだったが、同時に脆弱なものでもあった。ちょうどニヒリズムの発芽時期と重なっていたからであり、さらに二〇二二年にはそれが突如としてウクライナのニヒリズムと共鳴し始めたのだ。

　ウクライナ・ナショナリズムの一時的な軍事的成功は、地域レベルではなく、世界レベルでの軍事的、経済的、イデオロギー的敗北によってしか抜け出せないような、エスカレートした状況にアメリカを追い込んだ。現在のアメリカにとっての敗北とは、ドイツとロシアの接近、世界の脱ドル化、「集団的内部紙幣印刷〔ドル〕」で賄われる輸入の終焉、そして大いなる貧困だ。

　しかし私は、ワシントンの人々がこうした事柄について果たして自覚できているのかどうかまったくわからない。むしろこの敗北の意味について何も気づいていないことを願おう。そしてアメリカが、アメリカとキエフ（キーウ）のためだけに平和を宣言し、サイゴン、バグダッド、カブールと同じような結末を迎えることになると彼らが信じていることを願うのだ。

しかしながら、アメリカの社会学的ゼロ状態は、アメリカの指導者たちの最終決定に関する合理的な予測を不可能にしている。とりあえず、ニヒリズムは必ずすべてを可能にしてしまうということは、頭にとどめておこう。

ドエランにて、二〇二三年九月三〇日

原注（終章）

（1）Andrei P. Tsygankov, *The Dark Double. US Media, Russia and the Politics of Values*, Oxford University Press, 2019, p. 74.

（2）R. Kagan, *Of Paradise and Power*, 前掲書。

（3）A. Tsygankov, *The Dark Double*, 前掲書。

（4）同上。p. 46.

（5）Hans Kundnani, *The Paradox of German Power*, Oxford University Press, 2015, p. 57–59.〔ハンス・クンドナニ『ドイツ・パワーの逆説――〈地経学〉時代の欧州統合』中村登志哉訳、一藝社、二〇一九年〕

（6）二〇一四年九月にウェブサイト「危機（*Les Crises*）」に掲載されたオリビエ・ベリュイエと私のインタビュー「ドイツがヨーロッパを牛耳る（L'Allemagne tient le continent européen）」〔エマニュエル・トッド『「ドイツ帝国」が世界を破滅させる』堀茂樹訳、文春新書、二〇一五年所収〕を参照のこと。

（7）二〇一六年二月にプリンストン高等研究所で行った私の講演「迫り来る米独の危機（The Coming Crisis Between the U. S. and Germany）」。その中で私は、ドイツとアメリカの間の来るべき衝突を予言した。

（8）以下のピエール・メランドリ（Pierre Melandri）の文献で引用されている。« Americans First: la géopolitique de l'administration Biden », *Politique étrangère*, 3- 2021.

（9） R. Kagan, *The Jungle Grows Back*, 前掲書、p. 135.

追記　米国のニヒリズム——ガザという証拠

二〇二三年一〇月七日、イスラエルとハマスの間で戦闘が再開された。その後の三週間あまりで見えてきたのは、剝き出しの形で衝動的に、ワシントンが暴力を好んでいる、ということだ。双方で特に民間人が殺されている戦争に直面したアメリカは、即座に紛争を悪化させることに賛同したのである。

一〇月八日、イスラエル支援のために、最初の空母を地中海東部に派遣し、一〇月一四日には二隻目の空母を派遣した。この衝動的な反応にはいかなる軍事的必要性も見出せない。いったい誰がイランの攻撃など信じただろうか。イスラエルは核兵器を有しているが、イランはそうではない。

ジョー・バイデンは、イスラエルとの連帯を示すため、テルアビブを訪問し、帰国後の一〇月二〇日、幼稚でしかない浅薄な演説を行い、ハマス＝プーチン、イスラエル＝ウクライナと位置づけた。バイデンが忘れていたのは、イスラエルにはロシアから来た一〇〇万人のユダヤ人が住んでいることだ。彼らはロシア文化と強い結びつきを持ち、西洋メディアが何と言おうと、キエフ（キーウ）が主導したロシア語の根絶や、ウクライナの極右が掲げるナチの表象などは、まったく許容できない人々なのである。実際のイスラエル人たちに対するワシントンの無関心さは驚きに値する。アメリカは、自らがでっち上げた幻想の国を相手に無条件の連帯を示したのだ。

二〇二三年一〇月二七日、アメリカは、ヨルダンによる決議案「即時かつ持続的な人道的休戦」に拒否権を行使した。一二〇カ国が賛成し、四五カ国が棄権し、反対は一四カ国のみだった。反対したのは、イスラエル、アメリカ、フィジー、トンガ、マーシャル諸島、ミクロネシア連邦、ナウル、パプアニューギニア、パラグアイ、グアテマラ、そしてオーストリア、ハンガリー、チェコ共和国、クロアチア（オーストリア＝ハンガリー帝国の亡霊か）である。アメリカの休戦への反対票は、まさにニヒリスト的行為であり、人類共通のモラルを拒絶するものでもあった。

ヨーロッパにおけるアメリカの拠点、つまりイギリス、ポーランド、ウクライナを始め、西洋諸国の大半が棄権した。フランス、ノルウェー、アイルランド、スペイン、ポルトガルは、ヨルダンの決議案を支持し、ロシアと中国もそこに加わった。ドイツは棄権したが、同国の伝統的な親イスラエルの姿勢からすれば、棄権でもイスラエルと距離をとった態度だと評価できるだろう。

西洋諸国の足並みが揃わないのは、（民間人の虐殺は止めなければならないという）当たり前の道徳観がまだ残っている証しだが、アメリカの戦略的無責任さに対する恐怖の現れでもあるだろう。というのも、このウクライナ戦争の最中に行われた今回の投票で、アメリカはイスラム世界を即座に、そして持続的な形で遠ざけるような決定を下したからである。

この件に関して最も不安の少ない解釈は、アメリカがハマスとの戦争を支持するのは、ウクライナ戦争に敗れつつあることを忘れ、自分自身を忘れるためだというものだろう。ロシアの報復を恐れずに自由に行動できる作戦地帯がようやく現れたのだ。シリアをもう少し爆撃し、いつか、もしかしたらイランを爆撃することもできるかもしれない。地中海東部はアメリカの空母が機能的に行動できる唯一の海である。中国の極超音速ミサイルによって、空母は台湾防衛にはすでに時代遅れとなっている。しかし、ああ、悲しいことに、一〇月一八日、ウラジーミル・プーチンは、これらの空母を五分から一〇分で撃破できるキンジャルミサイルを配備した偵察機ミグを黒海上空に派遣したのだ。

何カ月もの間、「ウクライナの反転攻勢は成功した」という幻想を異論を許さずに繰り返してきた西洋のメディアは、ようやく別の新たな戦争に注意を向けなければならなくなったことに安堵したことだろう。

アメリカについては、ニヒリズムという概念によって、この解釈をより深めることができる。無思慮に、そして全面的にイスラエルの側についてしまうのは、それ自体が自殺の兆候である。

NATOは戦争をしている。第11章で見たように、大半の非西洋諸国（その他の世界）は、ロシアの側につき、西洋による制裁を拒否することでロシア経済を支えた。サウジアラビアは、原油価格に関してロシアと協調し、中国（ロシアの同盟国）の好意的な仲介のもと、イラン（ロシアの同盟国）とも和解に至った。一方、NATOは、弾丸とミサイルを十分に生産できないことが明らかになり、産業戦争に負けつつある。二〇二三年一〇月初旬、ウクライナの夏の反転攻勢の失敗が広く知られるところとなり、キエフ（キーウ）軍は崩壊するとの推測が広がっていた。このような状況下で、アメリカ政府は、イスラム世界のロシア支持を強める道を選んでしまったのだ。ウクライナから中東にまで及んだバイデン政権の好戦的姿勢は、戦争中にもかかわらず、ロシアに平和勢力として台頭する機会を与えてしまったのである。アラブ世界にとって、ロシアはいまやアメリカの新たな暴力に対抗するための唯一の盾となった。ワシントンの戦争志向の根強さは、終わりのない戦争に疲弊したイスラエル人が、いつか報復の泥沼から抜け出すために、アメリカよりも人口的につながりの深いロシアに頼ることすら想像させる。

アメリカの戦略的な選択を予測するには、私たちは直ちに合理性の原理を忘れなければならない。アメリカはコストを計算しながら利益を追求しているのではない。この宗教ゼロ時代、銃乱射事件が頻発する国のワシントン村では、「暴力の欲求」こそが第一の衝動となっている。

二〇二三年一〇月三〇日

日本語版へのあとがき――和平は可能でも戦争がすぐには終わらない理由

本書は、ウクライナの反転攻勢が行われた二〇二三年の七月から九月にかけて執筆された。つまりその時点では「未来予測の書」として書かれたのである。しかし今日、ウクライナの敗北は明確になり、本書はより古典的な意味で「歴史を説明する書」となっている。ロシアと比較した場合のウクライナの規模の小ささとアメリカの軍需産業の脆弱さが、私の予測を容易にした。西洋のメディアが絶えず繰り返すこととは逆に、ロシア軍の侵攻の緩慢さについても、大規模動員が不可能だったからではなく、人員節約の意図があったことを踏まえれば、すぐに理解できた。西洋の新聞やテレビは、連日のように、スターリン時代と同じように大量の兵士を大砲の餌食として戦線に送り込むのがロシアの戦略だ、と言い続けた。しかし、この「あとがき」を書いている二〇二四年七月時点で明らかになった真実はその逆で、本書の分析がその点を立証している。ロシア軍は全ての戦線で前進しつつある。段階的な加速はあるが、その動きは遅々としている。直近の目的は、領土の征服ではなく、ウクライナ軍の物質的かつ人的破壊である。ウクライナ軍は兵員不足で、軍備に関してはＮＡＴＯから十分な供給を受けていない。大部分がアメリカのペンタゴンに操られているウクライナ軍は、ロシア主導のゲームに引きずり込まれ、防衛努力を続ける中で徴兵されたばかりの訓練不足の兵士たちを犠牲にしている。ロシアの計算によれば、そう遠くないある日、ウクライナ軍はキエフ（キーウ）政権とともに崩壊する。

これらを理解するのは何も難しいことではない。アメリカの軍需産業は復活するだろうという見方は、もはや排除するべきである。アメリカでは、エンジニアが不足し、また、機械などよりも貨幣の生産を好む傾向があまりにも強いからだ。兵器生産に多少の改善が見られたとしても、アメリカの公式な主要敵国であり続けている中国が、産業面でロシア側に回り、西洋の労力を挫くことも明らかである。しかし、より一般的に見れば、「プロテスタンティズム・ゼロ状態」に起因する道徳的、社会的崩壊(これこそが本書の理論的核心)が、アメリカの衰退の不可逆性を確実なものにしている。本書は、クラウゼヴィッツや孫武ではなく、マルクスやウェーバーの読者によって書かれたのだ。「その他の世界」のロシア支持は、ますます明らかになっている。西洋の優先事項に対するロシアの無関心さは、経済制裁の衝撃に耐えることを可能にした。より直近では、パレスチナ問題に対する西洋の非道徳的姿勢が「その他の世界」の西洋への嫌悪感をより募らせることにつながっている。イスラエルが先導し、ヨーロッパとアメリカが容認し、特にアメリカの兵器によって行われているガザでの残虐行為は、イスラム諸国全体をロシア側につかせることになった。アラブ世界の軍事的脆弱性やアメリカの病的なまでのイランへの敵意などを理由に、ついにロシアは、特別な外交的努力もなく、事実上、イスラム世界の盾となることに成功したのである。

周辺に追いやられるどころか、ロシアは世界の中心的アクターとなった。

したがってウクライナは、ロシア語話者であるだけでなく自らを「ロシア人」とみなすクリミアとドンバスの住民たちを含めた「すべての領土の奪還」という目的(これはペンタゴンの軍事的主導のもとにある)を果たすことはできないだろう。将来の歴史家は、ロシア系住民を服従させるというキエフ（キーウ）政権の計画を、西洋による侵略戦争の一例として振り返ることになるだろう。これらの要素はすべて、ある意味ですでに「歴史書」となった本書の中で詳細に分析している。

この「あとがき」で、未来予測に関する問題を新たに提起したい。なぜ西洋は、自らの敗北を認めようとしないのか。本書執筆の時点で、なぜ西洋は、ウクライナ人の最後の一人まで犠牲にすることも厭わず、とりわけ長距離ミサイルによるロシア領土の攻撃計画によって、核戦争のリスクまで犯そうとしているように見えるのか。

ロシアの「軍事ドクトリン」〔二〇一四年一二月二五日にプーチン大統領が署名〕は、ソ連崩壊後、人口面での西洋の圧倒的な優位性を目の当たりにしたことから生まれた。その内容は明瞭で、ロシアの国民と国家が脅威にさらされた場合、戦術核による攻撃に踏み切る、つまり戦場での核使用を可能にするというものだ。ここで私が思うのは、ロシアがこのドクトリンで優先的に標的にしているのは、対ロシア国境付近で常に騒いできたポーランド人だということである。西洋の政治家やジャーナリストたちが、このロシアの「軍事ドクトリン」を軽く見ていることが私には恐ろしい。

西洋が直視できていないのは、核のリスクだけではなく、もう一つある。本質的にはさらに不可思議で、西洋のニヒリスト的な側面をより明確に示すものだ。驚くべき第二の現実認識の欠如は、次のように表現できる。和平の可能性は、まるで核戦争のリスクよりも大きな脅威であるかのように、私たちの指導者たちから拒否されている。ロシア自身が繰り返しているように、ロシアの軍隊にはウクライナからさらに先に進むつもりなどない。それは歴史家や人口学者にとっては明白なことだ。ロシアは一億四四〇〇万人、しかも減少傾向にある人口で一七〇〇万平方キロメートルという広大な領土を統治することに苦心している。そんな国が西への領土拡大を望んでいるなどと信じているヨーロッパの政治家やジャーナリストや大学関係者は精神的に「おかしくなっている」と、私はフランスのテレビ番組で説明したことがある。こうしたエリートたちこそ、ロシアが戦争を始めることも予測できなかった（モスクワはウクライナのＮＡＴＯ加盟は許せないと事前に警告していたにもかかわらず）。同じように、今日のロシアが、良心ではなく自らの利益から、和平を望んでいることも彼らには想像できないのである。

ロシアはウクライナに譲歩しないだろう。それでもヨーロッパは脅威にさらされてはいない。その点では、和平は可能なはずなのだ。

とはいえ、戦争がエスカレートした場合の完全なるリスクと、ウクライナを中立化する条約にロシアが調印した場合のゼロリスクという、二つの明白な事実にもかかわらず、現段階では和平が不可能な主な理由がある。それを検討しよう。

（現段階では）不可能な和平

一人の歴史家（完全に西洋人だが、思想家ではない）によって書かれた本書の全般的な方法に従い、まずはロシアの立場から検討を始める。私はクレムリンから直接的に情報を個人的に入手するわけではなく、論理的な再構築という方法のみでたどり着いた、ロシアの最もありうる姿勢を示そうと思う。

絶えず介入レベルを上げるＮＡＴＯを前に、ロシアも自身の目標を上方修正せざるを得なくなった。ウクライナの中立化とドンバスの併合がモスクワの唯一の目的ではなくなったのである。部分的に征服されたザポリージャ州とヘルソン州も併合された。

しかし、こうした最近の併合にとどまらず、新たな三つの要素が重要なものとなっている。

——オデッサ（オデーサ）からセバストポリのロシア艦隊に対する水上ドローン攻撃を企てているイギリスの動きを受けて、ロシアにとって主要な海軍基地の安全を守るためにオデッサ（オデーサ）の征服が不可欠となった。ウクライナを黒海から切り離すことは、今や戦争の目的の一つとなっている。

——ウクライナに長距離兵器が与えられたため、ロシアはその脅威を退けるべく、ドニエプル川に至るまでの領土の征服を余儀なくされている。

——今日のロシア指導者層の外交政策にとって自明の理となった重要な「第三の要素」により、領土に関するロシアの目的の拡大は不可避になった。その要素とは「西洋は信頼できない」ということだ。いかなる条約の締結をもってしても、持続的な平和の確立をロシアは確信できなくなってしまったのである〔例えば、二〇二二年一二月七日に公開された独紙『ツァイト』とのインタビューで、メルケル前独首相は、「二〇一四年のミンスク合意はウクライナに時間を与える試みだった」と発言し、プーチン大統領は「裏切られたと感じている」「西側諸国に対する信頼はほぼゼロに近い」とコメントした〕。仮に和平条約が調印されても、その後、NATOによるウクライナへの政治的・軍事的介入が再開される可能性があるとロシアは考えている。ロシアにとっては「技術的〔軍事的〕」かつ決定的な優位性の確立のみが、NATO拡大の再開という事態から自国を守ることにつながるのである。

ロシアの目下の目的を整理しよう。ドニエプル東岸とオデッサ州の征服、それから「友好的」キエフ（キーウ）政権の樹立である（ドニエプル東岸のキエフ近郊にロシア軍が存在することでキエフ政権を容易に監視できる）。

ただし、私のモデルには二つの不確実性が含まれている。リヴォフ（リヴィウ）周辺のウクライナ西部の最終的な運命に関しては、私は一つも「前向き」な仮説が立てられない。ロシア人たちは、ウクライナ西部を西洋に与えるために切り離すつもりなのか。つまり残滓として「独立した」ウクライナから、強烈なナショナリズムの地域（ウクライナ西部）を除去するつもりなのか。それは、ウクライナの中で最も過激化した地域をNATOに任せることを意味し、NATOにとっては悪い冗談でしかない事態を招くだろう。しかし正直なところ、私は地政学的な思索にユーモアセンスを含めることはできない。

第二の不確実性はバルト三国に関するものだ。エストニアとラトビアには、抑圧されたロシア語話者のマイノリティーが多く存在する。リトアニアは、ロシアの飛び地カリーニングラード州へのアクセスを妨げている。アメリカは信頼できない相手だということ、NATOに軍事的意味はなくただの宣伝装置でしかないことをヨーロッパに示すために、バルト三国を屈服させたいという思いにロシアが駆られることもあるかもしれない。しかし私はそんなことは起きないと信じている。ロシアは、ポーカーではなくチェスをする国だ。バルト三国が好戦的となり、それは馬鹿げていて我慢ならないことだとしても、バルト三国の平和を乱さないことこそが、和平と協調の意思をヨーロッパに伝える最良のメッセージになるだろう。こうした感情的でない冷徹な外交こそがロシアらしい方法なのだが、実際にどうなるかはわからない。

最後に、アメリカの大統領選と、ある一つの確実性を取り上げて、ロシアの姿勢に関する検討を終えよう。トランプ（ロシアとの合意の支持者と仮定されている）が勝利した場合のさまざまな憶測は、馬鹿げたものばかりだ。ロシア自身がよく認識し、しかも言明までしているのは、ロシアが対峙している相手は「アメリカ」であって、「アメリカの大統領」ではないという点である。二元一次方程式を解くのと同じくらい簡単に、イラン問題がこの真理を証明している。アメリカ外交の「原則」の一つが同盟内での「非信頼性」だとすれば、これを補完するロシア外交の原則は「信頼性」である。しかしトランプは、ロシアにそれほど敵対的ではないため、その気まぐれの発作によって、ロシアに接近する可能性もある。ただし、かなり狂信的なまでに親イスラエル派のトランプは、イランには激しく敵対的である。そこで、二〇一八年五月のイラン核合意離脱の時と同じように、ロシアに接近しながらも、イランへの攻撃性は倍増させるトランプを想像してみよう。今日、二〇一八年時点よりも、イランはロシアの安定した同盟国となっている。両国は軍事技術の交換まで行っている。ロシアがイランに対して忠実になる、つまり連帯を深めるならば、ロシアはアメリカの主要な敵国であり続けることになる。

ロシアの最もありうる目的について話を戻そう。ドニエプル東岸の征服、オデッサ（オデーサ）州の征服、そしてキエフ（キーウ）における「友好」政権の樹立という目的だ。ワシントンの戦略家からしてみれば、これらの目的は受け入れられない。もし実現すれば、とにかくロシアの安全は確保される。しかしアメリカにとっては、軍事以外の側面での存亡の危機を意味する。キエフ（キーウ）政権は、一九九〇年から二〇〇七年にかけてのアメリカの拡大局面で、アメリカ自身が作り出した政権である。本書では、衰退し、むしろ後退さえしているアメリカが、自ら作り出したキエフ（キーウ）政権による戦略的な罠にいかにして自ら嵌ってしまったのかを検証した。ウクライナとイスラエルという二つの戦線で、国家形成に自ら手を貸し、その後、過激化した同盟国によって、世界大国としての地位を損なうような血なまぐさい戦争に引きずり込まれていくアメリカの姿にはただただ驚かされる。ロシアの目的達成は、世界にとって何を意味するのか。アメリカが同盟国ウクライナを助けられないこと、アメリカが兵器を十分に生産できないこと、二〇二三年の反転攻勢はペンタゴンによって構想されたものである以上、アメリカは軍事的に無能であることの証明となるだろう。この戦争を機に、アメリカの軍人たちは「植民地的」ではない通常戦がいかなるものかをようやく悟ったのではないかと私は考えている。つまりセルビアやイラクやアフガニスタンを相手にするような戦争ではなく、自らと同レベルの敵を相手にする戦争がいかなるものであるかを。誰もが過大評価していたアメリカ製兵器の技術的限界が明らかになったためか、二〇二四年に入ってからのロシアの声明には一種の安堵が読み取れる。ロシアが求める条件による和平は、アメリカにとっては自国の威信を失うことを意味する。世界史におけるアメリカ時代は終焉し、ドル覇権は崩れていき、世界中の労働者に寄生して生きてきたその能力も弱まっていく。地政学の世界では「笑い者になるのは命取り」となる。

本書の最終章で説明したように、アメリカは二〇〇八年以降、世界を軍事的に支配することを諦めた。それ以降の限定的だが死活問題でもあるアメリカの目的とは、第二次世界大戦後に構築された「帝国の維持」だと私は確信している。つまり西ヨーロッパ（今日では旧社会主義国にまで拡大している）、日本、韓国、台湾に対する支配の継続である。西洋の産業資源がこれらの国に集中していることは、今日、あまりに際立っている。アメリカの貿易収支の不均衡は、中国（二七九〇億ドル）よりも支配地域としての「西洋集団」（二〇二三年に四〇五〇億ドル）の方が大きいのである。

属国の監視にこそアメリカの物質面での生存がかかっている。ウクライナにおけるロシアの目的達成は、ロシアのヨーロッパへの拡大などは招かないが（「何てことだ！　脅威などなかったというのか！　ウクライナを支援した意味などないではないか！」）、NATOの解体につながるだろう。さらにはアメリカの最大の懸念であるドイツとロシアの和解が実現することになる。だからこそアメリカにとっては、戦争は継続されなければならないのだ。それは、ウクライナの「民主主義」を救うためではなく、西ヨーロッパと極東アジアに対するアメリカ支配を維持するためなのだ。

ヨーロッパの分断と大転換

ワシントンの戦略家たちが、ヨーロッパのエリートと民衆を監視下に置き続けるかぎり、この戦争は続く。現段階でロシアとアメリカが一致している点があるとすれば、ヨーロッパの指導者たちに関することである。ワシントンやモスクワで、彼らは隷属者集団として、自立的に行動できない奉仕者として見下されている。本書で示したような「西洋のリベラル寡頭制」と「ロシアの権威主義的民主主義」の対立という分析が説明として有効であることは近いうちに明らかになるだろう。

ただ、本書ではロシアの権威主義的民主主義を特徴付ける「暴力」については十分に強調してこなかったことは、この「あとがき」で触れておく。その点は西洋のメディアが十分に言及しているように思われたからであり、周知の事実でもあったからだ。今一度思い返しておきたいのは、ナワリヌイ氏の件だけでなく、ロシアのオリガルヒの抑圧（逆説的だが、これこそがロシアの政権を民主的と技術的に定義させる要素の一つでもある）は、暴力を伴って実施されたことである。戦争が始まってすぐ、ロシアではかなりの数の石油や天然ガス関連企業の重役たちが事故あるいは自殺といった不審死を遂げていたことも忘れてはならない。

とはいえ、西洋こそ寡頭制《オリガルシー》的で、現在のNATOのシステムは、「ロシアからの保護」というより、「ワシントンによる属国のエリートと軍の監視メカニズム」として機能している。金融と情報科学に関する基本的な支配メカニズムについては、第5章「自殺幇助による欧州の死」で説明した通りだ。「ワシントン・ロンドン・ワルシャワ・キエフ（キーウ）」の軸が、今日ではヨーロッパにおけるアメリカ覇権の基本軸となっている。しかしここで、極小の二国、ノルウェーとデンマークが、実はワシントンによるヨーロッパ大陸の監視メカニズムに不可欠な要素となっている点を指摘しておきたい。ノルウェーは軍事行動において、デンマークはヨーロッパの指導者たちの監視において重要な役割を果たしている。私はスカンジナビア諸国に対して個人的な憧れ（一九歳のときに原付で旅行をして感動した）を抱いているが、イスラエルが中東に係留されたアメリカの航空母艦であるのと同様に、今日、ノルウェーとデンマークは、ヨーロッパ大陸に係留された巨大なアメリカの航空母艦と化している。一方、オランダという航空母艦は、アメリカとドイツが共同管理しているようだ。

将来の不確実性はヨーロッパに関わっている。根本的な不確実性は、ヨーロッパの諸国民の反ロシア感情を持続させる寡頭制の力にある。言い換えれば、実際は何のリスクもなく、対立はヨーロッパの一般市民の物質的な困難さを深刻化させるだけなのに、国民を直接戦争へと駆り立てる寡頭制の力にある。いずれにせよ、ロシア経済の解体を目的とした西洋による制裁は、〔ロシアからの天然ガス供給がストップしたことにより〕天然資源を奪われた西ヨーロッパの人々をより困難な状況へと追い込んだのである。西ヨーロッパとその国民にとって、状況は悪化の一途を辿っている。一方、ロシア経済は、自立のための再編とアジアへの方向転換を成し遂げつつある。序章で述べたように、私たちが目にしているフランス経済の崩壊に伴う困難さが、第五共和政の政治的危機の大部分を説明している。

私に予測はできないが、考察のためのヒントはいくつか提案できる。

ヨーロッパの北軸、つまりイギリス、スカンジナビア、オランダ、ポーランド、バルト三国に関しては、今後の目立った変化は思い描けない。アメリカへの帰属意識と、アメリカの経済的・軍事能力の過大評価がまったく無傷のままで残っているからだ。

不確実性に関しては、EU創設の三大国、ドイツ、イタリア、フランスに着目してみよう。イギリスは、反ロシア感情の最高水準の目安として使用する。

これらの三カ国は、その他のEU諸国と同様、ロシアによるウクライナ侵攻に大きな衝撃を受けた。そしてウクライナに非常に好意的な態度を見せる一方、ロシアには強い敵対的態度を見せるようになった。

国際的な世論調査を用いて、二〇二三年夏に行われた反転攻勢の開始時点での分析が可能である（二〇二三年六月一二日から二六日、IFOP調査）。国民感情に関するあまりに漠然とした評価からは距離を取るため、ウクライナへの武器供与に関する調査だけを使うことにした。

	賛成	反対
ドイツ	五五％	三九％
イタリア	五二％	四一％
フランス	五八％	二六％
イギリス	七二％	一六％

ヨーロッパ全体としてウクライナ支持という点では一致しているが、国ごとに多少のニュアンスが見られる。イタリアとドイツに関しては、軍事的関与への抵抗が強く、戦争一般への嫌悪感に起因しているようだ。これはロシアの侵攻前の世論調査にも見られる傾向で、第二次世界大戦でこの二国が「悪の陣営」に属していたことのトラウマの跡と言える。[1] 一方、フランス、特にイギリスでは、ウクライナ戦争開始以前から軍事行動にもためらいを感じない歴史認識が存在していたことがわかる。

上流階層に注目してみると、ドイツ経済とイタリア経済はそれほど金融化が進んでおらず、英米圏の支配層との組織的なつながりは弱いことがわかる。一方、フランスは、後戻り不可能な金融化にすでに突き進んでしまったようで、いかなる「産業ブルジョワジー」も、戦争の延長と拡大に対して国民経済を守る力は持っていないようである。こうした違いが、支配層が民衆の利益に配慮するという潜在的に民主的な要素がイタリアとドイツには残っていることを示している。一方、マクロン政権は、漂流していく中で、フランスにはエリート層と民衆の間に圧倒的な隔たりが存在することを世界に見せつけてしまった。

最も重要な要素は、各国民の戦争への姿勢である。国民にとっては悲惨な結果をもたらすものでしかない外交的、軍事的なロシア敵視政策を、彼らはあとどのくらいの間、容認できるのか。ウクライナ戦争に関して、西ヨーロッパは「ポピュリズムあるいは極右の台頭」と称される問題に直面している。こうした勢力の台頭は、二〇二四年六月の欧州議会選挙で確実なものになっている。そして、これらの不穏とされる勢力は、明示的にしろ、暗黙のうちにせよ、プーチン政権下のロシアに反民主的な共感を抱いているとして、常にメディアから非難されてきた。全体として、ヨーロッパの「ポピュリズム」は、ヨーロッパの「エリート主義」よりもロシアに敵対的でないことは事実である。この点で、「ポピュリズム」は、反ロシアの制裁の影響で生活環境が悪化し、今後もさらに悪化すると思われる民衆の利益をかなり忠実に代弁している。

マルクス主義的な意味で定義される「階級間の〔利益上の〕共鳴」は、「イデオロギー的な一致」などよりはるかに明確なものである。西洋の民衆の「経済的利益」とロシアの「戦略的利益」はかなり一致する。一方、イデオロギー的状況はもっと曖昧だ。移民、要するにイスラムへの敵意は、ヨーロッパのポピュリズムの基盤だが、ロシアの保守主義にとってはそうではない。ウラジーミル・プーチンの政権は、国家主権の理想を何よりも重視し、ロシア連邦に含まれる一五％のイスラム教徒の統合を国家にとって不可欠だと考えている。イスラム世界からの国際的な支持も優先事項とみなしている。したがって、ロシアの保守主義は必然的に「イスラムびいき」であり、ヨーロッパのポピュリズムのように「イスラム嫌い」ではない。この点で、ヨーロッパのポピュリズムとロシアの間には潜在的な誤解があると言える。だからこそ地政学的見地からは、西洋の「大衆」の戦争に対する姿勢については、政治的表象とは無関係に検討することが望ましいのである。

前出の世論調査によると、ドイツ、イタリア、フランスの大衆層においては、ウクライナへの兵器供与に対して不支持率が高いことがわかっている。

フランスでは、武器供与の不支持率は、上級管理職の一九％から労働者階級では三二％へと上昇し、ドイツにおける不支持率は、月収五〇〇〇ユーロ以上の所得者では三九％だが、一〇〇〇ユーロ未満の所得者では四五％まで上昇する。経済的勾配は、イタリアにおいて最もはっきりしている。武器供与の不支持率は、五〇〇〇ユーロ以上の所得者では二五％だが、一〇〇〇ユーロ未満の所得者では四八％まで上昇するのだ。

イギリスはその逆で、社会上層部の不支持率の方が若干高くなっている。五〇〇〇ユーロ以上の所得者では二〇％が不支持なのに対し、一〇〇〇ユーロ未満の所得者では一七％が不支持となっている。

この調査は、ウクライナの敗北が確実になる前に実施されている。つまり、ウクライナの若者が政権に追跡され、前線に送られてしまうといった映像が西洋のメディアに浸透し始める前のことだった。また、西ヨーロッパの経済状況が真に悲観的になる前のことでもあった。

ここから、今後イタリア、ドイツ、フランスの大衆の間で戦争への反感がさらに高まることが予測できる。

全般的に右傾化が進んでいるこの時代に、ヨーロッパ大陸の中央部と南部で、ロシアの和平に好意的な大衆が出現するのは皮肉なことではないか。共産主義のロシアは、西洋のプロレタリアート階級に同盟者を見出していた。保守化した今日のロシアもまた再び、西洋の労働者階級に同盟者を見出すのだろうが、そんな西洋の大衆も（私からしてみると「ポピュリスト」や「極右」というよりも）「保守化」しているというわけだ。保守への転換という文脈において、こうした「共鳴」の構造が持続しているのは、もはや数学的な意味での「平行移動」を思わせる。

最後に、もっと古風な話をしよう。

トゥキディデスは、ペロポネソス戦争を描いた『歴史』で、スパルタとアテネの対立は寡頭制原理と民主制原理の対立となり、都市国家内部の国内闘争と都市国家間における軍事的対立が次第に同様の様相を呈するようになっていったと述べている。今日のヨーロッパも、たしかにこのような方向に向かっているのだろう。軍国主義的な寡頭制原理は、平和主義的な民衆の表象（それがどのような形であれ）にますます明確な形で対立していくのだろう。戦争のペースが加速するにつれて、ヨーロッパの寡頭政治を行う者たちには、それをもし望んだとしても、国民を「終わりなき戦争」に引きずり込む時間はほとんど残されていない。いや、もしかするとそれは、繁栄の地としての「ヨーロッパの終わり」なのかもしれない。

二〇二四年七月八日

エマニュエル・トッド

原注（日本語版あとがき）

（1） Ronald F. Inglehart, *Cultural Evolution*, Cambridge University Press, 2018, p. 106.〔ロナルド・イングルハート『文化的進化論——人びとの価値観と行動が世界をつくりかえる』山﨑聖子訳、勁草書房、二〇一九年〕

著　者

エマニュエル・トッド（Emmanuel Todd）

1951年生まれ。フランスの歴史人口学者・家族人類学者。国・地域ごとの家族システムの違いや人口動態に着目する方法論により、『最後の転落』（76年）で「ソ連崩壊」を、『帝国以後』（2002年）で「米国発の金融危機」を、『文明の接近』（07年）で「アラブの春」を、さらには16年米大統領選でのトランプ勝利、英国EU離脱なども次々に“予言”。著書に『エマニュエル・トッドの思考地図』（筑摩書房）、『「ドイツ帝国」が世界を破滅させる』『シャルリとは誰か？』『問題は英国ではない、EUなのだ』『老人支配国家 日本の危機』『第三次世界大戦はもう始まっている』（以上、文春新書）、『我々はどこから来て、今どこにいるのか？』（文藝春秋）など。

訳　者

大野　舞（おおの まい）

1983年生まれ。慶應義塾大学総合政策学部卒業、一橋大学大学院社会学研究科修士課程修了。パリ大学東アジア人文科学研究科博士課程所属。訳書に『大分断』『エマニュエル・トッドの思考地図』『第三次世界大戦はもう始まっている』（いずれも、トッド著）。

デザイン

関口聖司

西洋《せいよう》の敗北《はいぼく》
日本《にほん》と世界《せかい》に何《なに》が起《お》きるのか

2024年11月10日　第1刷発行
2025年 3 月20日　第8刷発行

著　者　エマニュエル・トッド
訳　者　大野　舞
発行者　大松芳男
発行所　株式会社　文藝春秋
東京都千代田区紀尾井町3-23（〒102-8008）
電話　03-3265-1211（代）

印　刷　理想社
製本所　大口製本

ISBN 978-4-16-391909-6　　Printed in Japan